DA
JIANG 大江
DONG 东去
QU

DONGPO

东坡
在黄州
ZAI HUANGZHOU

林风云 著

长江出版传媒
Changjiang Publishing & Media | 崇文书局
Chongwen Publishing House

图书在版编目（CIP）数据

大江东去：东坡在黄州 / 林风云著. -- 武汉：崇
文书局，2025. 1（2025.6重印）. -- ISBN 978-7-5403
-7907-0

Ⅰ. I25

中国国家版本馆 CIP 数据核字第 2024QX3237 号

责任编辑　周　阳
封面设计　张　茜
责任校对　董　颖
责任印制　邵雨奇

大江东去：东坡在黄州

出版发行　长江出版传媒｜崇文书局

地　　址　武汉市雄楚大街 268 号 C 座 11 层

电　　话　（027）87677133　　邮政编码　430070

印　　刷　湖北恒泰印务有限公司

开　　本　880mm×1230mm　1/32

印　　张　9.25

字　　数　250 千

版　　次　2025 年 1 月第 1 版

印　　次　2025 年 6 月第 2 次印刷

定　　价　59.80 元

（如发现印装质量问题，影响阅读，由本社负责调换）

赵孟頫　　苏东坡小像

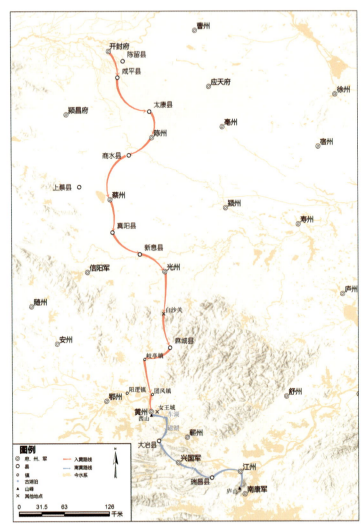

曹州

开封府
陈留县
咸平县
应天府
徐州

颖昌府
太康县
亳州
陈州
宿州

商水县
上蔡县
蔡州
颖州
寿州
真阳县
新息县
信阳军
光州
庐州
随州
白沙关
安州
麻城县
鲅鱼镇
阳逻镇
团风镇
舒州
鄂州
黄州 女王城
车湖
西山
蕲州
大冶县
兴国军
江州
瑞昌县
庐山 南康军

图例
◎ 府、州、军
○ 县
○ 镇
　 古湖泊
▲ 山峰
✕ 其他地点

入黄路线
离黄路线
今水系

0　31.5　63　　126
　　　　　　　千米

N

林风云、席境忆　　苏轼入黄、离黄路线示意图

武元直　　赤壁图

苏轼　　枯木怪石图

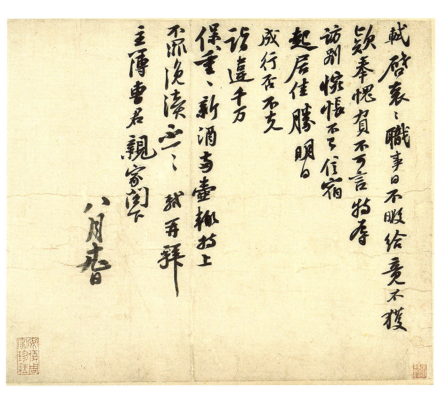

苏轼　　职事帖

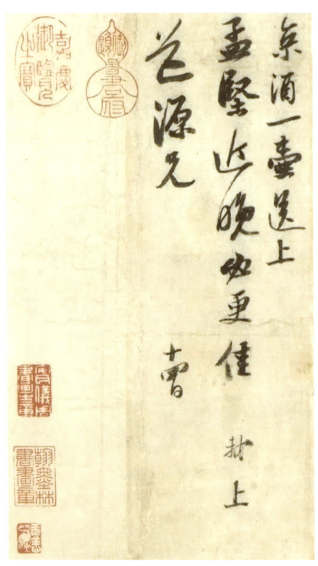

苏轼　　京酒帖

苏轼　啜茶帖

理言遺事皆當記錄
寶藏況其文章乎
公之孫師仲錄
公之詩廿五篇以示軾三
復太息以想見
公之大略云元豐四年十
一月廿二日眉陽蘇軾書

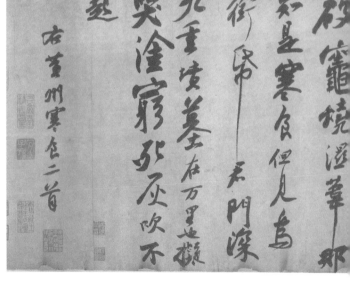

石龕竈燒濕葦那
知是寒食但見烏
銜紙君門深
九重墳墓在萬里逃欲
哭塗窮死灰吹不
起

右黃州寒食二首

苏轼　寒食帖

故三司副使吏部陳公
軾不及見其人然少時所
識一時名卿勝士多推
尊之尔來前輩凋喪
略盡能稱誦
公者漸不復見尋其甚

苏轼　　跋吏部陈公诗帖

自我來黃州已過三寒
食年年欲惜春春去不
容惜今年又苦雨兩月
蕭瑟卧聞海棠花泥污
燕支雪暗中偷負
去夜半真有力何殊
年病起須已白
春江欲入戶雨勢來
不已小屋如漁舟濛濛
水雲裏空庖煮寒菜

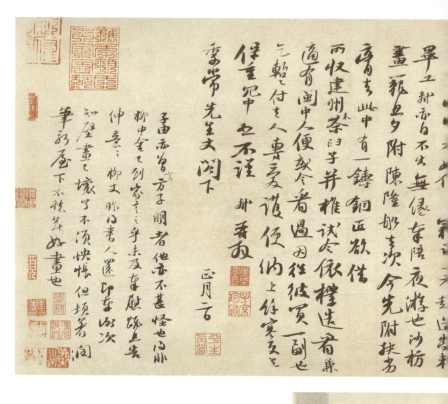
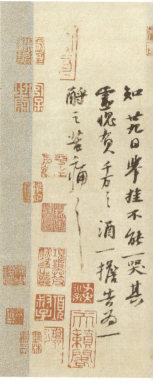

苏轼　人来得书帖

轼啟新歳未獲
展慶祝頌無窮稍晴
起居何如數日起造必有涯何日果可
入城昨日得　以擇書過上元乃行計

苏轼　　新岁展庆帖

轼啟人来得
書不意
伯誠遘疾至於此奈何愕不下
宏才令德百未一報而止於是耶
季常篤於兄弟而於
伯誠尤相知想聞之無復生意然不
上念
門戶付囑之重下思
三子皆未成立任
情而不自知返則明友之愛蓋未可量
伏惟深照死生聚散之常理悟爱
之無益釋然自勉以就
遠業莫相
交照之厚故吐不諱之言必深
便徃面唁又恐悲悵中　更撓亂進退
不皇惟万：

苏轼　　获见帖

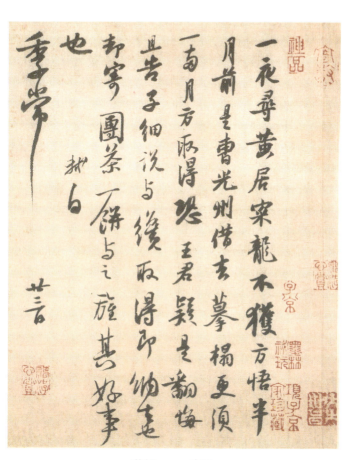

苏轼　　一夜帖

苏轼　　覆盆子帖

熟悉的陌生人

风云是我的博士同学。二十年前，我们曾在中国传媒大学旁的一家饭店里吃过一次饭。尽管他来自我青春记忆里所依恋的那个武汉，但人生是漂浮的散发性轨道，我们此后却从未交集。

当然，我们同在一个群里，他说话多，我从不说话。所以，于我而言，他算得上是一个熟悉的陌生人。

最近，风云出版了这本写东坡的新书，我第一反应是他明显在蹭流量。东坡现在算得上是顶流的偶像明星，关于他的书、纪录片以及自媒体作品，完全呈溢出的内爆局面。但总有太多人，还是能在这种东坡信息符码三维的包裹袭击中，获得自己或真实或虚拟的幸福感。但也正是因为这样的一种信息内爆，使东坡的形象变得暗弱和模糊起来。

然而，读了他的这本新书，却让我大感惊奇。因为读完这本书，东坡也变成了一个熟悉的陌生人。

之所以如此，首先是因为他的写法有些特别。也许因他曾身为"电视人"的经历，他在书中总试图以一种画面感极强的语言来建立东坡在黄州的日常生活场景。毕竟，我们无法回到宋代的现场，对东坡的容貌、声音以及他内心的种种隐秘，往往一片茫然。但在一种合乎历史逻辑的推理和设想下，生动细腻的日常生活场景悄然建立。如此一来，我们看到先前如神一样存在的东坡，实际上也和普通人一样，会恐惧、胆怯、失措，也有着很多可笑却也可爱的弱点和怪癖。我们甚至能真切地感受到他天性中自带的快乐，触摸到他应时应景的悲伤，明白当现实选择和神圣理想产生冲突时他内心的困惑与彷徨，惊异他那朴素的幸福观和天才与生俱来的狂放，等等。这是一个普通人般的东坡，陌生但亲切。

其次，本书通过严谨的史料梳理，打破了许多东坡爱好者先入为主的"常识"。有时我读到某些章节时，不由得会心一叹，原来是这样子啊。举个例子，许多东坡爱好者对东坡的小妾王朝云推崇有加，但在黄州期间，东坡提到朝云的文字，只有两处。所以，风云在书里写道："如果没有这个儿子的出生，终其在黄州期间，朝云都不会出现在东坡的文字记叙中。她后来声名之所以超过东坡的两任正室，是因为在东坡更苦难的惠州流放期间，她更多地被东坡的诗和词描述过。而在此地，她明艳也好、聪颖也好，都会隐退到东坡贬谪后的浓厚暗影里。直到有了遁，才有某种微弱的光亮一闪而过，让我们在一瞥中，惊鸿般地见到了那个着云蓝小袖女子的情影。"

再者，因为是中文系出身，风云写东坡，遵循的是回到人自身的原则。所以，在这本书里，他关注的焦点，是东坡的核心影响力，即东坡所有的艺术作品。东坡在黄州期间所作诗、词、文、字与画，为许多国人耳熟能详，但此书立足其作品，关注和复原的，是他在创作前后的人事、环境、梦乃至酒精、疾病等各种因素，最终如何构成这些作品的生成机缘。这本书告诉我们，东坡的伟大和不朽，是在其作品保证下艺术审美的伟大和不朽。

因为这本书，或者说东坡的机缘，我和风云的人生轨道，又有了一次有意义的交叉。

是为序！

罗振宇

目　录

引　子 001

被捕 001

诀别 002

阴影与光亮 003

焚稿 005

营救 006

黄州 007

第一章　初见黄州的样子 009

在想象中出发 009

有预谋的邂逅 010

奇怪的一家人 013

抵达黄州的前夜 015

检讨 017

洗澡 018

穿花踏月 021

月下无人 023

第一封来信 024

来了位四川老乡 027

首访黄州的故人 030

仕宦间的交游 032

率然游寒溪西山 035

江上往来人 038

身段还可再低点 040

谁见幽人独往来 042

初见黄州的样子 042

第二章　站在黄州念故乡 045

临皋亭 045

五月的风暴 047

十日风雨对床 050

第一封弟子的来信 053

方外的问候 054

逍遥游的自觉性 055

七夕和中秋的家与国 059

有家可邀宾朋至 060

拄杖的行为艺术 062

人命脆弱如此 064

岂能天成偶得之 066

来了一位新知州 067

一位小和尚上了门 070

胸中都无一事 073

君赠丹砂我赋词 075

写不了诗就转个向 077

冬至日的练气大师 079

年末的创作冲动 081

故乡那头的幸福 083

第三章　东坡躬耕东坡 086

可否作一黄州百姓 086

春日行远 088

载物放舟回黄州 ⋯⋯⋯⋯⋯⋯⋯⋯⋯⋯⋯⋯⋯⋯⋯⋯⋯ 091

春愁似有也似无 ⋯⋯⋯⋯⋯⋯⋯⋯⋯⋯⋯⋯⋯⋯⋯⋯⋯ 093

受命成书 ⋯⋯⋯⋯⋯⋯⋯⋯⋯⋯⋯⋯⋯⋯⋯⋯⋯⋯⋯⋯ 096

菩萨泉边与君酌 ⋯⋯⋯⋯⋯⋯⋯⋯⋯⋯⋯⋯⋯⋯⋯⋯⋯ 097

靠你了君猷 ⋯⋯⋯⋯⋯⋯⋯⋯⋯⋯⋯⋯⋯⋯⋯⋯⋯⋯⋯ 099

诗意栖居的大地 ⋯⋯⋯⋯⋯⋯⋯⋯⋯⋯⋯⋯⋯⋯⋯⋯⋯ 101

自号东坡 ⋯⋯⋯⋯⋯⋯⋯⋯⋯⋯⋯⋯⋯⋯⋯⋯⋯⋯⋯⋯ 102

一场喜雨到犁外 ⋯⋯⋯⋯⋯⋯⋯⋯⋯⋯⋯⋯⋯⋯⋯⋯⋯ 104

分秧稻长满田画 ⋯⋯⋯⋯⋯⋯⋯⋯⋯⋯⋯⋯⋯⋯⋯⋯⋯ 106

秋色佳哉不虚掷 ⋯⋯⋯⋯⋯⋯⋯⋯⋯⋯⋯⋯⋯⋯⋯⋯⋯ 108

吾当独开一宗门 ⋯⋯⋯⋯⋯⋯⋯⋯⋯⋯⋯⋯⋯⋯⋯⋯⋯ 110

万物易朽人亦然 ⋯⋯⋯⋯⋯⋯⋯⋯⋯⋯⋯⋯⋯⋯⋯⋯⋯ 113

梦到西湖上 ⋯⋯⋯⋯⋯⋯⋯⋯⋯⋯⋯⋯⋯⋯⋯⋯⋯⋯⋯ 115

何幸见此万里佳 ⋯⋯⋯⋯⋯⋯⋯⋯⋯⋯⋯⋯⋯⋯⋯⋯⋯ 117

丰年好大雪 ⋯⋯⋯⋯⋯⋯⋯⋯⋯⋯⋯⋯⋯⋯⋯⋯⋯⋯⋯ 120

红裙曾唱鸭头绿 ⋯⋯⋯⋯⋯⋯⋯⋯⋯⋯⋯⋯⋯⋯⋯⋯⋯ 122

第四章　寒食不掩远山春 ⋯⋯⋯⋯⋯⋯⋯⋯⋯⋯⋯⋯ 126

新岁展庆有乐事 ⋯⋯⋯⋯⋯⋯⋯⋯⋯⋯⋯⋯⋯⋯⋯⋯⋯ 126

事如春梦了无痕 ⋯⋯⋯⋯⋯⋯⋯⋯⋯⋯⋯⋯⋯⋯⋯⋯⋯ 128

雪堂原是斜川景 ⋯⋯⋯⋯⋯⋯⋯⋯⋯⋯⋯⋯⋯⋯⋯⋯⋯ 130

作为思想驿站的雪堂 ⋯⋯⋯⋯⋯⋯⋯⋯⋯⋯⋯⋯⋯⋯⋯ 132

箪瓢未足清欢足 ⋯⋯⋯⋯⋯⋯⋯⋯⋯⋯⋯⋯⋯⋯⋯⋯⋯ 134

吾贫亦当出十千 ⋯⋯⋯⋯⋯⋯⋯⋯⋯⋯⋯⋯⋯⋯⋯⋯⋯ 136

寒食帖 ⋯⋯⋯⋯⋯⋯⋯⋯⋯⋯⋯⋯⋯⋯⋯⋯⋯⋯⋯⋯⋯ 139

也无风雨也无晴 ⋯⋯⋯⋯⋯⋯⋯⋯⋯⋯⋯⋯⋯⋯⋯⋯⋯ 141

蕲州本自有神医 ⋯⋯⋯⋯⋯⋯⋯⋯⋯⋯⋯⋯⋯⋯⋯⋯⋯ 142

顷在黄州的神秘时刻 ⋯⋯⋯⋯⋯⋯⋯⋯⋯⋯⋯⋯⋯⋯⋯ 144

千古奇冤 146

吾家王郎最可爱 148

扣牛角而击节 151

幽居长物怪石供 153

道士下山醉先生 156

与天斗与地斗 158

一如本是黄州人 159

第五章 二赋一词洗万古 163

七月的前十五天 163

壬戌之秋 七月既望 165

大江东去的豪放与空 167

为君诵读《赤壁赋》 169

又来了一位佳女婿 170

人来人往的重阳节 173

十月之望 176

视察黄州的同年 179

生日宴的神秘预言 181

为我抚琴念醉翁 183

文字间的往复流转 187

临皋亭与雪堂之间的漫游 189

故乡与此地的幸福 192

了然放下的自在 193

第六章 疾病、归来与离去 196

花开时节人已病 196

燃烧的雪堂与元修菜 198

灵敏的听觉 200

一则死亡谣言的诞生 202

临皋南侧添新屋 ……………………………………… 206

大疫之年乎 …………………………………………… 208

又可过江南 …………………………………………… 211

松动 …………………………………………………… 213

千里快哉风 …………………………………………… 215

子由遇到了麻烦 ……………………………………… 217

东坡地产投资梦 ……………………………………… 219

矛盾的祝福 …………………………………………… 221

死亡与宁静的月光 …………………………………… 223

兄弟联手 ……………………………………………… 225

永别君猷 ……………………………………………… 227

雪天读书的幸福 ……………………………………… 231

意想不到的豁免权 …………………………………… 232

黄州有味 ……………………………………………… 234

无情之物变有情 ……………………………………… 239

离去的脚步声 ………………………………………… 240

第七章　黄州鼓角送君行 …………………………… 243

庙堂嘈嘈　江湖寂寂 ………………………………… 243

江头千树一枝斜 ……………………………………… 245

海棠树下饮春酒 ……………………………………… 246

只恐夜深花睡去 ……………………………………… 248

雷打不动的日课 ……………………………………… 252

堂前细柳应念我 ……………………………………… 253

回望黄州凄然泣 ……………………………………… 255

与君就此别过 ………………………………………… 258

第八章　梦想黄州江上 ……………………………… 262

尊德乐道是黄州 ……………………………………… 262

屡梦东坡笑语 ·· 263

梦中相对说黄州 ·· 267

为向东坡传语 ·· 268

人生浮脆何可恃 ·· 269

饮食梦寐　未尝忘之 ·· 271

为君唤起黄州梦 ·· 274

老去犹作少年游 ·· 278

参考书目 ·· 283

后　记 ·· 285

被　捕

元丰二年（1079）七月二十八一大早，湖州（今浙江湖州）知州苏轼（字子瞻）进入州署大堂时，通判祖无颇身着朝服，在门边等着他的到来。

虽然有些宿醉的昏沉，苏轼还是带着欣赏的眼光，接受了自己副手恭敬的一揖，并颔首以示其免礼。

两人还没坐稳，门卫却带个人，急匆匆地就冲进到堂内。

那个人满脸风尘，连必要的礼数也省略了，从怀中掏出一封带有体温的信函，上呈给苏轼。

来人苏轼很熟悉，正是弟弟苏辙（字子由）身边之人。这封密信，原来是驸马都尉王诜（字晋卿）从大内获得绝密信息后，冒着巨大风险，转托子由派身边人火速送来的。我们现在无法知道信函的具体细节，但可以肯定，这是苏轼性命攸关的大事件。

打开秘信览毕，苏轼方寸大失，很有些手足无措。他的第一反应，竟然是请祖无颇代行知州之职。

两人正在商议之间，捉拿苏轼的御史台官差，已进入州府，宣召湖州知州苏轼。

祖无颇却很是冷静。他认为如果不知犯了何罪，那就依礼迎接，而且应当以正式官阶出现。

苏轼认为有理，便听从无颇的建议，穿上官衣官靴，和无颇走出大堂。

庭中此时正站着三人。中间之人，手持笏板，面无表情，正是负责缉拿苏轼的御史台台官、太常博士皇甫遵（一作皇甫僎）。他两旁，则各立一人，头戴青巾，满眼凶光，正恶狠狠地四处张望。

皇甫遵明显是一个经验非常丰富的稽查人员。他一言不发，静静地看着苏轼，想用心理战术来击垮苏轼。

无奈中，苏轼只能硬着头皮，主动上前拜见台官。因为已收到子由密信，知道对方来意，苏轼即开口主动认罪："轼自来殃恼朝廷多，今日必是赐死，死固不辞，乞归与家人诀别。"

皇甫遵听闻此言，内心一个激灵。看来，此次缉拿苏轼之事已经泄密。但他还是面无表情，回答说："不至如此。"

祖无颇却按正常的程序走。他上前一步，要求对方出示受命逮捕湖州知州苏轼的官方文书："太博必有被受文字。"

皇甫遵不带任何情感，回问道："谁何？"

祖无颇答道："无颇是权州。"这"权州"，是暂时代理知州的意思。

皇甫遵听闻此言，便把台牒交给祖无颇。祖无颇打开一看，却只是普通的逮捕令，并无更多措辞。等祖无颇看完台牒，皇甫遵马上让两位手下直扑上前，将苏轼押走。

无颇事后回忆当时的现场，犹愤愤不平："顷刻之间，拉一太守如驱犬鸡。"[1]

办案人员，确实来者不善。

诀　别

苏轼被押到家门口时，院内正传出女人和孩子们的阵阵哭声。这一年，妻子王闰之（字季璋）三十一岁，所生苏迨和苏过，一个九岁，一个七岁。

---

[1] 以上引文皆见《孔氏谈苑》卷一《苏轼以吟诗下吏》，第4页。（文中引用图书版本信息见本书末尾参考书目，后同。——编者注）

长子苏迈，则为第一任妻子王弗所生，这年二十岁。苏迈两年前娶吕陶公之女为妻，并生有一子苏箪，还差十来天，就要满一周岁。

很久后，苏轼曾在《书杨朴事》一文中，回忆和妻子孩子们诀别的场景：

> 真宗东封还，访天下隐者，得杞人杨朴，能为诗。召对，自言不能。上问临行有人作诗送否？朴言："无有。惟臣妻一绝云：'且休落魄贪杯酒，更莫猖狂爱咏诗。今日捉将官里去，这回断送老头皮。'"上大笑，放还山，命其子一官就养。余在湖州，坐作诗追赴诏狱，妻子送余出门，皆哭。无以语之，顾老妻曰："子独不能如杨处士妻作一诗送我乎？"妻不觉失笑，予乃出。[1]

也许是时过境迁，这段回忆，苏轼似乎有意放大了自己的洒脱机智。闰之在那样的情景下，真的会转哭为笑吗？而苏轼在那样的心理压力下，还真能这么淡然，讲这么一个笑话，让惊恐中的妻子不觉失笑吗？

阴影与光亮

坏消息总会插上翅膀。似乎一瞬间，苏轼被捕的消息，就传遍了湖州。亲朋好友都避而远之，但还是有三个人，把苏轼送到了城外的码头边。

其中两人，是苏轼在徐州收的学生王适（字子立）和王遹（字子敏）两兄弟。聪明敏感的子立，明显觉察出老师内心的惶恐不安，他以天命观劝慰老师宽心："死生祸福，天也。公其如天何？"[2]

另外一个人则是自己的部下陈师锡。他特地带酒出城，为自己敬仰的长官饯行。其"虽千万人，吾往矣"的决绝大勇，一定让苏轼深深地记住了他递上的那杯送别酒。在元祐元年（1086）苏轼重回朝廷后，曾连写《荐陈师锡状》和《举陈师锡自代状》两文，向朝廷推举他。因为陈师锡当年

---

[1] 《苏轼文集》卷六十八《题杨朴妻诗》，第 2161 页。

[2] 《苏轼文集》卷十五《王子立墓志铭》，第 466 页。

那生死关头所表现出的大义和担当，正是对其品行的完美确证。

但这温暖的光太过暗弱，并不能驱散缠绕在苏轼内心的死亡阴影。

十二年后的元祐六年（1091），他还能清晰地看到死亡浓重的暗影横亘在他的面前。在这年五月十九所写《杭州召还乞郡状》中，他曾回忆自己在解赴京师途中的两次自杀："过扬子江，便欲自投江中，而吏卒监守不果。到狱，即欲不食求死。"[1]

船到扬州后，又有一个朋友站了出来，要表达对苏轼的关心，他就是时任扬州知州鲜于侁（字子骏）。他以一州之长的身份面见皇甫遵，希望能探视苏轼。

皇甫遵原则性极强，他不但不同意，还威胁鲜于侁："公与轼相知久，其所往来书文，宜焚之勿留。不然，且获罪。"

鲜于侁不卑不亢地回答说："欺君负友，吾不忍为。以忠义分谴，则所愿也。"[2] 在鲜于侁看来，此探视的正当行为，既不欺君，也不负友，只不过是自己以忠义之道行事，何以言罪？

隔墙被缚的苏轼，听到老朋友这样坦荡，他那被死亡缠绕的意志力，会不会突然变得更坚强些呢？

在扬州，还有一个偶然事件，也促使他意识到自由的可贵。一定是那个生活场景的活泼生机和自由自在，给苏轼留下了极为温暖的记忆。一年后的岁末，他托鲜于侁转送了一封信，给扬州的另一个朋友杜介（字几先），回忆那个特殊的时刻：

> 去岁八月初，就逮过扬，路由天长，过平山堂下，隔墙见君家纸窗竹屋依然，想见君黄冠草屦，在药垆棋局间，而鄙夫方在缧绁，未知死生，慨然羡慕，何止霄汉。[3]

---

[1]　《苏轼文集》卷三十二《杭州召还乞郡状》，第 912 页。

[2]　以上引文皆见《宋史》卷三百四十四《鲜于侁传》，第 10938 页。

[3]　《苏轼文集》卷五十八《与杜几先一首》，第 1759 页。

隔墙之间，一个逍遥自在，一个五花大绑。此间巨大的差异，让苏轼生出无限羡慕。

　　死亡的阴影愈浓厚，那自由的光亮，就愈加动人心魄。

焚　稿

　　苏轼在被押往东京的途中，作为长子的苏迈，担负起照看囚犯父亲的日常起居任务。他徒步相随在父亲身后五十步开外，除了身体的劳累，心灵的焦虑惶恐也一直贯穿着从湖州到汴京的千里路途。

　　而留在湖州的家眷，全是妇女儿童。得自于陈师锡的照拂，随后几天，由王适兄弟领头，全家及仆人等十多号人乘船，前往南京（今河南商丘），投靠苏辙。

　　家人跟苏轼走的是同一条路线。当船行驶到宿州（今安徽宿州）时，忽然来了一群兵士，将船拦下。原来，他们接到御史台的最新命令，要搜查苏轼家中所藏的全部书文。

　　一家老幼，哪见过这样的阵势，一个个都吓得要死。搜船的兵士离开后，农家出身的王闰之愤怒地说道："是好著书，书成何所得，而怖我如此！" [1]

　　在这样一个没有依靠的恐怖时刻，王闰之出自本能地责备生死未卜的夫君苏轼，这么喜欢写书，写成不只一无所得，还差点没把自己吓破胆。

　　惊怒之余，王闰之将船上所剩文章诗稿，一把火全给点了。苏轼出狱后清点所存文稿，从杭州到湖州经年所写各类文章诗赋，烧毁了百分之七八十。

　　所幸的是，我们现在还能看到这些已被闰之烧掉的文字。那这些文字，又是如何重回人间的呢？

---

[1]　《苏轼文集》卷四十八《黄州上文潞公书》，第1380页。

营 救

从八月十八被送进御史台的监狱，到十二月二十九出狱，苏轼一共在监狱待了一百三十三天。终日面对死亡压力的苏轼，根本不是那些审讯经验极为丰富的台官狱吏的对手。

审讯从八月二十开始，一直持续到十一月二十。苏轼刚开始只承认除《山村》一诗外，其他文字，并没有讥讽时事。但随着御史台所搜罗文稿的增加，越来越多的苏轼诗文都被解读为讥讽朝政的罪证，许多朋友被牵扯进来。欲置苏轼于死地的御史中丞李定等人，决定于十月二十收网，随后在十月二十八上奏神宗，听候断遣。

苏轼在狱中炼狱的苦难日子里，也有多名官员曾上书神宗，求免苏轼死罪。

第一个愤然上书的是他的师辈张方平（字安道），他也是苏轼的好朋友王巩（字定国）的岳父。当时张方平在南京任职，府官不敢收受他的上书，于是他便派自己的儿子张恕去京师登闻鼓院击鼓投送。不曾想张公子胆子小，没敢击鼓。苏轼出狱后，看到这个副本，"因吐舌色动久之"。

别人问苏轼何以至此，苏轼也不回答。而子由则给出了自己的答案："宜吾兄之吐舌也。此时正得张恕力。"

子由分析说，幸好这道奏折没有递上，"今安道之疏，乃云'其实天下之奇材也'，独不激人主之怒？"[1] 也是，你这个时候怎么还能称赞阶下之囚呢。

看来，老练如张方平这样的政治家，也会因一时之急，根本就没去揣测神宗皇帝的心理。

第二个上书的是弟弟苏辙，他给皇帝打的是亲情牌。"臣欲乞纳在身官，以赎兄轼，非敢望末减其罪，但得免下狱死为幸。"[2] 历史上最伟大的兄弟情，

---

[1] 《元城语录解》卷下《子弟第五十五》，第 37 页。

[2] 《苏辙集·栾城集》卷三十五《为兄轼下狱上书》，第 622 页。

于帝王来讲，可动容，但不可赎罪。

而王安石（字介甫）的弟弟王安礼是这样进言的："自古大度之君，不以语言谪人……今一旦致于法，恐后谓不能容才。"

这句话非常打动神宗，因为帝王最重身后名。所以他给王安礼交底，"朕固不深遣"，并告诫他不要走漏消息。[1]

与苏轼相爱相杀的章惇（字子厚），也加入到营救苏轼的队伍里来了。他给神宗皇帝进言说："仁宗皇帝得轼，以为一代之宝，今反置在囹圄，臣恐后世以谓陛下听谀言而恶讦直也。"[2]

这个进表也是掌握了神宗的心理需求，以后世的评价来提醒神宗修正自己的决断。可见，章惇以后能成长为首席宰相，确实还是具备很高的政治智慧和洞察能力。

苏轼的四川乡谊、刚烈耿直的师辈范镇（字景仁），也跳出来为苏轼说话，可惜上表文字没有保存下来，淹没无闻。

而最好的进言，是兄长出狱后，苏辙推演出来的："但言本朝未尝杀士大夫，今乃开端，则是杀士大夫自陛下始，而后世子孙因而杀贤士大夫，必援陛下以为例。"[3]

但也有人说，这段话是已经隐退紫荆山的王安石上书所言。如果真是如此，我们不得不佩服，并能理解神宗和王安石何以"上与安石如一人"了，因为他太知道神宗"好名而畏议"的心理弱点了。

黄　州

十二月二十九（一说为十二月二十六），神宗御批："某人依断，特责授检校水部员外郎，充黄州团练副使、本州安置、不得签书公事。"

其实，苏轼最终得以活命，还是在于神宗皇帝对其并无杀心。

[1]　《续资治通鉴长编》卷三百一"神宗元丰二年"条，第7336页。

[2]　参见周紫芝《太仓稊米集》卷四十九《读诗谶》，第91页。

[3]　《元城语录解》卷下《子弟第五十五》，第37页。

在这场后世称之为"乌台诗案"的案件中，除苏轼外，一共有三十九位官员和文人受到惩戒。其中，王巩、王诜、苏辙惩处最为严重。三人均降职流放外地。驸马爷王诜有一条罪状，即是走漏内府消息。张方平、李清臣罚铜三十斤，司马光、范镇、陈襄、刘攽、李常、孙觉、黄庭坚等，罚铜二十斤。

乌台诗案的发生，是王安石变革后，党争愈演愈烈的必然结果。而苏轼作为新生代最具影响力和代表性的反对派，必然会成为执政新党整肃的最佳人选。

而流放黄州（今湖北黄冈），则纯粹是一个偶然事件。连苏轼自己也没想到，当他来到这个大宋下等的偏远之州后，此地的气候风物、山水花树、鲜活的各色人等、素朴的人情饮食等，会让他焕然一新，并恰逢其时地邀约他创造出属于他自己的不朽的平生功业。

第一章　初见黄州的样子

在想象中出发

元丰三年（1080）正月初一，大宋都城汴京洋溢着福乐喜悦的新春气氛。但有四个人却在一大早，穿过南薰门，向南一路而去。

这四个人，正是向陌生的黄州进发的苏轼、长子苏迈，以及押送他们的两名御史台差人。

途经陈州（今河南周口），苏轼一行停了下来，因为他要在这里见两个人。一个是他最为思念的弟弟子由，还有一个人，则是文同之子、子由之婿文务光（字逸民），他此时正在此地处理父亲的丧事。

子由顾不上过年，从南京应天府冒着严寒直奔陈州，探望劫后余生的苏轼。

四个人在陈州聚了三天，所有人心里的那块大石头都落了地。大难不死的庆幸和喜悦，似乎让乌台的一百三十多天，成了一个依稀的噩梦。众人喝酒、回忆、无言、大笑……在这种温暖的相聚中，苏轼如同一个新生的生命，在和亲人相处的每个细微处，都能获得浓浓的感动和愉悦。

团聚三天后，他们又不得不分手。也许，和子由的再见，才算得上是流放黄州的真正开始。然后，苏轼开始和自己最亲近的人，共同想象那个千里之外陌生黄州的模样。

在河堤上话别，苏轼写了一首饮别诗，送给即将扶丧归蜀的侄女婿文逸民。"君已思归梦巴峡，我能未到说黄州"，诗中有淡淡的哀伤，有隐约的向往，有故乡和陌生之地的对立和可能的和解。

而对于同样过了几个月炼狱般日子的弟弟，他要让弟弟释然："畏蛇不下榻，睡足吾无求。便为齐安民，何必归故丘。"齐安，乃黄州的古称。既然故乡难归，活着，也是一种简单的幸福。

正月十八在蔡州（今河南汝南）遇雪，苏轼又给子由写了一首诗，那个反复提及的陌生黄州，和故乡永远处于一种对比的张力中："长使齐安人，指说故侯园。"

在此后几天的《过淮》一诗中，他继续自问："黄州在何许，想象云梦泽。"对地理空间的想象，因为古云梦泽所积淀的丰富的历史意蕴，不觉中让黄州带有了诗意的韵味和历史厚度。

这种种想象，充满了建立在本能好奇心上的惊奇之问。它既是一种对未知异域的好奇和向往，同样，也会在和故乡的对比中，带有某种忐忑。因为现实的黄州，也许和想象大相径庭。

正月二十这天，苏轼一行过马过麻城春风岭，首次踏上黄州地界。

此时，天空正飘着小雪，入耳者为潺潺溪声，所见者为草棘间怒放的梅花。一入黄州的种种景致，如同春风岭这个名字所暗示的意味，给苏轼那颗忧伤的心，带来了些许的安慰。他马上就为春风岭的梅花，写了两首梅花诗。

此时，心境的豁然开朗，似乎让此地梅花变得格外鲜艳明媚、不可方物。而这种美好也一直深深地埋藏在他的记忆深处。

十四年后，当苏轼又被流放到惠州，一见惠州松风亭的梅花时，春风岭的那些梅花，又如此鲜艳明晰地来到眼前："春风岭上淮南村，昔日梅花曾断魂。"

细雨梅花间的行走，让旅途似乎一下子改变了色彩。在《梅花二首》中，他深情地对着一溪春水言谢："幸有清溪三百曲，不辞相送到黄州。"

有预谋的邂逅

正月二十五那天，雨夹雪已转为小雨。苏轼一行正行进在官道上，却见不远处，有一辆马车遥遥过来。白马高轩，车盖青色，恍如山中突然出现的精灵或神仙。

那车来到苏轼跟前，突然停下。车上跳下一个人，戴着一顶古代隐士所戴的方山冠。他嘴角带一丝俏皮的微笑，盯着苏轼，不发一声。

两年后，苏轼写出了他最生动传神的一篇人物小传《方山子传》，再现了这场相遇：

> 余谪居于黄，过岐亭，适见焉。曰："呜呼！此吾故人陈慥季常也。何为而在此？"方山子亦矍然问余所以至此者。余告之故，俯而不答，仰而笑。[1]

从行文看，这是一场无意间的偶遇。所谓"矍然"，就是大吃一惊的样子。这个大吃一惊，似乎坐实了两人的这次山中相逢，纯属偶遇。而且这种偶遇，通过苏轼对人物神态活灵活现的描写，竟然会让后世之人生出无限向往之情。

但有些蛛丝马迹，似乎表明，这应该是一场有"预谋"的相遇。

嘉祐八年（1063），风华正茂的苏轼出任陕西凤翔府判官。有一天，他在山中漫游，结识了一位射术奇佳的年轻人。两人一番交流，苏轼才知道这个豪气干云的年轻人正是苏轼当时的顶头上司、知州陈希亮（字公弼）的四公子陈慥（字季常）。

所以，隐居在岐亭的陈季常，实际上是很有背景的官宦子弟。而苏轼之所以贬谪黄州，居然还和季常有一定的关系。

因为御史台通过仔细调查苏轼的人事档案，认为他有一个仇人，正隐居在黄州岐亭镇。而这个仇人，正是有侠士之风的陈季常。

怎么季常就成为了苏轼的仇人呢？

---

[1] 《苏轼文集》卷十三《方山子传》，第420页。

苏轼在写《方山子传》的同时，还为季常的父亲写了一篇《陈公弼传》。在这篇传里，苏轼毫不讳言自己和顶头上司的矛盾："而轼官于凤翔，实从公二年。方是时，年少气盛，愚不更事，屡与公争议，至形于言色，已而悔之。"[1]

但这只是迟到的后悔之意。那时的苏轼，少年轻狂、目中无人，缺少人情的练达和政治的锤炼。后来陈希亮在凤翔知府任上获罪抑郁而亡，据说和苏轼有一定的关系。于是，苏轼竟然稀里糊涂地成为了季常的杀父仇人，而父仇子报，岂不天经地义？

因此，欲置苏轼于死地而不得的御史台的那帮人，想出了这招借刀杀人之计。自然，他们会把苏轼来黄的消息和时间路线，提前告知季常。

另外还有一件事，也可以证明季常和京城有条信息通道，能够及时获取朝廷中的重要消息。

元丰四年（1081）十二月二十二这天，苏轼去江南王齐愈家喝酒，在酒桌上收到了季常的一封急信，告之他宋军在西夏大捷。尽管没有签书公事的权力，苏轼毕竟还是朝廷在职官员，但西夏大捷竟然是山村草民季常更早获知消息，则季常的信息灵通可想而知。所以，乌台诗案这样震惊全国的大案，当事人又是自己认识多年的朋友，季常对苏轼的动向应该非常清楚。

因此，《方山子传》里那个如在眼前的偶遇，有点不合常情，令人生疑。

真相应该是这样的：在一个没有无线通讯的时代，陈季常推算日期后，可能连着几天冒着雨雪，驾车几十里，往返在山间的这条官道上，去完成这场有"预谋"的偶遇。

但这绝对又是命运安排的偶遇。两位失联十四年的朋友，在命运的推动下，神奇地"偶遇"在异地他乡。那种久别重逢后的愉悦，把酒言欢的爽朗，可托性命的信任，让苏轼更快地熟悉陌生的黄州，并有了"此心安

---

[1] 《苏轼文集》卷十三《陈公弼传》，第419页。

处是吾乡"的精神归宿。

奇怪的一家人

一路谈着各自的境遇，苏轼不由得有些好奇，这个有着西汉侠士郭解之风的"官二代"，怎么就隐居在淮南西路这个僻陋的下等州黄州呢？

季常似乎知道苏轼的好奇心，淡然告诉苏轼："我那村子，适合修身悟禅。"

走近一座村庄，远山处的那片树林，在细雨中如同一幅水墨画，而近处几家村舍，微湿的空气里炊烟袅袅。

来到一座并不气派的农家院舍前，季常停驻车马，然后一声长啸。这声长啸，看来是他到家的暗号。

果真，就有一干人涌出，也是普通农家穿扮，不过还算洁净整齐。

马上，村舍前后响起了鹅鸭仓皇逃命的嘎嘎声，厨房里响起了各种器皿叮叮当当的碰撞声，而洗干净后呈上来的蔬菜水果，似乎可照出帽子的影子。

没有酒和美食的宴席，是称不上宴席的。

"风土有异，这盘蔬菜，从未吃过呢。"

"这是蒌蒿。"

"早就听说过蒌蒿的美味，今天终得一尝。"

"来来，端起酒杯，暖暖身子。"

好酒的苏轼，酒量却实在不行。没喝几杯，苏轼就坐在那直打瞌睡，连头巾，都掉落到桌下去了。等一睁开眼睛，外面天已麻麻亮，也不知道自己是怎么躺在床上的。万籁俱寂中，屋角酿酒的铜瓶，传来滴酒的清响，滴滴嗒嗒。

出狱后的苏轼，在季常家中第一次感受到了久违的家的温暖。殷勤留客如季常，苏轼决定在这多住几天。

知道苏轼曾在徐州做过知州，下乡劝农时去过丰县，季常便拿出他收藏的一幅名画，五代十国赵德元所画《朱陈村嫁娶图》，请苏轼鉴赏。

位于丰县的朱陈村，曾经因为白居易的诗《朱陈村》，让这个村子成为唐代现实版的世外桃源。但时间带来的物是人非之慨，让苏轼感叹不已，他马上提笔写了《陈季常所蓄〈朱陈村嫁娶图〉》送给季常。在诗中，他无可奈何地叹息道："而今风物那堪画，县吏催钱夜打门。"一以贯之的民本主义思想溢出诗外，可亲可佩！

还好，这是一场为了再见的告别。正月的最后一天，苏轼早早就醒来了。屋内炉火宜人，窗外远山攒拥。

苏轼的内心，非常安宁，因为他相信，这个陌生的黄州，会因为季常，变得与众不同，因为这个季常，本就与众不同：

> 呼余宿其家，环堵萧然，而妻子奴婢皆有自得之意。余既耸然异之。独念方山子少时使酒好剑，用财如粪土。

这是怎样的一个人啊？四壁萧然，但妻子孩子和奴婢，却不知其苦，脸有自得之意，难怪苏轼乍见就要称奇不已。

> 然方山子世有勋阀，当得官，使从事于其间，今已显闻。而其家在洛阳，园宅壮丽与公侯等。河北有田，岁得帛千匹，亦足以富乐。皆弃不取，独来穷山中，此岂无得而然哉？[1]

这个季常，作为"官二代"，本也可凭祖荫做官，但他并不求以此闻达。殷实的家资，本可使他躺平做一富乐翁，但所有这一切，他都舍弃了，乐于在这个穷山僻壤间独来独往。所以，苏轼不由感叹道："此岂无得而然哉？"也就是说，季常如果没有得道，他能这样子吗？

---

[1] 以上引文皆见《苏轼文集》卷十三《方山子传》，第 420—421 页。

季常之奇，在其豪爽任侠，在其弃富乐道，在其内心丰盈。

可以想见，如果没有那所叫作静庵的房子，没有那所房子里的人和事，以及酣醉后的清晨，春寒料峭中的梅香，那么，黄州于苏轼，只会是远在天涯的苦寒之地。

但因为这山中一遇，那个无依之地黄州，马上就变得温暖动人，可入诗画。然后，一个全新的苏轼，也就是伟大的东坡，即将出现。

抵达黄州的前夜

同一天，在黄州城内卖药人郭遘（字兴宗）的家中，有个穿女人衣服的玩偶被供放在台案上，两名童子扶着这个草木玩偶。台案下有个簸箕，里面铺着灰。有个女人处于癫狂状态，手里拿着一支筷子，在那念念有词。不时，她似乎又被一种神秘的力量控制，用那筷子在灰上画一些奇怪的符号。

黄州古属楚地，还保留有巫筮文化的神秘传统。那个如神附体的女人，此时已变为黄州方圆几百里内最有名、最灵验的子姑神（苏轼有时也写为紫姑神）。

这个大名鼎鼎的子姑神，会在每年的正月初一降临世间，然后附着于这个女人身上。正月的最后一天，子姑神则会离开那个附体的女人，飞升离去。所以，今天郭遘家里挤满了各种各样的人，他们来聆听子姑神今年重临人间的最后一天所留下的预言。

郭遘并不是土生土长的本地人，他性格豪爽，总爱向人吹嘘自己是郭子仪后人，天生是做将军的材料。他也识文墨，会算术，但养家糊口靠的是他在西市开的那家药店。

还有一个正宗的读书人今天也在现场，此人正是潘丙（字彦明）。他的爷爷在黄州做过官，然后就此落户黄州。到了他这一代，他的哥哥昌言也中了进士，两个侄子大临（字颖老）和大观（字仲达），也已文名初起。

但为营生计，潘丙在江对岸的樊口，开了一家酒店。看来，他是读书、耕作、经营三不误。

潘丙的旁边，是他的邻居古耕道（字公颐）。古耕道也读过点书，他很有些音乐天赋，精通音律，也算雅致风流，在自家南面的坡地上种了一坡的修竹。

今天屋内特意多点了一盏油灯，此时一片安静，只听到灯花偶尔噼啪的声响。

那个女子围着簸箕莲步轻移，嘴中念念有词，突然，她一个急停，又在那灰上开始画符。随后她说出了今年飞升前的最后一则预言："苏公将至，而吾不及见也。"[1]

话一说完，那妇人眼中凌厉的力量突然消失了，她的身体好像也失去了力量，一下子瘫软下来。幸好，她的旁边有两个男童，上前搀扶着她。

听到这则预言，潘丙内心不由一惊，然后升腾起一种奇妙的期待感。因为他知道，子姑神的预言，确实非常灵验。他转身和古耕道耳语了几句。

随着子姑神的离去，聚拢的人群在各种嚷嚷的声响中纷纷散去，但有两个人却特意留了下来。作为此地学问最好的读书人潘丙，和郭遘及古耕道商议："既然苏大人到了黄州，从明天开始，我们要关注所有到黄州的陌生人，并确定哪位是苏大人。然后，我们要主动接近苏大人，并尽可能帮助初来乍到的他。"

而苏轼一行，此刻正借宿在黄州府四十里外团风镇上的禅智寺。夜半时分，屋外又开始下起了绵绵春雨，整个寺院的僧人不知都躲到哪里去了。此情此景，苏轼突然想起了自己少年时，在一家村院墙壁上看到的两句诗："夜凉疑有雨，院静似无僧。"于是提笔写了一首绝句："佛灯渐暗饥鼠出，山雨忽来修竹鸣。知是何人旧诗句，已应知我此时情。"

静庵的那种温暖此刻一下子就陌生起来。凄风苦雨和静寂的僧院，让马上就要进入黄州的苏轼心情黯淡又略有凄恻。孤独和虚无化，似乎正是

---

[1] 《苏轼文集》卷十二《子姑神记》，第406页。

他抵达离京城一千零九里的流放之地黄州，真实的内心情绪。

检 讨

元丰三年（1080）二月初一下午，黄州知州陈轼（字君式）打开御史台公差递上的公文，看着那个站在自己公案下的苏轼，似乎并没有长途旅行带来的仆仆风尘和疲劳倦怠。

这也是他第一次见到文名誉满全国的苏学士。苏轼满脸平静，但却有意和陈轼表现出了某种距离感。

既然如此，尽管陈轼内心有对苏轼照顾有加的善意，但这次长官和流放官员的第一次见面，却表现为例行的公事公办。

由于没带内眷，苏轼和儿子被安排到定惠院的僧舍落住。定惠院在州城东南处，规模不大，但很有野趣。他这样描写这个寺院："绕舍皆茂林修竹，荒池蒲苇。"[1]

进入狭窄的僧房，放下行李，苏轼首先做的事，就是找来笔墨纸砚，给一个人上谢表，此人正是当今圣上。

在这封谢表里，苏轼首先是继续深刻检讨以往的种种过失："狂愚冒犯，固有常刑……用意过当，日趋于迷。赋命衰穷，天夺其魄。叛违义理，辜负恩私。茫如醉梦之中，不知言语之出。"

他也感谢"仁圣矜怜，特从轻典。贷其必死，许以自新。祗服训辞，惟知感涕……臣虽至愚，岂不知幸"。

在谢表结尾处，他又向当今圣上信誓旦旦地保证说："伏惟此恩，何以为报。惟当蔬食没齿，杜门思愆。深悟积年之非，永为多士之戒。贪恋圣世，不敢杀身；庶几余生，未为弃物。若获尽力鞭箠之下，必将捐躯矢石之间。指天誓心，有死无易。"[2]

最后的"指天誓心，有死无易"，真的是有股悲壮的凄凉之意。

---

[1] 《苏轼诗集》卷二十《五禽言五首并叙》，第 1046 页。

[2] 以上引文皆见《苏轼文集》卷二十三《到黄州谢表》，第 654—655 页。

一百三十多天牢狱中生理的创痛和心理的折磨，至亲好友的劝导安慰，死里逃生的惶恐和后怕，都或隐或显地体现在这篇上神宗皇帝的谢表里。这篇写给神宗皇帝的《到黄州谢表》，后人评价坡翁"悔而不屈，哀而不怨"，还是较为中肯。

这种强烈的自省和自我改造的想法，从他随后写给大宋政治精英的信中，也一见端倪。

三月，他收到已升任参知政事的朋友章惇的来信，心中颇为感动。在回信中，他说："轼自得罪以来，不敢复与人事，虽骨肉至亲，未肯有一字往来。忽蒙赐书，存问甚厚，忧爱深切，感叹不可言也。"他感谢"平时惟子厚与子由极口见戒，反覆甚苦，而轼强狠自用，不以为然"。

在自悔以往的狂妄强狠后，他信誓旦旦地向章惇保证说："若不改者，轼真非人也。"[1]

可见，初到黄州的苏轼，一直处于一种深深的自我责备和反省中。所以，他决心要洗心革面，在此地进行一场持久的、触及灵魂深处的思想大改造。这种强烈改造自己灵魂的决绝，将会主导他在此地的行为方式。

而这种行为方式，将和以前的那个苏轼，相差甚远。他的改造，真能成功吗？

洗　澡

黄州留给苏轼身体的第一个美好记忆，一定来自安国寺。因为在这里，他洗了人生最痛快的一场热水澡。

从上年八月入狱，到此时二月抵黄，苏轼要么身陷囹圄，要么辗转路途。身上堆积的尘垢，和着身心俱疲的懒乏，让刚刚安顿下来的他，急需一次酣畅的热水澡。

这个热水澡一定让他获得了久违的幸福感，他竟然为这次的洗澡写了

---

[1]　以上引文皆见《苏轼文集》卷四十九《与章子厚参政书二首（一）》，第1411页。

一首诗《安国寺浴》。诗的开篇就直呼："老来百事懒，身垢欲念浴。"

实际上，宋朝当时的习惯，是用冷水淋浴。热水洗澡，一般人家，根本就没有这样的条件。洗热水澡，算得上是一次奢侈消费。

小城黄州，哪里能洗到热水澡呢？

那时的公共浴室，只有大的寺庙才有条件设置。黄州城小，寺庙道观却很多，但只有城南一座叫安国寺的精舍才有一个条件不错的澡堂。同样也急需洗澡的苏迈，清理好干净衣物，便陪父亲一同前往。

黄州城不大，没几百步，就出了南门。继续向南，不一会儿，两人就看到了一段绿竹掩映的暗红院墙。

一入寺院，便觉此地别有洞天，寺庙气派，远超定惠院。

当值的小和尚，见两位陌生人着儒士之装，便知不是凡人。他把两位客人引入澡堂后，便前往方丈室，向安国寺的住持继莲（苏轼有时也写为继连）禀报说："今天来了两位洗澡的读书人，状似父子，应该是长老一直挂念的那个人吧？"

一州大寺的住持，和官府必维护好关系。安国寺住持继莲，对苏轼同样也有强烈的交往之心。

寺里的热水汤池，条件之好，也超出了苏轼的想象。看来，本寺住持，一定善于经营。

偏远地方也有偏远地方的好处。这里物价不高，薪炭便宜，所以，汤池的水，烧得滚烫。池子也很大，水汽烟雾迷蒙。温暖的蒸汽，一下子就将湿冷的春寒，隔离阻挡在外。

踏入池中，一股暖意，瞬即淹没苏轼全身。这真是自在自得的放空！那种舒适、轻松与惬意，缠绕周身，深入骨髓，怎一个舒服了得。

对苏轼来讲，洗个澡，也能洗出骄傲感和哲学思考。"尘垢能几何？翛然脱羁梏。"这满身的尘垢算个啥啊？我翛然往来，自可超越一切羁绊。庄子的影子，一下子就晃动起来。

洗完澡的苏轼，穿好干净的棉衣，洁净无垢，走出了浴室。没想到，一个和尚上前一步，双手合十，来人正是安国寺的住持继莲。

继莲引导苏轼父子往寺院各处参观，并告知苏轼，这寺院庄严气派的堂宇斋阁，都是自己一手操持新建的。

尽管黄州寺庙观宇随处可见，但这次飘飘欲仙般的洗澡带来的美妙感受，让苏轼对这个南门外的安国寺情有独钟。

元丰七年（1084）四月初六，在离开黄州的前两天，应住持继莲之请，苏轼特为他写了一篇《黄州安国寺记》。

在这篇小记里，他满怀深情地回忆了自己和这所寺院难以割舍的缘分。

在开篇，苏轼回忆自己初到黄州时，"舍馆粗定，衣食稍给，闭门却扫，收召魂魄，退伏思念，求所以自新之方"。一至黄州，这种思想改造的强烈愿望，确实深深根植在其内心深处。

他反省过往之失，"从来举意动作，皆不中道，非独今之所以得罪者也。欲新其一，恐失其二，触类而求之，有不可胜悔者"。

他认为以往所有的行致和自新之方，都与道不和。怎么办？他给出的是这样一个答案：

于是，喟然叹曰："道不足以御气，性不足以胜习。不锄其本，而耘其末，今虽改之，后必复作，盍归诚佛僧，求一洗之？"

也就是说，改正自己过失的大道根本，只能是归诚佛门，才能求自新之法，一洗旧我。

这条道路实际上了无新意，但却是中国士大夫无法实现自己抱负后的普遍出路。

所以，每隔一两天，他都会晨往暮归，焚香默坐于此。黄州五年，别无他处。

他还生动地描述这种"一洗之"的方法和收获："深自省察，则物我相忘，身心皆空，求罪垢所从生而不可得。一念清净，染污自落，表里儻然，无所附丽，私窃乐之。"[1]

他也从继莲所引老子"知足不辱，知止不殆"这句话，来调整修改自己的行为方式和价值观。

安国寺的"洗澡"，在苏轼不只是洗澡除垢，更是通过搓背去渍的行为，参悟佛法，改造灵魂。

四年后的十二月十八这天，在离开黄州前往汝州（今河南汝州）的路途上，他在泗州（今安徽泗县）写了两首与洗澡有关的词《如梦令》，俏皮而通透。其中一首为："水垢何曾相受。细看两俱无有。寄语揩背人，尽日劳君挥肘。轻手，轻手。居士本来无垢。"

这里，居士澄清无垢，直接就是借引了六祖慧能那句有名的"本来无一物，何处惹尘埃"。

通过洗澡获得身体和灵魂的双重洁净，安国寺是一个再合适不过的地方了。因为一个人要获得内心的安宁，除了心灵的自我反思，还要有合适的空间来获得有意味的暗示。

穿花踏月

潘丙三人最近几天经常穿行在黄州城内，希望能见到那个从东京流放过来的苏学士。但奇怪的很，黄州城里似乎见不着陌生的读书人。

之所以满城都不见苏轼的身影，是因为苏轼白天不出门，晚上偶尔出门。

他给章惇的信中，描述了自己的作息起居："初到，一见太守，自余杜门不出。闲居未免看书，惟佛经以遣日，不复近笔砚矣。"[2]

而黄州多雨的春天，也让苏轼更加意兴阑珊。

因为有酒，也因为有滴滴答答的雨声，无事一身轻的苏轼，似乎是犯了春困，总睡不醒。

---

[1] 以上引文皆见《苏轼文集》卷十二《黄州安国寺记》，第391—392页。

[2] 《苏轼文集》卷四十九《与章子厚参政书二首（一）》，第1412页。

每天卯时，也就是早晨五点到七点间，他先空腹饮酒三杯。雨滴青竹，真是最好的催眠乐曲。所以，"睡味清且熟""昏昏觉还卧"。等到强迫自己起来后，发现"酒醒不觉春强半，睡起常惊日过中"。

二月十六那天的那个觉，睡得才叫个长，"雨中熟睡，至晚，强起出门"，写了一首诗，"意思殊昏昏也"，连诗句都还在打瞌睡。

不过，春雨催花开，此时的黄州，花次第开放。年年岁岁花相似，岁岁年年人不同。因为苏轼的到来，黄州今年的春天，与往年大不一样。

思想改造中的诗人，还是会借偶然之名，夜游春风沉醉的黄州。他以"定惠院寓居，月夜偶出"为题，写了两首同韵的看花诗。

第一首开篇就写出了自己的窘境："幽人无事不出门，偶逐东风转良夜。"眼光所及处的月夜黄州，江云竹露，弱柳残梅，自然催生诗兴。但念及春已过半，人近半百，唯剩酒中真味，孤独成为必然的命运。所以，花开见春愁，欢意年年谢。

随后的一首看花诗，时空却廓然大开，气象盛远。

去年的徐州春日良夜，因为有朋友环绕，有花下吹箫的美少年子立兄弟，那种青春、月光和花朵交织带来的时序的明丽和生命的光亮感，后来一直印在苏轼的记忆深处。

元祐四年（1089）冬，当他得知那个曾冒险送自己出湖州城的学生和侄女婿子立去世的消息时，深深的哀伤马上缠绕着那个明朗的月夜，他如此清晰地记起了自己写黄州对月诗的复杂情感：

　　仆在徐州，王子立、子敏皆馆于官舍。而蜀人张师厚来过。二王方年少，吹洞箫，饮酒杏花下。明年，余谪居黄州，对月独饮，尝有诗云："去年花落在徐州，对月酣歌美清夜。今年黄州见花发，小院闭门风露下。"盖忆与二王饮时也。张师厚久已死，今年子立复为古人，哀哉！[1]

死亡带来的对青春的记忆，让生命痛切不已。所以，回到这首黄州对月诗，诗歌开头徐州与此地的对比，带来了不可遏制而爽朗的爆发力量，转而时空向过往和未来进发，近乎囊括一切："万事如花不可期，余年似酒那禁泻。"

一番海阔天空后，那个"我"最后还是回到肉身所在的当下："饥寒未至且安居，忧患已空犹梦怕。穿花踏月饮村酒，免使醉归官长骂。"

黯然心态下，只要没有饥寒，黄州还可安居。而面对官府的管制，苏轼的嘴角习惯性上扬，微带善意的嘲讽，那根傲骨，总在。

在黄州的第一个春天，先是月夜看花，后是各处寻花。有花，有酒，就会有穿花踏月的诗人。

月下无人

随后的某一天，苏轼穿行在定惠院东边的小山上，突然有了一个意外的惊喜。在满山杂花中，他竟然发现了一株西蜀海棠。这本地人不知其贵的海棠，何尝不正是自己身体与精神的外化呢？于是，他写了这首长诗《寓居定惠院之东，杂花满山，有海棠一株，土人不知贵也》。

好多年后，苏轼在一帮朋友前咏诵这首诗，当他吟诵到"雨中有泪亦凄怆，月下无人更清淑"两句，停下来对这帮人炫耀说："此两句，乃吾向造化窟中夺将来也。"[2]

这株定惠院东边小山间暗藏的海棠树，与此时的苏轼，确实可称人花合一，我即此花，此花即我。

诗的前十四句，描摹海棠的幽独、脱俗、富丽、娇羞、清淑等品格。首先是一连串的暗喻："自然富贵出天姿，不待金盘荐华屋。朱唇得酒晕

---

[1] 《苏轼文集》卷六十八《记黄州对月诗》，第2167页。

[2] 转引自《风月堂诗话》卷下，见《苏轼年谱》卷十九"元丰三年"条，第475页。

生脸，翠袖卷纱红映肉。林深雾暗晓光迟，日暖风轻春睡足。"这是借杨贵妃之容颜姿态，托举海棠的娇媚。

"雨中有泪亦凄怆，月下无人更清淑。"则是因实景所见激发而从造化窟中夺得的佳句。因为这美一下子从贵妃处跳脱开来，是灵魂之美，无关姿态。

后面转而写眼中或者想象中的那个"我"。

"先生食饱无一事，散步逍遥自扪腹。"这是实写当下自己的行状。"不问人家与僧舍，拄杖敲门看修竹。"这可是实写，也可是幻写，真是一副洒脱超然态。"忽逢绝艳照衰朽，叹息无言揩病目。"这是人与花对照后对生命的永恒哀叹。

"陋邦何处得此花，无乃好事移西蜀？寸根千里不易致，衔子飞来定鸿鹄。"这四句，是天问，探究这和故乡紧相连的海棠的神秘来历。最后的四句为："天涯流落俱可念，为饮一樽歌此曲。明朝酒醒还独来，雪落纷纷那忍触。"人与花化为一体，同为沦落天涯的幽独者。最伤心处，永远是花落人去的消亡。

在抵达黄州的第一个春天，他写了十首看花诗。因为在花里，他需要汲取生命的力量，更需要在那永恒的美里，寻求超脱的道路。

第一封来信

大年初一那天，子由在风雪中，特地从南京应天府来陈州为哥哥送行。巧的是，也是在陈州，苏轼收到了出狱后朋友寄来的第一封安慰信。

朋友的来信和子由的到来，给寒冷的雨雪天，增添了不少暖意。第二天，他马上给这位朋友回信。而到黄州后，他寄出的第一封信，同样是给这位朋友。

这位朋友是谁？

乌台诗案终审的结果，让苏轼内心极端不安。因为许多他尊敬的师长和最亲密的朋友，都无意中深陷其间，无端受祸。

他给自己最为尊敬的前辈司马光（字君实）写信，描写过那种心理上的灼痛："某以愚昧获罪，咎自己招，无足言者。但波及左右，为恨殊深，虽高风伟度，非此细故所能尘垢，然某思之，不啻芒背尔。"[1]

如果不能得到这些因自己而获惩戒的师友的谅解，他的灵魂将会一直受到拷问。

可能连苏轼都没有想到，第一个给他写信的人，竟然是这次乌台诗案中被处置最重的王巩（字定国）。

朝廷给王定国的判罚比苏轼的还要严重，他被贬放到广西宾州（今广西宾阳）监盐酒务，也就是管盐酒征税的小官。在北宋，广西还属蛮荒之地，瘴气杀人，流放者多会客死异乡。王定国出身名门，他的爷爷王旦是真宗朝的宰相。这样一个出身于钟鸣鼎食之家的贵公子，能够抵御岭南如此恶劣严酷的自然环境吗？

所以，在惴惴不安中展信一读，苏轼马上获得了解脱般的轻松，并马上提笔给定国回信。

"罪大责轻，得此甚幸，未尝戚戚。但知识数十人，缘我得罪，而定国为某所累尤深，流落荒服，亲爱隔阔。每念至此，觉心肺间便有汤火芒刺。今得来教，既不见弃绝，而能以道自遣，无丝发芥蒂，然后知定国为可人，而不肖他日犹得以衰颜白发厕宾客之末也。"[2]

本来一想到定国受己之累最深，心肺间便如汤火芒刺般疼痛，没想到定国却主动写信来，便知自己还是他信任的朋友。内心释然后，对定国的关心也油然而起。一想到定国贬往的宾州瘴气很重，他确实放心不下，马上又加写了一封回信："扬州有侍其太保者，官于烟瘴地十余年。北归面色红润，无一点瘴气。只是用摩脚心法耳。此法，定国自己行之，更请加功不废。每日饮少酒，调节饮食，常令胃气壮健。安道软朱砂膏，某在湖

[1]　《苏轼文集》卷五十《与司马温公五首（三）》，第1442页。

[2]　《苏轼文集》卷五十二《与王定国四十一首（二）》，第1513—1514页。

亲服数两，甚觉有益。到彼可久服。"

练功、调养、吃定国丈人的软朱砂膏，苏轼给了一揽子建议。

在这封信中，他还告知定国："子由昨来陈相别，面色殊清润，目光炯然，夜中行气脐腹间，隆隆如雷声。其所行持，亦吾辈所常论者，但此君有志节能力行耳。"所以，定国也可学学子由，坚持练道家功法，而且一定要持之以恒。

他还特别要求定国要远离女色，"粉白黛绿者，俱是火宅中狐狸、射干之流，愿深以道眼看破"。

此时的苏轼，真像一个絮絮叨叨的老者，他继续叮嘱道："此外又有一事，须少俭啬，勿轻用钱物。一是远地，恐万一阙乏不继。二是灾难中节用自贬，亦消厄致福之一端也。"[1]一句话，以前大手大脚惯了，现在人在边地，得量入为出，该节约要节约。

苏轼抵达黄州后，王定国还在前往广南西路的旅途之中。苏轼马上给他写信，通报自己的行止和现况，以求抱团取暖。

> 自到黄州，即属岸。人日伺舟驭消耗，忽领手教，顿解忧悬。仍审比来体气清强，且能自适，至慰……某寓一僧舍，随僧蔬食，甚自幸也。感恩念咎之外，灰心杜口，不曾看谒人。所云出入，盖往村寺沐浴，及寻溪傍谷钓鱼采药，聊以自娱耳。[2]

在此信中，苏轼试图通过描摹日常生活的自在，向王巩传递一种内心的宁静，来宽慰那个还在路途艰难跋涉的兄弟。

在王巩遥远的贬谪路途上，苏轼还写信为他设计旅程路线："某作书了，欲遣人至江州。李奉职言，定国必已从江西行，必不及矣。故复写此纸，

---

[1] 以上引文皆见《苏轼文集》卷五十二《与王定国四十一首（三）》，第 1514 页。

[2] 《苏轼文集》卷五十二《与王定国四十一首（一）》，第 1513 页。

递中发去。闻得此中次第，人皆言西江渐近上水，石湍激，险恶不可名，大不如衡、潭之善安。然业已至彼，不可复回也。若于临江军出陆，乃长策也。贵眷不多，不可谓山溪之险而避陆行之劳也。众议如此，切请子细问人，毋以不赀之躯，轻犯忧患也。"

设计这条路线，是建议定国走陆路，不要走西江水路，因为此江水流湍急，容易出事。

在信的结尾，他又再三向定国强调戒色的重要："前书所忧，惟恐定国不能爱身啬色，愿常置此书于座右。如君美材多文，忠孝天禀，但不至死，必有用于时。虽贤者明了，不待鄙言。但目前日见可欲而不动心，大是难事。又寻常人失意无聊中，多以声色自遣。定国奇特之人，勿袭此态。相知之深，不觉言语直突，恐欲知。"[1]

定国最终是否按苏轼的建议修改了路线，无从知晓。但这人世间的美好，不正是在于有人在远方对自己的各种挂念和给予吗？初到黄州的那些日日夜夜，苏轼最期盼的，一定是收到那个在旅途的朋友安抵流放之地的佳音。

来了一位四川老乡

苏轼并非只在夜间出门。如果太过于把他的叙事当作日记，我们会发现很多矛盾之处。他的文字，并非纯粹的日记，文字的推动力，完全来自写作时需要表达的某种情绪。

他迷恋那条从故乡奔流而来的大江，也喜欢在山谷无所事事地游荡。他实际上我行我素，在这个陌生之地，不去主动接触人，但也并不回避任何人。他按自己的性子，听凭兴致的驱动，和这个地方甚至有些格格不入。于是，这种格格不入，让越来越多的本地人知道，黄州来了一位不同凡响的奇怪人物。

---

[1] 以上引文皆见《苏轼文集》卷五十二《与王定国四十一首（六）》，第1516页。

按苏轼自己的讲述，应该是二月十六前后几天，吃过午饭后，他拄着拐杖，出定惠院，过南门，又来到江边。

大江茫茫，云涛渺然。但不知为什么，今天却没有泛舟的兴致。当那个已经脸熟的舟子向他走过来时，苏轼朝他摆了摆手。

对岸有青山葱茏，可惜，却在荆湖北路的地界。

一种伤感却略带暖意的回忆涌上心头，那青山，也算得上是故地。

突然，一个长着一脸胡子，年岁比他略大的瘦高男子，走到他身前，向他深深一揖，开始了一场神秘的接头。

"请问，您是眉阳苏子瞻先生吗？"

苏轼内心一个激灵，这人竟讲一口地道的四川话，甚觉可亲。

"我叫王齐万，乃嘉州犍为人士。不过，我现在寓居在江对岸武昌县的刘郎洑。"

"犍为？好多年前，我在进京的途中，曾参观过犍为的王氏书楼。可惜，楼在人去。"

那人似乎略微有些尴尬，说："我正是那座王氏书楼的主人。"

想不到，二十一年后，苏轼竟然在这个地方，遇见了西川鼎鼎大名的王氏书楼的主人，真可谓命运中神奇的巧遇。他与父亲和子由第一次共同游历的往事纷涌而至，脸上竟不自觉显出暖意。

这两个人，就在江边欢畅地聊起来了。某个时刻，似乎讲到了一件奇闻，苏轼惊讶不已，嘴巴大张。某个时刻，似乎讲到了一个共同的朋友，来人如鸡啄米，点头称是。

也不知聊了多久，来人低身拱手，向苏轼告别。

元丰七年（1084）三月，苏轼正在为离开黄州做着各种准备。初九那天，他给住在江南刘郎洑（今鄂州车湖）的朋友王齐愈（字文甫），写了封告别信，解密了那次江边的神秘接头。

　　仆以元丰三年二月一日至黄州，时家在南都，独与儿子迈来郡中，无一人旧识者。时时策杖至江上，望云涛渺然，亦不知有文甫兄弟在江南也。居十余日，有长而髯者，惠然见过，乃文甫之弟子辩。留语半日，云："迫寒食，且归车湖。"仆送之江上，微风细雨，叶舟横江而去。仆登夏隩尾高丘以望之，仿佛见舟及武昌，乃还。尔后遂相往来。[1]

苏轼对人对物，自有深情，不可阻遏。王齐万（字子辩）的到访，竟让他如此这般相送，可见内心的激越和感动。人生的孤独，并不是周围没有人，而是周围人很多，却都是陌生者。

在最寂寞的时刻，竟能他乡遇故知，那种内心的欢愉，不可言表。他马上写了一首《王齐万秀才寓居武昌县刘郎洑，正与伍洲相对，伍子胥奔吴所从渡江也》，追叙他与王氏书楼的渊源。

诗歌的前半段讲述文甫兄弟的往日家事。"君家稻田冠西蜀，捣玉扬珠三万斛。塞江流柹起书楼，碧瓦朱栏照山谷。"那时的王家，乃西蜀首富，修盖在山谷间的西蜀第一家书楼，碧瓦朱栏，光彩夺目。可惜的是，"倾家取乐不论命，散尽黄金如转烛"，眼见他起高楼，眼见他楼塌了。"惟余旧书一百车，方舟载入荆江曲。江上青山亦何有，伍洲遥望刘郎薮。"还好，剩下百车旧书相伴，船载至此，在伍洲对面的刘郎洑，安顿了下来。

接下来，苏轼在那种爽朗情绪的推动下，又狂放洒脱如往日。一想到寒食节可以过江，"与君饮酒细论文，酒酣访古江之濆"，马上豪气不可一世。"明朝寒食当过君，请杀耕牛压私酒。"这气势，有点梁山好汉进店桌子一拍，大喊一声小二上牛肉的目空一切。要知道，在大宋朝，杀耕牛，压私酒，都是犯罪行为。豪情一旦盖天，"仲谋公瑾不须吊，一酹波神英烈君"，最多也就是以酒撒江，祭奠下江神伍子胥就好。

确实，对岸的乡人和青山，勾起了苏轼青年时代五味杂陈的往事记忆。

---

[1] 《苏轼文集》卷七十一《赠别王文甫》，第2260页。

嘉祐四年（1059）十月，苏轼携家第二次进京。那次的进京，是多么温暖而满怀憧憬的旅途啊。父亲、弟弟及弟媳一家人，妻子王弗和刚出生不久的苏迈，一大家子人作别故土，迁往京城。父子三人都对未来充满了信心：那个大宋繁华的都城，正等着他们去创造伟大的业绩。

十月下旬，他们在嘉州参观过一家私人藏书楼，苏轼还写了一首诗，名《犍为王氏书楼》。这是一间奇怪的书楼，"磊落万卷今生尘……借问主人今何在，披甲远戍长苦辛"。原来，这家书楼的主人，因犯事充军戍边去了。

那次的旅途，家人围拥，优游胜地，父子三人赋诗唱和，那是永远不能重来的快乐。

七年后的六月，他和子由在哀伤中，乘船沿江逆流而上，扶父亲棺椁归葬眉州。在那艘船上，还停放着那个令他"不思量，自难忘"的亡妻王弗的棺木。他们的船曾停靠樊口。"我见青山亦带泪，人间何处话凄凉"，所以他们并未上岸。

与王氏书楼的昔日主人相见于此地，各种交集和回忆引发的复杂情感，让苏轼与他们天然亲近。因为，从前，那场青春时光的畅游，时时梦回。现在，这命运转折处的风浪，不怕。

首访黄州的故人

但寒食节那天，苏轼却食言了，他并没有过江，去找王氏兄弟喝酒。究其原因，可能是朝廷下的那道"本州安置"的命令，让他有些畏首畏尾。

所谓"本州安置"，也就是苏轼本人不能离开黄州。在北宋，黄州属淮南西路，下辖麻城、黄陂及黄冈三县，州治在黄冈县。而长江南岸的武昌县（今湖北鄂州），属荆湖北路的鄂州（今湖北武昌）。所以，去江对岸的武昌，不止是出了州，甚至还是出了路（相当于今日的省）。

寒食节后的二十天，是谷雨的第二候，此时正是西山酴醾花盛开之时。此时有父子三人，在山间采花汲泉，享受这年最后的春光。

这年年初，杜沂（字道源）带着家眷沿江而下，前往润州（今江苏镇江）任职。过黄州时，船停在了江对岸，因为他的大儿子杜传（字孟坚），正在此地任法曹。

来自四川的杜道源，和苏家是世交。杜道源应该是游览西山后，才从孟坚那得知苏轼在此。所以，第二天，父子三人带了一束醾醿花，以及一罐菩萨泉的泉水，前来拜访苏轼。

又是一次意想不到的故人相逢。杜道源这次还带来了几支他父亲留存的诸葛笔。见到这礼物，苏轼不由得给杜道源讲了一个神奇的故事：

> 杜叔元君懿善书，学李建中法。为宣州通判。善待诸葛氏，如遇士人，以故为尽力，常得其善笔。余应举时，君懿以二笔遗余，终试笔不败。其后二十五年，余来黄州，君懿死久矣，而见其子沂，犹蓄其父在宣州所得笔也，良健可用。[1]

原来，苏轼参加科考时，竟然用的是道源父亲所赠的两支诸葛笔，整个考试下来，这两支笔都没有写秃。

一直向往游览江对岸的西山，这次听闻他们父子的描述后，苏轼写了两首诗，送给道源。

在《杜沂游武昌，以醾醿花菩萨泉见饷，二首》的第一首诗，他以迷幻之语，感叹醾醿花的种种之美："醾醿不争春，寂寞开最晚。青蛟走玉骨，羽盖蒙珠幰。不妆艳已绝，无风香自远。"前六句，用白描写实相。"凄凉吴宫阙，红粉埋故苑。至今微月夜，笙箫来绝巘。余妍入此花，千载尚清婉。"此六句，则是幻语，醾醿的花魂，实乃千年前吴宫佳人的精魂所化。因为花这么美，所以"怪君呼不归，定为花所挽。昨宵雷雨恶，花尽君应返"。

第二首，则专言泉。这首诗，因为没到现场，应酬的成分稍微多了些。"君

---

[1] 《苏轼文集》卷七十《书杜君懿藏诸葛笔》，第2234页。

言西山顶，自古流白泉。上为千牛乳，下有万石铅。不愧惠山味，但无陆子贤。愿君扬其名，庶托文字传。"上半首，转述道源所见白泉貌，并希望他能像陆羽一样，通过自己的文字，让此泉扬名。"寒泉比吉士，清浊在其源。不食我心恻，于泉非所患。嗟我本何有，虚名空自缠。不见子柳子，余愚污溪山。"下半首，以说理，感慨自己为虚名所误，泉清而心浊。

道源的此次到访，让苏轼感念不已。一年后的初夏，他曾给已赴京口（今江苏镇江）上任的杜道源写信说："谪寄穷陋，首见故人，释然无复有流落之叹。衰病迂拙，所向累人，自非卓然独见，不以进退为意者，谁肯辱与往还。每惟此意，何时可忘。别来又复初夏，思企不可言。"[1]

在最糟糕的境遇下，第一个来探望自己的老朋友给予的那种雪中送炭般的温暖，让苏轼念念不忘。

而道源所描述的那个西山，更是勾起了他前往一游的欲望。但他还是需要仔细斟酌，方能下定决心。

仕宦间的交游

尽管苏轼总以戴罪之身不愿和外界打交道，但他自带的光环，以及仍保有的官员身份，让方圆两百里有效交际范围内的各州县官吏，还是愿意主动和他交往。

苏轼为了不连累黄州主官陈轼，经常会找借口推掉和他的约见。但作为一个喜爱美酒的达人，那个主动上门送酒的监黄州酒税的税务官员乐京，苏轼和他却一下就相处甚深。

那为什么黄州官府第一个和他建立紧密关系的人，是监管酒税的乐京呢？

在宋代，酒，和盐铁一样，都是专卖产品。老百姓可以自己偷偷地酿酒，自己在家喝没事，但严禁贩卖。而且，宋代官员的工资，有一部分会

---

[1] 《苏轼文集》卷五十八《与杜道源书（一）》，第 1757 页。

用实物抵扣。在《初到黄州》这首诗里，苏轼就有点惭愧地做自我批评："只惭无补丝毫事，尚费官家压酒囊。"在诗后，苏轼解释了何谓压酒囊："检校官例折支，多得退酒袋。"也就是说，官饷中的折支部分，大部分实物都会是官法酒用过后的废袋。这废袋中，应该多多少少还有些剩酒。

天高皇帝远。管酒的乐京，和苏轼同为天涯沦落人，自然会在自己的职权范围内，一是送酒给他，二则官饷折为酒袋的部分，也可稍作倾斜。

估计乐京送的酒还不少。苏轼总信誓旦旦，说要封笔，结果，有酒，而且可能还是黄州最好的酒，这酒一喝好，诗兴必发。然后，美丽的文字倾泻而出，语言开始自己说话。

宋朝由科举出身的官员，自然都会写诗。乐京给苏轼送酒，附带还写了一首诗。于是，苏轼礼尚往来，回了一首《次韵乐著作送酒》。这个"著作"，不是书，是个官名。乐京以前，曾担任过著作佐郎，也是被贬到黄州的。

诗是写喝酒，写得痛快淋漓，看不出一点乌台诗案造成的心理阴影。

"少年多病怯杯觞"，这是实写自己少年时代，因为先天体弱，不敢碰酒杯。"老去方知此味长"，但人生老去，才知道酒中真味长。"万斛羁愁都似雪"，这个比喻真好，有色彩的通感，也蕴含雪融化的动作性，所以结尾的"一壶春酒若为汤"，就漂亮闪现，把"羁愁都似雪"的隐晦语义，一下子就给说透了：汤是什么？是热水。原来，一壶春酒如热水，可以浇雪化愁。

没几天，苏轼又收到乐京的一首诗。因为惦记着他的好，他又马上按乐京的诗韵，唱和了一首《次韵乐著作天庆观醮》。

其实，民间知道黄州来了一位不同寻常人物的人，除了那个子姑神，还有一个人，应该是马铺传递文书物件的小吏。

所谓马铺，也即驿站的俗称。唐人杜预在其《通典》中曾讲道："马铺，每铺相去三十里，于要路山谷间，牧马两匹，与游奕计会。有事警急，烟尘入境，即奔驰报探。"[1]

而到了宋代，其官方快递系统更为完善。最为关键的是，在没有战争的状态下，大宋官员可以免费享受这种快递服务。

元丰三年（1080）的春节过后，黄州马铺一名姓李的奉职突然发现外地以及本郡寄往黄州城内定惠院的信件和包裹数量直线上升，而且，收件人都是同一个人。这个收件人，竟然是文名大盛的苏轼苏大人。

这一天，酒壶见底了，苏轼正在发愁，武昌那边负责快递的专使上门了。他先把礼物放下，然后拿出了一封信递给苏轼，说这是鄂州的知州大人送来的酒和书信。

鄂州知州朱寿昌（字康叔），和苏轼兄弟俩是多年的老朋友，现在苏轼落魄，到了黄州，康叔自然会借知州之权、地利之便，尽可能多地照顾苏轼。

正为酒愁，却有美酒上门。苏轼马上写了封感谢信："武昌传到手教，继辱专使堕简，感服并深。比日尊体佳胜。节物清和，江山秀美，府事整办，日有胜游，恨不得陪从耳。双壶珍贶，一洗旅愁，甚幸！甚幸！佳果收藏有法，可爱！可爱！拙疾，乍到不谙风土所致，今已复常矣。子由尚未到真，寸步千里也。未由展奉，尚冀以时自重。"[2]

康叔送来酒和水果，但苏轼最中意的是那两壶好酒。苏轼无他物回赠，就只好送自己的字画了："作墨竹人，近为少闲暇，俟宛转求得，当续致之。呵呵。酒极醇美，必是故人特遣下厅也。"[3]

两人间那段时间信件往来极多，而且朱康叔想到苏轼人生地不熟，生活物资缺乏，每次都给他赠送各种生活用品。所以，苏轼给朱知州的感谢信一封接一封。

"生煮酒四器，正济所乏，极为珍感。生酒，暑中不易调停，极佳。

---

[1] 《通典》卷一百五十二《兵五·守拒法附》，第 801 页。

[2] 《苏轼文集》卷五十九《与朱康叔二十首（一）》，第 1785 页。

[3] 《苏轼文集》卷五十九《与朱康叔二十首（二）》，第 1785 页。

然闵仲叔不以口腹累人。某每蒙公眷念，远致珍物，劳人重费，岂不肖所安耶！"[1]

看来，只要与酒有关，苏轼就会念念不忘。

因为离得近，两人的友谊变得更为深厚。这种关系，不仅让苏轼获得了诸多日常生活上的便利，而且为他在一个更大的地理空间内活动提供了有力的政治庇护。而这种政治庇护至关重要，它不仅可以舒缓苏轼的心理压力，还可让他摆脱权力管制的枷锁，并在兴起之际恢复原本的性情和面目。

率然游寒溪西山

道源在黄州待的时间并不太长，但故人相逢带来的惬意，使得这段时间，苏轼和他们父子俩频繁往来。

有一天，他收到了朱康叔送来的土特产，马上给孟坚写了一封信："朱守饷笋，云潭州来，岂所谓猫头之稚者乎？留之，必为庖僧所坏，尽致之左右。馔成，分一盘足矣。"[2]

苏轼好口腹之欲，遇到了从长沙送来的名笋"猫头之稚"这么好的食材，担心被定惠院的火头僧糟蹋，也就不和晚辈见外，食材全拿走，但也不客气，做好了得分一盘给自己。

他这时还收到了定国给他寄来的两壶京酒，马上把好东西和朋友分享："京酒一壶送上。孟坚近晚必更佳。"[3]（见图《京酒帖》）

但杜氏父子所言江南山水，一直让他有点魂不守舍。他要做点调查的工作，以决定自己是否过江。

和朱康叔高效建立的友谊，虽然为苏轼的过江提供了较为坚实的政治保障，但还不够牢靠。于是，他给道源写了一张便条："道源无事，只今

---

[1] 《苏轼文集》卷五十九《与朱康叔二十首（十五）》，第 1790 页。

[2] 《苏轼文集》卷五十八《与杜孟坚书三首（三）》，第 1758 页。

[3] 《苏轼文集·苏轼佚文汇编》卷二《与杜道源五首（二）》，第 2439 页。

可能枉顾啜茶否？有少事须至面白。孟坚必已好安也。轼上，恕草草。"[1]
（见图《啜茶帖》）

面谈的小事是什么呢？估计是需要通过道源，了解下武昌令江绖的为人处世。如果这个官员不是坚定的王安石一系，那么前往西山，就不存在任何障碍了。

游玩西山后，他给季常写信，开篇就说："数日前，率然与道源过江，游寒溪西山，奇胜殆过于所闻。"[2]

这个"率然"一词，颇有深意，隐含了他下决定前的种种担心和考量。但黄州和鄂州都没有政敌，四月十三这天，苏轼自然也就不管不顾，潇潇洒洒过江而去。

而西山的奇观胜景，不仅名不虚传，而且也远远超出了杜氏父子的描绘。

这次夏初的江南行，武昌令江绖以东道主的身份出来接待，更是让苏轼可以彻底放空自己。

到黄州已过百天，这是苏轼第一次能畅快地漫游山水，所以，喜悦一路可见。苏轼第一次开始为西山写诗。

在《游武昌寒溪西山寺》一诗中，他先是从黄州的视角，看江对岸处，"连山蟠武昌，翠木蔚樊口"。而身在此地，日思夜想过江一行，"我来已百日，欲济空搔首。坐看鸥鸟没，梦逐麏麀走"，于是"今朝横江来，一苇寄衰朽"。接下来，就是在寒溪西山所见所为："高谈破巨浪，飞屐轻重阜。去人曾几何，绝壁寒溪吼。风泉两部乐，松竹三益友。徐行欣有得，芒屦在蓬莽。"然后，视角转为西山峰顶远眺："西上九曲亭，众山皆培塿。却看江北路，云水渺何有。"接下来，就是历史遗迹："离离见吴宫，莽莽真楚薮。空传孙郎石，无复陶公柳。"

---

[1]　《苏轼文集·苏轼佚文汇编》卷二《与杜道源五首（四）》，第 2440 页。

[2]　《苏轼文集》卷五十三《与陈季常十六首（七）》，第 1566 页。

见了此山此水，苏轼那颗心又不安宁了："尔来风流人，惟有漫浪叟。买田吾已决，乳水况宜酒。所须修竹林，深处安井臼。"

或许江南是中国人永远的乡愁，他竟然起了在武昌买地的念头。因为，那里有适合酿酒的菩萨泉，如果再种一片竹林，打一口深井，就是安老佳处。

这个买地的念头，也与季常前不久给他的一封信有关联。应该是停留岐亭的那五天，苏轼向季常表达了在此处买田的意向，然后，季常给他推荐了一块位处武昌的良田。

游毕西山，他给季常回了一封信："领手教，具审到家尊履康胜，羁孤结恋之怀，至今未平也。"开篇先是表达了自己在孤旅羁绊中，对季常的深深怀念之情。

谈及寒溪西山，感叹："奇胜殆过于所闻。独以坐无狂先生，为深憾耳。呵呵。"说到武昌良田，"曲尽利害，非老成人，吾岂得闻此"。[1]看来，季常在此地人脉甚广，应该是为苏轼找到了一块好田。

但苏轼一想到"本州安置"的禁令，斟酌再三，马上又给季常回信说："示谕武昌一策，不劳营为，坐减半费，此真上策也。然某所虑，又恐好事君子，便加粉饰，云擅去安置所而居于别路，传闻京师，非细事也。虽复往来无常，然多言者何所不至。若大霈之后，恩旨稍宽，或可图此，更希为深虑之，仍且密之为上。"[2]

那些好事君子的闲言碎语，真是太过可怕的武器，虑及而后怕。所以，武昌买田，只能留待以后再说。

为了纪念此次难忘的西山首游，苏轼还特在西山岩壁上题字如下："江縯，苏轼，杜沂，沂之子传、俣游。元丰三年四月十三日。"[3]

看来，苏轼也有题个"到此一游"的爱好。

---

[1] 以上引文皆见《苏轼文集》卷五十三《与陈季常十六首（七）》，第1566页。

[2] 《苏轼文集》卷五十三《与陈季常十六首（八）》，第1567页。

[3] 《苏轼文集·苏轼佚文汇编》卷六《武昌西山题名二首（一）》，第2851页。

江上往来人

四月底，长江上前后有两艘船，正逆流而上，向黄州驶来。

正月在陈州和子由会晤时，苏轼委托弟弟在前往贬放之地筠州（今江西高安）时，顺便把自己的家眷送来黄州。

由于女眷小孩很多，子由选择的是水路出行，这样既安全又舒适。我们无法得知子由出发的具体日期，但没有差人押送，他也是边走边游，船行至某处，如有胜景或故人，也就乘便登岸游赏或拜访故旧。

寒食节左右，他在高邮一晤秦观（字少游，一字太虚），四月中，他又在池州（今安徽池州）拜访了池州知州滕元发（字达道）。

滕达道是范仲淹的外孙，也是个奇人。他两度参加会试，第一次考中了会试第三名，却在殿试时因诗文触犯了仁宗而落榜。四年后，他卷土重来，最终又获得了殿试第三的好成绩。关键是，他不是纯粹的文人，对兵法深有研究，也是难得的实战将才。

滕达道在辈分上要比苏轼兄弟高，但他中进士的时间只比苏轼兄弟早两年，因此也算亦师亦友的关系。

子由来访，滕达道正遇到麻烦事，他已收到朝廷指令，马上就要离开池州，移任别州。但他还是陪同子由饮酒，并同登萧丞相楼，并请子由作《池州萧丞相楼二首》。

也就在这个时候，另一艘船上，有一个伤心欲绝的人，此时已接近黄州。

苏轼也在黄州等待那个伤心之人。他给朱知州写信，告知长江上往来之人中，有他最为亲近之人。"与可船旦夕到此，为之泫然，想公亦尔也。子由到此，须留他住五七日，恐知之。"[1]

苏轼为啥会如此伤心呢？是因为"与可船"是装有与可灵柩的丧船。与可是文同的字，他是苏轼的从表兄，北宋著名的画家，墨竹的画法，就始于文同。苏轼创造的成语"胸有成竹"，讲的就是文同的故事。

---

[1] 《苏轼文集》卷五十九《与朱康叔二十首（十五）》，第 1790 页。

苏轼非常敬爱自己的这个从表兄，而且也向他学习过画墨竹的技艺。文同去年正月在陈州去世，苏轼悲痛欲绝，曾在二月初五，为他写了一篇祭文。

一年后，文同的儿子，也是自己侄女婿的文务光，和他的兄弟一起，扶父亲棺柩回四川老家安葬。灵船这一经停黄州，又让苏轼泪流不止。

何以表达哀思呢？他只能用文字一浇胸中块垒。在《黄州再祭文与可文》的结尾处，联想己身漂浮不定，他只能呼告不已：

> 昂然来归，独立无群。俛焉复去，初无戚欣。大哉死生，凄怆蒿焄。
> 君没谈笑，大钧徒勤。丧之西归，我审江渍。何以荐君，采江之芹。
> 相彼日月，有朝必曛。我在茫茫，凡几合分。尽此一觞，归安于坟。
> 呜呼哀哉！[1]

死生相隔的痛楚，在世者，也只能于哀伤中，采芹尽觞，为亡者的灵魂祈祷安宁。

百日后，收到文务光告知与可下葬为安的消息，苏轼给他回信，仍情难自禁："不审荼毒以来，气力何似，变故如昨。两易晦朔，追慕无穷，奈何！奈何！中前人还，辱书，重增哽咽。"

转而他又宽慰侄女婿要为老母亲着想，眼光放远点，保重好自己的身体："吾亲孝诚深笃，若不少节哀摧，惟意所及，不以后事为念，何以仰慰堂上之心。惟万万宽中强食。"[2]

尽管黄州只是大宋偏远落后的下等小州，但苏轼对它的认识非常清醒。在给滕达道的信中，他曾一语中的地总结说："黄当江路，过往不绝。"[3]

可以说，作为陆路和水路都可连通京师汴梁的黄州，这样的地理便利，

---

[1]《苏轼文集》卷六十三《黄州再祭文与可文》，第1942—1943页。

[2] 以上引文皆见《苏轼文集》卷五十一《与文郎一首》，第1512页。

[3]《苏轼文集》卷五十一《与滕达道六十八首（二十）》，第1481页。

还是为苏轼提供了连接更广阔世界的保证。

此后，这长江上总有不断的往来之人，他们行经黄州，必然会停下来，去探望或结识流放中的诗人。

身段还可再低点

因名得罪，故欲去名。流放中的诗人，需要寻找安放身体的大地。这大地，不只是地理性质的，更是精神层面的。

初到黄州的苏轼，苏轼开始放下以往士大夫的身段，尝试与底层的各色人等打交道。他会常常到小酒店，和一群不认识的贩夫走卒、渔人樵夫喝酒。此前，他一点都不了解，这群人简单的喜怒哀乐、一时兴起的粗蛮狂野。

在这样一群人中，他会获得一种不是名人的自在，重新成为一个鲜活的人，而不是那个大名鼎鼎的公众偶像苏学士。

这年年底，他给李之仪（字端叔）写信，描写了那种混迹于普通百姓中的喜悦："得罪以来，深自闭塞，扁舟草履，放浪山水间，与樵渔杂处，往往为醉人所推骂。辄自喜渐不为人识。"[1]

但要想更深入地了解黄州本地的风土人情，还是需要与这些底层人成为朋友才行。

潘丙、郭遘和古耕道等人，是通过何种方式，进入到苏轼的日常生活中，不得而知。我们只能猜度，一个初到此地的陌生人，他需要有人帮助他，去熟悉这里的集市、本地风味的饭庄、日常娱乐的场所。当潘丙走向他，告知自己的身份时，他读书人和酒店主人的双重身份，会让苏轼犹觉亲近，不会有任何戒心。

衣食住行乃至零碎的种种便利需求，是一个外乡人最需要尽快熟知的常识。而这些周边的街坊邻居，刚好可以让他尽快地融入到黄州本地的日

---

[1] 《苏轼文集》卷四十九《答李端叔书》，第 1432 页。

常生活里。与他们交往相处一深，此地自然灯火可亲，烟火气可见。

在黄州随后的日子里，潘丙、郭遘和古耕道，将成为苏轼与黄州本地普罗大众连接的桥梁。他们未来还将与苏轼邻里相望，为他提供日常生活及耕作所需的各种帮助，并随时陪伴他喝酒、出游。

把自己士大夫的身段放低，还要放得更低一点，那些黄州的各色人等，都会在与苏轼的交往中，自发地对苏轼无所求地施以援手，并给予他最素朴的爱戴。

说来也巧，此前也曾有一个眉山人任伋（字师中），曾通判黄州。他为官清正，在此地留下极好的名声。他离开黄州后，黄州人专门在定惠院修盖了一座亭子和庵堂，取名"任公亭"和"师中庵"，来宣赞他的恩德。

元丰四年（1081）上半年，师中去世。消息传来，黄州人自发举办各种活动，以示悼念。

作为眉山老乡和后进的苏轼，也和黄州人一起来祭奠乡贤。他曾在其《祭任师中文》中写道："眉阳陈慥、苏轼，犍为王齐愈、弟齐万，黄州进士潘丙、古耕道致祭于故泸州太守任大夫师中之灵曰：允义大夫，维蜀之珍……"[1]一群四川老乡中，还有两个黄州人。

但更为重要的是，他在随后的一封信中透露了这样一个信息："黄人闻任师中死，相率作斋，然皆以轼为主，亦一段佳事。"[2]

在这些人看来，戴罪之身的苏轼，只是官家人眼中的流放者。从他们和苏轼交往的第一天起，他们就自觉地把苏轼作为中心人物，发自内心地仰慕和尊敬他。

而对于苏轼来讲，这是一个以前无从了解的新世界：在与本地这些凡夫俗子打交道的过程中，他能深刻感受到他们内心油然而生的质朴情感，以及无以言加的温暖关怀。

---

[1] 《苏轼文集》卷六十三《祭任师中文》，第 1944 页。

[2] 《苏轼文集·苏轼佚文汇编》卷四《与友人一首》，第 2512 页。

这温暖，同样也将成为他在此地安身立命的另一个精神依托的重要支点。

谁见幽人独往来

苏轼第一天的检讨，出自本心。所以，翻检他在黄州第一年所作诗和词，数量比以往确实大为减少。上半年，他只填了一首词《卜算子·黄州定慧院寓居作》，却是他词作的精品。

这首词，是苏轼自写初到黄州的寂寞凄凉。

上阕是实写。开篇两句"缺月挂疏桐，漏断人初静"，缺与疏，月和桐，孤独高洁之意自现。动词"断"引出夜深，继而人初静，凄凉愈深愈寒。第三句"谁见幽人独往来"，幽人是自指。他在同一时间所写诗《月夜偶出》，第一句"幽人无事不出门"，同为自指。第四句"缥缈孤鸿影"，写夜空中，一只孤鸿飞过，留下若有若无的身影。

下阕极具想象力，词人幻化为那只孤鸿，以其自居，也以其自况。写孤鸿的所看、所行、所感。

"惊起却回头，有恨无人省"，被惊起的孤鸿，回头寻找危险之源，暗伤此恨，无人知悉。"拣尽寒枝不肯栖，寂寞沙洲冷"，挑尽所有清寒的枝意，只因内心高洁不染尘埃，却不肯栖息其上，而翼下沙洲一片，寂寞孤冷。此沙洲，是客观世界，也暗指内心。

黄庭坚评价此词说："语意高妙，似非吃烟火食人语，非胸中有数万卷书，笔下无一点尘俗气，孰能至此。"[1]

此词寒彻沁骨，足以可见苏轼初到黄州的心境。天地之广，无以栖身，孤高冰清，决不悔过。这时的黄州，在苏轼眼里，是世间最清寒寂静的沙洲。

初见黄州的样子

真的是一个不能再小的小城。

---

[1] 《苕溪渔隐丛话前集》卷三十九《东坡二》，第 268 页。

刚到黄州的苏轼，打量着这里的人和事，一切都很新鲜，但不是欣欣然的样子。

最足称道的，是这里的物价。在四月给章惇的信中，他说："黄州僻陋多雨，气象昏昏也。鱼稻薪炭颇贱，甚与穷者相宜。"[1]

在给定国的信中，他有些知足地讲道："知有煞卖鹅鸭甚便，此间无有，但买斫脍鱼及猪羊獐雁，亦足矣。"[2]

在给秦观的信中，他这样介绍黄州："柑橘椑柿极多，大芋长尺余，不减蜀中。外县米斗二十，有水路可致。羊肉如北方，猪、牛、獐、鹿如土，鱼、蟹不论钱。"[3]

可见黄州本地物产尚算丰盛，关键是物价便宜得不能再便宜了，生活成本相比以往任职之地，还是要低不少。

尽管如此，苏轼还是认为黄州有些简陋，因为这里不出产有特色的土特产。

他曾给定国写信抱怨说："惠京法二壶，感愧之至。欲求土物为信，仆既索然，而黄又陋甚，竟无可持去，好笑！好笑！"[4]

大概也是在同一个时间，他给诗僧参寥子（道潜）写信抱怨说："黄州绝无所产，又窘乏殊甚，好便不能寄信物去。"无奈中，想到参寥是方外之人，于是，发生了一件更为可笑的事，由于实在找不到合适的礼物，他不无歉意地写道："只有布一疋作卧单。怀悚！怀悚！"[5]

但最让他烦扰的事，却是此地远离京城，各种信息的隔绝和滞后，让他无法及时接触外面的最新消息。

[1] 《苏轼文集》卷四十九《与章子厚参政书二首（一）》，第 1412 页。

[2] 《苏轼文集》卷五十二《与王定国四十一首（八）》，第 1518 页。

[3] 《苏轼文集》卷五十二《答秦太虚七首（四）》，第 1536 页。

[4] 《苏轼文集》卷五十二《与王定国四十一首（五）》，第 1515 页。

[5] 以上引文皆见《苏轼文集》卷六十一《与参寥子二十一首（四）》，第 1860 页。

他向司马光吐槽说："谪居穷陋，如在井底，杳不知京洛之耗。"[1]

在这年下半年给妻弟王箴（字元直）的信中，他还是这般感受："黄州真在井底，杳不闻乡国信息。"[2]

这种如在井底的窒息感，主要是因为苏轼，真的如同自己在给神宗皇帝谢表里所表白的那样，要改过自新，不主动和外界联系。

所以，在黄州第一年他写的所有信件中，苏轼总在强调那种主动的自我封闭性，不写诗作文，并近乎屏蔽了自己的社交圈。

在给参廖的信中，他这样描述自己的现状："仆罪大责轻，谪居以来，杜门念咎而已。平生亲识，亦断往还，理故宜尔。"[3]

实际上，初到黄州，他和自己朋友圈最亲密的人，联系还是非常紧密的。但出于一种自我保护策略，他自始至终都自觉地向外界传递这种自闭的苦难形象。确实，乌台诗案给他造成的巨大伤害，让他现在有了一种强烈的自我保护意识。

但在那首《初到黄州》的诗里，他眼中的黄州，和那些私密信件里的黄州，真不太一样。

"自笑平生为口忙，老来事业转荒唐。"这还是以前的那个苏轼，充满了自嘲的反讽，这反讽实际上建立在他强大的生命意志上。

"长江绕郭知鱼美，好竹连山觉笋香。"一方水土养一方人，也产一方物。对于爱美食的苏轼来讲，这里就有最好的解药。

这个初见的黄州，一直友好地包容和接纳着苏轼。当这里的一草一木、一江一人都了然于胸、触目可亲时，他就会拿起那支生花妙笔，记录晨昏际四季山水的曼妙和人间灯火的冷暖。

---

[1] 《苏轼文集》卷五十《与司马温公五首（三）》，第 1442 页。

[2] 《苏轼文集》卷五十三《与王元直二首（一）》，第 1587 页。

[3] 《苏轼文集》卷六十一《与参寥子二十一首（二）》，第 1859 页。

第二章　站在黄州念故乡

临皋亭

子由和家人乘坐的那艘船，离黄州越来越近了。

定惠院的僧舍，明显不适合女眷居住，而且，来的是一大家子人。住，成为一个迫在眉睫的问题。

鄂州知州朱康叔虽然"县官不如现管"，却也给苏轼出主意，想办法。他对苏轼的家庭成员，似乎很熟悉，专门来信问苏轼，名为采菱和拾翠的两个妾，是否也会来黄州？苏轼写信回复说："所问菱翠，至今虚位，云乃权发遣耳，何足挂齿牙！"[1]

这封回信传达出一个很重要的信息：采菱和拾翠的两位妾，一直以来是虚位以待，并无其实。而朝云，暂且还是让她来黄州。

没有积蓄，住房的问题，只能靠州府来解决。苏轼向黄州知州陈轼打报告，希望能申请到一套政府免租房，再加上朱康叔也在一旁推波助澜，房子的问题，还真就解决了。

五月初，苏轼终于搬家了。新家在城南门外的江边，是一个废弃的水驿。水驿边有座亭，叫临皋亭，有数间房，叫临皋馆。

他马上给朱太守写了封感谢信："已迁居江上临皋亭，甚清旷。风晨月夕，杖履野步，酌江水饮之，皆公恩庇之余波，想味风义，以慰孤寂。"[2]

为了表示感谢，苏轼还从故纸堆中翻出一轴去年六月写的诗，寄给了

---

[1] 《苏轼文集》卷五十九《与朱康叔二十首（十五）》，第 1790 页。

[2] 《苏轼文集》卷五十九《与朱康叔二十首（五）》，第 1786 页。

朱太守。

入住新家后，只要给朋友或亲人写信，苏轼都要提及这个江景房，并对之赞不绝口。

在给司马光的信中，他说："寓居去江干无十步，风涛烟雨，晓夕百变，江南诸山，在几席上，此幸未始有也。"[1]

年底，苏轼终于收到了故乡的音讯。在回信中，他向叔丈人王淮奇（字庆源）描摹临皋亭的绝佳环境，并展示自己的诗意生活："寓居官亭，俯迫大江，几席之下，云涛接天，扁舟草履，放浪山水间。客至，多辞以不在，往来书疏如山，不复答也。此味甚佳，生来未尝有此适。知之，免忧。"[2]

这封回信，苏轼是站在后辈的角度，告知妻子闰之的叔父这"无案牍劳形"的闲适生活，真是此生以来最舒适的日子。字里行间对临皋亭风物之美的描写，和流露出的对生活之安逸满足，也是要免除长辈的种种牵挂担忧。

而在给庆源侄子王箴（字元直）的回信中，则是从同辈的角度，淡然地描写自己的日常生活。

"此中凡百粗遣，江边弄水挑菜，便过一日。"然后，他也找了几种理由，让妻弟释然于自己的流放。"每见一邸报，须数人下狱得罪。方朝廷综核名实，虽才者犹不堪其任，况仆顽钝如此，其废弃固宜。"[3]

在时间的安静流逝中，身之所感、目之所及，他能愈来愈细微地体会到这江景房晨昏的不同，并享受它四季雨雪风云无穷的幻化。

元丰四年（1081）年末，黄州下了场大雪，他在《浣溪沙·覆块青青麦未苏》一词中，高声赞叹："临皋烟景世间无！"

在黄州的第三年，他向朋友上官彝吐槽，恨自己无法用文字写出此地种种之美："所居临大江，望武昌诸山咫尺，时复叶舟纵游其间，风雨雪月，

---

[1]　《苏轼文集》卷五十《与司马温公五首（三）》，第 1442 页。

[2]　《苏轼文集》卷五十九《与王庆源十三首（五）》，第 1813 页。

[3]　以上引文皆见《苏轼文集》卷五十三《与王元直二首（一）》，第 1587 页。

阴晴早暮，态状千万，恨无一语略写其仿佛耳。[1]

元丰六年（1083）八月，范镇之子范子丰来信向苏轼求字，作为四川老乡和世交，苏轼又从另一个角度来描写临皋亭："临皋亭下不数十步，便是大江，其半是峨眉雪水，吾饮食沐浴皆取焉，何必归乡哉！江山风月，本无常主，闲者便是主人。问范子丰新第园池，与此孰胜？"[2]

苏轼当然是认为自己的临皋亭更胜一筹。因为在此地，水自故乡来，此地便可为故乡。四季风月变幻，心闲便为主人。

东坡关于临皋亭的最高评价，则是将自己人生的哲学之思与临皋亭的无限风物合为一体。他专门写了篇《书临皋亭》，得意于自己那种悟道的神秘状态："东坡居士酒醉饭饱，倚于几上。白云左绕，清江右洄，重门洞开，林峦坌入。当是时，若有思而无所思，以受万物之备，惭愧！惭愧！"[3]

这山水的形胜，激发出无滞的心灵自由，于是，在"当是时"这个时间的奇幻处，这种近乎空灵不可言说的哲学之思，神秘地降临肉身。好个"若有思而无所思"！

五月的风暴

子由也没有想到，五月的长江，风暴极多，天气也变化多端。船行至佛池口（今湖北阳新富池镇）江面，本来风日正好，突然"此风忽作东南来，阴云如涌拨不开"。惊雷狂波，船夫赶紧解帆转舵，驶进佛池口避风。估计一船人都吓坏了，子由安慰众人，明天开航，你们不要怕啊。

确实，黄州已经近在眼前了。但五月的暴风雨，却在这最后的关头，来考验这些亟待团聚的人们。这不，第二天船走了没多远，暴风雨又来了，船只好又开进磁湖避风。

苏轼也扳着指头在算日子。船过九江，他就写了一首诗来迎接子由。

---

[1] 《苏轼文集》卷五十七《与上官彝三首（三）》，第 1713 页。

[2] 《苏轼文集》卷五十《与范子丰八首（八）》，第 1453 页。

[3] 《苏轼文集》卷七十一《书临皋亭》，第 2278 页。

他计划要让子由在这住上十天,然后,在山水与对谈中,"早晚青山映黄发,相看万事一时休"。

船在磁湖,一停就是两天。近在咫尺,却又远隔天涯,苏辙只好写诗遣烦,写了《舟次磁湖,以风浪留二日不得进,子瞻以诗见寄,作二篇答之,前篇自赋,后篇次韵》回应哥哥。

"黄州不到六十里,白浪俄生百万重。自笑一生浑类此,可怜万事不由侬。"这就是人生真实的境遇,似乎很简单的事,却总由不得自己做主。

"夜深魂梦先飞去,风雨对床闻晓钟。"但老天爷总不能阻止自己的梦先行飞去吧?在梦里,兄弟两人可彻夜"风雨对床",听闻清晨的钟声响起。"舟楫自能通蜀道,林泉真欲老黄州。"而且黄州有船可直达故乡,何不与哥哥就隐居此地,共老黄州?然后,"从此莫言身外事,功名毕竟不如休"。

五月二十九清晨,雨过天晴,苏轼两兄弟都很开心。江边清凉的风,千里快哉。苏轼早早就来到离黄州二十里的巴河口,恨不得踮起脚尖,看对岸过来的船上,是否有自己熟悉的身影。而在磁湖窝了两天的苏辙,也早早就催促船夫起帆开船。

为了迎接亲爱的弟弟,苏轼马上写了一首《晓至巴河口迎子由》的诗。那种兄弟相见的喜悦,是通过时空的对比体现出来的。

诗歌分三个部分。第一部分是写去年的牢狱苦难生涯:"去年御史府,举动触四壁。幽幽百尺井,仰天无一席。隔墙闻歌呼,自恨计之失。留诗不忍写,苦泪渍纸笔。"

第二部分则是劫后余生中的今日乐事:"余生复何幸,乐事有今日。江流镜面净,烟雨轻幂幂。孤舟如凫鹥,点破千顷碧。"死里逃生带来的今天乐事,连风景也自带美颜效果。"闻君在磁湖,欲见隔咫尺。朝来好风色,旗尾西北掷。行当中流见,笑脸清光溢。"而一想到要见到弟弟和家人,此时的苏轼,则是流光溢彩的笑脸。

第三部分,则是规划未来:"此邦疑可老,修竹带泉石。欲买柯氏林,兹谋待君必。"即来黄州，此心当安。如能和子由一起隐居终老此地，何乐而不为呢？这事，得好好和弟弟商量。

这真是如同梦中的见面。除了正月与子由在陈州小聚过，家人自去年八月在湖州仓皇分开后，已经过去了快十个月。

妻子王闰之这年三十二岁，按现在的标准看，其实还很年轻，但苏轼开始喊她老妻了。这大半年，王闰之的内心承担着巨大的压力，一直生活在忐忑不安中，可以想见，她似乎一下子就老了不少。朝云这时十八岁，已经出落成一个漂亮的大姑娘。不过，她这时的身份，只是婢女。

乳母任氏已经七十二了。这大半年的种种惊吓，加上这漫长的旅途，原本康健麻利的她，看上去疲惫而苍老。任氏在苏家已经呆了五十多年，她不只是苏轼和他姐姐的乳母，而且还在王弗去世后，帮忙抚养苏迈，现在，她也会帮忙照看苏迨和苏过。

最让苏轼开心不已的是，孙子苏箪快两岁了，不但会走路，也可以喊爷爷了。而苏迈的妻子吕氏，也终于可以与自己的丈夫团聚了。

同船来的还有马梦得，他有一个任务，应该是负责教孩子们识字读书。但他最主要的工作可能是做苏轼不可或缺的文字秘书。

尽管苏轼现在降级为一个小官，但士大夫阶层必备的服务人员，还是不可或缺的。我们从苏轼后来的文字中能确定的人员，除了那个鼻息如雷的著名家童，还有一个做家务活的婢女，以及一个厨师。

所以，住到临皋亭的人，最少也有十二个人。根据人员结构，我们可以大致推算出这个弃用水驿的房间数量。当所有人住下后，还有间西晒很厉害的房间空了下来。所以，粗略估算，江景房临皋亭，最少有十间房。

迁居临皋亭这样的大事，苏轼必然会写诗抒怀。但显而易见的经济危机正在降临，这首《迁居临皋亭》，没有体现出团聚的喜悦，更多的是一种身不由己的无奈。

诗的开篇，将自己比喻为一个左转大磨上右行的蚂蚁，所谓"与时违也"的人生困境："我生天地间，一蚁寄大磨。区区欲右行，不救风轮左。"

但最危险的事，可能就是将至的饥寒交迫："虽云走仁义，未免违寒饿。剑米有危炊，针毡无稳坐。"

唯一可庆幸的是，"全家占江驿，绝境天为破"。所以，哪怕"饥贫相乘除，未见可吊贺"，仍可"澹然无忧乐，苦语不成些"。

诗结尾的这句"苦语不成些"的"些"的使用非常有趣。为了诗歌的押韵，苏轼敏锐而准确地采用了黄州当地土语的发音"sè"。这个"些"在句子的结尾，是一个无意义的语气词。我们现在还能在湖北方言中听到这个发音和用法，它能为全句带来一种理所当然的肯定和轻松的反讽意味。

根据朝廷的规定，被贬官员是没有资格居住在官舍中的，而驿站亦算官舍。但两地知州都对苏轼有照拂之心，规定最终也没作数。

因为此后四年，苏轼在作品中得屡屡提及这个被废弃的水驿，千年来，这间江景房，总会被许多不同年代的人提起和忆及。

当五月的风暴停息后，苏轼在黄州，终于有了自己完整的家。因为有了可避风雨的驿舍，以及家人的陪伴和照顾，此心一安，黄州便可作故乡。

十日风雨对床

这年六月的上旬，可能是苏轼在黄州最快乐的日子，因为子由在这里待了十天。

酒是必不可少的。子由离开黄州后，苏轼给朱康叔写信，念念不忘他送上门的好酒："舍弟已部贱累至此，平安皆出余庇，不烦念及。珍惠双壶，遂与子由屡醉，公之德也。隆暑，万万以时自重。"[1]

除了两人在家中对饮，苏轼也请了他在黄州新结交的朋友来陪酒。在这些到场的朋友中，有一个是季常的朋友，叫柳真龄（字安期），因此子由此后几年，与他多有唱和。除《以蜜酒送柳真公》和《次韵柳见答》外，其《次韵柳真公闲居春日》，算得上是他的得意之作。

---

[1] 《苏轼文集》卷五十九《到朱康叔二十首（三）》，第 1786 页。

兄弟俩也会谈论陈州别后的新见闻。元丰七年（1084）六月，苏轼过池州，池州知州王文玉陪他登萧丞相楼，他在《题子由萧丞相楼诗赠王文玉》中回忆道："元丰三年五月，家弟子由过池，元发令作此诗，到黄为轼诵之也。"[1] 可见，子由曾在哥哥面前朗诵了自己新作的诗篇。

黄州此时虽无风雨，但连续三晚对床彻谈，实在太伤身体，苏轼决定带子由过江，除了畅游西山，顺便也去看看四川老乡王文甫兄弟。

这次，武昌令江绖又出来陪游，所以，吃喝不愁。山川之美，自不待言。兄弟同游，有山水，就有诗歌。

子由游完西山，写了一首长诗《黄州陪子瞻游武昌西山》。

"黄鹅时新煮，白酒亦近熟"，但"山行得一饱，看尽千山绿"后，理性的子由，又回到烦恼的现实世界中来。老婆和孩子，还在九江等着自己。离别，永远是人生的主题。他只好又去念想将来："异时君再来，携被山中宿。"看来，苏轼两兄弟还是户外活动爱好者，下一次见面，他们会带上野营装备，在山中夜宿。

苏轼的《与子由同游寒溪西山》，想到的却是归路。"空山古寺亦何有，归路万顷青玻璃。"写景用的是航拍视角，一江若带，宛若青色玻璃。语言通感的力量，让宋朝的长江之水，万顷清澈，坚硬有声。与子由深厚的情感，投射到万物之中，自此以后，他担心自己，"却忧别后不忍到，见子行迹空余凄"。

游完西山后，苏轼和子由来到三十里外的车湖，第一次到王文甫家做客。

其实，王家不只是川西的巨富，他们还差点成为皇亲国戚。他们大哥王齐雄的女儿据说是四川第一美女，少年的仁宗皇帝在选妃时，曾对她一见钟情，但太后刘氏见其过于妖媚，棒打鸳鸯。不过结果却有点狗血，王家美女最终嫁给了刘太后前夫龚美的儿子。

---

[1]　《苏轼文集·苏轼佚文汇编》卷五《题子由萧丞相楼诗赠王文玉》，第 2552 页。

但因为龚美儿子早逝，加上齐雄在地方仗势欺人，弄出了人命，王家最终落了个西南戍边的悲惨下场。

也许是文甫两兄弟和苏轼两兄弟有近乎相同的心理历程，都经历过从云端跌落到深渊的巨大痛苦。所以，苏轼两兄弟毫不客气，在那一共住了六天。

毕竟家底厚，王氏两兄弟竭尽所能，殷勤地招待两位落难的同乡。

子由对文甫家的家宴，留下了深刻的印象。在《将还江州，子瞻相送至刘郎洑王生家饮别》一诗中，食物的描写，如同印象主义画家的写生："渡江买羔豚，收网得鲂鲤。朝畦甘瓠熟，冬盎香醪美。乌菱不论价，白藕如泥耳。"

动作、气味、色彩、时令，目不暇接，将武昌本地的风物食材之美，展示得淋漓尽致。此地风味之佳，让子由不由感叹："人生定何为，食足真已矣。"

苏轼曾为此向秦观表扬过王氏兄弟的好客："所居对岸武昌，山水佳绝。有蜀人王生在邑中，往往为风涛所隔，不能即归，则王生能为杀鸡炊黍，至数日不厌。"[1]

奇特的缘分，王氏兄弟对二苏倾心以对。他们告知兄弟俩，因为以前的获罪还未昭雪，邻里多有鄙视。既然面对同样的境遇，不如兄弟二人买田武昌，同为邻居。

子由觉得这真是个不错的主意："买田信良计，蔬食期没齿。手持一竿竹，分子长湖尾。"能与哥哥持竿湖尾，同作钓鱼叟，就是人间美事。但美事还是只能停留在念想之中。

黄梅山雨，又到了两个人不得不说再见的时候。下一次，兄弟俩的重逢，还要等到四年之后。

---

[1] 《苏轼文集》卷五十二《答秦太虚七首（四）》，第 1536 页。

第一封弟子的来信

子由过高邮时，秦观陪游两日。游玩之际，秦观最关心的自然是老师的现状。苏轼与弟弟此间应通信频繁，但没能保存下来。从秦观写给老师的信简看，子由对哥哥在黄州的种种，非常清楚。子由临行前，秦观写了一封情感真挚的书信，以及自己新作的几首诗，托子由转交给自己的老师。

乌台诗案引发的人人自危，并没有让那些善良正直的人惶惶然避苏轼而去。苏轼在五月底收到门下弟子托子由转来的第一封信时，内心一定会顿觉温暖。

秦观写信告诉自己的老师，去年八月，当他一听闻老师被下旨逮捕入京的惊天消息后，为要搞清真相，于是就乘船渡江，前往湖州，找陈师锡、钱世雄一探究竟。

在获悉真相后，他爱莫能助，只能宽慰自己："以先生之道，仰不愧天，俯不怍人，内不愧心，某虽至愚，亦知无足忧者。"

不过，在知道老师只是流放黄州后，秦观又开始担心老师日常生活的不适："但虑道途顿撼、起居饮食之失常，是以西鄉悯悯，有儿女子之怀，殆不能自克也。"秦观敏感细腻，如此可见。

从子由处得知老师的近况后，他不由得对老师感佩不已："比闻行李已达齐安，燕居僧坊，水饮蔬食，有以自适。然后私所念虑，一切俱亡，且知平时有望于先生者为不谬矣。彼区区所谓外物者，又何足为左右道哉！"

在信的结尾处，秦观表达了想亲赴黄州的意愿："本欲便至齐安，属久离侍下，未可远适，问道或在秋杪矣。惟亲近药饵方书，以节宣和气。临纸於悒，不尽所怀。"[1]

但奇怪的是，苏轼收到自己心爱弟子的来信后，却一直没有回信。也许是想到可以在秋天一见，也许是慵懒的拖延，也许是在调适自己的心境。但这封来信一定曾深深打动过他，因为等到他真的提笔回信时，他给自己

---

[1] 以上引文皆见《淮海集笺注》卷三十《与苏黄州简》，第 1006—1007 页。

的弟子，写了一封他一生中最长的回信。

方外的问候

说来也巧，去年与秦观同游杭州的僧人元净（辩才）、道潜（参寥），随后也给苏轼写来了慰问信。

在给参寥的回信中，苏轼对他的问候，感怀不已，也对其新作，赞赏不已：

> 去岁仓卒离湖，亦以不一别太虚、参寥为恨。留语与僧官，不识能道否？到黄已半年，朋游稀少，思念二公不去心。懒且无便，故不奉书。远承差人致问，殷勤累幅，所以开谕奖勉者至矣……而释、老数公，乃复千里致问，情义之厚，有加于平日，以此知道德高风，果在世外也。见寄数诗及近编诗集，详味，洒然如接清颜听软语也。此已焚笔砚，断作诗，故无缘属和，然时复一开以慰孤疾，幸甚！幸甚！笔力愈老健清熟，过于向之所见，此于至道，殊不相妨，何为废之耶？当更磨揉以追配彭泽。[1]

杭州法惠寺僧人法言去年八月也在湖州。天气乍冷，苏轼给他去信，描述自己在黄州的日常生活，以宽其心：

> 去岁吴兴仓卒为别，至今耿耿。谪居穷陋，往还断尽。远辱不遗，尺书见及，感怍殊深。比日法体佳胜。札翰愈精健，诗必称是，不蒙见示，何也？雪斋清境，发于梦想，此间但有荒山大江，修竹古木，每饮村酒，醉后曳杖放脚，不知远近，亦旷然天真，与武林旧游，未易议优劣也。何时会合一笑，惟万万自爱。[2]

---

[1] 《苏轼文集》卷六十一《与参寥子二十一首（二）》，第 1859—1860 页。

[2] 《苏轼文集》卷六十一《与言上人一首》，第 1892 页。

这封信的内容，表明苏轼的郁结之气，亦在黄州的山水中，渐于消散。内心旷达自然，行为天然纯真，风致翩翩，真足仰羡。而苏轼非常喜欢这封信结尾的文字，曾经把它抄写给几位友人。

连以前不太熟悉的金山寺住持圆通禅师，也来信开导苏轼。苏轼在禅师坐化前的两年间，和他多有信简往来，相互探讨佛法："未脱罪籍，身非我有，无缘顶谒山门。"[1] "仆凡百如旧，学道无所得，但觉从前却是错尔。"[2] "仆晚闻道，照物不明，陷于吏议，愧我道友。所幸圣恩宽大，不即诛殛，想亦大善知识法力冥助也。自绝禄廪，因而布衣蔬食，于穷苦寂淡之中，却粗有所得，未必不是晚节微福。"[3]

在苏轼人生最不如意时，方外之人却于坦然中放下世俗的各种执念，给予了他更多的关心，这不只让苏轼体会到人间善意的温暖，也让他在日常生活中，通过与高僧们的参禅对话，相互启发，行佛家事，悟佛家法。

既然过去都是错，那现在的苏轼，就要放弃那个旧我，成就一个新我。

逍遥游的自觉性

苏轼喜欢享受语言狂欢带来的快感。可能连他自己都不知道，语言有时似乎是自己开口讲话，无法阻遏。可以说，他那汪洋恣肆的语言风格，和高蹈远引的行为方式，与老庄有天然的亲近性。

子由非常了解哥哥天生与老庄的这种神秘关联。在为苏轼写的墓志铭中，他无意间复现过这样的一个场景："（子瞻）既而读《庄子》，喟然叹息曰：'吾昔有见于中，口未能言，今见《庄子》，得吾心矣。'"[4]

---

[1] 《苏轼文集》卷六十一《与圆通禅师四首（一）》，第 1885 页。

[2] 《苏轼文集》卷六十一《与圆通禅师四首（二）》，第 1885—1886 页。

[3] 《苏轼文集》卷六十一《与圆通禅师四首（四）》，第 1886 页。

[4] 《苏辙集·栾城后集》卷二十二《亡兄子瞻端明墓志铭》，第 1117 页。

庄子的明哲令苏轼拜服，以前所知所见在一读《庄子》后便豁然开朗。

这种"正得吾心"的灵魂共振，极大地影响了他的行为方式和人生。在晚年反思自己的人生时，他感慨自己如果能自由发展的话，一定不会走上儒家的道路，他的本心是不结婚、不做官。

在惠州，为讨获炼丹秘方，他曾写信向朋友刘谊（字宜翁）一表初心："轼齠龀好道，本不欲婚宦，为父兄所强，一落世网，不能自逭。然未尝一念忘此心也。"[1]

在同一时期给侄婿王庠的信中，他回忆自己小时的理想，和上封信的内容几近一致："轼少时本欲逃窜山林，父兄不许，迫以婚宦，故汩没至今。"[2]

苏轼和下辈王庠之间的沟通，完全没有功利性目的，他之所以又来强调这种难以舍弃的初心，实际上还是在反思自己的生命历程后，认为道家的道路，会让他更加超脱无滞，从而能获得日常生活的幸福。

确实，庄子诗意化语言所描述的那种奇谲浪漫的逍遥游，和苏轼的本性非常契合。由于神宗皇帝比苏轼年轻十二岁，乌台诗案后，苏轼预计自己的政治生命应该彻底结束了。所以，此在的生命意义和自我价值的实现，从老庄中寻求解救之道，正是一种回归本心的必然选择。

源于对庄子的喜爱，他会在悠闲自适中，提笔抄写自己喜欢的《南华经》篇章。某日，在抄完庄子的《养生主》和《秋水》片段后，他在跋文中写道："南窗无事，因偶书《南华》二则。"[3]

无事和偶书，极好地传达出苏轼本心与逍遥的那种不求自来的契合无间状态。

老庄的通透和无为，也会给他带来处理庶务的心理支点。

元丰三年（1080）下半年，老朋友滕达道因被御史构陷，从池州贬迁安州（今湖北安陆），内心郁闷不已。苏轼特写信劝慰他："知前事尚未已，

---

[1] 《苏轼文集》卷四十九《与刘宜翁使君书》，第 1415 页。

[2] 《苏轼文集》卷六十《与王庠五首（一）》，第 1820 页。

[3] 《苏轼文集·苏轼佚文汇编》卷五《自书庄子二则跋》，第 2546 页。

言既非实，终当别白，但目前纷纷，众所共叹也。然平生学道，专以待外物之变，非意之来，正须理遣耳。"[1]

不过，道家对苏轼日常生活的最大影响，则是他不断实践炼丹与练气等道家手段，以求强身健体，延年益寿。特别是贬放黄州时，苏轼年近半百，健康问题已隐隐浮现，加上没有公务劳形，他这时更乐意和道士异人往来，求教丹方秘诀，与至亲友人探讨交流，改善养生妙法。

综观其在黄州四年多，每年都会有道人来访切磋，有些道士甚至长住黄州。

第一个到黄州的道人陈璞，是苏轼兄弟的老熟人。秋末，苏轼特意写信给定国，详谈此事："陈璞一月前，直往筠州看子由，亦粗传要妙，云非久当来此。此人不惟有道术，其与人有情义，久要不忘如此，亦自可重。道术多方，难得其要，然以某观之，惟能静心闭目，以渐习之……数为之，似觉有功。幸信此语，使真气云行体中，瘴冷安能近人也。"[2]

在次年二月初，苏轼又给滕达道写信，向他寻求运气的秘方："仲殊气诀，必得其详，许传授，莫大之赐也。"[3]

另一个道士吴子野，则和苏轼保持了近乎一生的友谊。他比苏轼年长三十多岁，对养生有独到见解。黄州期间，苏轼和其多有书信往来，核心主题自然是养生。

苏轼在《问养生》一文中曾说："余问养生于吴子，得二言焉：曰和，曰安。"在用事例描述了何为"和"与"安"后，他总结说："安则物之感我者轻，和则我之应物者顺。外轻内顺，而生理备矣。吴子，古之静者也，其观于物也审矣，是以私识其言，而时省观焉！"[4]

这种物我关系，几乎完全建立在庄子《齐物论》的基础之上。

[1]　《苏轼文集》卷五十一《与滕达道六十八首（二十）》，第 1481 页。

[2]　《苏轼文集》卷五十二《与王定国四十一首（八）》，第 1518 页。

[3]　《苏轼文集》卷五十一《与滕达道六十八首（十五）》，第 1480 页。

[4]　以上引文皆见《苏轼文集》卷六十四《问养生》，第 1982—1983 页。

道家养生延年术中还有一个很重要而神秘的内容，就是炼丹。苏轼当然不能超越时代的限制，他同样沉迷其间，孜孜以求。

七月间，辰州（今湖南沅陵）知州张师正（字不疑）给苏轼送来些许如箭镞般的大名鼎鼎的辰州丹砂。收到如此心好之物，苏轼为之一振。他马上就忘记了自己封笔的誓言，提笔写了一首诗《观张师正所蓄辰砂》送给不疑。

随后，苏轼写信给王定国说："近有人惠丹砂少许，光彩甚奇，固不敢服，然其人教以养火，观其变化，聊以怡神遣日。"随即，他托定国如有可能，可想法在广西弄些丹砂，寄给自己，然后鼓励他说："穷荒之中，恐亦有一二奇士，当以冷眼阴求之。大抵道士非金丹不能解化，而丹材多出南荒，故葛稚川乞岣嵝令，竟化于广州，不可不留意也。"[1]

羽化登仙的梦想，既承己心，也更是宽慰流落蛮荒之地的最好朋友。

次年年初，他听闻朱康叔处有服用丹砂的秘方，大喜之中，马上给他去信："见元章书中言，当世之兄冯君处，有一学服朱砂法，甚奇。惟康叔可以得之，不知曾得未？若果得，不知能见传否？想于不肖不惜也。"[2]

有了陈璞的传道，又有辰砂养眼，苏轼向定国吹嘘说："近颇知养生，亦自觉薄有所得，见者皆言道貌与往日殊别，更相阔数年，索我阆风之上矣。"[3]连容貌都发生了变化，苏轼想象几年后，定国只能去仙山寻觅自己了。

有了这样的自信，年底子由的旧疾肺病复发，他写了一首长诗《次韵子由病酒肺疾发》，给他传授治病良方："隔墙闻三咽，隐隐如转磨。自兹失故疾，阳唱阴辄和。神仙多历试，中路或坎坷。"如果子由能"耕耘当待获，愿子勤自课"，那么，兄弟俩将来，或可"相将赋远游，仙语不用些"。

道家物我两忘的人生态度，在一种阴阳转化的辩证力量作用下，既保

---

[1] 《苏轼文集》卷五十二《与王定国四十一首（八）》，第 1517—1518 页。

[2] 《苏轼文集》卷五十九《与朱康叔二十首（十七）》，第 1791 页。

[3] 《苏轼文集》卷五十二《与王定国四十一首（八）》，第 1517 页。

证了苏轼在无法实现儒家入世理想的黯然后能逐渐以平常心直面苦难，从而获得超迈之姿，同时也能借助道家养生之术的种种实践，来解决自己生理和心理可能遭遇的明疾暗疴。

七夕和中秋的家与国

黄州的第一个七夕节，苏轼难得地填了两首《菩萨蛮》。乌台诗案后十个月，一家人终于团聚了，正常家庭生活带来的稳定性和熟悉的节奏，还是能很好地帮助苏轼调节自己的心理状态。主内的王闰之，同样也在适应新身份和新环境的压力中，为这个家庭，注入新的力量。

尽管这两首词没有明确指明送给妻子王闰之，但苏轼一定是在一种内疚和感激交织的心态下，将牛郎织女鹊桥会的种种情感要素，投射到自己和妻子身上。

第一首词写得平淡无奇，先是写织女鹊桥会出发前所见，"画檐初挂弯弯月"，然后见景生情，"孤光未满先忧缺"，所以纵有千好，"此恨固应知，愿人无别离"。

简简单单的"恨离别"，不太像苏轼的水平。但如果结合第二首词来解读，就有点先抑后扬大翻案的别出心裁。

第二首词，苏轼选取的时间节点很有意味："更阑月坠星河转，枕上梦魂惊，晓檐疏雨零。"这是牛郎织女鹊桥会行将结束的时刻，离愁别绪，让枕上两人从噩梦中惊醒，而晨光中、屋檐下，细雨沥沥，可谓情景相应。但在下阕，离别之苦却突然逆转为一种庆幸，真出乎所有人的意料。"相逢虽草草，长共天难老。"相逢虽在朝朝暮暮，但两情长久，共天不老，所以，"终不羡人间，人间日似年"。

确实，别离之恨、相逢之悦，比起这不死的青春和爱恋，这度日如年的烦忧人间，有何可羡？

王闰之的身影在第一首词里清晰可见，但苏轼一旦在第二首词中，将两情长久升华到形而上层面时，王闰之就突然退场。好的诗人，最终还是要追求生命永恒的意义。

和夫妻之情相比，苏轼更看重兄弟之情。这年的中秋，远在江西的苏辙写了两首诗，《次子瞻夜字韵作中秋对月二篇，一以赠王郎，二以寄子瞻》，第二首专门遥寄兄长。

苏轼则写了一首《西江月》，极虚无，极哀怨，极孤独，极凄苦。

开篇便是巨大的虚空："世事一场大梦，人生几度秋凉？"中秋之月，越满越圆，就衬托得虚无越没有边际。

接下来就是时间带来的恐惧："夜来风叶已鸣廊，看取眉头鬓上。"此所谓风吹叶响，人生易老。

"酒贱常愁客少，月明多被云妨。"矛盾永在，人生总难两全，哪来大圆满？于是，就有了生命之问："中秋谁与共孤光？"从前，是千里共婵娟，但此处，月光为孤光，也即月下只有孤独的一个我在。

收句"把盏凄然北望"，子由不在，只能自伤孤寂，把盏北望。这个北望，有些莫名，因为苏辙此时在黄州东南方向的江西。为了解决这个问题，后世有人给出了一个让人难以接受的答案：所望之人为神宗皇帝而非子由。

但苏轼此际给王定国写信说："杜子美在困穷之中，一饮一食，未尝忘君，诗人以来，一人而已……仆虽不肖，亦尝庶几仿佛于此也。"[1] 所以，苏轼此时把自己比作子美之后的第二人，用北望以表达其爱君永不忘，这应该是其此时在黄州的自发表现。

所以，中秋之词，所寄情者，家国一体。

有家可邀宾朋至

尽管只是寄居临皋，但毕竟有了家的感觉，喜欢热闹的苏轼，首先想做的事，就是邀请朋友们到此饮酒行乐。

想到的第一个朋友，当然是陈季常。他催促季常说："何日决可一游

---

[1] 《苏轼文集》卷五十二《与王定国四十一首（八）》，第 1517 页。

郡城？企望日深矣。临皋虽有一室可憩从者，但西日可畏。承天极相近，或门前一大舸亦可居，到后相度。"[1]

为了确保季常下定决心，苏轼马上又给他追寄了一封信，承诺好酒管够："季常未尝为王公屈，今乃特欲为我入州，州中士大夫闻之耸然，使不肖增重矣。不知果能命驾否？春瓮但惜，不须更为遗恨也。"[2]

季常能体会苏轼此时的孤独，也能感受到他全家团圆后那种放松惬意的心情。而且，苏轼用美酒作诱惑，所以，哪怕是一年中最炎热的七月，季常还是决定来黄州，痛快地喝场大酒。

季常如约而至，苏轼的开心可想而知。他应该先是为季常赋《临江仙》词一首，写季常十年前，戎装骏马，带着两名漂亮的侍女，畅游山水之间，"溪山好处便为家"。季常超越时代的行为艺术，让所见之人，无不惊异其任性无为的名士之风。

那几天的黄州城，因为苏轼做东，方圆百里内的名士，无不以被邀为荣，来参加黄州这几年规格最高的雅集。酷热的天气，不能阻挡雅集的喧闹欢畅。纵酒的狂放，更是激发出夜宴的恣肆酣畅。

从苏轼为季常所作《陈季常自岐亭见访，郡中及旧州诸豪争欲邀致之，戏作陈孟公诗一首》的诗名，就能感受出饮酒现场，充盈其间的豪迈与奔放。全诗以西汉游侠陈遵（字孟公）之事，譬联季常。

开篇两句，气场十足，慷慨逼人。"孟公好饮宁论斗，醉后关门防客走。"这个陈遵一饮就以斗为基本单位，喝醉后就把门关上，不让宾客离开，要将欢乐进行到底。"不妨闲过左阿君，百谪终为贤太守。"这两句，是指陈遵得闲之时，竟然去找寡妇左阿君饮酒起舞，犯了一百次错，贬了好多次官，但还是成为人人称道的贤太守。"老居闾里自浮沉，笑问伯松何苦心。"这两句，是说陈遵自己放意自恣，浮沉闾里，而他的老朋友张

---

[1] 《苏轼文集》卷五十三《与陈季常十六首（五）》，第 1566 页。

[2] 《苏轼文集》卷五十三《与陈季常十六首（六）》，第 1566 页。

伯松苦身自约，但官爵功名不相上下。"忽然载酒从陋巷，为爱扬雄作《酒箴》。"当扬雄写了首《酒箴》说喝酒有什么过错呢，陈遵大喜此说，然后载酒随行于陋街穷巷之中。"长安富儿求一过，千金寿君君笑唾。"长安的公子哥为求一见，花千金为其做寿，他一笑而过，并"唾"地吐了口口水。结句"汝家安得客孟公，从来只识陈惊座"，是说你家怎么能请得到陈遵这样的客人呢，往往只是那个与陈遵同名的陈惊座。

这首诗全用《汉书·陈遵传》里的素材，把那个好酒而高洁、放意而随性的季常先人，写得气冲云霄、侠气纵横。而季常比之于他，又何尝不是本朝的翻版呢？这首诗，把宴席上季常行酒生动之行状，写得历历在目，可观可叹。

拄杖的行为艺术

宋朝文人并不见老，但凡出行，却个个都喜欢拄个行杖。其实，拄杖，并非只是行走时用来借力，它更是彰显主人雅致风度的行为艺术。

苏轼每每出门，近走远行，必会携杖。在黄州所写诗词中，多有拄杖出行的描写。刚到黄州时，他在《寓居定惠院》一诗中写到"不问人家与僧舍，拄杖敲门看修竹"，这是行游的洒脱。在《东坡》诗中，他"莫嫌荦确坡头路，自爱铿然曳杖声"，这是悦耳的喜悦。在《临江仙》"敲门都不应，倚仗听江声"时，这是放松的惬意。可见，行杖于苏轼，既有生理学功用，更是行为学上的名士审美。

因为行杖彰显出多重的意味，宋代的行杖，既追求材质样式的奇异性，也强调流传的有序性。

在苏轼初到黄州的聚会中，一个叫柳真龄的人，应该是酒桌上的常客，因为他是季常的老朋友，经常和季常修佛参禅，探讨调鼎炼丹。所以，五月底，子由来黄州时，柳真龄就和两兄弟见过面，喝过酒。

七月酷热之际，季常第一次来黄州的那场盛大的聚会，不用想，柳真龄也在酒桌上。

柳真龄并非黄州本土人士，他是福建人，年纪比苏轼要大。他出门，同样也会挂一把行杖。这把行杖一点也不醒目，但却极有来头和奇异之处。

可能是季常的到来，促成此事，也可能是哪天真龄酒一喝高，兴致来了，他把这把家传的挂杖，送给了苏轼。封笔的苏轼，自然要为这把行杖写首诗，以示对柳真龄真诚的感谢。

在《铁挂杖并叙》的叙言里，他描述了这把挂杖的前世今生：

> 柳真龄字安期，闽人也。家宝一铁挂杖，如柳栗木，牙节宛转天成，中空有簧，行辄微响。柳云：得之浙中，相传王审知以遗钱镠，镠以赐一僧。柳偶得之以遗余，作此诗谢之。[1]

这把铁挂杖的来历如何显赫呢？它出自闽王王审知，闽王又转赠吴越王钱镠，后来越王又把它赐给一大德高僧，而柳真龄机缘巧合，偶然得到了这件宝贝。

诗如此开篇："柳公手中黑蛇滑，千年老根生乳节。忽闻铿然爪甲声，四坐惊顾知是铁。含簧腹中细泉语，迸火石上飞星裂。"译成白话文即是：柳公手中的挂杖，像黑蛇一般溜滑，接头关节一如千年老根。拐杖落到地上，传来铿然的铁甲声，满座人大为吃惊，原来它竟是精铁锻炼而成。它的腹内含有弹簧，作响时如细泉幽咽，敲到石上，石屑如星崩裂，火星四溅。

可见其工艺和机巧，都非比寻常。

"公言此物老有神，自昔闽王饷吴越。不知流落几人手，坐看变灭如春雪。"这是介绍挂杖神奇的流传。

"忽然赠我意安在，两脚未许甘衰歇。便寻辙迹访崆峒，径渡洞庭探禹穴。披榛觅药采芝菌，刺虎钑蛟擒蛇蝎。"这是苏轼的想象，他要挂着这把神奇的挂杖访名山，寻仙迹，刺虎蛟，擒蛇蝎。

---

[1] 《苏轼诗集》卷二十《铁挂杖并叙》，第 1063 页。

"会教化作两钱锥，归来见公未华发。问我铁君无恙否，取出摩挲向公说。"铁杖磨削殆尽，苏轼游历归来，柳公连头发还没变白。问起铁拄杖无恙否，苏轼只能抚摸着它讲述过往的种种壮举。

此诗很有点游仙的瑰丽想象和超迈的豪情。

但元丰五年（1082）三月东坡出行，却"竹杖芒鞋轻胜马"，说明东坡两年后，使用的只是一根普通的竹杖。难道这根铁拄杖，不是个好东西吗？

当然不是。苏轼在用过一段时间后，也以之为宝。次年九月，恩师张安道过生日，苏轼为了表示敬意，就把这把铁拐杖作为贺礼，送给了他。

张安道收到这把神奇的铁拄杖后，马上也写了一首《苏子瞻寄铁藤杖》，对苏轼表示感谢："随书初见一枝藤，入手方知锻炼精。远寄只缘怜我老，闲携常似共君行。"

可见，苏轼开始不恋外物。这把不同寻常的铁拄杖，只有经由苏轼继续流转，才能更好地寄托文人间交往的情怀和友谊。

而这个柳真龄，其实还与一件千古奇冤，大有干系。

人命脆弱如此

黄州酷热的夏天，让初到此地的家人，极不适应。家里人开始接二连三地病倒。

黄州知州陈轼其实一直都很关照苏轼。黄州的夏天，酷热灼人，自己两年任期将至，为了更进一步加深和苏轼的交情，他特地派人送来请柬，邀请苏轼去山间清游。有美酒轻风，有诗赋唱和，这是苏轼最喜欢的社交活动，他却不得不谢绝知州大人的好意。

原来，是儿媳妇吕氏突发疾病。无可奈何中，他只好写信回绝知州大人："召往山间陪清游，凤昔所愿也。但晚来儿妇病颇加，须且留家中与斟酌药饵。小儿辈不历事，未可委付，不免有违尊命，当蒙仁者情恕也。"[1]

儿媳吕氏所患何病无从知晓，但这场病，极大地破坏了她的身体。此后，她的身体状况一直堪忧，时好时病。

祸不单行。儿媳的病刚有起色，没想到乳母任采莲也病了。近一年来，已七十二岁高龄的乳母，一直生活在惊惧恐吓之中。黄州酷热的天气，终于成为她生命的最后一击。

尽管没有血缘关系，但苏轼从小是吃她奶水长大的，对乳母爱戴有加，一如家人。尽管苏轼调动他所知的各种秘笈妙方，也无法阻挡乳母离世。

八月十二这天，临皋亭的院门，挂起了白色的孝幡。任氏葬礼的规格很高，她的灵柩在临皋亭，停歇了整整一百天才下葬。

从懂事起，乳母就一直陪着苏轼，而苏轼长大后宦游各地，乳母也一直跟随照料。所以，她的去世，让苏轼异常悲痛。

在给乳母的墓志铭中，他伤感地写道："赵郡苏轼子瞻之乳母任氏，名采莲，眉之眉山人。父遂，母李氏，事先夫人三十有五年，工巧勤俭，至老不衰。乳亡姊八娘与轼，养视轼之子迈、迨、过，皆有恩劳。"

在墓志铭结尾，他作铭曰："生有以养之，不必其子也。死有以葬之，不必其里也。我祭其从与享之，其魂气无不之也。"[2]

苏轼深念乳母之恩，奉养其终身，所以才感慨如此：活着赡养之人，无须是自己的儿子。死后安葬之地，不必是自己的家乡。

苏辙到筠州不久，也传来噩耗。苏轼给朋友章惇的信中，满纸凄苦："舍弟自南都来，挈贱累缭绕江淮，百日至此，相聚旬日，即赴任到筠。不数日，丧一女，情怀可知。"[3]

而亲人离世的噩耗还没有停止。九十月间，故乡眉山又传来了不好的消息。这时的苏轼，急需找人倾诉，以缓释内心的创痛。宾州的王定国，

---

[1] 《苏轼文集》卷五十六《与陈大夫八首（二）》，第 1697—1698 页。

[2] 以上引文皆见《苏轼文集》卷十五《乳母任氏墓志铭》，第 473 页。

[3] 《苏轼文集》卷五十五《与章子厚二首（二）》，第 1640 页。

是他倾诉的合适人选。他告诉定国："某羁寓粗遣，但八月中丧一老乳母，子由到筠，亦抛却一女子，年十二矣，悼念未衰，复闻堂兄中舍卒于成都。异乡罹此，触物凄感，奈何！奈何！……近为葬老乳母，作一志文，公又求某书，辄书此奉寄。"[1]

接连失去亲人的痛苦，一直缠绕着他。年底在回给秦太虚的那封长信里，他还在怀想那些远去的亲人，无法彻底解脱，所以禁不住感慨道："异乡衰病，触目凄感，念人命脆弱如此。"[2]

在这个世间，有什么东西，能像生命这样脆弱不堪呢？五百多年后，法国哲学家帕斯卡尔，不也曾这么感叹："人脆弱不堪，一如会思想的芦苇。"

岂能天成偶得之

八月的黄州，酷暑渐远，秋风习习。

子由的日子那么难过，中秋前夕乳母又去世，这一切，给这个本该团圆的节日，蒙上了浓厚的阴影。月愈圆，光愈孤。今年的中秋，确实也只能把盏北望凄然。

中秋过后不到十天，苏轼突然找到了一个于山水间释放忧伤的好去处。

在临皋亭西边不远处，有一座山峰，陡然深入江中，山色如丹赤红。黄州本地人说，曹操当初，就是在这，被孙刘联军击败。这个地方，就是鼎鼎大名的赤壁古战场。[3]

为了驱散笼罩家中的那种让人窒息的气氛，苏轼很难得地叫上大儿子苏迈，一起夜游赤壁。在苏轼现存的文章里，这是黄州期间，苏轼罕见的一次与儿子单独出游的记载。

首次夜游赤壁，苏轼寥寥几笔，亦隐约可见《赤壁赋》风姿。他首先把这篇小文抄录给了参寥，随即，他又在参寥转交给他的秦观去年游西湖

---

[1] 《苏轼文集》卷五十二《与王定国四十一首（八）》，第 1517 页。

[2] 《苏轼文集》卷五十二《答秦太虚七首（四）》，第 1535 页。

[3] 参见《苏轼文集》卷七十一《记赤壁》，第 2255 页。

的题名后附上此文。

秦观去年作了首《题名》，记述自己与辩才和参寥三人共游西湖之状。读完《题名》，苏轼有些动情地回忆说：

> 览太虚《题名》，皆予昔时游行处。闭目想之，了然可数。始予与辩才别五年，乃自徐州迁于湖。至高邮，见太虚、参寥，遂载与俱。辩才闻予至，欲扁舟相过，以结夏未果。太虚、参寥又相与适越，云秋尽当还。而予仓卒去郡，遂不复见。明年予谪居黄州，辩才、参寥遣人致问，且以题名相示。

这段文章，非常简洁而生动地记录了四人之间的交游，以及慕山水而远行的率性。也许是秦观游西湖的小文激发出了他的灵感，他当然也就会在其题名结尾处，附上了这次父子同游赤壁的《秦太虚题名记》：

> 时去中秋不十日，秋潦方涨，水面千里，月出房、心间，风露浩然。所居去江无十步，独与儿子迈棹小舟至赤壁，西望武昌，山谷乔木苍然，云涛际天。[1]

晚清桐城派学者吴汝纶曾认为，《赤壁赋》是"天成偶然得之者"。但如果细读这篇父子夜游赤壁的小品文，我们可以看出，当赤壁的种种风物一入耳目，《赤壁赋》的意境，就开始在苏轼的脑中触发、酝酿、累积。所谓天成偶得，只落在了玄妙处。

来了 位新知州

元丰三年（1080）的重阳节，转眼间就快到来了。黄州的政界，这时，

---

[1] 以上引文皆见《苏轼文集》卷十二《秦太虚题名记并题名》，第398—399页。

却发生了一场大地震，知州和通判，全部换了人。

其实，在苏轼到黄州的这七个月，黄州知州陈轼对他还是多有照应，但两人之间似乎没有更多私人场合的交往。

所以，陈轼离职，苏轼并没有为他写诗。不过，苏轼还是提笔抄了一首汉朝李陵写给朋友苏武的诗，以道离别之怀。

在抄完这首诗后，他写了一篇跋：

> 此李少卿赠苏子卿之诗也。予本不识陈君式，谪居黄州，倾盖如故。会君式罢去，而余久废作诗，念无以道离别之怀，历观古人之作辞约而意尽者，莫如李少卿赠苏子卿之篇，书以赠之。春秋之时，三百六篇皆可以见志，不必已作也。[1]

为什么没有写诗送别陈轼，这个原因要在三年后，苏轼为陈轼所写的祭文中，才讲出来："君独愿交，日造我门。我不自爱，恐子垢纷。君笑绝缨，陋哉斯言。忧患之至，期与子均。" [2]

这真是令人感动不已的君子之交：一个不愿意连累对方，有意回避。一个不以为然，希望能分担忧患。

不过，乌台诗案牵连了那么多朋友，初到黄州的苏轼，在一种强烈的自责和后怕中，在内心筑了一堵高墙，特意把自己封闭起来。所以刚到黄州的那几个月，他和本地知州的关系，只能是落花有意，流水无情。

新来的知州徐大受（字君猷），是瓯宁（今福建建瓯）人。也不知道徐君猷在与苏轼初次见面的场合表现出了怎样的人格，两人第一次见面就很投缘，大有相见恨晚之感。

君猷知黄州近三年，苏轼首先是在政治上获得其全方位的庇护，没有

---

[1] 《苏轼文集》卷六十七《书苏李诗后》，第 2089 页。

[2] 《苏轼文集》卷六十三《祭陈君式文》，第 1947 页。

各种政事和人事的干扰，心灵的自由得以极大的释放。其次，两人大度无间，家人也相互走动往来，让私谊升华为一种亲情。

新到任的通判孟震（字亨之），是郓州（今山东东平）人。上任不久，亨之也马上和苏轼打成一片，往来密切。

苏轼此时正陷入经济危机之中，孟震也像康叔一样，经常会送各种好吃好喝的接济苏轼。为此，苏轼曾给孟震写过一封感谢信："今日斋素，食麦饭笋脯有余味，意谓不减刍豢。念非吾亨之，莫识此味。"[1] 看来，孟通判送给东坡的麦饭笋脯，味道胜过牛羊。

重阳节到了，君猷和苏轼的第一个节日雅集开始了。黄州一干名流，齐登栖霞楼望远，一揽长江胜景，然后嗅菊、饮酒、插茱萸。

十月初九这天，亨之又置酒秋香亭，君猷和苏轼都来了。君猷落座后，大家发现有一对木芙蓉，拒霜盛开，独向君猷。在场的客人一起起哄，只有使君，才可配当此花啊。如此快乐的氛围，苏轼当场就填了一首《定风波》。

"两两轻红半晕腮，依依独为使君回。若道使君无此意，何为，双花不向别人开。"上阕是写花及人。花如美人饮酒，轻红润腮。而君猷也偏爱美人，所以双花不为别人开。初识君猷，苏轼却也在嬉笑中，一开无伤大雅的玩笑。

"但看低昂烟雨里，不已，劝君休诉十分杯。更问尊前狂副使，来岁，花开时节与谁来？"下阕是写景抒情。烟雨浮动中，苏轼劝君猷酒不要喝得太多。君猷却转问酒酣中的狂副使苏轼，明年花开时节，你会陪谁再来啊？

奇怪的是，后来有一次雅集，君猷和亨之都不端酒杯，没办法，苏轼只好写了《太守徐君猷通守孟亨之皆不饮酒，以诗戏之》，来戏弄两位官长。

这首诗和七月份写给季常的那首诗有相似之处，都是在一种巧妙的勾连中，带出一份似讽实赞的戏谑效果。

---

[1] 《苏轼文集》卷五十八《与孟亨之一首》，第 1750 页。

"孟嘉嗜酒桓温笑，徐邈狂言孟德疑。"开篇两句交代人物：亨之的祖先孟嘉酷爱喝酒，大司马桓温讥笑不止；君猷的祖先徐邈醉吐狂言，引来曹操生疑。

颔联"公独未知其趣尔，臣今时复一中之"，是想象两人的反驳之语：孟嘉说，大司马你确实不知道饮酒的乐趣；徐邈则回复曹操，我经常饮酒后成为中圣人。

颈联"风流自有高人识，通介宁随薄俗移"，是赞美他们的人品风流：孟嘉坐于众人中，褚裒能一眼把他认出，而徐公的通介秉性，是因为他不为迎合流俗而改变自己。

尾联"二子有灵应抚掌，吾孙还有独醒时"想象力丰富，以轻微的讽刺，带来多重意味的戏谑效果：两位古人如果知道现在发生的一切，肯定会抚掌讥笑，我的子孙还会有独醒的时候啊。

苏轼第一次为黄州的新任长官写诗赋词，似已忘记了乌台之痛。在作品中，他恢复了自己天然的秉性，极尽嬉笑戏讽之能事，却也一片情深。

聚会、优游；畅饮、放诞。每逢良辰佳日，黄州新来的两位长官，都会和苏轼登临放歌，宴聚纵酒。酣畅淋漓的交往与相处，让苏轼得以复归"尊前狂副使"精神状态。

一位小和尚上了门

九月初，一阵敲门声，打破了临皋亭的宁静。开门一看，门口站着一位年轻俊秀的小和尚。

小和尚来自成都，法号清悟（苏轼有时亦写作悟清），是成都胜相院大和尚惟简（号宝月）的孙子。他从千里之外的故乡来到这里，一是代表惟简大师，看望流放中的苏轼，传递故乡的消息。二则带来了一个似乎不可能完成的任务。

堂兄子正去世的消息，可能来自清悟，因为惟简大师也是来自眉山苏氏。苏轼二十岁在成都和他相识后，一直认他为自己没有出服的兄长。

乡国久无音讯，而自己贬放黄州这样的大新闻，乡人必定早有耳闻。见到故乡来人，苏轼决定派一个人回川，探寻家乡亲人的消息。

　　"苏公，我这次来黄，还有一事相求。"清悟小心翼翼地掏出大师的来信，上呈给苏轼："惟简大师烦请您，为胜相院写一篇经藏记，以勒石为碑。"

　　"我已封笔，惟简大师这个请求，可能满足不了啊。"

　　但苏轼的拒绝并不是那么有力量。因为，他与成都的这座寺院，有很深的缘分。加上惟简本是苏家人，所以，以往苏轼对惟简所求，口出必应。

　　此前，他已经为寺院写过两篇文章，一为《中和胜相院记》，一为《四菩萨阁记》。

　　在《四菩萨阁记》里，苏轼通过自己与惟简对话的形式，袒露了自己将先父苏洵生前最爱之物——八幅吴道子的佛画像何以供养在胜相院佛阁里的心路历程。

　　"不过，旅途辛劳曲折，你先在我这好好歇息一段时间再说。"

　　几天后，苏轼就把小和尚清悟带到江南，游寒溪西山，并拜访老乡王文甫。

　　别看清悟年纪小，却有一个绝活。到了文甫家，清悟给苏轼和王文甫各送了十粒墨丸。苏轼酒一喝，写了篇《书清悟墨》："川僧清悟，遇异人传墨法，新有名。江淮间人，未甚贵之。予与王文甫各得十丸，用海东罗文麦光纸，作此大字数纸，坚韧异常，可传五六百年，意使清悟托此以不朽也。"[1]

　　既然提了笔，还怕没有第二次吗？于是，清悟如同监工一般，天天就这么在苏轼面前晃。苏轼也不是写不出文章，而是觉得不能破坏自己的誓言。

　　突然有一天，苏轼终于找到了写《经藏记》的理由。他曾给滕达道写

---

[1]　《苏轼文集》卷七十《书清悟墨》，第 2222 页。

信解释说："《经藏记》皆迦语，想酝酿无由，故敢出之。"[1]

九月十二夜里，苏轼做了个梦，梦见宝月大师向他索要文章，他从梦中惊醒，深夜里正传来三更的鼓声。苏轼于是披衣而起，磨墨展纸，信笔一挥而就。[2]

这篇《胜相院经藏记》，完全不同于苏轼以往所作诗词，全用佛家话语。全文八百多字，苏轼以近一更时间，也就是不到两小时写就，可见其语言掌控能力非同一般。

这篇《胜相院经藏记》，是苏轼在黄州第一年，唯一公开发布的文章，马上就在各地引起轰动。据说，王安石当时赋闲在江宁（今江苏南京），遇到一位从黄州过来的客人。客人说，这一年，苏轼也就写了这一篇文章，墨本留在船中。王安石急不可耐，马上派人取来。当时月出东南，林影在地，王安石展读于风檐之下，喜上眉梢，感叹说："子瞻真是人中之龙！"

苏轼是一个完美主义者，既然作了文，还必须要为宝月大师未来的勒石刻碑提供一切帮助。

他给宝月大师去信说："既来书丁宁，又悟清日夜煎督，遂与作得寄去。如不嫌罪废，即请入石。"

碑额大字，苏轼又"令悟清持书往安州干滕元发大字"。[3] 在信中，他向迁任安州知州的滕达道解释说："近有成都僧惟简者，本一族兄，甚有道行，坚来要作《经藏碑》，却之不可。遂与变格都作迦语，贵无可笺注。今录本拜呈，欲求公真迹作十大字，以耀碑首。况蜀中未有公笔迹，亦是一缺。"[4]

而对于碑饰和碑文排版，他也给出具体指导："其碑不用花草栏界，只镌书字一味，已有大字额，向下小字，但直写文词，更不须写大藏经碑

---

[1] 《苏轼文集》卷五十一《与滕达道六十八首（十五）》，第1480页。

[2] 参见《苏轼文集·苏轼佚文汇编》卷五《自跋胜相院经藏记》，第2547页。

[3] 以上引文皆见《苏轼文集》卷六十一《与宝月大师五首（三）》，第1888页。

[4] 《苏轼文集·苏轼佚文汇编》卷三《与滕达道五首（二）》，第2473—2474页。

一行及书撰人、写人姓名，即古雅不俗，切祝！切祝！"[1]

随后，他又给宝月大师去信，赞扬"清久游外方，练事多能，可喜可喜"。[2]

确实，这个不可能完成的任务，悟清完成得实在是太精彩了。

胸中都无一事

苏轼曾经检讨自己是一个月光族，几乎都不怎么攒钱。一大家子人来到黄州，而他这个团练副使，位卑俸薄，一场显而易见的经济危机，马上就要爆发。

四月的时候，苏轼就意识到了这场经济危机的到来。他写信告诉章惇："然轼平生未尝作活计，子厚所知之。俸入所得，随手辄尽。而子由有七女，债负山积，贱累皆在渠处，未知何日至此。见寓僧舍，布衣蔬食，随僧一餐，差为简便，以此畏其到也。穷达得丧，粗了其理，但禄廪相绝，恐年载间，遂有饥寒之忧，不能不少念。"[3]

平生从未为生计操心，但俸禄不多，积蓄又少，这时的苏轼，开始担心全家人吃饭的问题了。尽管各路官员和朋友会给他赠送各种生活物资，但杯水车薪，聊胜于无而已。

要解决危机，首先是节省开支。

他的朋友贾耘老根据他大手大脚花钱的习惯，给他想出了一个操作性很强的控制乱花钱的办法。

苏轼马上按此方法行动。在盘算了自己的存款后，他计算出，如果每天只花一百五十钱，足可维持全家一年的生活。看来，只有实行严格的经济管控，先解决当下的危机再讲。

在秋末给王定国的信中，他详细地描述了这种管钱的办法："廪入既

---

[1] 《苏轼文集》卷六十一《与宝月大师五首（三）》，第 1888 页。

[2] 《苏轼文集》卷六十一《与宝月大师五首（四）》，第 1889 页。

[3] 《苏轼文集》卷四十九《与章子厚参政书二首（一）》，第 1412 页。

绝，人口不少，私甚忧之。但痛自节俭，日用不得过百五十，每月朔便取四千五百钱，断为三十块，挂屋梁上，平旦用画叉挑取一块，即藏去叉，仍以大竹筒别贮用不尽者，以待宾客。"[1]

试行一段时间后，这个方法还真的管用。而且，这个经济管制的办法，对收入锐减的退休官员，极为有用。他后来曾写信叮嘱去官的陈轼说："知生事渐绪，乃用画叉藏瓶之法否？此法至要妙。非其人，不可妄传，非复戏言，乃真实语也。"[2]

苏轼明显夸大了此种方法的妙用，有些故作神秘地要求黄州前知州保守秘密。说实在话，以前不事稼穑为稻粱谋的苏轼，现在不得不量入为出，因为有效用，不由得也产生了小有成就的别样快乐，于是，他想向人分享这种小快乐时，总忍不住把这小成就挂在嘴上，向外人炫耀一番。

但解决经济危机最重要的办法，必须是开源。七月份，苏轼给章惇去信说："江淮间岁丰物贱，百须易致，但贫窭所迫，营干自费力耳。"[3]

苏轼自己也非常清醒，必须要寻找新的收入来源，才能最终解决经济危机。而在农耕经济社会，所谓收入来源，当然只能是躬耕陇亩。于是，获取土地的念头，一直缠绕在苏轼的心头。

年末，太虚承诺的秋末黄州之行并未实现。苏轼给太虚写了一封很长的信，讲述自己这大半年在黄州生活的种种。在信中，他又不厌其烦地把这个方法给描述了一遍，因为他觉得这个方法，同样也能帮助到自己的门生。

但在信结尾处，他突然又对这场经济危机不以为然："度囊中尚可支一岁有余，至时，别作经画，水到渠成，不须预虑。以此，胸中都无一事。"[4]

"至时，别作经画，水到渠成，不须预虑"，是听之任之的自我安慰，

---

[1] 《苏轼文集》卷五十二《与王定国四十一首（四）》，第 1536 页。

[2] 《苏轼文集》卷五十六《与陈大夫八首（六）》，第 1699 页。

[3] 《苏轼文集》卷五十五《与章子厚二首（二）》，第 1640 页。

[4] 《苏轼文集》卷五十二《答秦太虚七首（四）》，第 1536 页。

还是车到山前必有路的坦然？似在两可之间。

但对于苏轼来讲，生活的幸福，即在当下。他曾向毕仲举感叹说："黄州滨江带山，既适耳目之好，而生事百须，亦不难致，早寝晚起，又不知所谓福祸果安在哉。"[1]

因为所求不多，哪怕危机四伏，他还是轻易就能寻找生活中无所不在的美好，并自得地享受这种别样的雅致。

苏轼天生就是一个乐天派，所以，经济危机又算得了什么呢？因为"胸中都无一事"，人间谁能比苏轼更洒脱呢？

君赠丹砂我赋词

苏轼这天收到了一封来自藤州（今广西藤县）的来信，随信还附有一件礼物。打开来信一看，写信人是曾任密州东武令的老朋友赵昶（字晦之），现在，他已升任藤州知州。而拆开礼品包，苏轼不由得大为惊喜，寄来的竟然是自己的心好之物丹砂。看来，这个小兄弟真会送礼。

给赵昶的回信却并不及时："某性喜写字，而怕作书，亲知书问，动盈箧笥，而终岁不答，对之太息而已。乃知剖符南徼，贤者处之，固不择远近剧易，矧风土旧谙习。而兵兴多事，适足以发明利器，但恨愚暗，何时复得攀接尔。"[2]

落魄黄州，收到故人寄给的心好之物，苏轼难免会生出心有戚戚之叹。他高兴于朋友的升迁，也安慰他虽处边地，多有兵事，但因为熟悉此地风土，正好可以发挥自己善于发明新武器的特长。

信回得晚，也是有原因的。因为他给晦之的，并非只是一封回信的简单喜悦。

在密州时，赵昶曾有两婢，善吹笛，而黄州本土所出蕲笛，音色凄美。于是，写完信，苏轼先赠之以蕲笛，并自出胸臆，为赵太守填《水龙吟·赠

---

[1] 《苏轼文集》卷五十六《答毕仲举二首（一）》，第 1671 页。

[2] 《苏轼文集》卷五十七《与赵晦之四首（一）》，第 1710 页。

赵晦之吹笛侍儿》词相谢。

上阕开篇"楚山修竹如云，异材秀出千林表。龙须半蒻，凤膺微涨，玉肌匀绕"，写楚地多修竹，材质异秀。制成笛子后，笛子颈处，节间如龙须，节下如凤凰之胸，外表光洁，色匀如玉。

"木落淮南，雨晴云梦，月明风袅"三句，尤美，多为后世称道。这三句，既是对楚地景物的细描，又以听觉、视觉和触觉的通感，细微地描摹蕲笛音色之美：如嘉木叶落，如湖上雨晴，如月明风柔。

"自中郎不见，桓伊去后，知孤负、秋多少"，则是感叹古往今来，自蔡邕、桓伊这样善吹笛者去后，佳音难觅，空负多少流年。

下阕进入到赵昶的现实时空，描写词人所闻、所见、所愿。

"闻道岭南太守，后堂深、绿珠娇小"，写人美。听说赵太守后堂深曲，有吹笛婢女，如绿珠般娇美柔弱。

"绮窗学弄，梁州初遍，霓裳未了"，写艺多。她们在花窗之下，刚吹弄完一曲《梁州吟》，又接奏《霓裳羽衣曲》，余音未了。

"嚼徵含宫，泛商流羽，一声云杪"，写音美。乐音嚼徵含宫，泛商流羽，最后一音，飘然似入云端。

"为使君洗尽，蛮风瘴雨，作霜天晓"，写己愿。我则献上一曲《霜天晓角》，以补吹笛侍儿"角"音之缺，为君洗去蛮风瘴雨，愿你优游卒岁，安土忘怀。

填完此词，似乎还不尽意，他又写了一篇《赵先生舍利记》，记其先父事迹。

赵先生棠本蜀人，孟氏节度使廷隐之后，今为南海人。仕至幕职，官南海。有潘冕者，阳狂不测，人谓之潘盎。南海俚人谓心风为盎。盎尝与京师言法华偶颂往来。言云："盎，日光佛化也。"先生弃官从盎游，盎以谓尽得我道。盎既隐去，不知其所终，而先生亦坐化。焚其身，得舍利数升。轼与先生之子昶游，故得此舍利四十八粒。盎与先生异迹极多，张安道作先生墓志，具载其事。昶今为大理寺丞，知藤州。元丰三年十一月十五日，以舍利授宝月大师之孙悟清，使持归本院供养。赵郡苏轼记。[1]

从此文可见，赵昶家世显赫，其先祖为后蜀节度使赵廷隐。而他的父亲弃官跟随一个奇人潘盎学佛，坐化后竟然烧出几升的舍利子。赵昶知苏轼向佛，竟然送了四十八粒自己父亲的舍利子给他。

悟清此时刚好在黄州，苏轼于是又将这四十八粒舍利授给悟清，让他拿回胜相院供养。这件事，于赵昶和胜相院，可谓两相宜。

回信收得晚，但赵昶意外地收到了一词一文，自然得意不止。不过，读到词的结尾处，他又自嘲一句："子瞻你是在骂我呢。"

原来，结尾所谓蛮风瘴雨，似在讥讽赵使君为南蛮子。因为他的父亲赵棠，已为南海人。

不过，苏轼早知道他先祖的赫赫功业，赵昶此言，不过也是故意矫情了一把。

写不了诗就转个向

贬谪黄州，并不影响苏轼作为文人的牢固地位。向他求诗、求文、求字和求画的人，一如既往的多。

子由和章惇苦口婆心地劝他，你一定要吸取乌台诗案的深刻教训，不要再写诗为文，因为暗处的敌人，总能鸡蛋里挑出骨头来。

苏轼爽快地答应了两人的规劝。他信誓旦旦地告知所有人，自己已经封笔。公事近乎于无，诗和词也写得少，那除了交游和喝酒，他大部分时间，用来干啥呢？

天才如苏轼，其实也是个非常勤奋的人。既然得闲，那就好好来读书。

---

[1] 《苏轼文集》卷十二《赵先生舍利记》，第 405 页。

他读书，不止深，而且也杂。

七月季常来黄前，苏轼写信找他借书："欲借《易》家文字及《史记索隐》《正义》。如许，告季常为带来。"[1]

九月十五那天，他读的是《战国策》。读完《商君书》后，他写了一篇读书笔记《商君功罪》，提出"故帝秦者商君也，亡秦者亦商君也"。结尾处，他总结说："后之君子，有商君之罪，而无商君之功，飨商君之福，而未受其祸者，吾为之惧矣。"[2] 这就是明显地讥贬时事，明眼人一眼即可看出，此君子在暗指王安石。

在给毕仲举的信中，他说："偶读《战国策》，见处士颜蠋之语'晚食以当肉'，欣然而笑。"[3] 然后他"把晚食以当肉"做了一番深度发挥。

十天后，他读《唐国史补》，马上给朱康叔写信，告知其读书有得："今日偶读国史，见杜羔一事，颇与公相类。嗟叹不足，故书以奉寄。"[4]

然后，他把《唐国史补》中杜羔全文抄给康叔，以感慨敬佩其寻母的至孝之心。

但这些看似没有关联的杂书，实际上指向一个共同的目标。

苏辙在给子瞻所作的墓志铭中曾言："先君晚岁读《易》……作《易传》，未完。疾革，命公述其志。公泣受命，卒以成书。"[5]

胸中自有万般丘壑，笔如利剑在手，岂能不发？当苏轼终于得闲，他决定要完成父亲的遗志，转向对《论语》《尚书》和《易》的学术研究。

所以，一到黄州，他就开始了对《易》的研究。在四月写给季常的信中，他告知说："《易》义须更半年功夫练之，乃可出。想秋末相见，必得拜呈也。"[6]

---

[1]　《苏轼文集》卷五十三《与陈季常十六首（六）》，第 1566 页。

[2]　《苏轼文集》卷六十五《商君功罪》，第 2004 页。

[3]　《苏轼文集》卷五十六《答毕仲举二首（一）》，第 1671 页。

[4]　《苏轼文集》卷五十九《与朱康叔二十首（十八）》，第 1791 页。

[5]　《苏辙集·栾城后集》卷二十二《亡兄子瞻端明墓志铭》，第 1127 页。

[6]　《苏轼文集》卷五十三《与陈季常十六首（七）》，第 1567 页。

年底，他给滕达道写信，告之自己的近况："某闲废无所用心，专治经书。一二年间，欲了却《论语》《书》《易》……虽拙学，自谓颇正古今之误，粗有益于世，瞑目无憾。"[1]

沉浸在读书的乐趣中，乐趣又转化为做学问的滋味，他年底写信劝勉秦太虚："窃为君谋，宜多著书，如所示《论兵》及《盗贼》等数篇，但似此得数十首，皆卓然有可用之实者，不须及时事也。"

这真是先生对门生说的知心话。因为有了著书立言的快乐，还担心文祸引发的暗伤，所以建议弟子多写如《论兵》和《盗贼》那样实用的文章，又可避免议论时事。

黄州给了苏轼难得的闲暇。当这个天才不能写诗为文以抒心声时，他自然就进入经学的广阔天地深耕细作，以完成父亲临死前的嘱托。

冬至日的练气大师

元丰三年（1080）的冬至，是十一月初九。这一天，苏轼开始闭门四十九天，与外界隔绝。

因为苏轼的声望和人格魅力，他现在已成为黄州的一个奇异存在。州县每个层级的官员，都以能和他来往为荣。而小城遍布的大小庙宇道观，大门也永远向他敞开。

十月的某天，苏轼来到赤鼻矶附近的天庆观，开口向道长借三间道堂。道长二话不说，马上同意，而且，一借就是四十九天。

一直以来，苏轼都孜孜于访道问友，钻研道家养生术。现在难得清闲下来，所以，苏轼决定要在阳气复起的冬至这天，静心闭目，反观自照四十九天。

到黄州后，苏轼总喜欢和地处瘴蛮之地的定国讨论养生法要，为的是催促他效仿自己而不懈怠。这边道长一答应借房，那边定国不久就收到了

---

[1] 《苏轼文集》卷五十一《与滕达道六十八首（二十一）》，第1482页。

黄州来信："非久，冬至，已借得天庆观道堂三间。燕坐其中，谢客四十九日，虽不能如张公之不语，然亦常阖户反视，想当有深益也。"[1]

在给太虚的信中，他对冬至练气计划描述得更为翔实："吾侪渐衰，不可复作少年调度，当速用道书方士之言，厚自养炼。谪居无事，颇窥其一二……自非废放，安得就此？"他很有些得意于自己因流放而得来的清闲无事。

接着，他苦口婆心劝说弟子："太虚他日一为仕宦所縻，欲求四十九日闲，岂可复得耶？当及今为之，但择平时所谓简要易行者，日夜为之，寝食之外，不治他事，但满此期，根本立矣。"[2]

不过，苏轼并没有将自己的练气神秘化。他告诉李公择，所谓养生之法，也不过就是安心调养，节食少欲，自思反省。

四十九天的练气结束后，苏轼对这次的闭关修炼很是满意。在写给惟简的信中，苏轼有点得意于修炼的效果："然近来颇常斋居养气，日觉神凝身轻。"然后，就和大师畅想未来："知吾兄亦清健，发不白，更请自爱，晚岁为道侣也。"[3]

连苏轼自己也没有想到，贬谪黄州竟然带来了意想不到的闲适安逸。他曾写信告诉定国，子由在筠州，很为公事烦琐苦闷，对自己在黄州如此闲散，羡慕不已。

四十九天的闭门修炼，正得自这种令人羡慕的无所事事的闲散。确实，黄州从官方到民间都给予了苏轼尽可能多的爱护和宽容。在这里，他获得了充分的时间自由、轻松的人际交往，以及精神层面的无滞。

也许连他自己也没想到，这样刻意而自律的闭门反观后进行的顺意无心的吐纳，让一千年后的中国人又给他加上了一个气功师的头衔。

---

[1]　《苏轼文集》卷五十二《与王定国四十一首（八）》，第 1517 页。

[2]　以上引文皆见《苏轼文集》卷五十二《答秦太虚七首（四）》，第 1535 页。

[3]　以上引文皆见《苏轼文集》卷六十一《与宝月大师五首（四）》，第 1889 页。

年末的创作冲动

岁近年末，新年将至。僻陋之地的黄州，那种过大年时喜洋洋的气氛，同样也浓烈不让他处。

每到年底，都是马铺奉职最忙碌的时候。他发现，黄州最大的快递用户苏轼，年底的业务量同样也水涨船高。不只是各地寄来的信件和礼物增多，苏大人寄出去的信件数量，也比平日大为上涨。

那些积压已久的书简，在提醒他回信还债。他给秦观回了一篇很长的信，絮絮叨叨，告知自己的种种境况。黄州风物怡人，邻里新朋可亲。在信的结尾，他感慨说："太虚视此数事，吾事岂不既济矣乎！欲与太虚言者无穷，但纸尽耳。展读至此，想见掀髯一笑也。"[1]

可见，能写如此婉约诗词的太虚，长了一脸的大胡子。人如其文乎？文不如其人也！

当天，苏轼还给李之仪回了一封信。这封信实际上是先写的。因为第二天，苏轼在太虚信后加补如下文字：

> 某昨夜偶与客饮酒数杯，灯下作李端叔书，又作太虚书，便睡。今日取二书覆视，端叔书犹粗整齐，而太虚书乃尔杂乱，信昨夜之醉甚也。本欲别写，又念欲使太虚于千里之外一见我醉态而笑也。无事时寄一字，甚慰寂寥。不宣。[2]

此后，苏轼又另修一书说托太虚转交给李之仪的那封信，是两人间的第一次通信。苏轼的回信，却汪洋恣肆，言事鞭辟入里。

他批评科举之途，"妄论利害，搅说得失"，如同虫鸟自鸣，无关得失。他也指出，"轼每怪时人待轼过重，而足下又复称说如此，愈非其实"。

---

[1] 《苏轼文集》卷五十二《答秦太虚七首（二）》，第 1535 页。
[2] 《苏轼文集》卷五十二《答秦太虚七首（四）》，第 1536 页。

最后，他总结道："谪居无事，默自观省，回视三十年以来所为，多其病者。足下所见皆故我，非今我也。"[1]

在给王定国那封长信的结尾，苏轼很有些情难自禁："书到此，恰二鼓，室前霜月满空，想识我此怀也。"[2]

二鼓时分，在灯下安静地写信，屋前霜月满空，同样的静谧。苏轼此刻此种情怀，正是不已的思念。

除了多封回信外，他也写了好几篇文章。

十二月十八晚上，他想起了成都画家蒲永昇，在临皋亭西斋写成《书蒲永昇画后》一文。这是一篇极为精彩的画论，讨论了古今画水的异同和高下之分。

唐代的孙知微学会了这种"随物赋形"的笔法，他死后，这种笔法就中断了五十多年，但"近岁成都人蒲永昇，嗜酒放浪，性与画会，始作活水"。他的画，"每夏日挂之高堂素壁，即阴风袭人，毛发为立。永昇今老矣，画亦难得，而世之识真者亦少"。

苏轼因此提出，"画奔湍巨浪，与山石曲折，随物赋形，尽水之变"，才能号称神逸。

在文尾，他认为："如往时董羽、近日常州戚氏画水，世或传宝之。如董、戚之流，可谓死水，未可与永昇同年而语也。"[3]国画理论中的"死水活水说"就此横空出世。

因为是写成都画家，苏轼让悟清也将此文带回胜相院，托惟简大和尚刻石为记。

听闻光州异人朱元经的故事，他还写了两篇有趣的小文《朱元经炉药》和《异人有无》。

在《朱元经炉药》中，苏轼讲了一个活了一百多岁的道人朱元经的故

[1] 以上引文皆见《苏轼文集》卷四十九《答李端叔书》，第 1432—1433 页。

[2] 《苏轼文集》卷五十二《与王定国四十一首（八）》，第 1518 页。

[3] 以上引文皆见《苏轼文集》卷十二《画水记》，第 408—409 页。

事。他死后，光州（今河南潢川）知州曹九章用棺木将其埋葬，并没有什么奇异的事情发生。但他留下了许多丹药，很多人想来购买，曹知州不同意，把金石丹药全部充公。苏轼于是写信建议曹知州，不如把这些丹药上贡给朝廷秘府为好。[1]

讲完这个好玩的故事后，他接着写了一篇《异人有无》，说世间都传道人有延年之术，但赵抱一、徐登、张无梦等，快一百岁时，竟然也死了，与常人无异。到黄州后，听说朱元经尤神，达官贵人都拜他为师，但也突然病死了，死的时候，同样也抽噎不止。也不知这个世上有没有异人？[2]

结合这两篇文章可知，苏轼尽管一直迷恋道家的各种养生术，但对长生不老之说，还是持怀疑态度的。可见，他对所有未知的事物，永远保有一颗好奇但又怀疑之心，而这正是抵达一切事物本质的必然要求。

此外，他还代朋友写了两封公函《上神宗论京东盗贼状》《醮上帝青词》，以及《书天台玉版纸》《书南史卢度传》等。

这个月，苏轼写了八篇文章，以及罕见的几封长信，突然表现出极强的写作欲望和表达冲动。这种欲望和冲动，和即将到来的新年有关吗？

故乡那头的幸福

"乡思浩然，想同此味。"[3]

年关已近，回想今年诸多亲人逝亡，苏轼对故乡的思念，不可抑制，因为那里有最简单而朴素的幸福。

刚抵黄州的半年，乡国音信全断，久无亲人信息，苏轼下半年专门派人返乡，一求家书。

在携往妻弟王元直的信中，他说："不审比日起居何如，郎娘各安否？"

在完成了最朴实而又动人的问候后，他又想象了一个极为普通的故乡

---

[1] 参见《苏轼文集》卷七十三《朱元经炉药》，第 2327 页。

[2] 参见《苏轼文集》卷七十三《异人有无》，第 2327 页。

[3] 《苏轼文集·苏轼佚文汇编》卷五《黄冈冬至帖》，第 2550 页。

生活场景，并为之怅惘不已。

"但犹有少望，或圣恩许归田里，得款段一仆，与子众丈、杨宗文之流，往来瑞草桥，夜还何村，与君对坐庄门吃瓜子炒豆，不知当复有此日否？"

对坐庄门口，嗑瓜子，吃炒豆，这样最日常的生活场景，在远离故土的黄州，只能是一个缥缈而惆怅不止的梦。

在信的结尾，他又叮嘱说："存道奄忽，使我至今酸辛，其家亦安在？人还，详示数字。"[1]

全信叙说家常细事，探听故乡世情，凡人情感，朴实直白，言辞哀婉，令人动容。

年底故乡的回信，今不存，但肯定会有多封回信，可一解乡愁。所以，在十二月二十那天，他又写了一篇《石氏画苑记》。

这篇文章的主人公石康伯（字幼安），眉山人，和苏轼有亲戚关系，是他姑父哥哥的幼子。四年后，苏迈再娶幼安女儿为妻，所以，苏轼和他又成为亲家。

写这篇文章，既起于对故乡的思念，也来自苏轼对朋友人生观的高度认同。由于熟悉描写对象，人物刻画尤为传神，呼之欲出。

人物有隐士之风。"读书作诗以自娱而已，不求人知。独好法书、名画、古器、异物，遇有所见，脱衣辍食求之，不问有无。"

其人特立独行，不同常人。"居京师四十年，出入闾巷，未尝骑马。在稠人中，耳目谡谡然，专求其所好。长七尺，黑而髯，如世所画道人剑客，而徒步尘埃中，若有所营，不知者以为异人也。"

在描述了幼安的种种行状后，苏轼又将他推向近乎得道的高度："而余独深知之。幼安识虑甚远，独口不言耳。今年六十二，状貌如四十许人，须三尺，郁然无一茎白者，此岂徒然者哉。"

文章结尾，他说："今幼安好画，乃其一病，无足录者，独著其为人

---

[1] 以上引文皆见《苏轼文集》卷五十三《与王元直二首（一）》，第1587页。

之大略云尔。"[1]

所以，这篇《石氏画苑记》，名为记画苑，实乃写那方水土养育出的乡人的脱俗、仁爱，以及不俯仰于人的洒脱与超迈。全文恍惚中，也晃动着苏轼本人的影子。

在他年后写给惟简的信中，开篇即是"每念乡舍，神爽飞去"，而他最心心向往之事，就是"他日天恩放停，幅巾杖屦，尚可放浪于岷峨间也"。[2]

诗人的精神返乡，永远是他创作的生命之源。当身体只能在他乡时，他就会在文字中遥望故乡，并在向故乡的永恒致敬中，获得幸福的幽秘源泉。

---

[1]　以上引文皆见《苏轼文集》卷五十一《石氏画苑记》，第364—365页。

[2]　以上引文皆见《苏轼文集》卷六十一《与宝月大师五首（四）》，第1889页。

第三章 东坡躬耕东坡

可否作一黄州百姓

黄州的第一个春节异常寒冷。大年初一中午，全家人围炉温酒，满屋暖意袭人。闰之正感慨去年此日，一家人离散两分的苦楚辛酸时，仆人进室禀报，潘丙登门来访。

苏轼来到客堂，见潘丙一身新装，平添几分过大年的喜气。潘丙给大家拜年后，马上告之苏轼，那个去年预言神准的子姑神，今天又下临到郭遘家了。

两人匆匆赶往郭遘家，还没进门，就已听见室内喧沸不止。进屋，黑压压一片，还有几名州县官员也在其间。

大家见苏轼进屋，自觉让开一条通道，苏轼也不谦让，直接就来到子姑神乩坛前。

待落座，苏轼有些好奇，问那被两名男童搀扶着的妇人："三姑是神耶仙耶？"那妇人回答说："曼卿之徒耶。"仁宗朝的著名诗人石延年（字曼卿），苏轼自然知晓，听闻此言，苏轼愈发好奇，他捋了下胡须，要子姑神把她的生平仔细讲来，想为之作一小传。

那妇人手中拿根筷子，边用筷子画字，边讲述自己的身世。她自叙姓何名媚，字丽卿，自幼知书作文。曾经嫁给一名戏子为妻，唐睿宗垂拱年间（685—688），寿阳刺史杀其夫夺其为侍妾，而刺史的妻子极为妒悍，竟把她杀死在厕所。天帝为了给她洗冤，就让她成为子姑神，保佑人间百姓。

自叙完身世，她对苏轼盈盈一笑："公少留而为赋诗，且舞以娱公。"

随即，一场令苏轼大开眼界的即兴诗歌表演开始了。

她首先竟以大赋体例，借自己的命运，劝慰苏轼："学士刀笔冠天下，文章烂寰宇。身之品秩，命之本常。朝野共矜而不能留连，皇王怀念而未尝引拔。暂居小郡，实屈大贤。如贱妾者，主之爱而共憎，事之临而无避，罪于非辜之地，生无有影之门。赖上天之究情，使微躯之获保。何期有辱朝从，下降寒门。罪宜千诛，事在不赦。维持阴福，以报大恩。"

苏轼不由肃然有悟，如常人占卜似的询问："某欲弃仕路，作一黄州百姓，可否。"

子姑神不待思索，一首七言绝句脱口而出："朝廷方欲强搜罗，肯使贤侯此地歌？只待修成云路稳，皇书一纸下天河。"

这个预言，还算光明，黄州并非其久居之地。

苏轼又问起世俗的投资计划："余欲置一庄，不知如何？"

子姑神不以为然："学士功名立身，何患置一庄不得。"

快破产的苏轼，不觉也松了口气，又开始关心自己未来的命运："道路无两头，学士甚处下脚？"

"蜀国先生道路长，不曾插手细思量。枯鱼尚有神仙去，自是凡心未灭亡。"子姑神似在答禅，人生漫长，有时需要停下来细细思量。连枯死的鱼都可成仙，你还是凡心未灭呢。

智慧在民间啊！苏轼特为子姑神敬上腊茶一杯以表谢意，子姑神又答之以《谢腊茶》："陆羽茶经一品香，当初亲受向明王。如今复有苏夫子，分我花盆美味尝。"[1]

随后，她又为黄冈县尉张舜臣、王姓奉职献诗，并作《赠世人》和《琴歌》，送给在场的所有人。

苏轼人开眼界，他在所作《子姑神记》一文中赞叹道："诗数十篇，敏捷立成，皆有妙思，杂以嘲笑。问神仙鬼佛变化之理，其答皆出于人意外。"

---

[1] 以上引文皆见《苏轼文集》卷七十二《仙姑问答》，第 2314—2315 页。

人群中有位客人，不由得欢欣鼓掌，并歌《道调梁州》助兴，子姑神闻歌而起舞，步步踏准节奏。

曲终，子姑神向苏轼再拜而请："公文名于天下，何惜方寸之纸，不使世人知有妾乎？"[1] 苏轼感慨子姑神有礼有智，知书好文，但耻于不为世人所知，谈得上是一位贤人，于是就写了篇《子姑神记》送给她。

《孔氏谈苑》还补录了一个饶有兴味的场景："近黄州郭殿直家有此神，颇黠捷，每岁率以正月一日来，二月二日去。苏轼与之甚狎，尝问轼乞诗，轼曰：'轼不善作诗。'姑书灰云：'犹里，犹里。'轼云：'轼非不善，但不欲作耳。'姑云：'但不要及他新法便得也。'"[2]

此对话，既见苏轼之亲民诙谐，也见子姑神机智而明理，"只要不涉及新法，写首诗不打紧"。

苏轼果真在现场为她填词《少年游》一首。当晚，他又补写《仙姑问答》，将自己和子姑神的你问我答，翔实地记录下来，以满足其不朽的愿望。

来黄州已快一年。苏轼在一种心灵渐趋平静的悠然中，爱上这里的山水物候、风俗人物。所以，在子姑神降临的现场，苏轼向这个远近闻名且灵验的子姑神，提出的关乎自己的第一个问题就是"某欲弃仕路，作一黄州百姓，可否"。

春日行远

今年的春节实在太冷。临皋亭炉灶里的木材，每天都噼里啪啦地燃烧着，并传来一股好闻的松香味。从正月初十起，苏轼十天都没有迈出大门一步，但他却数着日子，盼着正月二十这天的到来。

二十这天一大早，苏轼梳洗完毕出来，仆人早已备好了马，行李也已搭好在马背上。

一出门，潘丙、古耕道和郭遘三人，已经在临皋亭候着他了。冷是冷，

---

[1] 以上引文皆见《苏轼文集》卷十二《子姑神记》，第 407 页。

[2] 《孔氏谈苑》卷二《厕神》，第 19 页。

但早已谋划好的事情，实如弦上之箭，引而必发。

三人一出东门，苏轼惊奇地发现，村边的杨柳已在摇曳起舞了，而溪流开始解冻，浅水突突地冲刷着冰凌。田间已泛青的麦苗，遮盖了去年烧荒的痕迹。

苏轼的心情不由得为之一开。他对这几个老朋友说："也许不久，会有数亩荒园留待我居住，到时你们就去我那温酒一饮。回想去年今日在关山路上，细雨梅花正断魂啊。"

潘丙三人，对苏轼此话并未深究，以为也就是他随口一讲的希望。

路上行人稀少。行游于初春的田野和湖泊间，四人信马由缰，言笑晏晏。快近午间，众人隐隐见前面不远处的翠竹丛中，半掩着一座禅庄。这是一个废弃的旧城，当地人叫它"女王城"。苏轼很有探究精神，他还写过一篇考证文章，认为女王城原本叫永安城：

> 昨日读《隋书·地理志》，黄州乃永安郡。今黄州东十五里许有永安城，而俗谓之"女王城"，其说鄙野。[1]

简单用过午膳后，苏轼出门上马，潘丙、古耕道和郭遘揖手向他告别。原来，这次的春游才刚开场，后面，将是苏轼一人远游，前去探访一位心心念念的朋友。

黄昏时分，苏轼抵达团风镇，直奔本地唯一的客栈而去。一进客栈，去年在季常家见过的一位下人迎面走来，鞠躬行礼："苏大人好，我已在这恭候多时！"苏轼抬手示意免礼，笑呵呵地称许说："龙丘居士真是贴心啊！"

小郭僻静，却有野店酒旗斜。晚餐尽管简单，没想到在这野店，第一次喝到了竹叶酒。真有股竹叶的清香呢，微醺中，窗外又有暗香袭来。

---

[1] 《苏轼文集》卷六十六《记黄州故吴国》，第2074页。

本以为好酒下肚，会一夜无梦。没想到，早上还是被一个奇怪的梦惊醒了。在梦中，苏轼看见一个和尚，不知什么原因，左边脸破了，流着血，却张嘴欲言。

梦放在一边，苏轼一行继续向岐亭进发。山野溪边，梅花时见。一想到马上就要见到季常，诗兴不由催人。于是，在马上，苏轼写了一首诗《岐亭道上见梅花，戏赠季常》。

在诗中，他还和季常开起玩笑来："行当更向钗头见，病起乌云正作堆。"在来的路上见过梅花，喝过竹叶酒，但此行更想一见季常家的美妾，这美人正梳着寿阳公主式的梅花妆。

一入岐亭，苏轼远远就见季常正站在静庵大门口，向这边张望。又是半年未见，两人击掌长啸。然后，季常向苏轼保证，"这次的岐亭之行，会和去年大不同"。

原来，去年年底，苏轼读《南史·卢度传》有悟，专门写了篇读后感："余少不喜杀生，然未能断也。近来始能不杀猪羊，然性嗜蟹蛤，故不免杀。自去年得罪下狱，始意不免，既而得脱，遂自此不复杀一物。有见饷蟹蛤者，皆放之江中。虽知蛤在江水无活理，然犹庶几万一，便使不活，亦愈于煎烹也……"[1]

下了"不复杀一物"的决心，去年第一次到静庵，季常仆人绕村追鸭杀鹅的场面，真让苏轼于心不忍。所以，敲定了正月二十的岐亭之行后，苏轼给季常去信，叮嘱他务必不杀一物，并附上手书《书南史卢度传》。

觥筹交错间，苏轼把拂晓前那个奇怪的梦，告诉了季常。两人也不知道这个梦，有什么寓意，但苏轼知道，肯定会有故事发生。

第二天，两人又漫行山野中。好像是有一股神秘力量牵引他们，季常稀里糊涂就带着苏轼走进了山路左边的一间庙里。在小庙中间神像的侧面，有一尊老旧的罗汉，仪态伟岸，但脸却破损了。苏轼看到后，也没往心里去，

---

[1]　《苏轼文集》卷六十六《书南史卢度传》，第 2048 页．

季常却开悟般地大叫："此岂梦中得乎？"[1]

这次岐亭之行，路上的风景，催发他写了两首诗。关于岐亭的欢饮，却没有留下只言片语。但临行前，苏轼还是依"汁"之韵，以杀戒为主题，给季常送了一首诗。

开篇四句白描为"我哀篮中蛤，闭口护残汁。又哀网中鱼，开口吐微湿"，这场景，真足以激起所有人的菩萨心肠。所以，这次的春日出游，有风景，有奇缘，也有心灵的启发。

苏轼后来曾总结此次出行的成果说："季常既不复杀，而里中皆化之，至有不食肉者。皆云'未死神已泣'，此语使人凄然也。"[2]

也许是季常戒杀彻底，苏轼后来竟讲了一个唐人传奇般的故事《王翊救鹿》。

一个叫王翊的黄州岐亭人，在水边见一个猎人抓捕到一匹鹿，这匹鹿中枪负伤，满眼哀伤，王翊不忍，就以几千钱将鹿赎回。这匹鹿跟随王翊作息，未尝离开他一步。王翊家后有茂林果木，一天，一名村妇见树上有个透红硕大的桃子，就爬上树把桃子摘下来吃了。王翊刚好看见，大吃一惊。那个妇人吃完桃子，把桃核丢到地上，王翊把它拿走剖开，得到一块如桃仁的雄黄，嚼而吞之，味道很美。从此后，他断绝荤肉，斋居一食，不复杀生，真可谓异事一桩。[3]

也不知道这个传奇里的王翊，是不是暗指现实世界里的那个季常？

载物放舟回黄州

一艘船在春风绿水间飘然而来。船舱里，躺着一尊面容破损、色彩斑驳的木罗汉。

这罗汉的边上，坐着一人，正是苏轼。原来，那个梦，突然触动了苏

---

[1]　《苏轼文集》卷七十二《应梦罗汉》，第 2313 页。

[2]　《苏轼文集》卷六十八《书赠陈季常诗》，第 2133 页。

[3]　《苏轼文集》卷七十二《王翊救鹿》，第 2315 页。

轼久藏心间的一个念想，于是，他把马交由下人，自己改乘大船返回黄州。不是为了舒适，因为他要把这尊无主罗汉带走。

之所以要做这个决定，首先是一种怜惜万物的本心，其次是他一直相信自己是山僧转世，与佛缘分极深。十年前，苏轼在杭州和参寥游西湖寿星寺时，他若有所悟地告诉参寥，他这辈子从来没到过此地，但眼前的一切，却似曾相识。从所站之处到忏堂，应该有九十二级台阶。参寥不相信，派人去数，果真如此。苏轼一脸认真地对参寥说："某前身山中僧也，今日僧皆吾法属耳。"[1]

苏轼身上确实发生过许多不可解释的事。所以，在《和张子野见寄三绝句·过旧游》一诗中，他告诉张先（字子野）："前生我已到杭州，到处长如到旧游。"

此外，他内心一直怀有一个深切的念想，现在到了他还愿的时候。

坐船慢，但比骑马舒服，而且同样也可上岸访友。船到古黄州城，他上岸拜访一个从未见过的朋友，那人开心至极，便送了一个汉代铜镜给他。这又是一个意想不到的收获。

苏轼受父亲以及老师欧阳修的影响，喜好各类古玩，但凡字画碑帖、鼎彝铜器，不止涉猎，也有心搜罗。

去年五月，曾任官武昌的供奉郑文，知苏轼之好，送了他一把古铜剑，结果，封笔的他直接就写了一首《武昌铜剑歌并引》送给郑文。八月收到蔡襄（字君谟）石刻一卷。蔡襄为当代书家和他的朋友，苏轼特别欣赏君谟的字，所以也开心地把这事写信告诉定国。

在古黄州城得了这个汉代铜镜，他马上写了篇《书所获镜铭》，详细地描述其尺寸、铭文、颜色等：

元丰四年正月，余自齐安往岐亭，泛舟而还。过古黄州，获一镜，

---

[1]　《宋人轶事汇编》卷二十二《苏轼》，第 1598 页。

周尺有二寸，其背铭云："汉有善铜出白阳，取为镜，清而明，左龙右虎备之。"其字如菽大，杂篆隶，甚精妙。白阳，疑南阳白水之阳也。其铜黑色，如漆。其背如刻玉。其明照人微小。旧闻古镜皆然，此道家聚形之法也。[1]

本年八月，他给弟子李廌（字方叔，本名李豸，东坡后将之改为现名）写信说："近获一铜镜，如漆色，光明冷澈。背有铭云……'如'字应作'而'字使耳。'左龙右虎'，皆未甚晓，更闲，为考之。"[2] 清代乾嘉考据之源，此也可一见。

船到黄州，苏轼马上把那尊破损的罗汉送到安国寺，请主持继莲出马，让他们寺院将这尊罗汉修缮一新。

四月初八，是苏轼亡母程夫人的忌日。这天，苏轼来到安国寺，把这尊罗汉用神龛供奉起来。神龛左边一龙，右边一虎，形制古朴。为了表示感谢，苏轼还请安国寺的和尚，吃了一顿斋饭。

苏轼应梦而得的那尊罗汉，也得以在安国寺续享绵绵香火。袅袅不绝的香烟，也正是苏轼送给已故母亲的瓣瓣心香。[3]

春愁似有也似无

从岐亭返回后，正是一年春好时节。

但这个春天，除了三月十一去过江南王文甫家，其他时间，苏轼多闭门不出。

不过，春日春花总生情。苏轼某日傍晚在临皋亭端着酒杯，看江天变幻莫测，为临皋亭晚景填了首《南乡子》：

[1]　《苏轼文集》卷六十六《书所获境铭》，第 2064 页。

[2]　《苏轼文集》卷五十三《答李方叔十七首（二）》，第 1577 页。

[3]　参见《苏轼文集》卷十三《应梦罗汉记》，第 394 页。

晚景落琼杯，照眼云山翠作堆。认得岷峨春雪浪，初来，万顷蒲萄涨渌醅。

春雨暗阳台，乱洒歌楼湿粉腮。一阵东风来卷地，吹回，落照江天一半开。[1]

和此前在黄州所作词相比，这首词明显开朗起来。故乡春雪浪初来，即是所见，也是所指，此地似可为故乡。春雨湿佳人，东风卷地来，有春景而无春愁，所以结句明快爽朗，落日夕照，江天半开。

春末，苏轼收到章楶（字质夫）来信，随信附有他新填的一首《水龙吟·杨花》词。

去年九月，章质夫被派任荆湖南路，正溯江而来。苏轼写信告知朱康叔："章宪今日恐到此，知之。"[2] 所以，质夫的官船停经武昌时，苏轼专门去传舍与他会面。

那次的会面非常愉快，苏轼还见到了章质夫随行所带的两侍女。章质夫离开武昌时，还专门给苏轼写了封告别信，苏轼回信，想到的是《竹枝词》和歌者：

> 武昌不获再会，至今耿耿。承惠书为别，感服不可言。来岁出按江夏，必行属县，当复过江求见也。过桃源，想复一访遗踪，鼎、澧间故多佳处耶！《新唐书》言，刘梦得《竹枝词》，至今武陵俚人歌之，亦复泛否？梦得言竹枝声含思宛转，有淇、濮之艳，若果尔，独不可令苏、秀二君传其声耶！呵呵。传舍之会，恍如梦中事矣。[3]

文人交往，风雅俚俗无不两可。所以，章质夫的这首《杨花》词，一

---

[1] 《东坡乐府雅集》卷一《南乡子·晚景落琼杯》，第 13 页。

[2] 《苏轼文集》卷五十九《与朱康叔二十首（十八）》，第 1792 页。

[3] 《苏轼文集·苏轼佚文汇编拾遗》卷上《与章质夫五首（一）》，第 2654 页。

下子就激发出他创作的冲动。倒不是想要词压质夫，而是巍巍然吾亦可至的那股不服输的劲头。

他马上就给质夫回信："《柳花词》妙绝，使来者何以措词。本不敢继作，又思公正柳花飞时出巡按，坐想四子，闭门愁断，故写其意，次韵一首寄去，亦告不以示人也。"[1]在《唐宋诸贤绝妙次选》卷五中，此词调下原注为柳花。可见，东坡在这封回信中，将《杨花词》写为《柳花词》，应是质夫最初版本。也许是柳花即可作黄色小花也可为柳絮，难免会生出歧义，后人干脆就改柳花为杨花了。

王国维在《人间词话》中评价："咏物之词，自以东坡《水龙吟》为最工。"[2]赞誉之高，可见此词别具一格，体物咏志可冠全宋。

春花可咏者不可胜数，杨花似花而非花，所以描摹其状其格，似无可着落处。但苏轼见物便究其状、察其情、得其格。

"似花还似非花，也无人惜从教坠。抛家傍路，思量却是，无情有思。"这五句，写杨花无人怜惜，自在飘落，抛家傍路，仔细思量，似无情却有所思。

"萦损柔肠，困酣娇眼，欲开还闭。梦随风万里，寻郎去处，又还被、莺呼起。"柔、困、娇、欲开还闭，以思妇之状摹写杨花之状。梦随风万里，同样也是以杨花之轻通感春梦之轻。

"不恨此花飞尽，恨西园、落红难缀。"杨花难以寄怀，怨春之人，只会恨落花难回枝头。

"晓来雨过，遗踪何在？一池萍碎。春色三分，二分尘土，一分流水。"这几句真是抓到了杨花之格。因为三分春色中，二分零落为尘土、一分飘落随流水。一池萍碎，已然春色全尽。

"细看来，不是杨花，点点是离人泪。"格随即出来，细看杨花，不是花，是春色将尽，故点点都是离人泪。

---

[1] 《苏轼文集》卷五十五《与章质夫三首（一）》，第 1638 页。

[2] 《人间词话》卷上，209 页。

这首词的难度，在杨花难入诗词，因为其形其状过于轻浮，要写出其美以达情，真得有细密的情感移情和强大的通感能力。

苏轼也知道自己写了一首好词。他除了给章质夫寄去《水龙吟·次韵章质夫咏杨花》词，还不请自画。但"本只作墨木，余兴未已。更作竹石一纸同往，前者未有此体也"。[1]

当诗人之思，进入创作的癫狂状态，行事自然就会不同常时常态。

受命成书

春天一直闭门不出的苏轼，其实是在抓紧时间写书。

四月天气初热，临皋亭的大门终于打开。苏轼喊来马铺奉职，让他给东京递送去一个包裹，收件人为刚上任的太尉文彦博（字宽夫）。

包裹里面还有一封写给文彦博的长信。在这封信里，他向文彦博详细描写了自己去年湖州赴狱路途的惨况，也感服当今圣上不杀之意。

但这封信其实另有重点。他接下来写道：

> 到黄州，无所用心，辄复覃思于《易》《论语》，端居深念，若有所得，遂因先子之学，作《易传》九卷。又自以意作《论语说》五卷。穷苦多难，寿命不可期。恐此书一旦复沦没不传，意欲写数本留人间。念新以文字得罪，人必以为凶衰不详之书，莫肯收藏。又自非一代伟人不足托以必传者，莫若献之明公。而《易传》文多，未有力装写，独致《论语说》五卷。公退闲暇，一为读之，就使无取，亦足见其穷不忘道，老而能学也。[2]

苏轼真是一个终身学习的践行者。到黄州一年，不受政务人事等诸多干扰，他终可潜心向学，静心著书，现在书成。他写信给文彦博，是希望

[1] 《苏轼文集·苏轼佚文汇编》卷二《与章质夫三首（二）》，第 2451 页。
[2] 《苏轼文集》卷四十八《黄州上文潞公书》，第 1379 页。

借其影响力，让此书首先能得以保存，然后也能更好地流传。

五月，他写信告诉王定国："某自谪居以来，可了得《易传》九卷，《论语说》五卷，今又下手作《书传》。迂拙之学，聊以遣日，且以为子孙藏耳。"[1]

苏辙见兄长书成，则选取了一个巧妙的角度，来赞扬哥哥的著书立说。在《凤咮石砚铭·叙》中，他表扬哥哥所用的凤咮石砚说："子瞻方为《易传》，日效于前，与有功焉。"

这个砚台，确实立了功。

菩萨泉边与君酌

五月某日，有一个年轻的士子，带着行李，走进了临皋亭的大门。苏轼听闻仆人的禀报，开心地走出书房，去迎接那个年轻人。

那个年轻人一见到苏轼，竟然跪下行了个大礼。苏轼安然受之，随之呵呵一笑，示意年轻人起身。

来人正是他在徐州所收的学生王子立。前年八月，苏轼被押解出湖州城时，满城恐慌，子立和弟弟子敏不以为惧，把老师送到运河码头。不过，现在的子立又有了一个新身份，是苏辙的二女婿，所以，也成为老师的侄女婿。那这个大礼，苏轼自然坦然受之。

今年是大比之年，子立将前往老家徐州参加举人考试。他便向岳父大人告请，能否提前出发，绕道黄州，前去拜望苏轼。苏辙也正有此意，于是时隔二十个月，子立终于在临皋亭，见到了自己最为崇敬的老师。

筠州出行前，子由写了一首《送王适徐州赴举》，祝子立"明年榜上看名姓，杨柳春风正似今"。不过，子立既然绕道黄州，子由也希望子立进科场前，能得到兄长的提点。

苏轼最近的经济危机有加重的趋势，但子立来了，江南西山，还是必游之地。

---

[1] 《苏轼文集》卷五十二《与王定国二十一首（十一）》，第 1519 页。

游完西山，苏轼写了一首七绝《武昌酌菩萨泉送王子立》："送行无酒亦无钱，劝尔一杯菩萨泉。何处低头不见我？四方同此水中天。"

别看这首诗简单几句话，却别有深意，暗藏苏轼一片苦心。

说实话，"送行无酒亦无钱"，有点夸张，苏轼哪天会没有酒呢？第二句很关键，劝子立喝一杯菩萨泉水。

为啥要喝杯菩萨泉水？这和去年十月李公择的西山之行有关。公择虽然因乌台诗案受到了牵连，但只是罚铜而已。他随后被派往淮南西路任提点刑狱，说起来和苏轼还在同一个路。

所以，下半年，他终于找了个公干的机会，来黄州看苏轼。饮酒畅聊，忆往昔众人同游杭州之乐，自然也会勾起游西山的兴致。

当他们在西山游至菩萨泉处，公择突然一个顿悟，为苏轼解决了一件公案。这个公案，就记录在苏轼所写《菩萨泉铭》中。

此铭前叙，先讲了一个神奇的往事：陶侃做广州刺史时，循海上神光，获得了一尊阿育王所铸文殊菩萨金像，起初把金像送至武昌寒溪寺供奉。后陶侃迁调荆州，想把金像请走，人力不能动，不得已用了三十辆牛车，才送到船上，没想到船也沉没，只好又把金像还至寒溪寺。后来惠远法师把金像迎归庐山，却非常容易。不过，那尊金像还是在之后的灭佛运动中消失了，但有人偶尔还会在庐山山谷中见到佛光。

几百年过去了。"今寒溪少西数百步，别为西山寺，有泉出于嵌窦间，色白而甘，号菩萨泉，人莫知其本末。建昌李常谓余，岂昔像之所在乎？且属余为铭。"[1]原来，公择突然来了奇思妙想，认为泉眼处即是原来供奉金像之处，

苏轼喜读《楞严经》，经文有言：有佛出世，名为水天，教诸菩萨，修习水观，入三摩地。

既然此泉如此神奇，所以，结尾两句"何处低头不见我？四方同此水

---

[1]《苏轼文集》卷十九《菩萨泉铭》，第 564 页。

中天"，就很好理解了。那个"我"，不是苏轼，而是"水天佛"。饮此菩萨泉，习得"水观"之法，低头见水便可见佛，四方无不在此水中世界。

苏轼这首诗，和弟弟诗中"春风得意"的用典相比，还真是直接简单：佛祖保佑，可度一切。

靠你了君猷

没有新的收入来源，是无法解决经济危机的。

作为神秘主义爱好者，东坡首先是从星相上寻找自己贫穷的启示。

有一天，他读到唐代大诗人韩愈（字退之）的一句诗"我生之辰，月宿南斗"，大吃一惊，原来，退之也和我一样，命宫同为磨蝎，难怪我俩同病相怜：平生得到的赞誉多，毁谤也多。[1]

没想到，临皋亭里还有一个人，和他同一年出生，只比他小八天。这年出生的人，就没有一个富贵之人。难怪，黄州的日子，每况愈下啊。[2]

这个同年同月所生的人，姓马，名正卿，字梦得，和那个忧天的杞人是同一个地方的人。

马梦得曾做过太学正这样的小官。有一天，苏轼到他宿舍玩，在墙壁上写了一首杜甫的《秋雨叹》，马梦得一见，决定马上辞职，跟随苏轼。[3]

为何两人会一拍即合？不是因为墙上的诗，字本身才是关键。因为马梦得发现，他写的字，和苏轼难分彼此，而苏轼见其字，也为之大喜。

像苏轼这样的官员和文人，每天都会书写大量文字，有许多文字如诗词文赋等，还需要重抄留底。在毛笔书写速度较慢、又没有电脑硬盘复制保存的年代，这种事情工作量很大，所以，他一定需要一个文字秘书来为他服务。而如果这个文字秘书还能复制他的书法，可以想见，可能某些不重要的酬谢往来，秘书都能为他代笔。

---

[1] 参见《苏轼文集》卷六十七《书退之诗》，第 2122 页。
[2] 参见《苏轼文集》卷七十二《马梦得穷》，第 2297 页。
[3] 参见《苏轼文集》卷七十二《马正卿守节》，第 2296 页。

所以，此后经年，有苏轼的地方，就一定会有马梦得。而且，这个马梦得一直隐在暗处，即便儿子苏迨和苏过的教育，他也插手不多。

但这时，马梦得必须要从暗处走到明处来，并成为苏轼解决经济危机的重要棋子。

在农业时代，财富的象征是土地。黄州新知州徐君猷把苏轼当骨肉兄弟，估计在去年年末，苏轼已经向君猷开口，请他想办法在此地划拨一块废弃土地给自己，以解决全家迫在眉睫的温饱问题。

君猷也觉得这是个好主意，便一口答应了苏轼的这个请求。

果真，过年前，太守把解决方案秘密递给了苏轼，州府东边不远处，有块废弃的营地，可以做文章。

所以，在前往岐亭的路上，他在《正月二十日往岐亭，郡人潘、古、郭三人送余于女王城东禅庄院》一诗中，非常隐晦地告诉随行的潘丙三人："数亩荒园留我住。"但审批流程之复杂和难度之大，都超出了君猷和苏轼的想象。年后又过了一个月了，官府的批复还没下来。

三月公休日，君猷又大宴宾客。这次，太守的四个歌姜，三个都出场了，只有一个姓阎的最得张夫人喜欢，随夫人外出办事。

苏轼先是为阎姬题赠一文："道得徽章郑赵，姓称孙姜阎齐。浴儿于玉润之家，一夔足矣；侍坐于冰清之仄，三英粲兮。"[1]

然后，他一口气写了五首《减字木兰花》，全部送给君猷的侍妾，其中有两首点名送给年方十四的胜之。第二天，他还给胜之送去建溪双井茶，又为她填了首《西江月》。君猷知道，这可是大宋朝所有官员都没有的待遇啊。

君猷也有点着急了，这田的事，怎么突然就卡壳了呢？经多方打探，君猷终于找到了解决的办法。

他和苏轼秘议，根据大宋律法，朝廷官员是不能出面来申请这块土地

---

[1] 《苏轼文集·苏轼佚文汇编》卷五《戏题》，第 2540 页。

的，必须得另有他人出面才行。苏轼想也不想，马梦得不就是最好的人选吗？

不觉，又到了端午。君猷请东坡到州府，一起喝酒过节。酒一喝酣畅，东坡乘着酒兴，填了一首《少年游·端午赠黄守徐君猷》。

上阕写黄州端午节州府的环境和时令风光，以及民俗生活，以"天气尚清和"总括此时此地的清新、和好、升平。下阕以"十分酒、一分歌"，传递宾客节日的沉醉欢愉。而结句"狱草烟深，讼庭人悄，无吝宴游过"乃点睛之笔，赞美君猷执政有方，遗爱人世。

应该是在五六月间的某天，州府批复的公文终于下来了。那块田的所有权由马梦得挂名，而土地的实际拥有和使用者为苏轼。

得到这块田后，苏轼马上就自鸣得意起来："仆与梦得为穷之冠。即吾二人而观之，当推梦得为首。"[1]

年底，苏轼与马梦得在女王城东禅院饮酒，醉后诵读孟郊诗句"我亦不笑原宪贫"时，不觉失口而笑！"东野何缘笑得原宪？遂书此以赠梦得，只梦得亦未必笑得东野也。"[2]

把贫穷当话题取乐，看来，这两人都是贤如颜回，贫也不改其乐！

诗意栖居的大地

这是千年来，中国历史上最著名的一块荒地。

州城东面一百多步外的坡下，有一块废弃营地，面积还不小，有近五十亩。这块久荒之地，荆棘丛生，瓦砾散落。

几十亩东坡荒地到手，首先是要平整土地。不巧的是，黄州这年大旱，土壤板结严重。看来，要平整近五十亩土地，对从来就没下过地、年已四十五的东坡来讲，基本上算是个不可能完成的任务。

还好，这么浩大的工程，除了家中劳力，还有潘丙、古耕道和郭遘三

---

[1] 参见《苏轼文集》卷七十二《马梦得穷》，第 2297 页。

[2] 《苏轼文集》卷六十七《书孟东野序》，第 2090 页。

位组成的义工小组，每天天一亮，就和苏轼一起下田。中午，苏轼家的下人担来饭菜和酒，大家就围坐在田垄上，吃劳作后犹觉可口的饭菜，喝两口可以去乏的小酒。

在烧荒时，也遇到了一桩意外之喜。家童兴冲冲地跑过来，说发现一个废弃的暗井。看来，灌溉有了一定的保障。

累是确实累，但一想到明年就会有收成，东坡放下锹，捶了捶自己酸痛的腰，仰天舒了口气，明年，一定会有大丰收啊。

新鲜的农夫生活、土地带来的喜悦和希望，让苏轼一口气写了八首东坡诗。[1]

有土地，就会生长万物。苏轼还托人买来一头本地的黑水牛，然后，拿起农具，开始了自己躬耕东坡的生活。

谁都没想到，这块位处黄州东门外的废弃营地，会让后世的中国人永远追忆赞叹。这块田地，不止出产稻黍桑麻、枣栗瓜果，也催生出中国文学史上众多经典篇章。

因为这个人在此间的耕耘，使这原本废垒颓垣般的贫瘠之地，超越时间和空间给予的种种限制，永远丰盈无限、澄澈浩远，成为诗意栖居的大地。

自号东坡

当废地平整为良田，庄稼开始铺满田野，耕作的快乐，需要告诉他方的亲朋。

"某见在东坡，作陂种稻，劳苦之中，亦自有乐事。"[2] 在写给公择的信里，他淡然地告之朋友，耕作虽苦，但自有乐事。

在给堂兄子安的家信中，有种松了口气似的满足感："近于城中得荒地十数亩，躬耕其中……种蔬接果，聊以忘老。"[3]

---

[1] 参见《苏轼诗集》卷二十一《东坡八首并叙》，第 1079—1084 页。

[2] 《苏轼文集》卷五十一《与李公择十七首（九）》，第 1499 页。

[3] 《苏轼文集》卷六十《与子安兄七首（一）》，第 1829 页。

在给定国描述具体的农耕生活时，则明显有抑制不住的快乐洋溢在字里行间：

> 近于侧左得荒地数十亩，买牛一具，躬耕其中。今岁旱，米贵甚。近日方得雨，日夜垦辟，欲种麦，虽劳苦却亦有味。邻曲相逢欣欣，欲自号鏖糟陂里陶靖节，如何？[1]

从这封信可知，得到东坡这块地后，苏轼最开始取的号，叫"鏖糟陂里陶靖节"。取这个号，是因为他终于可以像自己的偶像陶渊明一样，退隐田园，耕读卒岁。但这个号取得着实不怎么样。既不好认，也不好记。

也不知王定国是不是也有不同意见，反正这个号马上就停止了使用，而苏轼则开始想新号。然后，某一刻，他突然灵光一闪，想起了自己的另一个偶像白居易，于是，决定废弃旧号，改用新号。

白居易在忠州（今重庆忠县）任刺史时，非常喜欢城东的那块坡地。他写了好几首与那块坡地有关的诗。计有《步东坡》《东坡种花二首》以及《别东坡花树》，等等。

南宋洪迈在其《容斋随笔》之《东坡慕乐天》一文里认为："苏公谪居黄州，始自称东坡居士，详考其意，盖专慕白乐天而然。"[2]

乐天东坡种花，苏轼东坡种田，"与人有情，与物无著，大略相似"。这个简单好记、发音响亮的"东坡居士"，真是一个好号。

从此，他在诗文、信函及日常社交场合，多以"东坡"，或在其后加各种尾缀如"居士""老人""道人""病叟"等自称。而后人还称之为"坡仙""坡公""坡老""老坡""坡翁""东坡翁"，等等。

尔后千年，东坡的名气远超子瞻。真可谓"东坡大名垂宇宙，万丈光

---

[1] 《苏轼文集》卷五十二《与王定国二十一首（十三）》，第 1520—1521 页。

[2] 《容斋随笔·三笔》卷五《东坡慕乐天》，第 474 页。

芒称坡神。儿童走卒诵此号，不知子瞻为何人"。

一场喜雨到犁外

老天爷似乎有意想要考验东坡做农民的决心。这年夏天，黄州的天气极端异常。

一进入梅雨季，雨日夜不停地下了十天。临皋亭外，江水猛涨，水天相接。但太阳一出来，水汽蒸腾，闷热潮湿，人如被一股毒气包围，正是现在湖北本地典型的桑拿天。

他向弟子李麃诉苦，一开场就是文人的夸张："今岁暑毒十倍常年。雨昼夜不止者十余日，门外水天相接，今虽已晴，下潦上炁，病夫气息而已。"[1] 也不知道这个十倍的结论，是如何得出来的？但这种体感的不适，估计从未有过。

由己推人，他首先想到的还是王定国："迩来江淮间酷热，殆非人所堪，况于岭外乎？"[2] 人文主义的关怀，溢于言表。

天气一热，什么兴致都没有。这段时间，只要是给朋友写信，全是诉苦，核心词不外恶热、酷毒等。

他告诉李琮："自夏至后，杜门不出，恶热不可过，所居又向西，多劝迁居。"[3]

这么热的天，啥事也不想做，他向鄂州知州朱康叔感叹说："毒暑不可过，百事坠废。"

哪里能找到消暑的地方呢？苏轼的眼光投向了山间寺庙，他羡慕那些方外朋友，用文字想象他们的清凉。

他羡慕身处山间的佛印禅师在另一个清凉世界："数日大热，缅想山

[1] 《苏轼文集》卷五十三《答李方叔十七首（一）》，第 1576 页。

[2] 《苏轼文集》卷五十二《与王定国二十一首（十）》，第 1519 页。

[3] 《苏轼文集》卷四十九《答李琮书》，第 1434 页。

间方适清和，法体安稳。"[1]

在给圆通禅师的信中，用的是同样路数："热毒殊甚，且喜素履清胜。"[2]

最为可怕的是，炎热的酷暑，漫长得似乎没有尽头。从夏天到秋天，毒热七八十天都不消停，烧烤一般，好像这里不会再有清凉的时候。

而让东坡更不能理解的是："今日忽凄风微雨，遂御夹衣，顾念兹岁，屈指可尽。"[3]

现实中的暑毒无法摆脱，就回到内心，去寻找真正解暑毒的方法。年末，东坡写了首《寒热偈》，辨析寒热之间的交替变化，认为一切分别，不过是心。所以，"热既无有，凉从何立。令我又复，认此为凉。后日更凉，此还是热。毕竟寒热，为无为有。如此分别，皆是众生"。[4]

酷热，还可通过修炼自我化解，但这么长时间不下雨，那些东坡种下的庄稼，却无以度日。

确实，今年的大旱，和往年很有些不同。常年，总有一溪泉水会从远处山后流出，穿过城中，流经家家户户，水草丰沛，泉清可以濯缨。泉水流到柯家的山坡下，则汇聚为一个十亩池塘，时见塘中鱼虾泼剌出水。但今年可就惨了，泉水干涸，水草枯死，土地皲裂。

但老天爷最终还是开眼了。"昨夜南山云，雨到一犁外。"原来，昨晚南山来了一片雨云，电闪雷鸣后，一场喜雨到犁外。"泫然寻故渎，知我理荒荟。"东坡那个高兴啊，看来老天爷对东坡还有青眼有加，知道田旱禾枯，给他送来一场喜雨。[5]

东坡的这场喜雨，和杜甫的那场好雨，有很大的差别。

唐朝的那场春雨，知时节而发生，润万物而无声。那是一种哲学意义

---

[1] 《苏轼文集》卷六十一《与佛印十二首（一）》，第 1868 页。

[2] 《苏轼文集》卷六十一《与圆通禅师四首（三）》，第 1886 页。

[3] 《苏轼文集》卷六十七《书渊明酬刘柴桑诗》，第 2115 页。

[4] 《苏轼文集》卷二十二《寒热偈》，第 647 页。

[5] 参见《苏轼诗集》卷二十一《东坡八首（其三）》，第 1080 页。

上的普遍性生长力量。但黄州的这场南山雨，却是严酷现实中，耕作者内心祈求后的偶然之喜。雨落犁外，方寸之地，万物丰沛，种子于生死存亡之间，获得意外解放，然后丰收可期。

擦去一身冷汗，农夫苏东坡，在一个全然陌生的新世界，为天时忧喜，乞风调雨顺。

分秧稻长满田画

古代阶层划分非常严格。作为士子的读书人，地位天然地高于农夫，对稼穑之事，隔行如隔山般的一无所知。

关于农事，东坡却很有些常识。他知道要珍惜土地的肥力，知道要错耕休田。

荒了十年的东坡，其实是块良田。良田在手，东坡就开始做规划了，"下隰种粳稌，东原莳枣栗。江南有蜀士，桑果已许乞。好竹不难栽，但恐鞭横逸"，"种枣期可剥，种松期可斫"，"百栽傥可致，当及春冰渥。想见竹篱间，青黄垂屋角"。[1] 桑果松枣，各应其时。

未来可期，但也不要期望太高。东坡写信告诉定国："《耕荒田》诗有云：'家童烧枯草，走报暗井出。一饱未敢期，瓢饮已可必。'又有云：'刮毛龟背上，何日得成毡。'此句可以发万里一笑也。"[2]

一高兴，就写诗来自嘲：种田所获，如在龟背上刮毛，发财就别想了。天天管饱还不敢期望，但像颜回那样"箪食瓢饮"，这还是没问题的。

尽管桑树和柘树还需十年长成，但刚撒下的麦种，麦苗已经冒了头。不到一个月，麦田已经青青在望。但怎样才能有个好收成，周边的农父主动向东坡传授经验。这些种了一辈子田的农人，这时也可以给天下闻名的苏学士当一回老师了。

"农父告我言，勿使苗叶昌。君欲富饼饵，要须纵牛羊。再拜谢苦言，

---

[1] 以上引文皆见《苏轼诗集》卷二十一《东坡八首并叙》，第1080—1082页。

[2] 《苏轼文集》卷五十二《与王定国二十一首（十五）》，第1521页。

得饱不敢忘。"原来，田里的麦苗不是越旺盛越好。还需要把牛羊赶到田里，使之啃食过盛的苗叶，以增加作物主干的营养，从而获得丰收。闻所未闻，东坡向农父拜谢道："我们全家能吃饱饭，可不敢忘记您老的大德啊！"[1]

每天下田，晨出晚归，他不只是扶犁耕种，下田插秧，也会通过观察作物生动而诱人的时节变化，寻找万物生长的伟大力量之源。

黄州本地，产一种叫"长腰"的好吃的粳米。他专门用一首诗，描述它迷人而闪耀的动人瞬间："种稻清明前，乐事我能数。毛空暗春泽，针水闻好语。分秧及初夏，渐喜风叶举。月明看露上，一一珠垂缕。秋来霜穗重，颠倒相撑拄。但闻畦陇间，蚱蜢如风雨。新舂便入甑，玉粒照筐筥。我久食官仓，红腐等泥土。行当知此味，口腹吾已许。"[2]

毛毛细雨暗淡了春天的光泽，水田却传来插秧人欢快的笑语。初夏之际，风吹稻田，细叶初举。月明之夜，缀满晶莹露珠的稻叶，压弯下垂。霜天澄远，饱满的稻穗，不胜重量，相互颠倒支撑。田垄间，还能听到蚱蜢飞舞如风起雨响。收割完的稻米，舂好放到瓦甑里，如玉的米粒映亮了竹筥。

时令、晨昏、色彩、声响、质感、光亮，如果不是亲自劳作，哪一位古代的诗人能够捕捉到这么多有意味的瞬间，让那生长的伟大力量，和不可抑制的收获喜悦，洋溢在字里行间，历历可见。一如梵高那幅《阿尔的收获》，广袤的田野散发出金色的光芒，炫目得让人睁不开眼睛。

他还专门给子由去信，告之耕作中的种种新见：

> 草木之长，常在昧明间。早起伺之，乃见其拔起数寸，竹笋尤甚。夏秋之交，稻方含秀，黄昏月出，露珠起于其根，累累然忽白腾上，若推之者，或缀于茎心，或缀于叶端。稻乃秀实，验之信然。[3]

---

[1] 参见《苏轼诗集》卷二十一《东坡八首（其五）》，第1081—1082页。

[2] 《苏轼诗集》卷二十一《东坡八首（其四）》，第1081页。

[3] 《苏轼文集》卷六十《与子由弟十首（一）》，第1833页。

在诗人看来，诗存在于大自然每件事物有意味的细密角落。读完这段文字，信亦然也。

秋色佳哉不虚掷

秋天来了。

柳条依岸，芦苇连天。渔人樵夫赶集的喧闹，把苏轼从梦中吵醒。起床出门，竟有薄烟笼村，雁队南飞。

有个熟悉的渔夫向苏轼问个早安，然后指着自己摊位上的莼菜白藕、珠粳锦鲤："苏大人，赶完集，我给您送点过去，尝尝鲜，佐个酒？"

"虽然在这虚度光阴，一事无成。但一年多来，这里善良的百姓，还有这种种食材，真是让人留恋啊。"苏轼回过神后，提起鱼篓中还活蹦乱跳的一条巨口细鳞的江鲈，笑着向这个朋友说道："就这条吧，送到临皋亭去！"东坡随手丢了枚铜钱，然后向安国寺那边走去。

海印禅师纪公从三衢（今浙江衢州）经黄州去四川，写信告知东坡。东坡和继莲住持通气："让海印在安国寺临时挂单几天，这几天，我可以好好地和两位禅师，诵经参禅。"

昨天。两人见面后，东坡告诉海印禅师："我现在是东坡居士了，明天去安国寺找你参禅。"

中午，太守君猷派人给东坡送来一封手札。苏轼知道是啥事，还是打开手札一阅。果真，后天的重阳节，君猷邀约东坡登高赏菊，一嗅茱萸。

秋风阵阵，龙吟细细。坐在安国寺竹林边的亭子里，苏轼回想今年的暑毒，快至中秋才消，也真是好长个夏天。

暑气顿消那天，刚来黄州任职的郑元舆送了一轴纸，说他有个朋友孟阳，特别喜欢苏大人的字，请苏公为他题写几幅字。东坡见那孟君的书法也甚是了得，落笔洒然，自己怎么能在其后加以笔墨呢？郑君说他那朋友殷勤相求。看来，不写是不行了。

中秋那天，一众朋友在江亭饮酒，和去年那个凄苦的中秋相比，何止云泥之别。酒意渐深，不觉就提笔，在那轴纸上唰唰连写几张。没想到第二天早上醒来一看，不是纸，而是绢。

遇到新鲜的物与人，东坡总是会有不少的感慨。初在绢上作字，健笔龙走，似格力天纵。东坡便又在文后题跋，"然古者本谓绢纸，近世失之云"。[1]

重九这天的天气真不错。去年今天，君猷同样也是置酒涵辉楼。涵辉楼又叫"栖霞楼"，在黄州仪门外西南山顶。它高耸轩敞，坐揖江山之胜，可称一郡奇绝。

登临把盏远望，霜天澄澈。楼下江水下落，浅碧鳞鳞，远处江心，有沙洲微露。觥筹交错之间，惠风飕飕，酒力渐消风力软。

知州虽在，东坡仍是聚会的中心人物。他突然忆起四年前的重阳之日，在徐州与王定国饮酒的往事。那时的潇洒与超迈，真令人向往不止："王定国……北上圣女山，南下百步洪，吹笛饮酒，乘月而归。余时以事不得往，夜著羽衣，伫立于黄楼上，相视而笑，以为李太白死，间无此乐三百余年矣。"[2]

兴起处，东坡又起身临风，拍栏击节，高歌一曲徐州重阳节为定国所作的《千秋岁》。

他此后写信告诉定国："重九登栖霞楼，望君凄然，歌《千秋岁》，满座识与不识，皆怀君。"一首词，引来众人太多对定国的遥想。

随后，东坡又为君猷作《南乡子》一首，并抄送给定国："遂作一词云：'霜降水痕收，浅碧鳞鳞欲见洲。酒力渐消风力软，飕飕。破帽多情却恋头。住节若为酬，但把清樽断送秋。万事回头都是梦，休休。明日黄花蝶也愁。'其卒章，则徐州逍遥堂中夜与君和诗也。"[3]

遍插茱萸少一人，这少的"一人"，不是子由，而是身在蛮荒之地的

[1] 《苏轼文集》卷七十《书郑君乘绢纸》，第 2230 页。
[2] 《苏轼文集》卷十七《百步洪二首并叙》，第 891 页。
[3] 《苏轼文集》卷五十二《与王定国二十一首（十二）》，第 1520 页。

定国。如同信中所言，他把在徐州逍遥堂与定国的和诗结句"相逢不用忙归去，明日黄花蝶也愁"[1]的最后一句，也当作此词结句。

九月十五，海印禅师告知东坡，明日将前往峨眉，可否为自己作一偈子。东坡自在地在各种文体中潇洒地穿梭，他马上提笔，为海印送行："禅师道眼，了无分别。乃知法界海惠，照了万殊，大小纵横，不相留碍。直从巴峡逢僧宴，道到东坡别纪公。当时半破峨眉月，还在平羌江水中。"[2]

见月忘指，临水无我。当时即现在，了无分别。东坡的禅悟，体现在生活与语言各处。

元丰四年(1081)的秋天，有田园可躬耕，有美酒可畅饮，诗酒须趁年华。于是，东坡给老朋友公择写信感叹说："秋色佳哉，想有以为乐。人生唯寒食、重九，慎不可虚掷，四时之美，无如此节者矣。"[3]

吾当独开一宗门

"昨夜殷勤三更雨，又得浮生一日凉。"秋雨绵绵，秋意正浓。

东坡卯酒三杯刚下肚，仆人来报说："来了一个自称襄阳米芾的公子，说要拜会大人。"

"莫非是那个人称'米颠'的米南宫？应该是一个很有趣的人吧。"东坡马上吩咐仆人，把客人请进来。

进来的是个年轻人，看上去不到三十岁。奇怪的是，他穿的并非本朝普通公服，而是一套唐代人的服装。更奇怪的是，长途旅行过来，那衣服似乎还一尘不染。

不错，岩岩然如玉树临风。

那年轻人走到东坡身前，揖手一拜说："襄阳米芾，拜见苏公！"

"你就是那个人人呼之'米颠'的米芾吗？"

---

[1] 《苏轼诗集》卷十七《九日次韵王巩》，第870页。

[2] 《苏轼文集》卷二十二《送海印禅师偈》，第646页。

[3] 《苏轼文集》卷五十一《与李公择十七首（十二）》，第1500页。

"苏公以为呢？"

东坡一笑："哈哈，吾从众。"[1]

米芾愣了一下，难道天下闻名的苏学士也如此从众？他抬起头来，眉间似有英气一闪而过。"我从金陵过来，刚在那结识了王介甫安石大人，我并没有向他行弟子之礼。"

现在轮到东坡也愣了一下，年轻人很狂啊！"那你到我这，又是何意？"

"苏公，我当然也不会向你行弟子之礼。我认为您和介公，诗词文章，天下共颂；胸襟气度，真力弥漫。我当一瞻两公汪洋恣肆之浩渺、渊渟岳峙之深博，为吾有日一开宗门。"

年轻人狂好啊！但狂，得有资本。"那就把你的诗、书、画，给我看一下吧。"

虽然不行弟子之礼，米芾还是恭敬地把早已准备好的作品呈上。

哇，确实狂得有道理，还可以再狂点。一页页认真看过后，东坡把马梦得也喊来。或许，三人彼此用笔点墨，都可互为启发。

东坡先向米芾展示如何画墨竹。他把一大张纸张贴在画壁上，润墨舔笔，一条墨线，从地一直起到顶部。

米芾好奇地问道："何不逐节分？"

东坡回答道："竹生时何尝逐节生？"

后来，米芾在其《画史》中感叹道："运思清拔，出于文同与可，自谓与文拈一瓣香。以墨深为面、淡为背，自与可始也，作成竹林甚精。"

虽然是第一次拜见东坡，米芾此次的黄州之行，收获还是颇丰。除了亲观东坡运墨之法，还收到东坡一件大礼："吾自湖南从事过黄州，初见公，酒酣曰：'君贴此纸壁上。'观音纸也，即起作两枝竹、一枯树、一怪石见与。"（见图《枯木怪石图》）

米芾这样描述他的观后感："枝干虬屈无端，石皴硬，亦怪怪奇奇无端，

---

[1] 参见《苏轼文集·苏轼佚文汇编拾遗》卷下《书米元章事》，第 2678 页。"吾从众"的事情，实际发生在元祐七年（1092）。

如其胸中盘郁也。"[1]

东坡送给米芾的这幅《枯木怪石图》，后来被驸马都尉王诜看到了，说借去一观，就不了了之了。

除了运笔展示自己的绘画和书法外，苏轼还把自己收藏的吴道子画借给米芾观摩。米芾在《画史》中赞叹道："而当面一手，精彩动人，点不加墨，口浅深晕成，故最如活。"[2]

而于书法的感悟，东坡最近又有新见。原来，今年五月份，唐林夫给他送来唐代六大家的真迹，让他"略评之而书其后"。苏轼拿到真迹后，悉心把玩，然后，写了一篇精彩的书论《书唐氏六家书后》，点检六家书体之风，认为"凡书象其为人"。所以，他语重心长地对米芾说："从现在起，书法，你应该专学晋人。"

几年后，米芾书法果真大进。东坡评价说："海岳平生篆、隶、真、行、草书，风樯阵马，沉著痛快，当与钟、王并行，非但不愧而已。"[3]

五年后，东坡重回京城。他写信给米芾，对那个初见米芾的日子，向往不已："复思东坡相从之适。何可复得。"[4]

而在北归途中，他还在为自己当年在黄州对米芾的青眼有加自豪不已："岭海八年，亲友旷绝，亦未尝关念。独念吾元章迈往凌云之气，清雄绝俗之文，超妙入神之字，何时见之，以洗我积年瘴毒耶？今真见之矣，余无足言者。"[5]

那年黄州的这场相遇，东坡无所保留地倾囊相授，确实让那个狂傲不可一世的年轻人，有所悟有所得，提升了"为吾独开一宗门"的信心。

除了书法与东坡并列宋四家，其"米家山水"，更是一开中国文人画

---

[1] 以上引文皆见《画史》"苏轼子瞻作墨竹"条，第41—42页。

[2] 《画史》"苏轼子瞻收吴道子画"条，第9页。

[3] 《清河书画舫》卷九下转引《雪堂书评》，第363页。

[4] 《苏轼文集》卷五十八《与米元章二十八首（一）》，第1777页。

[5] 《苏轼文集》卷五十八《与米元章二十八首（二十五）》，第1783页。

的新格局。米芾及其儿子米友仁所创水墨山水，成为中国文人独具一格、也最能代表中国哲学精神的审美创造。

万物易朽人亦然

十月二十这天下午，东坡难得去了趟州府。

一走进大门，却见孟亨之正在和一名小吏说事。

亨之见到一脸黝黑的东坡，便打发小吏离开，然后满脸惊喜之色，向东坡迎来。

其实，东坡到州府也没啥大事。最近天天下地，劳累不堪，所以，今天决定歇息一天，就想到州府看看最近的邸报，也找朋友聊聊天。

君猷刚好这天下乡去了，所以亨之就把东坡迎到侧屋。两人落座后，亨之要下人取来一丸自己珍藏的小龙团，围炉煮茶。

两人在氤氲的茶香中，谈农事，也谈朝廷人事的最新动态。也不知怎的，亨之突然想起东坡曾经讲过的一次游历之事，就告知东坡，三个月前的七月初九，松江大名鼎鼎的垂虹亭，被海潮摧毁了。

东坡听闻此消息，不由得愣住了。那座多达七十二孔、远望如虹垂碧波的长桥，说没就没了？

这座桥，其实跟东坡的好朋友张先（字子野）很有些渊源。长桥位于吴江城东门外，建成于庆历八年（1048），本名利往桥，桥的南端，还筑有一座亭子。

张子野在这里做县令时，曾写过一首名为《吴江》的诗。诗的后两句为："桥南水涨虹垂影，清夜澄光合太湖。"此诗一出，这座桥南的亭子，也改名为"垂虹亭"。

因为如此壮观优美的事物被摧毁，加上它与子野又有深厚的关联，回到临皋亭的东坡，不觉有些郁郁然。

他坐在窗边，听远处大江传来的涛声，也想起了七年前某个月夜，和子野一帮人置酒垂虹亭的往事，似有万事悠悠之叹。于是喊来童子研墨，遂展纸提笔，信手写出如下文字：

> 吾昔自杭移高密，与杨元素同舟，而陈令举、张子野皆从吾，过李公择于湖，遂与刘孝叔俱至松江。夜半月出，置酒垂虹亭上。子野年八十五，以歌词闻于天下，作《定风波令》，其略云："见说贤人聚吴分，试问，也应傍有老人星。"坐客欢甚，有醉倒者。此乐未尝忘也。今七年尔，子野、孝叔、令举皆为异物。而松江桥亭，今岁七月九日海风驾潮，平地丈余，荡尽无复子遗矣！追思曩时，真一梦也。元丰四年十月二十日，黄州临皋亭夜坐书。[1]

熙宁七年（1074）九月，苏轼调任密州（今山东诸城）知州。本来，最开始只是自己的上司和乡人杨元素同舟相送，没想到朋友陈令举和张子野也兴致勃勃，登船同行。

船行至湖州，四人去拜访湖州知州李公择，然后，又加上刘孝叔，六人共往吴江而去。

因为苏轼"移高密"，一路过来，不断有人加入送行的队伍，而且送了一程又一程。这种任性地把送行变为一场随心所欲的雅集般的游历，源于友朋间情感的契合，于是生出畅快和爽朗的自由意志。

但到了"长桥跨空古未有"的江边，东坡根本没去写景，而是写这帮人的兴致。

"夜半月出"，月下就会有饮酒的人。六个人在垂虹亭间痛饮，已八十五岁的张子野，乘兴高歌一首《定风波令》。词的结句"尽道贤人聚吴分，试问，也应傍有老人星"，犹可衬托出众人行为的洒脱、纵酒的不羁、对谈的雅致。然后，那种快乐，怎能忘怀？

但那如此明晰的快乐，却被时间击败。也不过七年，"子野、孝叔、

---

[1] 《苏轼文集》卷七十一《书游垂虹亭》，第2254页。

令举皆为异物"。这话平淡且冷静，但在与那个月夜快乐的对立中，让毁灭的力量变得尤为强大和永恒。

然后，叙事回到此时此刻，东坡给出追述那次旧游的原因所在。一场意想不到的"海风驾潮"，将松江桥亭"荡尽无复孑遗矣"。

这又是一个毁灭力量对可赞美之物的摧毁。

但还没完，"追思曩时，真一梦也"。加上文章最后一句对属文时间与地点的缀记，又出现了一个此时灯下具体的"我"与那个以前至乐的"我"的对立。

在此篇小品文中，快乐因为与更巨大的破坏力量对峙，最终只能如梦飘忽不定。万物易朽，人何以堪？

"真一梦也"，是《金刚经》所言的"梦幻泡影"吧？

梦到西湖上

十一月二十二，黄州已是天寒地冻。今天马铺奉职又送来一堆包裹信函，其中一个包裹，寄自杭州，体型较大，方方正正，似乎是几本书。

待拆开包裹，果真除了信函，还有几本书。其中两本，刚刊印不久，散发出好闻的墨香味，封面分别题写为《超然》《黄楼》。

翻开书稍作浏览，东坡不由哈哈大笑，转身就去找夫人王闰之。

"季璋，好消息！好消息！看来，你再也不用内疚了，前年你在船上所焚诗稿，已回十之八九了。"

闰之接过书来，将书贴在脸上，也不由喜极而泣。当年惊恐之下的焚书，其实也是为夫君脱罪的无奈之举。但无论如何，丈夫对此行为，还是略有不满的。也不知是哪位好心人做出如此善举，真要为他念句"阿弥陀佛"。

这个给苏轼夫妻两人带来意外之喜的人，名叫陈师仲（字传道），此时正在杭州钱塘任主簿。他的弟弟更为出名，叫陈师道（字履常，一字无己），是北宋江西诗派除黄庭坚之外的第二人。尽管陈师道号称"苏门六君子"，但他非常有个性，只认曾巩作老师，东坡也无奈其何。

陈师仲是徐州人。东坡知徐州时，师仲有意与他结识。只要是文人，哪个不以结识苏轼为荣呢？当然，除了自己那个苦吟的弟弟。

但两人在徐州过往甚少。

收到陈师仲送来的大礼，东坡马上就给他回了封长信。

他先是解释两人在徐州没能深交的误会："曩在徐州，得一再见。及见颜长道辈，皆言足下文词卓玮，志节高亮，固欲朝夕相从。适会讼诉，偶有相关及者，遂不复往来。"

陈师仲随信，附有自己及祖父所作诗文。东坡于是又对师仲赞赏不已："及读所惠诗文，不数篇，辄拊掌太息，此自世间奇男子，岂可以世俗趣舍量其心乎！诗文皆奇丽，所寄不齐，而皆归合于大道。"

他又告诉师仲："诗能穷人，所从来尚矣，而于轼特甚。今足下独不信，建言诗不能穷人，为之益力。其诗日已工，其穷殆未可量，然亦在所用而已……人生如朝露，意所乐则为之，何暇计议穷达。"穷何所怕？人生如此短暂，认为诗中有乐就去做，哪还顾得上什么贫穷或发达呢？

然后，东坡特别感谢师仲所为："见为编述《超然》《黄楼》二集，为赐尤重。从来不曾编次，纵有一二在者，得罪日，皆为家人妇女辈焚毁尽矣。不知今乃在足下处。当为删去其不合道理者，乃可存耳。"

他感慨道："轼于钱塘人有何恩意，而其人至今见念，轼亦一岁率常四五梦至西湖上，此殆世俗所谓前缘者。"

在信的结尾，东坡甚至表达出其想收师仲为弟子的意愿："足下主簿，于法得出入，当复纵游如轼在彼时也。山水穷绝处，往往有轼题字，想复题其后。足下所至，诗但不择古律，以日月次之，异日观之，便是行记。有便以一二见寄，慰此惘惘。"

在信中，他还主动对师仲说："先吏部诗，幸得一观，辄题数字，继诸公之末。"[1]

---

[1]　以上引文皆见《苏轼文集》卷四十九《答陈师仲主簿书》，第 1428—1429 页。

确实，以为毁亡的诗文重回人间，东坡很愿意为师仲多做些什么。他，或者师仲都知道，这题写，或可让其爷爷不朽。所以，题写内容，对师仲爷爷称道有加："故三司副使吏部陈公，轼不及见其人。然少时所识一时名卿胜士，多推尊之。迩来前辈凋丧略尽，能称诵公者，渐不复见，得其绪言遗事，皆当记录宝藏，况其文章乎？公之孙师仲，录公之诗二十五篇以示轼。三复太息，以想见公之大略云。"[1]（见图《跋吏部陈公诗帖》）

收到师仲来信的那几天，黄州的天气也出奇的好。信送出去的当晚，东坡又梦回西湖。第二天醒来后，他写了一首《杭州故人信至齐安》，开篇即云："昨夜风月清，梦到西湖上。朝来闻好语，扣户得吴饷。"

杭州故人的来信，给东坡带来了太大的惊喜。在梦中，他又回到那些在西湖风轻云淡的日子。

何幸见此万里侄

时间冉冉，又一年的冬至又至。中午，东坡在安国寺做完功课返家。快到临皋院，却远远看见闰之正站在院门口，朝这边张望。

"有点古怪，何事，还要烦闰之在这翘首盼我啊？"东坡预感有事发生。

闰之见东坡过来，一脸兴奋，向他招手高喊："今天来了位稀客，你猜猜是谁啊？"

东坡还没应声，闰之似乎等不及了："快点，你的侄子到黄州来看你了。"

一个年轻人从门后闪出，向东坡长揖一拜："侄儿安节，向四叔问安！"

多么熟悉悦耳的眉山话啊！东坡哈哈大笑："都成大人了，来，让叔仔细瞧瞧，和小时候变化大否？"

说来也巧，因为有一个叫王夫力的人去眉山，九月初一那天，东坡曾给安节的父亲子明写过一封信：

---

[1] 《苏轼文集》卷六十八《题陈吏部诗后》，第 2133 页。

轼启。久不奉状，无便故也。递中又恐浮沉，皆不审尊体何如。大哥奄逝，忽已一年，近念不忘。承示大葬，不得临圹一诀，此恨无穷。今因王家夫力还乡，附奠文一首，托杨有甫具奠。仍告兄取次差儿侄一人，因正初拜坟时，与读过。轼此凡百如常，但江淮不熟，艰食贫困耳。余无可念。[1]

这封信的主要内容，是和二哥商量如何祭拜子正的事宜。在信中，东坡对子正大葬之日，无法亲临诀别，深觉遗恨。随信还附有一篇奠文，他建议委托杨有甫主持祭奠，并希望兄长根据长幼之序，让在家的长侄，在正月头几天，在坟前朗诵此祭文。

信的后半部分，则是告知自己的现状，其中有一条信息，与今年的旱灾有关，所谓"江淮不熟，艰食贫困耳"。

这封写给堂兄子明的信，其实还有一个重要的信息，可以解决一桩学术界久存的疑案。

这篇《祭堂兄子正文》的开篇为"维元丰五年，岁次壬戌，正月癸未朔，三日乙酉，弟责授黄州团练副使轼谨以家馔酒果之奠，昭告于故子正中舍大兄之灵"[2]。

因为开篇所言时间如此具体，孔凡礼先生在《苏轼年谱》中言之凿凿地认为这篇祭文写于元丰五年（1082）正月，并因此推断子正去世时间，为元丰四年（1081）。

由写给子明的这封信可知，东坡在祭文中所写时间，并非祭文写作时间，而是祭文诵读时间。东坡在写祭文时，非常体贴地将自己带入到那个哀伤而虔诚的祭奠时刻，并请在家乡的长侄代自己祭拜。此外，从此信和东坡写给王定国的信可以完全肯定，子正去世时间为元丰三年（1080）八

---

[1] 《苏轼文集·苏轼佚文汇编》卷四《与子明九首（九）》，第2521—2522页。

[2] 《苏轼文集》卷六十三《祭堂兄子正文》，第1959页。

月间。

太久没有见到眉山亲人，东坡高兴地搂着安节，边问他父亲子明的近况，边向院中走去，又侧身向闰之问道："可有好酒好菜？"

闰之爽朗地回道："藏了好久的一壶京酒，一直舍不得拿出来，今天，可派上用场了。"

冬至这天的晚上，叔侄俩难得在一起过一个节。酒杯一端，东坡和安节，似有说不完的话。依稀中，他看到了那个少年的自己。

"我出生的时候，也是快到冬至日，小时候的那些事，就像在昨天。记得那时给我的父亲和兄长上寿，我跪在地上，膝盖都快脱节了。"

然后，又开始絮絮叨叨地向安节讲苏家家世："最近十年，家族好多老人去世了，我们几兄弟头发也白了，身子骨也差了。我前面，有三位兄长，后面有一个弟弟。和我最近的子由，在百里外的江南，而三位兄长，则远在天涯。今天实在是太幸运了，竟然能见到不远万里来看我的你啊。"

他又回忆起安节小时的趣事："记得你小时候，为了吃梨和栗子，又是哭又是笑。一晃眼，都是个小伙子了，慷慨豪迈，志坚如石，足慰吾心啊！你们这一辈兄弟，都要像你一样。本以为我会很超然，这不，聊起过往将来的家事，这老泪，不觉就出来了。"[1]

喝酒，就要讲喝酒的故事："我的二哥，也就是你父亲子明，以前很能喝啊，连喝二十杯，也就微有醉意。有次和你堂祖父慎言公一起出游，边歌边饮。那个时候，你父亲豪气干云，气韵飘逸，哪里知道天地之大、秋毫之小啊？已经有十五年没有见他了，他现在是四川以刑名著称的官员，再也不是以前的那个子明了。"

"四叔，确实如此。而且，父亲大人，现在的酒量，也不过三杯。"

"哈哈，我小时候，看见酒杯就会醉，但现在，我也能喝三杯了。不过，我以前所学尽废，初心已远，空空然成了个废物。所以啊，二者有得

---

[1] 参见《苏轼诗集》卷二十一《冬至日赠安节》，第 1097 页。

必有失，岂可兼得啊。"[1]

安节的到来，让东坡顿觉故乡如在眼前。酒喝得实在是太开心了，东坡顺带也举办了一场家庭联欢会。他让安节作了一首黄钟《梁州》词，又叫小童快舞一曲，苏迈三兄弟及三岁的孙子，也在一旁击节助兴。真乃赏心乐事苏家院！[2]

已近年尾，安节离家也一年有余，必须得回川过年。

东坡这几天一直沉浸在对故乡和家族的种种追忆和怀念中。他曾经为安节朗诵过伯父苏涣，也就是安节的爷爷，为自己父亲苏洵落第回川写的送别诗。诗中有两句为"人稀野店休安枕，路入灵关稳跨驴"，此景此情，正合当下。于是，他依此韵，一口气给安节写了十四首小诗用以送别。

诗写风雪独归人、写霜雪涩孤剑、写乡关故人情、写东阡松柏青、写把锄独居翁。[3]真可谓"一点离绪一江去，万般愁思万里来"。

为了祈求安节归途一帆风顺，东坡还专门为他所持经书写了一个跋以作加持："侄安节于元丰庚申六月大水中，舟行下峡，常持此经，得脱险难。明年十二月至黄州，见轼，乞写此本归蜀。"[4]

如有可能，他也真希望能与安节同行，溯江而上，一回故园。

丰年好大雪

十二月初二这天，满天铅云，细雨蒙蒙。临皋亭外，江天一色，烟景无敌。

临近黄昏，雪眼看就要下下来了。君猷要下人驾好车，备上酒，带上东坡最欣赏的胜之，往临皋亭去找东坡围炉煮酒。

途经东坡，田间麦子，已然泛青。快到临皋亭时，没想到遇到了从安

[1] 参见《苏轼文集》卷六十八《题子明诗后》，第 2132 页。

[2] 参见《苏轼文集》卷七十一《记与安节饮》，第 2257 页。

[3] 参见《苏轼诗集》卷二十一《〈伯父送先人下第归蜀〉诗云：人稀野店休安枕，路入灵关稳跨驴。安将去矣，为诵此句，因以为韵，作小诗十四首送之》，第 1098 页。

[4] 《苏轼文集》卷六十九《跋所书摩利支经后》，第 2187 页。

国寺返家的东坡。

"哎呀，苏大人，好你个杖藜白须翁！"原来，小雨已转为冰雹，颗颗粘在东坡的胡子上。

"使君大人，你在车上，不知早已雨脚半收檐断线，雪林初下瓦跳珠了。"

东坡随车，和君猷同往临皋亭来。地上薄雪初覆，两行车辙印，直铺到临皋亭门口。

君猷今天带来的酒真美，而东坡写得更美："小槽春酒冻真珠，清香细细嚼梅须。"

"再上一盘废圃中，绿如翠羽的蔬菜，且就火锅驱寒。"东坡吩咐童子。

"绿蚁红泥翠羽，天寒与公饮，真人生快事。苏公慷慨耿直之士，忠义如苏武。我又给朝廷写推荐信了，圣上还是惜才之人。"

"君猷之恩，无以报答。我已酒醉，能否像谢安感激桓伊那样，为你理理胡须啊？"[1]

酒酣处，东坡就和太守开玩笑，接着，在酒桌上一口气，写了三首《浣溪沙》。

又是一个醉梦昏昏的夜晚。清早酒醒，外面雪愈发下大了，天地寂静一色，涛江烟渚全无。昨日欢、此时景，块垒须再浇。东坡又加写了两首《浣溪沙》，顺便，他又让童子，把子由前不久寄来的牛尾狸，给君猷送去。

雪一直在下。"空腹有诗，冻吟谁伴？"东坡捻着胡须，不由得又想起了另一个使君朱康叔。

昨天黄昏，还是细雨如织。早上打开门帘，厚厚的积雪，却要和屋檐齐平。江阔天低，青色酒旗无处可寻。想来，康叔雪中也在留客夜饮，而此刻，定会手把梅花，东望忆我。[2]

---

[1] 参见《东坡乐府雅集》卷一《浣溪沙·覆块青青麦未苏》，第 119—121 页。

[2] 参见《东坡乐府雅府》卷一《江城子·黄昏犹是雨纤纤》，第 124 页。

不能如王子猷，雪夜乘兴舟行一访，那就作《江神子》（即《江城子》）一首，也足尽兴。

大雪似乎一直下得没有尽头。初为农夫的东坡，对如何种好田，多收个三五斗，也如老农一样，心得多了不少。

有位老农曾经告诉他"要宜麦，见三白"。麦子刚一打青，雪如厚被覆盖田野，东坡心里那个乐啊，"雪晴江上麦千车"，明年，肯定是个丰收年。

可转念又想到天寒地冻，东坡突然悲从中起，提笔写道："黄州今年大雪盈尺，吾方种麦东坡，得此，固我所喜。但舍外无薪米者，亦为之耿耿不寐，悲夫。"[1]

大雪终于停了。天一放晴，东坡第一个出门。门一打开，山光晃眼，马厩的那匹马受惊一般地跃起。他这时像个孩子似的，要在台阶前留下自己的第一个屐齿。大地一片洁白，他有些担心牛羊会踩乱雪地，而一群鸦雀，却跳来跳去，在雪中觅食。

东坡见此景，拎了床被子，踏雪径直往乾明寺而去。他决定要留宿僧榻，聆听檐雪融化、水滴青叶、风过竹林、银瓶如泻的天籁之声。[2]

红裙曾唱鸭头绿

其实，十二月初二这天，东坡应该在岐亭才对。早在十月，东坡就开始为岐亭之行做准备了。

今年季常来黄州很勤。七月二十三，黄州正是最热的时候，季常从岐亭过来。刚用上"东坡居士"大号的苏轼，约了文甫兄弟、潘丙和古耕道，一起到定惠院的师中庵，去祭奠曾在黄州任过职而近日刚去世的乡人任师中。东坡还作了篇《杂书琴事十首》送给季常。

刚入秋，东坡收到季常的请帖，请他到黄州的一间寓所会面。

一进门，东坡竟然看见一个穿红裙的村姬坐在桌边，落落大方。看来，

---

[1] 《苏轼文集》卷七十一《书雪》，第 2258 页。

[2] 参见《苏轼诗集》卷二十一《雪后到乾明寺遂宿》，第 1096 页。

这个女子应该是季常特意带过来闹酒的。果然，一上桌，这个村姬就被安排在东坡身边，频频劝酒。等东坡酒意一起，红裙村姬就开始缠着东坡，要他讲在杭州与官伎往来的故事。

"那就讲一讲钱塘第一才女周韶的故事吧。周韶的色艺，为一州之最。有次在席间，她向我提出除籍请求。我指着席间一个关在笼中的鹦鹉，说你以此为题，写首诗如何？这个周韶，还真是才思敏捷，不一会儿，就写成了一首扣题应景的好诗：'陇上巢空岁月惊，忍看回首自梳翎。开笼若放雪衣女，长念观音般若经。'"

这红裙村姬听得连连惊呼，问苏大人结果如何。

"我的判词是：'慕周南之化，此意虽可嘉；空冀北之群，所请宜不允。'"[1]

"苏大人为什么舍不得让她脱籍啊？"

"也许对最美的人和事，总是难以舍弃吧。第二年，我想起了她所作那首诗，还给陈襄（字述古，时为杭州知州）写诗说：'去年柳絮飞时节，记得金笼放雪衣。'"

那个村姬也是机灵："苏大人能否也为我写个只语片言呢？"

"那就把周韶所写落籍诗，抄送给你吧。"[2]

这次寓所会面，也敲定了年底的岐亭之行。不过，这次的岐亭聚会，东坡还特别邀请了另一个好朋友。所以，他对这次的岐亭之约很是期盼。在给公择的信中，他很有些开心："如未，冬间又得一见，孤旅之幸。"[3]

十一月二十一后某天，东坡给季常去信，告之此次岐亭相会的行程和建议："今日见马铺报，公择二十一日入光州界，计今已在光。轼于太守处借人持书约会于岐亭。某决用初一日早离州，初二日晚必造门，此会殆

---

[1] 《苏轼文集·苏轼佚文汇编》卷五《判周妓牒》，第 2539 页。

[2] 《苏轼文集·苏轼佚文汇编拾遗》卷下《书周韶落籍诗跋》，第 2670 页。

[3] 《苏轼文集》卷五十一《与李公择十七首（十二）》，第 1501 页。

为希有。然第一请公勿杀物命，更与公择一简邀之，尤妙。"[1]

但是，计划赶不上变化。公择在光州公务缠身，要推迟几天到岐亭。而一进入十二月，天气突然变得异常恶劣。二日黄昏，黄州开始下雪，然后，大雪连着下了几天。

东坡只好既来之则安之。大雪一停，不等雪化，东坡就前往岐亭。有季常，有公择，这样的饮酒之乐，可以媲美钱塘。

傍晚抵达岐亭时，大雪覆瓦，天色犹明。静庵前树上的那个蜂巢，径围快有两尺之巨。喜欢甜食的东坡，不由自主地舔了下自己的嘴唇。待三人入座后，上次黄州所见红裙女，脸如桃花，竟然就在帘外，当众给客人演唱了一首《绿头鸭》。

季常真如汉代剧孟，知道每个人需求的缓急。他告诉公择，这个面若桃花的红裙女，名叫秀英，现在已是自己的侍妾。

"今天你们来了，她毋须避嫌，也不用遮遮掩掩，歌舞几曲，为二公助兴。"

季常又拿出家藏好酒，叫女仆沏上名为叶家白的建茗。闲无一事，有酒有茶，就是人生至乐啊。

席间，三人谈及西边与夏人战事正酣，都不由得担心朝廷缺将少帅。大家无法披挂上阵，就你一言我一语，开始坐论兵法。[2]

第二天，季常把自己刚写的梅花诗送给东坡。东坡见天地间银装素裹，寒梅暗香愈浓，马上回了首《次韵陈四雪中赏梅》给季常。也许是那个秀英君太过迷人，东坡竟然把她的名字嵌在了诗中："独秀惊凡目，遗英卧逸民。"但一想到白雪覆盖下东坡的作物，他不由得振臂一呼："高歌对三白。"[3]

岐亭访友后，东坡又马不停蹄，前往江南团年。

---

[1] 《苏轼文集》卷五十三《与陈季常十六首（一）》，第 1565 页。

[2] 参见《苏轼诗集》卷二十三《岐亭五首并叙（其三）》，第 1206 页。

[3] 《苏轼诗集》卷二十一《次韵陈四雪中赏梅》，第 1102 页。

辛酉年这么快就要过去了。在给杜孟坚的信里，东坡这样总结即将过去的一年："今岁亲知相过，人事纷纷，殊不如去年块处闲寂也。"[1]

实际上，这是时间流逝带来的生命的忧伤。到黄州的第二年，他已经恢复了以往与人、事周旋时的豪爽与不羁，与山水相逢的细腻与冲淡。他站在东坡的大地上耕作，深察人心，体知万物，了然寂寂，去执无著，见山是山，见水是水。

---

[1] 《苏轼文集》卷五十八《与杜孟坚三首（二）》，第 1758 页。

第四章　寒食不掩远山春

新岁展庆有乐事

壬戌大年初一的临皋亭，处处洋溢着新年的喜气。

尽管钱总是不够用，东坡和闰之还是给孙子苏箪包了一个大大的红包。毕竟，东坡迄今为止为家庭筹划的最大工程，马上就要开工了。给孙子的这个红包，也是要为壬戌年的人事运程，讨个开门红的好彩头。

正月初二，宜都县令朱嗣先来临皋亭，给东坡拜年。两个人谈起西陵峡的山水，东坡突然想起很久以前，曾在夷陵（今湖北宜昌）做过县令的恩师欧阳修，给自己讲过发生在当地的一桩奇事。

欧阳修在京师馆阁校勘任上时，他同一年考中进士的朋友丁宝臣（字元珍）刚好来京师。欧阳修梦见元珍和他溯江而上，进入到一座庙中，拜谒堂中神灵。欧阳修站在元珍的后面，元珍坚决不同意，欧阳修也谦让不止。两个人在向神像作揖时，神像却起身回拜两人，还派人把欧阳修请到他身边，和他讲了一阵悄悄话。

元珍见此，暗想神也如此世俗，专门对京官持以特殊礼节。走出庙门，欧阳修看见一匹马只有一只耳朵，感觉在和自己说话，但听不懂它在说什么。

几天后，元珍被派往峡州（今湖北宜昌）任通判。不久，欧阳修也贬到夷陵做县令。他每天都和元珍待在一起，但忘记曾做过这样一个梦。有一天，两个人溯江而上，去黄牛庙拜神。一进庙门，欧阳修有些迷惑不解，眼前物和事如梦中所见。欧阳修这时是元珍的下属，本就该站在元珍下首，而庙门外有一匹石马，缺了一只耳朵。两人相视大惊，欧阳修在庙中留诗一首，其中一句"石马系祠门"，便是意指此事。

朱县令反应很快，马上恳求东坡把欧阳公的《黄牛峡祠堂》诗，以及这个故事，书写下来，刻石于庙中。

朱县令从儒家教化的角度出发，认为这会有益于后来之人，"使人知进退出处，皆非人力。如石马一耳，何与公事，而亦前定，况其大者。公既为神所礼，而犹谓之淫祀，以见其直气不阿如此"。[1]

东坡觉得朱县令言有真味，就满足了他的要求。

晚上小酌后，想到自家房子过几日就要动工，东坡有些按捺不住内心的激动，提笔给季常去了封信：

> 新岁未获展庆，祝颂无穷，稍晴起居何如？数日起造必有涯，何日果可入城。昨日得公择书，过上元乃行，计月末间到此，公亦以此时来，如何如何？窃计上元起造，尚未毕工。轼亦自不出，无缘奉陪夜游也。[2]

去年年底在岐亭，东坡和季常、公择商量在东坡修盖房子之事，季常主动提出帮忙。既然过年，还是得给季常送点礼物以表心意。脑袋一拍，突然想起去年道士吴子野，曾给自己寄过一个奇物。

收到此物后，东坡曾给公择去信咨询："近有潮州人寄一物，其上云扶劣膏，不言所用。状如羊脂而颇坚，盛竹筒中，公识此物否？味其名，必佳物也。若识之，当详以示，可分去，或为问习南海物者。"[3]

既然是吴子野送的丹药之类的东西，炼丹谈禅的季常，一定会喜欢。于是，他决定把这个"佳物"先与季常分享："今天先附上扶劣膏寄去，

[1] 《苏轼文集》卷六十八《书欧阳公黄牛庙诗后》，第 2163 页。
[2] 《苏轼文集·苏轼佚文汇编》卷二《与陈季常四首（二）》，第 2459 页。
[3] 《苏轼文集》卷五十一《与李公择十七首（十二）》，第 1500 页。

沉沙板木和画好的灯笼，早晚随陈隆的船运去。"

然后，喜欢喝茶的东坡，又找季常借个东西："此中有一铸铜匠，欲借所收建州木茶臼子并椎，试令依朴造看。兼适有闽中人便，或令看过，因往彼买一副也。乞暂付去人专爱护，便纳上。余寒更乞保重，冗中恕不谨，轼再拜。"[1]（见图《新岁展庆帖》）

热爱生活的人，总会尽己所能，通过对日常生活器物的美学化追求，静心地和器物沟通对话，最终得以获得日常生活全方位的审美化享受。

一封信，包含了人生命中的三个重要元素：筑居，被遮蔽的身体通过它联结天地；畅游，被束缚的心灵在释放中行远弗届；长物，对生活细事的执着推敲以建立审美的精神生活。

元宵节那天，新屋的立柱架梁仪式如期启动。第二天，东坡给季常去了一封电报式的短信："柴炭已领，感怍感怍！东坡昨日立木，殊耽耽也。"[2]

因为喜悦和激动，东坡当时紧盯着现场的一举一动，竟然连眼都不敢眨一下。

事如春梦了无痕

正月二十傍晚，东坡回到临皋亭，把马梦得喊来，拿出一张纸，问道："你认识这些字吗？"

梦得接过来仔细看了看，摇头说："似篆书，但不可认，倒是笔势奇妙，意趣简古。"

"这是天篆。早上出门寻春，又一个下凡的子姑神，送给我一幅天蓬咒，共计三十个字，且把它收藏起来吧。"

这天清晨，初春的风，吹到脸上，还是凛冽如刀。但阳光干净透明，东坡喊来潘丙和郭遘，一起出门寻春。

三人骑马出东门，信马由缰地往野村而去。临近中午，在一个小庄子，

---

[1] 《苏轼文集·苏轼佚文汇编》卷二《与陈季常四首（二）》，第2459页。

[2] 《苏轼文集》卷五十三《与陈季常十六首（四）》，第1566页。

遇到一位白发老翁，也不见生，大声招呼三人停歇小憩。

进屋，开酒店的潘丙拿出酒和菜，便邀老翁一同就餐。"江城白酒三杯酽，野老苍颜一笑温。"东坡听老翁谈些农家趣事轶闻，家长里短，不觉，酒意微醺，顺势也打了个小盹。[1]

东坡醒来后，三人继续上路。走了半个时辰，三人都觉口渴，见前面不远处竹林掩映中，有几户农家，于是拍马加速，去讨碗茶喝。

"酒渴思茶漫扣门，哪知竹里是仙村。"门一开，满满一屋子人，一个人声音洪亮，问答震响："吾天人也。名全，字德通，姓李氏。以若谷再世为人，吾是以降焉。"

没想到黄州进士张炳也在这里。李全对张炳说："久阔无恙？"

张炳甚是奇怪："尔安所识？"

李全回答说："子独不记刘苞乎？吾即苞也。"于是，李全把以前张炳与刘苞的起居细节和语言行状一一道出。

张炳大吃一惊。他转身对东坡说："昔尝识苞京师，青巾布裘，文身而嗜酒，自言齐州人。今不知其所在。岂真天人乎？"

旁边有人插话说："天人岂肯附箕帚为子姑神从汪若谷游哉？"

东坡听闻此言不以为然。他回答说："全为鬼为仙，固不可知，然未可以其所托之陋疑之也。彼诚有道，视王宫豕牢一也。"

东坡最后又提出了一个认识论的结论："世人所见常少，所不见常多，奚必于区区耳目之所及，度量世外事乎？"也就是说，人不能完全以耳目见闻，来评判不可知的事物。

那个李全为了表现其神力，写了三十个篆字，说此为天蓬咒，送给东坡。这些篆字，笔势奇妙，而字不可识。他强调说："此天篆也。"[2]

江淮是楚国故地，巫筮之风，仍盛行于民间。驱鬼去疾、附体传话，

---

[1] 参见《苏轼诗集》卷二十一《正月二十日，与潘、郭二生出郊寻春，忽记去年是日同至女王城作诗，乃和前韵》，第 1105 页。

[2] 以上引文皆见《苏轼文集》卷十二《天篆记》，第 407—408 页。

种种不可知的神秘和不可解释的神迹，让东坡多有会意。他连续两年，不厌其烦地记录了两场子姑神降临世间的神迹，但其态度和行为，与孔子所言"敬鬼神而远之"仍一脉相承。

返家路上，东坡取去年此日所作诗"门"字韵，先记叙自己与潘丙、郭遘寻春之事。也许诗兴高涨，他又依同韵，写三人讨茶误入仙村后，在汪若谷家所见天人李全之事。[1]

回到临皋亭，"归来独扫空斋卧"，又想起那幅天篆，"犹恐微言入梦魂"。但"日暖风轻春睡足"，"事如春梦了无痕"。

而此刻，有一艘客船，正从川地顺江而下。船上，有一个刚被免职的官员，同样也"事如春梦了无痕"，直奔黄州而来。

雪堂原是斜川景

二月间，黄州又下了场雪。新房子开工后，下雪也没有影响工期的进度。工地上每天热火朝天，一座五间的房子，很快就矗立在东坡向南的高坡上。

房子的室内装饰，则是东坡亲自动手。因为房子是在下雪天盖的，东坡突然异想天开，在房子的四壁，全部都画满了雪花，连一点空隙都没留。人在房中，似如雪花漫天袭来。有了东坡居士的号，也得给新房取个号。既然满壁画满了雪，那不如就取名为"雪堂"吧。[2]

室内装饰完成后，东坡也因地制宜，按自己的审美，花小钱，办大事，逐步开始雪堂的园艺建设。

在屋前两侧，东坡手植了几株柳树。出自北山的微泉，则被引至雪堂的西侧流过。雪堂南坡下，去年开荒发现的那个暗井，已经浚通。在井前，东坡又请邻居做义工，帮忙挖了一个水塘。虽然不付工钱，但东坡每天都

---

[1] 参见《苏轼诗集》卷二十一《是日，偶至野人汪氏之居，有神降于其室，自称天人李全，字德通。善篆字，用笔奇妙，而字不可识，云'天篆也'。与予言，有所会者。复作一篇，仍用前韵》，第1105页。

[2] 参见《苏轼文集》卷十二《雪堂记》，第410页。

带酒来，请大家畅饮解乏，笑谈取乐。

在东边那条通往大江的小沟上，东坡还建了一座小桥。

植被景观树，也都是找朋友们友情提供。大冶长老给他送了几棵大名鼎鼎的桃花茶树，就种在塘边。邻居何圣可家的橘树，东坡当然也近水楼台先得月。

也就一年工夫，雪堂四周，栽有松树、桑树、栗树和枣树。还开辟了一块专门的菜地。

他给公择写信，对现状很是满足："有屋五间，果菜十数畦，桑百余本，身耕妻蚕，聊以卒岁也。"[1]

这天，东坡站在雪堂门前，环顾四周，向南可一揽四望亭后的小丘，堂西，来自北山的泉水潺潺流过。他想起数百年前的正月初五，陶渊明前往斜川游览，班坐于溪流之前，遥看远处南山，独爱曾城秀色，于是，写了那首《斜川诗》。

自贬谪黄州，东坡对渊明之爱，由其诗而追其人。在某种意义上，渊明就是他自己的一个镜像。

去年八月，他抄写了两首自认为陶渊明最好的诗，然后在诗后写了一段跋文："陶彭泽晚节躬耕，每以诗自解，意其中未能平也。晚寓黄州二年，适值艰岁，往往乏食，无田可耕，盖欲为彭泽而不可得者。"[2]

现在自己所为之事，一如彭泽；可处之境，一如斜川。于是，他写了一首《江城子》：

> 梦中了了醉中醒。只渊明，是前生。走遍人间，依旧却躬耕。昨夜东坡春雨足，乌鹊喜，报新晴。
>
> 雪堂西畔暗泉鸣。北山倾，小溪横。南望亭丘，孤秀耸曾城。都

---

[1] 《苏轼文集》卷五十一《与李公择十七首（九）》，第 1499 页。

[2] 《苏轼文集·苏轼佚文汇编拾遗》卷下《跋陶诗》，第 2670 页。

是斜川当日境，吾老矣，寄余龄。[1]

词意简白，但飒爽之意，溢于言表。斜川与雪堂景色彼此交叉转化，融二为一，雪堂此时之景，也是斜川当日之景。而躬耕之人渊明与东坡，同样也重叠为一人，所以东坡恍然大悟："只渊明，是前生。"

东坡在自己所盖雪堂居住的时间其实不到两年，但此后多有文人，前来访考。东坡离黄几年后，他的朋友孔武仲曾写有《苏子瞻雪堂》。诗云："古县东边仄径开，先生曾此劚蒿莱。鸾凰一去应不返，花柳当年皆自栽。画壁苍茫留水墨，朱栏剥落长莓苔。邻翁笑我来何暮，检点风烟兴尽回。"

诗中所写风烟，已被时间侵蚀了快十年，但景物依稀间，还可想见当年的风致。

作为思想驿站的雪堂

雪堂盖好后，苏轼并没有马上搬家，还是住在临皋亭。再说，黄州城小，临皋亭距离雪堂也就四五百步的路程，两者之间可随意往返。

说来也巧，属于东坡产权的雪堂刚一盖好，各路的旧友新朋，好像商量好似的，都来黄州看望东坡。

第一个登门的人，当然是季常。

新房子快收工时，东坡给季常写信，又催他来黄州城："新居渐毕工，甚慰想望。数日得君字韵诗。茫然不知醉中拜书道何等语也。老媳妇云'一绝乞秀英君'，大为愧悚，真所谓醉时是醒时语也。蒙不深罪，甚幸。"[2]

文人自古多风流。也是因为和季常可以无话不讲，酒喝多了，东坡对季常也道出了内心一个小秘密，你能把秀英君送给我吗？这次错误，也就是苏轼一次忠实于自己灵魂的坦白。美丽随处可见，对秀英刹那间的心动，其实不过是一念之间的游离。

---

[1] 《东坡乐府雅集》卷二《江城子·梦中了了醉中醒》，第 132 页。

[2] 《苏轼文集》卷五十三《与陈季常十六首（九）》，第 1567 页。

那个秀英君，也像颗流星一样，从苏轼醉眼的目光中，一闪而过，留下一束美丽的光芒，然后就消失在历史的暗夜中。

他希望新居完工时，季常和公择能像前不久在岐亭的相聚那样，张狂恣肆，剧饮几日。

修盖雪堂，公择也出过力。年初，东坡给公择写信说："雪屡作，足慰劝耕之怀。昨日船到，送惠木奴人瓮，算已作三百匹绢看矣。"[1] 看来，公择也给雪堂捐了物料，而且还答应他，最近再来黄州一访雪堂。

所以，东坡写信邀季常，务必一起过黄州："日夜望季常入州，但可惜公择将至，若不争数日，而吾三人者不一相聚剧饮数日，为可惜耳。"[2]

季常到达黄州，公择却爽约了，因为他刚得到朝廷任命，将调离舒州，往东京任新职。

雪堂还没添置家具，季常这次"君来辄馆我，未觉鸡黍窄"。和季常站在雪堂前，东坡还是很有些成就感的："东坡有奇事，已种十亩麦。但得君眼青，不辞奴饭白。"

季常没待几天就要走了。东坡又依依不舍相送，"送君四十里，只使一帆风。江边千树柳，落我酒杯中。此行非远别，此乐固无穷。但愿长如此，来往一生同"。[3]

因为内心有情不自禁的巨大喜悦与朋友分享，那分享后的告别，就会变得弥足珍贵。

季常前脚刚走，朋友沈辽从湖南前往安徽池州，也顺路来拜访东坡。他在雪堂小住几天，写了两首诗，其中一首《题子瞻雪堂即次前韵》，专门描写了新建的雪堂。

眉阳先生齐安客，雪中作堂爱雪白。堂下佳蔬已数畦，堂东更种

---

[1]　《苏轼文集》卷五十一《与李公择十七首（十四）》，第 1501 页。

[2]　《苏轼文集》卷五十三《与陈季常十六首（九）》，第 1567 页。

[3]　以上引文皆见《苏轼诗集》卷二十一《陈季常见过三首》，第 1109 页。

连坡麦。不能下帷学董相，何暇悲歌如宁戚。布裘藜杖自来往，山禽幽弄均春力。案上诗书罗缣细，炉中烧药笑王阳。晨炊且余北仓粟，冬服已指山前桑。南冈差高多种橘，迤北渐下宜栽秧。北邻亦有放达士，道路壶榼常相望。[1]

这首描写雪堂景物的诗，能让我们更为具象地了解雪堂初期，周边的地理和植物，以及东坡日常生活中的某些场景。

因为有了雪堂栖身，未来，既有暂栖的匆匆过客，也有长居的故人新知。他们的到来，会给东坡带来政局人事的信息、机锋对谈的快乐、喝酒唱和的趣味。

最为关键的是，雪堂，在你来我往的交锋中，成为一个思想的驿站。那些智力刺激迸发出的四溅花火、思想碰撞生成的壮丽烟花，持续不断，将映亮大宋元丰五年（1082）的夜空。

这真是中国文化史和文学史幸运的年份：各种内部和外部的条件巧妙地交合在一起，形成了一种神秘的推动力。黄州，也成为一个创造奇迹的地方！在这一年，东坡才思难以遏制，将接连创作出他一生中不同类型的最为精彩的艺术作品。

箪瓢未足清欢足

命运给四川梓州路转运副使董钺（字毅夫，一作义夫）开了一个天大的玩笑。去年七月初，他再婚，新娶了一位姓柳的女子。哪知道三天后，朝廷一纸公文下来，他因此前泸州战事失利之过，获罪除名。

面对新婚才三天的妻子柳氏，董毅夫非常内疚，但也无可奈何。今年春节刚一过完，他就带着柳氏以及侍儿等，沿江放船而下，前往鄱阳老家。

既然船过黄州，必须得找机会拜见一下心仪已久的苏大人。于是，毅

---

[1] 《云巢编》卷四《题子瞻雪堂即次前韵》，第7—8页。

夫找了一个中间人，来搞定这件事。

说来也巧，东坡收到朱康叔的来信时，雪堂刚刚竣工。东坡底气很足，马上同意接待这位新朋友。

初见董毅夫，东坡略感诧异，"怪其丰暇自得"，便问他何能至此？

毅夫回答说："吾再娶柳氏，三日而去官。吾固不戚戚，而忧柳氏不能忘怀于进退也。已而欣然，同忧患，如处富贵，吾是以益安焉。"同忧患和共富贵没啥不同，这个新妇柳氏，还真让人肃然感佩。

毅夫又喊自己的侍儿上前，命其"歌其所作《满江红》"。

待侍儿唱毕，东坡拍手叫好。他既感同身受于毅夫的经历，也钦佩夫妻俩同忧患的淡然，同时也赞赏侍儿歌喉之婉转如莺。

感叹连连后，似有意犹未尽之慨，东坡马上次其韵，为毅夫填了首《满江红》。

忧喜相寻，风雨过、一江春绿。巫峡梦、至今空有，乱山屏簇。
何似伯鸾携德耀，箪瓢未足清欢足。渐粲然、光彩照阶庭，生兰玉。

幽梦里，传心曲。肠断处，凭他续。文君婿知否，笑君卑辱。君
不见《周南》歌《汉广》，天教夫子休乔木。便相将、左手抱琴书，
云间宿。[1]

人生，原本忧喜相替，风雨过后，一江春水，碧绿澄清。巫山多彩之梦，转眼已成空，徒剩乱山，如屏障矗立。毅夫伉俪和梁鸿、孟光何其相似，也如颜回箪食瓢饮，生活清苦，却清欢处处。光彩渐亮，照耀庭院台阶，愿两位早生出芝兰玉树般的孩子。

上阕是在赞美董钺两口子不忧贫贱，自有清欢。

下阕起始，先是描述他们美好的夫妻生活：两情相悦，幽梦中都可互

---

[1] 以上引文皆见《东坡乐府雅集》卷二《满江红·忧喜相寻》，第 136 页。

传心曲。困难忧伤，该来就来。然后，词锋为之一转，开始拿古人说事：文君的老公司马相如，你知道不？我嘲笑他卑贱耻辱。你没看到，诗三百《周南》中《汉广》里的那个守礼男子，不强行追贤女，老天爷自然就让美丽的女子，栖于高大的乔木之下。

结尾则是想象并祝福他们未来的美好生活：你们将相伴，左手抱琴书，隐居远离尘世的缥缈之地。

人生不易，最难在从富贵入贫苦，仍可自得其乐。东坡自认毅夫的人生观，与自己近乎一致：无论世事艰难多舛，淡泊释然，便是福气。

两人惺惺相惜，东坡便邀毅夫一家，在新落成的雪堂，住上一段时间再说。

吾贫亦当出十千

二月二十二这天，雪后放晴，新居也将收工。东坡又和一帮朋友去江南游西山。

在文甫家，东坡遇见了他大哥的儿子殿直王天麟。天麟小时，常和他那漂亮的姐姐，出入仁宗内宫。他后来曾在西南守边，经常和东坡畅谈与西南边民相处的策略。今天见到东坡，他又一事，不吐不快。

"岳州（今湖南岳阳）、鄂州一带的乡村百姓，惯例是只生两男一女，超过这个数，就杀死新生儿，特别忌讳抚养女孩，因此民间妇女少，而没有妻子的人就多。婴儿刚一出生，往往用冷水浸没，孩子的父母也不忍心，常常闭着眼睛背过脸去，用手把婴儿按在水盆中，婴儿咿呀啼哭不已，然后死去。"

东坡一听，眼泪都差点出来："还有这样的惨剧啊？"

"这不，神山乡有个叫石揆的百姓，连杀两个男婴。去年夏天，他妻子又一胎生了四个儿子，疼得无法忍受，母子都死了。这真是报应啊，但愚昧的人就是不知道以此为鉴。我每次听到附近有溺婴的，就赶快跑去抢救，给他家些衣服食物，救活的不止一个。十天后，没有子嗣的人想要他的儿子，婴儿的父母也不肯再给了。可见，父子之爱，天性如此。溺婴，只不过是屈从当地的恶习罢了。"

听完天麟所言，这天的晚饭，东坡都难以下咽。他邀请朋友们来想办法："我们必须得尽己所能，行实谋远，方可移风易俗。"

这天，没有饮酒的快乐，但一个以东坡为首的救婴会筹备组，就此成立。

东坡马上给鄂州知州朱康叔去信，以求政府给予法律援助："依据宋律，故意杀死子孙，处两年徒刑。州县官吏，本该照此执行。希望您能明文告知各县县令及其下官员，让他们召集各村保长，宣告法律，晓以祸福，严加执行，保长回村后要广为宣传，并将条款抄录张贴在白墙上昭告百姓。"

在完成下沉至乡村的普法工作后，东坡建议："接下来，要悬赏鼓励人们揭发上告，赏金由犯人及邻居保人家财充公，如果是佃户，则由主人家承担。妇人怀孕，时长近年，邻居、保人和庄主，都会知道。如产后溺婴，这种情况必为人知，势要举报，包容溺婴且不举报者，让他出赏钱，本也可行。"

提出可行的奖惩监督制度后，东坡认为："如按法律判处几个人，这种恶劣之风自能革除。"

但穷苦人家溺婴之举，根在无力抚养。东坡又提出一个筹资的办法："您更要让县里的官员以诚意鼓励地主豪户，那些实在太穷不能抚养孩子的人家，出点钱接济一下。人非木石，他们也一定乐于听从。"

东坡意识到，溺婴症结得以解决的基础就在于，"初生儿出生几天后不杀，以后即使再劝他们杀婴，他们也不肯了"。因此，只要朱大人照此实施，"从今以后，因为您所为而得以成活的婴儿将不可胜数"。

他在向康叔讲了一番"生万命可厚积阴德、活千人而得古循吏之风"的劝勉之言后，最后也告之康叔，自己知密州时，救治遗弃婴儿的可行办法："遇到饥荒之年，有很多百姓抛弃孩子，于是我就盘查官库中用于劝稼的粮食，拿出剩余的数百石另外储存，专门用来收养遗弃的孤儿，每月供给六斗。等满一年，抱养者与婴儿，都有父母之爱，就不至于流离失所，救活的也有几千人。这种事情，对您来说易如反掌。我自恃彼此间交谊深厚，所以毫不见外。"[1]

在向好朋友朱太守提出细致可行的策略和方案后，他又决定利用自己的影响力，在民间发起募捐。

这个春天，东坡忙碌充实而快乐。但这种忙碌，却给他带来了一种幸福感。他与生俱来，就有一种至诚的担当精神，和爱己推人的赤子之心。为了救济那些刚刚出生的生命，他决然而起，毅然而行。为此，他曾写下如下感人至深的文字：

> 近闻黄州小民贫者生子多不举，初生便于水盆中浸杀之，江南尤甚，闻之不忍。会故人朱寿昌康叔守鄂州，乃以书遗之，俾立赏罚以变此风。黄之士古耕道，虽椎鲁无它长，然颇诚实，喜为善。乃使率黄人之富者，岁出十千，如愿过此者，亦听。使耕道掌之，多买米布绢絮，使安国寺僧继莲书其出入。访问里田野有贫甚不举子者，辄少遗之。若岁活得百个小儿，亦闲居一乐事也。吾虽贫，亦当出十千。[2]

在这个机构里，人员分工明细，古耕道为总负责人，继莲大和尚则成为账房先生。

东坡一直有乐善好施的爱人之心。元丰六年（1083）年底，来自四川老家的杨耆秀才，到黄州时，已身无分文，穷困潦倒。东坡又为他发起了一场小规模的募捐活动。

幸运的是，这份募捐书的手札还保留着。也许，它是目前我们能够看到的中国第一个民间慈善募捐书：

---

[1] 参见《苏轼文集》卷四十九《与朱鄂州书》，第1416—1418页。

[2] 《苏轼文集》卷七十二《黄鄂之风》，第2316页。

> 杨耆秀才，谋学未成，行橐已竭，欲率昌宗、兴宗、公颐及何、韩二君，各赠五百，如何？[1]

"吾虽贫，亦当出十千。"这句话，千年来，当可永远回荡在我们的心间。从这一年起，鄂黄两地，每年都会有成百的新生命，因为东坡的这个善举而得以成活。我们甚至可以想见，我们中某些人的祖先，也在其间。

寒食帖

东坡认为，一年中最好的两个节日，一是寒食，一为重阳。今年的寒食节，是三月初三，还与上巳节重合。但这年黄州的春天，雨水较多，春明而景不和。

诗人的情绪跳跃很大。按说雪堂盖好后，东坡的心情一直大好。哪知道，阴雨绵绵的天气，加上天麟所讲的哀伤的生命故事，竟让东坡的心情莫名地沉到了谷底。

海棠是东坡最爱的花。因为无法去那株海棠花下饮春酒，东坡困在家中，写了两首《寒食雨》，其一为：

> 自我来黄州，已过三寒食。年年欲惜春，春去不容惜。今年又苦雨，两月秋萧瑟。卧闻海棠花，泥污燕脂雪。暗中偷负去，夜半真有力。何殊病少年，病起头已白。

这已是东坡到黄州过的第三个寒食节。每年都想爱惜春光，但春去总匆匆，让人无从爱惜。今年又苦雨不断，两个月像秋天一般萧瑟。躺在床上不能出门，听说最爱的那株海棠花，雨打风吹中，如燕脂雪般的花瓣，

---

[1] 《苏轼文集》卷五十七《与杨耆秀才醵钱帖一首》，第 1732 页。

零落污泥。那个夜半中的造物主真有力，不觉就将海棠花偷偷背去。雨中海棠和病少年有何不同？病一起，双鬓已白。

门外雨一直下个不停。乘着诗兴，东坡又写了第二首《寒食雨》：

> 春江欲入户，雨势来不已。小屋如渔舟，濛濛水云里。空庖煮寒菜，破灶烧湿苇。那知是寒食，但见乌衔纸。君门深九重，坟墓在万里。也拟哭途穷，死灰吹不起。

春江波涌似要冲入庭户，雨势来袭没有穷已。小屋如渔舟，漂荡在蒙蒙水汽中。空空的厨房煮着冷菜，破灶里烧的是潮湿的芦苇。原来这一天是寒食节，正好见到乌鸦衔来烧剩的冥钱。天子的宫门深至九重，祖先的坟茔远在万里之外。东坡也想如阮籍做穷途痛哭，但心如死灰，难以重新燃起。

这两首诗的诸多意象，围绕着雨生发。第一首写海棠花，第二首写临皋亭实景，但都是暗色的调子。诗写得苍凉沉郁，也一往情深。实际上，到黄州的第三年，东坡已很少有初到黄州的那种凄切寂寞。当然，生命的悲剧性意识，永远会潜藏在伟大作家的生命中。也许，只是一个小小的天气因素和无法出门，就让他捕捉到生命的悲凉。

晚上酒后，他提笔，把白天所作之诗，写在了一个卷轴上。这幅作品，就是中国书法史上号称"天下第三行书"的《寒食帖》（见图《寒食帖》）。

黄庭坚是第一个在帖后写跋的人。实际上，他在四川见到这个帖，已是十七年之后。此跋内容为："东坡此诗似李太白，犹恐太白有未到处。此书兼颜鲁公、杨少师、李西台笔意。试使东坡复为之，未必及此。它日东坡或见此书，应笑我于无佛处称尊也。"

此时，山谷对东坡了解至深。他之所以认为东坡此后即便重写，也无法达到此书的高度，是因为诗歌内容看似悲凉，但笔意飞扬，神气十足，书法营造出的意境，其实已超脱诗歌本身。在悲观的表象下，雪堂营造完成后勃发的慷慨浩然之气，才是东坡创作时生命意志力的支柱。

起笔纠结不已，似有所藏，但笔力愈来愈强，迅疾稳健，痛快淋漓，光彩照人，起伏跌宕，气势奔放，一气呵成。

用笔或正锋，或侧锋，转换多变，顺手断联，浑然天成。其结字亦奇，或大或小，或疏或密，有轻有重，有宽有窄，参差错落，恣肆奇崛，变化万千。

这幅作品，实际上也是于无心的放空中，笔随意走，气出本心，力量磅礴，浩然无涯，最终实现了苏轼孜孜以求的"我书意造本无法，点画信手烦推求"，以及"自出新意，不践古人"的书法最高美学追求。

也无风雨也无晴

雪堂已盖好，东坡决定买田黄州，终老此地。

三月初七这天，东坡和几个朋友，前往黄州东南向三十里外的沙湖看田。傍晚时分，当他们走到一个溪谷林间时，突然下了一场历史上最著名的春雨。

吹面不寒杨柳风，斜风细雨不须归。这种性质的雨，本是活脱脱的美学体验。但每个人遇雨表现的却大不同："雨具先去，同行皆狼狈，余独不觉。已而遂晴，故作此词。"

因为东坡"独不觉"，这首被后世誉为《定风波》第一的词，就这样出场了。

因为"不觉"，所以，"莫听穿林打叶声"。身心似不在此地，要忘却穿林打叶的雨声，不为雨所困。然后，自在里，"何妨吟啸且徐行"。吟啸，乃名士之风；徐行，乃淡然的雅致。"竹杖芒鞋轻胜马，谁怕？"挂着竹杖穿着草鞋的东坡，觉得这种轻快，胜过骑马。

北宋画家乔仲常在其著名的《后赤壁赋图》的第二个场景里，画了一匹马和一个人。东坡"携酒与鱼"，正要出门，没想到视线往后院侧面一转，东坡和衣卧在马旁，似一脸云淡风轻，思接千载。那匹竹林中的马，正在此画中。

下马徐行，吟啸林间，何等自在的快活，所以，"谁怕"？上阕结句"一蓑烟雨任平生"，平生烟雨，是生命的苦难，也是生命的美丽。一个"任"字，何其洒脱无滞！

"料峭春风吹酒醒"后，东坡马上进入空灵的状态。"微冷"，是身体的感受，也是现实的困境。但有山头斜照的光迎来，温暖即生，困境顿失。"回首向来萧瑟处"，既是回身的远望，也是对纷繁人生的寂寂观照。于是，人生空明，"也无风雨也无晴"。

你很难想象，也就四天后，同样也是在雨中，东坡就从寒食节那天那种痛切凄冷的黯然中，进入到如此这般的自在无着、通透无怖。

蕲州本自有神医

东坡竹杖芒鞋，于雨中穿林长啸，一蓑烟雨任平生时，有放空的自得和大无畏。

因为大无畏，竟然说了句豪横的话："谁怕？"但豪气干云，也抵不住身体的脆弱。

也不知是不是淋雨引发了身体不适，第二天，东坡左手突然肿得老高。

同行的朋友说不急，离这不远的麻桥，有个神医，叫庞安时（字安常），咱们马上前去求医。

回到黄州后，他给季常写信，非常详细地讲述了这次神奇的治病过程："近因往螺师店看田，既至境上，潘尉与庞医来相会。因视臂肿，云非风气，乃药石毒也，非针去之，恐作疮乃已。遂相率往麻桥庞家，住数日，针疗。寻如其言，得愈矣。"[1]

这个庞神医，还真有点神。东坡一见到他，大吃一惊。原来，他竟然是一个聋子。尽管听不见病人讲述病情，但神医庞安常真的聪慧过人。你

---

[1] 《苏轼文集》卷五十三《与陈季常十六首（三）》，第 1565 页。

在纸上还没写几个字，他就明白了你想要表达的意思。东坡这时又聊发轻狂，和安常开玩笑说："余以手为口，君以眼为耳，皆一时异人也！"[1]

针到病除，安常不只没有找东坡收钱，还把自己珍藏的当世罕见的李廷珪真品墨丸，转赠给了东坡。

东坡为此感慨不已。他曾给朋友胡师道写信这样描述这位神医："庞安常为医，不志于利，得法书古画，辄喜不自胜。"[2] 所以，安常的目的，就是希望得到东坡手书。

病治好了，还收到可宝之的心爱之物，东坡先是写了篇《书庞安时见遗廷珪墨》：

> 吾蓄墨多矣，其间数丸，云是廷珪造。虽形色异众，然岁久墨之乱真者多，皆疑而未决也。有人蓄此墨再世矣，不幸遇重病，医者庞安时愈之，不敢取一钱，独求此墨，已而传遗余，求书数幅而已。

可见，安时也是极爱此墨丸的，但遇见了更喜欢它的人，二话不说，就把墨丸送给了东坡。

东坡随后又写了篇短文，简单评述他的医术高度，并对其医德赞不绝口：

> 安时，蕲水人，术学造妙而有贤行，大类蜀人单骧。善疗奇疾。字安常。知古今，删录张仲景已后《伤寒论》，极精审，其疗伤寒，盖万全者也。[3]

和庞安常相处几天，他又补写一文，将庞安常和前朝国医单骧相提

---

[1] 《全宋笔记·东坡志林》卷一《庞安常耳聩》，第 26 页。

[2] 《苏轼文集》卷六十《与胡师道四首（一）》，第 1852 页。

[3] 以上引文皆见《苏轼文集》卷七十《书庞安时见遗廷珪墨》，第 2223 页。

并论：

> 尔来黄州邻邑人庞安常者，亦以医闻，其术大类骧，而加以针术妙绝。然患聋，自不能愈，而愈人之疾甚神。此古人所以寄论于目睫也耶？骧、安常皆不以贿谢为急，又颇博物通古今，此所以过人也。元丰五年三月，予偶患左手肿，安常一针而愈，聊为记之。[1]

以庞神医的博古通今，他知道，遇到东坡，并为他治病，即是人生的一种幸运。他向东坡求墨宝而赠墨丸，是因为他心有所好，但不拘于物。

在这个世界上，一个神人，总是会奇妙地遇到另一个神人。

顷在黄州的神秘时刻

治好了东坡的病，庞安常又自告奋勇当起了导游，带着东坡一干人马，前往本地清泉寺游玩。

清泉寺在蕲水（今湖北浠水）城门外约两里处。这个地方有王羲之的洗笔泉，泉水极为甘冽，下面有条小溪，名为兰溪。

病疴既愈，春光正好。良友在侧，当为一唱。于是，东坡写了一首《浣溪沙》，送给安常。

> 山下兰芽短浸溪，松间沙路净无泥，萧萧暮雨子规啼。
> 谁道人生无再少？君看流水尚能西，休将白发唱黄鸡。[2]

上阕是眼前实境：兰芽初发，浸入山下小溪。松林间的沙路，洁净无泥。黄昏细雨中，杜鹃声声。虽是实境，所见所闻，却清净如在尘世之外。

下阕是人生感悟。东坡胸襟原本雄阔辽远，因眼前景、身边人，那个

---

[1] 《苏轼文集》卷七十三《单庞二医》，第 2340—2341 页。

[2] 《东坡乐府雅集》卷二《浣溪沙·山下兰芽短浸溪》，第 134 页。

一直自怨自艾被遮蔽的本我，突然解放，所以，突然发出了"谁道人生无再少"的雄强感慨。溪水尚能西流，我们可不要自伤白发，悲叹时光匆匆。

中国的地理特征，决定了其江河多向东流。而此地兰溪，竟然是西流而去，这么一个简单的事实，打破了东坡既定的观念，他的境界，好像突然为之一新。

在歌咏完此词后，东坡款款说道："是日，剧饮而归。"[1]淡然中，犹见狂放。

这真是一个春天的故事：来到黄州两年又一个月的东坡，从现在开始，不再哀怨愁苦。兰溪西流，并非其境界为之一振的原因。应该是在这个美好的春日，有田可耕、有屋可居、有友可交，原本强大的生命意志力，重回自身。

他似乎隐隐有种感觉，他将解开时间给予人类的一切羁绊，他要揭晓时间洞藏的所有秘密。诗人，只能、也终将在诗歌中永生！

游完兰溪后，东坡和朋友们连夜踏上回家的路途。行走在溪谷间，杂花纷呈，令人目不暇接。春日良夜，月色如水。某个时刻，似乎突然变得神秘莫测。他在这篇《西江月》的序言中，描写了那个神秘时刻：

> 顷在黄州，春夜行蕲水中，过酒家，饮酒醉。乘月至一溪桥上，解鞍，曲肱醉卧少休。及觉已晓，乱山攒拥，流水锵然，疑非尘世也，书此语桥柱上。[2]

春日月下夜行，似凌波微步，飘然无尘。见酒旗入酒家，然后东坡必醉。

醺然中，乘月色到一小溪桥上，轻解马鞍，鸟不惊心。酒渴思睡，曲肱而卧。再一睁眼，天色已亮。远处乱山攒拥，身下流水锵然，疑似不在人间。

---

[1] 《全宋笔记·东坡志林》卷一《游沙湖》，第 13 页。
[2] 《东坡乐府雅集》卷二《西江月·照野弥弥浅浪》，第 135 页。

醉卧溪桥不知处，远山寂然近水流。天地人各处其是，相看两不厌。身敞开托于自然，心与造化同游。这种风度，与渊明采菊东篱下，悠然见南山的自洽怡然，难分伯仲。自觉的行为，与空山、明月、流水和鸟鸣，相安无事，空灵无边，真可谓宿酒的最高美学境界。

"顷在黄州"，这正是那个不可言说的神秘时刻。

接下来的《西江月》词，写得也极漂亮。但读完序言，词似乎成了累赘。毕竟，神秘的至高之美，只在某刻显现。

回到尘世中来，东坡给季常写信，似乎是在讲一个不真实的梦："蕲水溪山，乃尔秀邃耶？"[1]

千古奇冤

东坡早就听说过吴瑛（字德仁）归隐蕲水，临溪筑室，种花酿酒，真率旷达，为乡人所爱。既然到了此地，顺便就想拜访下他。但吴德仁刚好也出门行游，两人就此错过。为了表达对德仁的仰慕之情，东坡就写了首《寄吴德仁兼简陈季常》送给他，这首诗顺便把季常也写到了诗里。

诗是通过贬损自己和兄弟陈季常，来赞美那个面都没见过的吴德仁。

开篇四句，"东坡先生无一钱，十年家火烧凡铅。黄金可成河可塞，只有霜鬓无由玄"，自嘲自己是个穷光蛋，炼丹不成，双鬓成霜。

接下来的四句"龙丘居士亦可怜，谈空说有夜不眠。忽闻河东狮子吼，拄杖落手心茫然"，就是嘲笑自己的好兄弟季常，谈禅悟空的定力不够。别看季常谈空说有，用功之勤，可通宵达旦，但对方一个狮子吼，竟然拐杖落地心茫然。

东坡是个诙谐的人，经常会拿自己和最好的朋友开玩笑。诗中对自己和季常恶作剧的戏弄，其实是追求幽默的喜剧效果，以一种反衬，凸显德仁"平生寓物不留物，在家学得忘家禅"的自然无我。

---

[1] 《苏轼文集》卷五十三《与陈季常十六首（三）》，第 1565 页。

这一段对季常的描写，衍生了一个成语"河东狮吼"。这个成语有两个典故。隋唐以来，河东一直是士族柳姓的居住地，河东后来就代指柳姓。如柳宗元，因为身出河东柳姓门阀，后人就把他称为柳河东。而狮子吼，则是形容佛陀讲法的无敌法音。

坏就坏在，苏轼写完这首诗，没有明确指出，这个姓柳的人是谁？

这个在诗中和季常谈禅的柳姓人是谁呢？杜甫《可叹》诗中曾有"河东女儿身姓柳"一说，到了东坡写诗时，后人就自觉地在"河东"上寻找用典的出处，然后将柳姓人判定为女儿身。而季常的夫人刚好姓柳，于是，这个有狮子吼能力的谈禅者，竟然就成了柳夫人。

但在宋代，女性受教育的程度普遍很低，很难想象柳夫人具备谈禅的能力。所以，谈禅之人，是男性的可能性更大。而在季常的朋友圈里，刚好有一位柳姓朋友，那就是曾赠送铁拄杖给东坡的柳簿。

在正月底，东坡给季常写信时，曾提起过柳簿，但很少见地对他颇有腹诽："柳簿云某奉讶者，不知得之于谁，安有此理。"[1]"奉讶"是迎接的意思。由于信中缺少上下文的背景信息，我们无法得知东坡为何要指责柳簿，但似乎是柳簿在季常前对东坡说三道四过。

所以，柳簿作狮子吼，实际上可能是在暗示其脾气较大，不一定是狮子吼的本意。

还有一个词的释义也非常关键，那就是"可怜"一词。在此诗中，"可怜"应为"可爱"之意。如果你把"可怜"理解为"可爱"，这四句的画风就全变了：江湖大哥季常也真是可爱，谈起禅来没日没夜。突然听到自己的朋友柳簿"狮子一声吼"，竟吓得拐杖落地，茫然无措。大哥，确实有搞笑的可爱 面。

但最不幸的是，到了南宋，洪迈在他的《容斋随笔》中讲"（季常）

---

[1]　《苏轼文集》卷五十三《与陈季常十六首（九）》，第 1567 页。

好宾客，喜畜声妓，然其妻柳氏绝凶妒"[1]，然后引用此诗，直接将怕老婆的大帽，戴到了季常头上。

尽管东坡喜欢和朋友开玩笑，有时甚至会过头，但以他爱一切人的本性，以及他与季常的深厚感情，他万万不会在给一个连面都没见过的长者诗中，把好朋友的夫人，描述为大宋朝第一悍妇。

世人爱花边新闻，胜过历史的真相。因为"河东狮吼"是夫妻之间生命不息斗争不止的生动缩影，洪迈的阐释马上成为主流，并让历史的真相随之消散。

游过兰溪访完清泉，东坡打道回府。田没有看上，但所获"新阕甚多，篇篇皆奇"[2]，收获之大，超出想象。

那匹马载着东坡，越来越靠近黄州城。而远在岐亭的季常，根本就没有意识到，东坡无意间，会让他背上九百多年来，全中国最惧内男人这顶大锅。而悍妇的那顶大帽，也正一步步向柳夫人的头顶飞去。

东坡无意间写的一首诗，就这样酿成了一个天大的千古奇冤。

吾家王郎最可爱

回到临皋亭，走进院门，发现两个年轻人拿着本书，正在讨论些什么。

见东坡进门，苏迈和王子立马上迎上前去问安，并帮马夫取下行李。

看到子立眉头暗锁，脸上并无喜悦之色，东坡马上就明白，子立这次的徐州应举，没有上榜。

"子立，胜败兵家常事，无需郁闷。"

"是。这不，伯达兄也在一旁劝慰我。只是觉得，有愧老师教诲之恩。"

"介公安石一改天下科举取士的方法，为师其实也无可奈何。今春雪堂已立，你就在这多呆些日子。在徐州，你与李麃、昭玘多有来往，彼此帮助甚多。你们这些青年才俊，日后必可为人中之凤。"

---

[1] 《容斋随笔·三笔》卷三《陈季常》，第447页。
[2] 《苏轼文集》卷五十三《与陈季常十六首（九）》，第1567页。

子由为公务所绊，无法自由行走。子立就成为他和哥哥之间联系的最好桥梁。所以，子立落榜后，还是从徐州绕路来黄州，看看老师新盖的雪堂，然后回筠州，可把东坡近况和详情，告知岳父大人。

当然，和天性快乐的东坡在一起，也确实利于子立从落榜的阴影中走出来。而且，东坡这边来来往往的人，络绎不绝，每天都有酒局和文人唱和，这种热闹欢愉的气氛，天天不歇，确实适合子立心理疗伤。

在雪堂下赏月，在临皋亭观江，在诗词唱和酬答文字的密缝中，老师启发学生，寻找人生的通道。

子立在花落时节抵达黄州，到了阳光明媚的夏天，他不得不和老师说再见了。

子立离开的前三天，朱康叔刚好巡视武昌，邀东坡过江一见，东坡给他回了一封信，无可奈何地拒绝了太守的好意："今日风大，明日禁江，皆当走见。适会倩婿后日行，来日已约数客酌饯，咫尺不得一往，愧负深矣。"[1]

因为天气原因，也因为要为子立饯行，东坡没能去武昌。东坡与康叔最好的一次会面机会，就这么错失了。

在告别的酒宴上，子立作了一首《归去来》送给老师，东坡和其韵，写了《〈归来引〉送王子立归筠州》，为他送行。

归去来兮，世不汝求胡不归？汕北望之横流兮，渺西顾之尘霏。纷野马之决骤兮，幸余首之未凯。出彭城而南骛兮，眷丘陇而增欷。乱清淮而俯鉴兮，惊昔容之是非。念东坡之遗老兮，轻千里而款余扉。共雪堂之清夜兮，揽明月之余辉。曾鸡黍之未熟兮，叹空室之伊威。我挽袖而莫留兮，仆夫在门歌《式微》。

归去来兮，路渺渺其何极。将税驾于何许兮？北江之南，南江之北。

---

[1] 《苏轼文集·苏轼佚文汇编》卷二《与朱康叔二首（一）》，第 2449—2450 页。

于此有人兮，俨峨峨其丰硕。孰居约而尔肥兮？非糠覈其何食。久抱一而不试兮，愈温温而自克。吾居世之荒浪兮，视昏昏而听默默。非之子莫振吾过兮，久不见恐自贼。吾欲往而道无由兮，子何畏而不即。将以彼为玉人兮，以子之璞也。[1]

第一章开篇就是劝慰子立，你不求世俗的功名，那为什么还不回来呢？大家都像野马一样在此道路上奔突，幸运的是我却信马由缰。你从徐州一路向南，眷念山陇，真可感慨。等过了淮河到了我这，你一定会惊叹我这已旧貌换新颜。你怀念我这个老家伙，不远千里敲开我家大门。我们曾坐在雪堂晴朗的夜空下，共赏明月清辉。也曾感叹鸡和黍都没蒸熟，感叹空房间有白蚁爬来爬去。我挽起衣袖，劝你留下来，但车夫却在门口唱着《式微》的歌曲，催你上路。

第二篇感叹人生道路漫长，赞扬子立在艰难的环境中，"久抱一而不试兮，愈温温而自克"，也即君子般温温如玉，而自己"居世之荒浪兮，视昏昏而听默默"，老境不佳。

子立离开黄州前，还喝到了东坡刚学会酿造的蜜酒。一回到筠州，他给东坡写来一首诗。东坡又马上写了《又一首答二犹子与王郎见和》，送给远在江西高安的两个侄子和子立。

脯青苔，炙青蒲。烂蒸鹅鸭乃瓠壶。煮豆作乳脂为酥，高烧油烛斟蜜酒，贫家百物初何有。古来百巧出穷人，搜罗假合乱天真。诗书与我为麴蘖，酝酿老夫成搢绅。质非文是终难久，脱冠还作扶犁叟。不如蜜酒无懊寒，冬不加甜夏不酸。老夫作诗殊少味，爱此三篇如酒美。封胡羯末已可怜，不知更有王郎子。[2]

---

[1] 《苏轼诗集》卷四十八《〈归来引〉送王子立归筠州》，第 2642 页。

[2] 《苏轼诗集》卷二十一《又一首答二犹子与王郎见和》，第 1116 页。

这首诗写黄州清苦的生活中，无可奈何中可见或不可见的各种乐趣。

青苔作肉脯，青蒲可烧烤。蒸熟如鹅鸭的菜，实际上却是瓠子。煮豆可为乳，脂也可为油酥，点油灯作蜡烛，一起可饮蜜酒，穷人家好像啥都有啊。因为想尽办法，样样都可以假乱真。诗和书就像我的酒曲，可以把我酿成缙绅（这个比喻，真是爱酒之人讲的话）。文章虽然写得可以，但道理不通，只好脱去官帽来做老农民。你看这蜜酒寒暑不侵，冬天甜夏天也不酸。我写的诗尤其少点味道，但刚写的这三篇却如美酒。谢道韫的四个弟弟，真让人怜爱，但她不知道咱家王郎，其实更是可爱。

子立在雪堂住了近三个月，还真是个合适的催化剂。他在黄州与东坡相处的种种，可以让东坡看到了远方弟弟的影子，身边青年人晃动的青春，以及日常平凡生活中，苦中作乐的简单自然。

扣牛角而击节

董毅夫在雪堂住得很开心，他甚至起了念头，想和东坡成为邻居。

但前来黄州投奔东坡的朋友，开始多起来了。四月底，东坡收到杨元素的来信，说五月会有一个道士朋友从庐山过来，投靠老乡。没办法，董毅夫只好告知东坡，过几天，全家人必须得回鄱阳了。

东坡一直遗憾陶渊明的那首《归去来辞》，只能读，不能用来唱。董毅夫此去归隐家园，又何尝不是"田园将芜胡不归"中故乡永恒的呼唤呢？于是，东坡决定用其文意、集其字句，填一首可以咏唱的词，为董毅夫送行。

这首词牌名为《哨遍》的词，长达二百零三字。它完全是对陶渊明《归去来辞》这首赋的歌词化改写。

　　为米折腰，因酒弃家，口体交相累。归去来，谁不遣君归？觉从前皆非今是。露未晞，征夫指予归路，门前笑语喧童稚。嗟旧菊都荒，新松暗老，吾年今已如此。但小窗容膝闭柴扉，策杖看孤云暮鸿飞。

云出无心，鸟倦知还，本非有意。

噫！归去来兮。我今忘我兼忘世。亲戚无浪语，琴书中有真味。步翠麓崎岖，泛溪窈窕，涓涓暗谷流春水。观草木欣荣，幽人自感，吾生行且休矣。念寓形宇内复几时，不自觉皇皇欲何之？委吾心、去留谁计？神仙知在何处？富贵非吾志。但知临水登山啸咏，自引壶觞自醉。此生天命更何疑，且乘流、遇坎还止。

东坡改写的难处，在于只能微裁渊明词句，但还需押韵入调而不改其意。不过，天才如东坡，对文字与音韵的敏感，使得他运斤如风，削砍自如，词一出，几近道矣。

此词的主旨"归去来"，其实即是哲学的永恒命题：返乡。苏轼爱渊明，正在于渊明示范了中国文人可以实践的自我超越道路：不役于形，委心一任去留。躬耕田园，放浪山水，不羡富贵，不期帝乡。生命的快乐，在童稚之怀、在游赏之雅、在田园之乐。

虽然是复写原文，这首词仍属新的艺术创造。尽管词意全系出自《归去来辞》，去除音律等因素，新的文学形式，必然会为此词增添新的意义。

严格地对照这两篇作品，你会在《哨遍》中发现，东坡不自觉地移植了他自己的人生观，如"觉从前皆非今是""我今忘我兼忘世""此生天命更何疑"等。这是东坡自己的怀抱与境界，但意与渊明同。

因为两人所处环境的自洽和内在精神的共振，此词写完，东坡便时时有高歌的冲动。

在《哨遍》的序言中，东坡写道："陶渊明赋《归去来》，有其词而无其声。余既治东坡，筑雪堂于上。人俱笑其陋，独鄱阳董毅夫过而悦之，有卜邻之意。乃取《归去来》词，稍加櫽括，使就声律，以遗毅夫。使家僮歌之，时相从于东坡，释耒而和之，扣牛角而为之节，不亦乐乎？"

于是，在元丰五年（1082）的春末，我们可以看到下田耕作的农夫东坡，在大自然的舞台上，歌之舞之，自得其乐，适然忘我。

家童童音初起，如天籁入耳。东坡自觉放下农具，与其相和。兴浓意酣处，还叩响牛角，为家童击打节拍。

这样的快乐时刻，那头名为黑牡丹的水牛，应该也会也随之起舞吧？

毅夫的船，慢慢消失在江的尽头，驶往远方的故乡。东坡马上给董毅夫的介绍人朱康叔写了一封信："董义夫相聚多日，甚欢，未尝一日不谈公美也。旧好诵陶潜《归去来》，常患其不入音律，近辄微加增损，作《般涉调哨遍》，虽微改其词，而不改其意，请以《文选》及本传考之，方知字字皆非创入也。"[1]

回到故乡后，毅夫派人给东坡送信，告知其安抵的消息。东坡在六月二十八这天给他回信如下（见图《获见帖》）：

轼启。近者经由获见，为幸。过辱遣人赐书。得闻起居佳胜。感慰兼极。忝命出于余芘，重承流喻，益深愧畏。再会未缘，万万以时自重。人还，冗中，不宣。轼再拜长官董侯阁下。六月廿八日。[2]

幽居长物怪石供

中国古代文人在日常生活中，除了诗书画外，另一条建设其精神世界的重要途径，就是搜罗古玩鼎彝，把玩奇石珍砚。

现在的东坡很穷，也无闲钱搜罗古物，就退而求其次，多方去寻怪石。

章质夫曾寄给他几块峡州怪石，东坡爱不释手，于是就给他去信继续索要："许为致峡州怪石，虽非急务，然亦为幽居之尤物也。石出归、峡间新滩之下，扇子峡之上，嵌空翠润，有圭璋之质，未为世人所知，公始以遣仆使此石见重于世，未必不由吾二人也。"[3]

---

[1]　《苏轼文集》卷五十九《与朱康叔二十首（十三）》，第1789页。

[2]　《苏轼文集·苏轼佚文汇编》卷二《与董长官一首》，第2497页。

[3]　《苏轼文集·苏轼佚文汇编拾遗》卷上《与章质夫五首（三）》，第2654页。

东坡还是很相信自己的眼力，认为自己能让三峡奇石见重于世。黄州无峻岭，但赤壁所在之处，"断崖壁立，江水深碧""山崦深邃""岸多细石"。风平浪静时，东坡会乘小舟到赤壁下，上岸寻找奇石。

往来多次，果然收获颇丰："有温莹如玉者，深浅红黄之色，或细纹如人手指螺纹也。"[1]

去过几次后，一共捡了二百七十枚奇石，大者如枣栗，小者如芡实。把它们放到一个古铜盆里，注入清水，石头熠熠粲然。其中有一枚，像虎或豹的脑袋，有口、鼻和眼，应该是这堆怪石里最好的一块。

去年夏天，庐山栖贤寺住持佛印禅师曾来信，恳请东坡为僧堂"云居"写篇文章，东坡写信回复说："云居事迹已领，冠世绝境，大士所庐，已难下笔，而龙君笔势，已自超然，老拙何以加之。幸稍宽假，使得款曲抒思也。"[2]

一拖再拖，那篇关于"云居"的文章一直没写。

五月初，佛印禅师刚好派人过黄州，为了还清文债，东坡突然有了一个很好的解决方案。

他给佛印写了一封信："收得美石数百枚，戏作《怪石供》一篇，以发一笑。开却此例，山中斋粥今后何忧，想复大笑也。更有野人于墓中得铜盆一枚，买得以盛怪石，并送上结缘也。"[3]

那个铜盆，是一个当地人在古墓中挖出来的。为了让这些怪石有相得益彰的器皿，东坡竟然花钱，把它买下来了，应该价钱不会太贵。

除了信、怪石和铜盆，东坡也随附《怪石供》一篇，让来人一并取走。哈哈，文债不止还清了，以后去庐山，斋粥还可以管够。

在文章开篇，他写道："《禹贡》：'青州有铅松怪石。'解者曰：怪石，石似玉者"。

---

[1]　以上引文皆见《全宋笔记·东坡志林》卷四《赤壁洞穴》，第 198 页。

[2]　《苏轼文集》卷六十一《与佛印十二首（一）》，第 1868 页。

[3]　《苏轼文集》卷六十一《与佛印十二首（二）》，第 1869—1870 页。

他在描述了这批怪石的"精明可爱，虽巧者以意绘画有不能及"，认为怪与凡本"生于相形"。然后，说"海外有形语之国，口不能言，而相喻以形。其以形语也，捷于口，使吾为之，不已难乎？故夫天机之动，忽焉而成，而人真以为巧也"。

送给佛印的怪石，一共有二百九十八枚。有些是黄州小孩子在江边洗浴，无意间捡到，然后东坡用饼换来的。

"禅师尝以道眼观一切，世间混沦空洞，了无一物，虽夜光尺璧与瓦砾等，而况此石；虽然，愿受此供。灌以墨池水，强为一笑。使自今以往，山僧野人，欲供禅师，而力不能办衣服饮食卧具者，皆得以净水注石为供，盖自苏子瞻始。时元丰五年五月，黄州东坡雪堂书。"[1]

东坡得意于自己的原创能力，佛印对他的创意也极为认可。他除了把这些怪石供奉起来，第二年，还把《怪石供》刻了石头上。刚好参寥子这时在黄州，东坡听闻此事后，笑着说："是安所从来哉？予以饼易诸小儿者也。以可食易无用，予既足笑矣，彼又从而刻之。今以饼供佛印，佛印必不刻也，石与饼何异？"

参寥子回答说："然。供者，幻也。受者，亦幻也。刻其言者，亦幻也。夫幻何适而不可。"

参寥子举起一只手，向东坡示意："拱此而揖人，人莫不喜。戟此而詈人，人莫不怒。同是手也，而喜怒异，世未有非之者也。子诚知拱、戟之皆幻，则喜怒虽存而根亡。刻与不刻，无不可者。"

东坡听完，为佛印的机智大笑不止："子欲之耶？"[2]于是，又送了二百五十颗怪石，以及两个石盘给参寥子，让他也供奉起来。

本来是怪石的清玩，没想到石头到了东坡和参寥子那里，清玩竟然都变成了参禅。一个文人的清玩，并非一种做派和姿态。物的表象都有差异，

---

[1] 以上引文皆见《苏轼文集》卷六十四《怪石供》，第 1986—1987 页。

[2] 以上引文皆见《苏轼文集》卷六十四《后怪石供》，第 1987 页。

但你了解了这都是幻影，所有作为，"无不可者"。

道士下山醉先生

春天似乎一下子就过去了。一进入夏天，天气陡然就热起来了。一个穷苦的道士，却决定离开凉爽的庐山，下山而去。他一路步行，直奔黄州。

这个讲一口四川话的老乡，以前和东坡从未有过交集。但不知为什么，他要选择在这个时间，去黄州，住雪堂。

这个和东坡初次见面的道士杨世昌，在雪堂一住就是近一年的时间。他为什么能够获得如此待遇，史料无所记载。不过，杨世昌和东坡的老朋友杨元素，都是绵竹人，很有可能同属一个家族。

杨世昌走进临皋亭时，首先映入东坡眼帘的，是这个道人斜背了一个洞箫，一如侠客背剑走江湖。

杨元素介绍的这个道人，还是很有来历的，他是个无所不通的杂家。他帮助东坡整理院子，给树去枝，用一种药水去杀虫，画画。晚上半个月亮爬上来时，他就倚在雪堂门边，吹起洞箫来。没有月亮的日子，他就观星看天象。

但最让东坡赏识不已的，是走了那么远江湖的杨世昌，还给东坡先生送了个大大的见面礼。

有天，两人喝完酒，东坡叹了口气，醉眼望着道士说："不能像太白那样，千金一掷换美酒。无酒，我在田间口渴啊？"

这道人看了眼将醉的东坡，淡然回答说："这酒，是酿出来的。哪怕家里没有米，我们在大自然，也可以寻找到原料。要不，我来为先生酿几缸上好的蜜酒，如果先生喜欢，我把这蜜酒的配方，也一并赠与先生。"

东坡也是见过世面的人，啥好酒没喝过？但这蜜酒，还真没喝过。所以，道士手把手地教，东坡一五一十地学，待酒酿成，东坡一饮，大呼痛快，然后，马上就为杨道士写了一首《蜜酒歌》。

寻常人，想要东坡提笔写诗，那是难之又难的。但酿酒大师杨世昌做的蜜酒，如此醇厚香酽，而且还把这秘方倾囊相授，东坡想不作诗以送，都不好意思。

这首古风《蜜酒歌》，真是蜜酒最高级的广告文案。

真珠为浆玉为醴，六月田夫汗流沈。不如春瓮自生香，蜂为耕耘花作米。一日小沸鱼吐沫，二日眩转清光活。三日开瓮香满城，快泻银瓶不须拨。百钱一斗浓无声，甘露微浊醍醐清。君不见，南园采花蜂似雨，天教酿酒醉先生。先生年来穷到骨，问人乞米何曾得。世间万事真悠悠，蜜蜂大胜监河侯。[1]

夏日田夫汗流浃背，磨米为浆注入清泉。还不如蜜蜂采花为蜜，一入春瓮，香气自生。一天后，春瓮里的水初沸，如鱼吐白沫。第二天，原酒已变得清亮令人眩目。到了第三天，开瓮酒香满全城，酒入银瓶滑如丝。如此浓酽的酒，百钱一斗，虽然微微有些混浊，但也如上好奶酪般清醇可口。杨道士啊，你没看见南园采花的蜜蜂如雨聚，上天教我酿成此酒，然后来灌醉我。我这几年穷困潦倒，找人借米都借不到。哪晓得世间万事悠悠，这蜜蜂，可比监河侯慷慨大方多了。

穷困潦倒的日子里，大自然以自己的伟大力量，赐予爱酒的东坡，可以饮之不绝的好酒，这是怎样的一种惊喜啊？

这蜜酒秘方，东坡一直密而不传，直到十几年后，才把它公布出来。他在惠州获得了真一酒的秘方后，感叹说，这真一酒，和我在黄州酿的蜜酒可真像啊。然后，他公布了蜜酒的秘方："予作蜜酒，格味与真一相乱，每米一斗，用蒸饼面二两半，如常法取醅液，再入蒸饼面一两酿之。"[2]

东坡并非天生的酿酒大师，但他遇到的奇人多，然后拜师学艺，动手

---

[1] 《苏轼诗集》卷二十一《蜜酒歌》，第 1115—1116 页。

[2] 《苏轼文集·苏轼佚文汇编》卷五《题真一酒诗后》，第 2537—2538 页。

亲为，最后作文以记，广为传播。于是，东坡俨然成为林语堂眼中，有宋一代，赫赫有名的酿酒大师。

六月间，黄州又是好长时间不下雨。但突然有一天，下了很大一场雨。他在《次韵孔毅父久旱已而甚雨三首（其三）》一诗中，禁不住花了很大的篇幅，来描写赞扬这个绵竹道人：

> 不如西州杨道士，万里随身惟两膝。沿流不恶溯亦佳，一叶扁舟任飘突。山苢麦曲都不用，泥行露宿终无疾。夜来饥肠如转雷，旅愁非酒不可开。杨生自言识音律，洞箫入手清且哀。[1]

这个西州的杨道士，空手一身无所忧，他凭一双腿，走遍万里四方。顺流不错逆流却更好，一任小舟左冲右突。也不吃山苢和麦曲，风餐露宿，身体还是杠杠的。夜里肚子饿得咕咕响，有酒就可解旅愁。他还自言通晓音律，洞箫一起，清音哀婉。

这个庐山下来的道人，音乐和美酒附体的修仙者，如同尼采在《悲剧的诞生》一书中，描述的那个酒神狄俄尼索斯，终会让东坡在狂欢的放纵和癫狂的迷醉里，扫除一切尘障，如其本然地观照永恒普遍的真实本体，最终得以一瞥那至高尽善的真美。

与天斗与地斗

躬耕生活诗意化的背后，其实会遇到各种意想不到的麻烦。

最可见的麻烦，就是老天爷不给力，风不调雨不顺。

东坡在《次韵孔毅父久旱已而甚雨三首》中，以纵横之气，写大旱，写喜雨。

这一年的老天爷还是不太给力：去年太岁在酉位，按说今年应该是

---

[1] 《苏轼诗集》卷三十一《次韵孔毅父久旱已而甚雨三首（其三）》，第1124页。

个丰年，没想到向邻居讨壶米浆，邻居家也很是困难。今年旱情尤为可怕，"岁晚何以黔吾突"，也即抱怨年岁已高，颧骨还被毒日晒黑。向老天呼告，老天也听不到。稽首求佛，却是不度水的泥佛来回应。阴阳有时令，下雨有定数，我们都是老天的子民，老天爷自然会怜恤我们吧。有一天，来了一阵南风，却并没有带来雨云。风倒是为疲劳的农夫带来了凉意。暂且为这和风唱曲歌谣，饥寒也无暇顾及。还是祈祷明天下雨吧。

"去年东坡拾瓦砾，自种黄桑三百尺"，这两句平淡的白描，含有隐隐约约的骄傲和快乐。但"今年刈草盖雪堂，日炙风吹面如墨"，每天日晒风吹，东坡的脸黑得像块炭。"平生懒惰今始悔，老大劝农天所直"。真是后悔，以前一直太懒，老天爷劝我多干活，就用不下雨这种直接的办法劝告我。

三尺的大雨突然下下来了。东坡表现喜悦的方式有点大不同："蓬蒿下湿迎晓爽，灯火新凉催夜织。老夫作罢得甘寝，卧听墙东人响屐。奔流未已坑谷平，折苇枯荷恣漂溺。"全部是雨后的植物、动物、地况以及人的变化，最亮眼的则是那把清晨中，被雨淋湿的农具爽。

然后，东坡开始写保证书，来年一定要四众乡邻帮忙，开渠扩塘，不靠天收："破陂漏水不耐旱，人力未至求天全。会当作塘径千步，横断西北遮山泉。四邻相率助举杵，人人知我囊无钱。明年共看决渠雨，饥饱在我宁关天。"[1]

一场大旱，让东坡知道做个农夫可不能偷懒。而且，如果不完善自己的灌溉系统，庄稼全靠天收，年成不好，就得饿肚子。

一如本是黄州人

作为农家女儿，王闰之也给东坡的农耕生活，增添了不少趣味。

---

[1] 《苏轼诗集》卷二十一《次韵孔毅父久旱已而甚雨三首（其二）》，第1122—1123页。

因为种田的需要，东坡投资了一笔巨款，买了一头湖北本地最为常见的黑水牛。作为耕作最好的伙伴和最大的帮手，东坡戏谑地给它取了一个美人的名字——黑牡丹。

但有一天，这黑牡丹，差点没把东坡吓破胆。这天，东坡要下地耕田，便去牛棚牵牛。一到牛棚，便发觉这黑牡丹不对劲，它有气无力地躺在地上，怎么要它起身，它都站不起来。东坡那个急啊，赶紧把本地的兽医请来。但兽医左看右看，只能诺诺以对，"不识其状"。

没想到，有个人却"识之"。连东坡也没想到，这个人竟然是老妻王闰之。"此牛发豆斑疮也，法当以青蒿粥啖之。"她说。

王闰之还真是农家好儿女，牛吃了几口青蒿粥，果真就好了。

因为这件戏剧性事件，东坡难得地给章子厚写了封，有点得意地用双关语吹嘘说："勿谓仆谪居之后，一向便作村舍翁。老妻犹解接黑牡丹也。言此，发公千里一笑。"[1]

五月底是收割大麦的日子。站在雪堂边，看着满田金黄的大麦麦穗，沉甸甸的，迎风起舞，东坡捋着自己的胡子，很是得意。

今年抗旱很辛苦，满田麦子竟长得奇好。天气热起来了。割穗、捆运、打场，休歇时痛饮凉水，忙碌几天后，今年的大麦，收了二十多石。

谷贱伤农，自家的大麦大丰收，别人家同样如此。二十多石大麦，不求换钱，起码自己的粮食，是有了保证。

说来也巧，家里存的粳米，刚好吃完。于是，东坡让婢女们加班加点舂麦。毕竟是自己田里头一遭大丰收，新麦舂好上锅，饭一端出来，大家都迫不及待地放到嘴里，一尝味道。

东坡放了几粒在嘴里细嚼，实在是有些太硬，而且啧啧有声。孩子们也学起老爸的样子，把新麦放到嘴中品起来。苏过年小天真，做了个鬼脸，向老爸吐槽说，这麦饭如同嚼虱子。二哥苏迨在一旁打趣道："看来，你

---

[1] 以上引文皆见《苏轼文集》卷五十五《与章子厚二首（一）》，第 1639 页。

还吃过虱子呢。"

有了试吃的经验，下顿饭由东坡亲自料理，试着用浆水反复淘洗新米，然后下锅。大家继续怀着好奇之心，等待新饭出锅，一尝滋味。

失望啊！这新春的大麦饭，味道完全不是那么回事。尽管淘洗多遍，这新出锅的饭，却甘酸浮滑，有一股西北村落的气味。

怎么办？东坡必须要开动美食家的脑筋了。第二天，东坡让厨子把红小豆和大麦混在一起蒸。果真，红彤彤、热腾腾的新饭一出锅，味道竟然大不同。

老妻王闰之在一旁哈哈大笑，以后不愁没米下锅了："此新样二红饭也。"[1]

这真是一个欢乐无穷的家庭。东坡善创新品、孩子相互嬉戏、老妻哈哈点赞。家有可乐事，东坡又提笔为文，短短数语，信笔写来，道尽农家天趣生机。

闰之难得地接连出场。东坡在此后写给王巩的《次韵和王巩诗六首》的第五首诗里，特意表扬自己的老妻："子还可责同元亮，妻却差贤胜敬通。"

在诗后，他特就此句向王定国解释说，自己的文章虽然比不上冯衍（字敬通），但慷慨大节应不输此翁。冯衍时逢光武帝英睿好士，但偏偏不被赏识，流离放逐，和自己相似，而冯衍的妻子却非常凶悍嫉妒，但东坡就没有悍妻之苦了，所以自己这一点还是"胜过敬通"。[2]

看来，这段时间，躬耕生活，给家庭生活带来了许多新奇的体验，以及意想不到的快乐。

而身为田父的东坡，牵着牛扛着犁，每天痛并快乐着。痛是身体的劳累，他有些无奈地抱怨说"垦辟之劳，筋力殆尽"，也有天灾的无可奈何。但快乐，则是稼穑桑麻的悄然生长、是稻麦入仓、是田野的无尽藏。

东坡到黄州快两年半了。某日，他给藤州太守赵晦之写信说："藤既美风土，又少诉讼，优游卒岁，又复何求。某谪居既久，安土忘怀，一如本是黄州人，元不出仕而已。"[1]

是的，成为黄州人后，安土忘怀、优游卒岁，人生又有什么其他值得苦苦追求呢？

---

[1] 《苏轼文集》卷五十七《与赵晦之四首（三）》，第 1711 页。

第五章　二赋一词洗万古

七月的前十五天

七月初五一大早，东坡带上杨道士，"杖策载酒，乘渔舟，乱流而南"，前往西山。

上岸后，他们径往潘丙的酒店，和王文甫兄弟、潘丙等会合。卯酒三杯后，几人相携徜徉而上，行于西山的松柏之间。

上山的小路弯弯曲曲。快到山顶，众人看见前面有一新盖的亭子，屹然立于古木之下。

原来，此地九曲亭早已破旧。而且，在亭子旁边，长有几十棵高大的古树，树径粗大，使得四周极为逼仄。以前同游西山，大伙来到此地，"力极而息，扫叶席草，酌酒相劳"，却极为不便。想削剪这些大树，用斧子砍都砍不动。所以，东坡每次到了这里，就看着这些大树，若有所思。

上月初，长江两岸来了一场罕见的大风雷雨。次日，潘丙兴冲冲地上门告诉东坡，亭边有棵大树被连根拔起，亭边有了空地。

"子瞻与客入山视之，笑曰：'兹欲以成吾亭邪？'"然后大家集资，将旧亭修缮一新。

新亭落成，东坡自然又邀约人家，来亭中饮酒唱和。来到修葺一新的九曲亭下，他们"倚怪石，荫茂木，俯视大江，仰瞻陵阜，旁瞩溪谷，风云变化，林麓向背，皆效于左右"，则"西山之胜始具"。[1]

---

[1]　以上引文皆见《苏辙集·栾城集》卷二十四《武昌九曲亭记》，第406—407页。

四周檞树满山，山下湖中荷花盛开，清风徐来，暑气顿消。文甫抬头，见亭上有旧题为"玄鸿横号黄檞岘"，便转首对东坡说："苏公，此亭旧有上句，惜无下句，能否作一下句，以成完璧之美。"

这上句看似无奇，其实是个"口吃"联。句中"鸿横"两字发音近似，读起来像是一个口吃人在说话。东坡端起酒杯喝了口酒，说："有了。皓鹤下浴红荷湖。"

下联中，"鹤"和"荷"一个发音。大家一听，都拍掌大笑，然后一致提议，请东坡赋一首"口吃"诗。

对于喜欢开玩笑的东坡来讲，这真是一个有趣的文字游戏。于是，他把王文甫戏拟为一名口吃者，提笔写了首《西山戏题武昌王居士》。如果你能按宋代人的发音朗读此诗，发现自己也是一个口吃者。

意适忘返。众人全部在山间留宿一晚。

七月十三日这天，东坡在书房翻检自己收藏的书画。翻出了一幅旧藏，不由得又想起了故乡的亲人。随即，他在这幅作品后题跋：

> 天圣中，伯父中都公始举进士于眉，年二十有三。时进士法宽，未有糊名也。试日，通判殿中丞蒋希鲁下堂，观进士程文，见公所赋，叹其精妙绝伦。曰："第一人无以易子。"公力自言年少学浅，有父兄在，决不敢当此选。希鲁大贤之，曰："君子成人之美。"乃以为第三。明年登乙科。此则其亲书启事谢希鲁者也。公殁后十三年，得之宜兴人单君锡家，盖希鲁宜兴人也。又八年，乃躬自装缲，而归公之第二子子明兄，使宝之以无忘公之盛德云。[1]

原来，这是二十一年前去世的伯父苏涣的手迹。榜样的力量是无穷的。作为家族中第一位考中进士的人，东坡从伯父那不只是获得了正能量的激

---

[1] 《苏轼文集》卷六十六《题伯父谢启后》，第 2065 页。

励，同时也从他那获得涵养道德和品质的方法。于是，他决定把这幅作品裱装起来，并送给堂兄子明好好收藏，以供缅怀。

这是一次精神偶然的返乡行为。但如同那个写出伟大诗篇《返乡》的德国诗人荷尔德林一样，只有在返乡中，诗人才突然被天命召唤。

壬戌之秋　七月既望

在中国传统历法中，农历十五满月之日，称为"望"。十六则被称为"既望"。

"壬戌之秋，七月既望。"因为一篇赋的开篇之句，这一天，似乎可以单独拎出来，专指元丰五年（1082）的农历七月十六。

真是幸运，这一天晚上的天气很好。如果这天是个阴雨天，东坡就不可能出门夜游了。

而且，这明显是一场有准备的夜游。作为一个经验丰富的户外活动爱好者，东坡和客人及童子，带足了酒、食物、乐器，乃至夜宿防寒的衣被。

下午五点左右，东坡、道人杨世昌、一个无法确定身份的朋友，以及家里的童子，在临皋亭登上了一艘渔舟，溯江逆流而上。

船一动，便知"清风徐来，水波不兴"。天气真的是给太给力了。二十分钟左右，船经过赤壁山，稍作停留，然后继续向上游进发。

在下午六点半左右，船在江心停下。在这里，他们开始吃晚饭，"举酒属客，诵明月之诗，歌窈窕之章"，也就是喝着小酒，唱着《诗经·陈风·月出》这首诗，等待月亮升起。

为什么是这样的一个航线？是因为在这个地点，才是当日最佳赏月角度。

"少焉，月出于东山之上，徘徊于斗牛之间。"七点左右，月亮从东山升起。在这个地点，东坡他们可以在长江上，一览无余地观察到月亮从山中爬上来。

东山，即是长江南岸的群山，其中就有西山。此时，这些山都在船的正东稍偏南方向。此后，大而圆的月亮，就开始逐渐向南方的中天移动。

此外，赋中后面所言"西望夏口，东望武昌"，也表明船在赤壁山上游八公里左右。如果船在赤壁下，就不可能东望武昌即现在的鄂州。

月亮升起后，"白露横江，水光接天"，则是眼前所见。这个描写，其实以前东坡和苏迈首游赤壁也用过。

人在月下、景中，感天地辽阔，便会产生飞升的欲望。"纵一苇之所如，凌万顷之茫然。浩浩乎如冯虚御风，而不知其所止，飘飘乎如遗世独立，羽化而登仙"，讲的就是这种感受。

酒精开始发挥作用。于是，东坡和一个客人扣舷而歌。歌词化用的是《楚辞·少司命》。

叙事从开篇到这个地方，是从平和逐渐走向慷慨。但杨世昌拿出洞箫伴奏后，调子就突然转了个向，开始悲切起来。

东坡脸色也为之黯然，正襟危坐，严肃地问道："何为其然也？"叙事也为之一转。

杨道士就借景、借人，来感慨人生的短促无常。这实际上是存在之问。你怎么可能摆脱人的必死性带来的虚无呢？

然后，东坡给出了自己的答案。他以眼前所见水和月为喻，认为"逝者如斯，而未尝往也；盈虚者如彼，而卒莫消长也"。如果从变化的角度看，则天地也不过一瞬。如果从不变的角度看，则万物与我皆为无尽，没有必要"哀吾生之须臾，羡长江之无穷"。

然后，他认为天地之间，物各有主。不是自己能拥有的，虽毫末也不要索取。但"惟江上之清风，与山间之明月"[1]，用之无尽，人人均可共享其乐。

客人听后也释然了。于是洗盏更酌，也不收拾杯盘，大家互相枕靠船上，一觉醒来，东方天空现出鱼肚白。

---

[1] 以上引文皆见《苏轼文集》卷一《赤壁赋》，第5—6页。

此赋一出，因为其语义巨大的弹性空间，千年来，一直被不同的人反复阐释。

人人的心中，都有自己的哈姆雷特，人人的心中，也有自己的《赤壁赋》。

大江东去的豪放与空

对岸武昌，有吴国旧宫遗址，民间也多有孙吴轶事。

东坡在《记樊山》一文中，讲述此地山名、胜迹等与孙权的种种关联：

> （樊口）其上为卢洲，孙仲谋汛江，遇大风，舵师请所之。仲谋欲往卢洲，其仆谷利以刀拟舵师，使泊樊口。遂自樊口凿山通路归武昌，今犹谓之"吴王岘"。有洞穴，土紫色，可以磨镜……仲谋猎于樊口，得一豹，见老母，曰："何不逮其尾？"忽然不见。今山中有圣母庙，予十五年前过之，见彼板仿佛有"得一豹"三字，今亡矣。[1]

而在一年后给范子丰的信中，他突然又说起赤壁之事："黄州少西山麓，斗入江中，石室如丹，传云曹公败处所谓赤壁者。或曰：非也。"但在信的结尾，他又说："今日李委秀才来，因以小舟载酒，饮赤壁下。李善吹笛，酒酣，作数弄。风起水涌，大鱼皆出，山上有栖鹘，亦惊起。坐念孟德、公瑾，如昨日耳。"[2]

从这句"传云"可知，东坡知道此地并非赤壁真正的古战场。但当他载酒饮于赤壁下，李委吹笛后，"风起水涌，大鱼皆出，山上有栖鹘，亦惊起"，这样的环境和气势，一如英雄之间的鏖战，所以，"坐念孟德、公瑾，如昨日耳"。

这种英雄情结，应该一直深藏于东坡的内心。写完《赤壁赋》后，那种激荡的心情很难平复，于是，在这个月下旬的某天，就又填了一首《念

---

[1] 《苏轼文集》卷七十一《记樊山》，第 2255 页。

[2] 《苏轼文集》卷五十《与范子丰八首（七）》，第 1453 页。

奴娇·赤壁怀古》。

此词一出，雄豪之气，绝倒古今，始知词原可豪放如此。难怪南宋俞文豹《吹剑录》中载："东坡在玉堂日，有幕士善讴，因问：'我词比柳词何如？'对曰：'柳郎中词，只好十七八女孩儿，执红牙拍板，唱"杨柳外晓风残月"。学士词，须关西大汉，执铁板，唱"大江东去"。'公为之绝倒。"[1]

词中有万顷波涛万里去，有千古英雄不世功。江山如画，是乱石，是惊涛，是千堆雪。豪杰纷呈，是美人在怀，是雄姿英发，是谈笑间的灰飞烟灭。

但躲在词背后的那个东坡，虽只能自伤身世，一叹无奈，却并非哀怨的悲观主义者。之所以如此，是因为他借佛家的观念，将此世归结到"空"的上面去了。

词中有两处，直接引用了佛经经文，一为"谈笑间，樯橹灰飞烟灭"，出自唐代佛经《大方广圆觉修多罗了义经》（简称《圆觉经》）"譬如钻火，两木相因，火出木尽，灰飞烟灭"；一为"人生如梦"，出自《金刚经》中"一切有为法，如梦幻泡影"。

所以，所谓"人生如梦"，并非苦闷沉寂的虚无，而是表达佛家所追求的那个空。

在这首词豪放不可一世的后面，情和景营造的崇高气概愈巨大，那个现实中"我"的空也愈弥漫。在这种辩证的对峙中，豪放之气和空实际上如阴阳之道，可以生发万物。

东坡也自得意这首词的雄阔奔放。有一次喝醉了酒，他用草书书写此词，然后在书后跋曰："久不作草书，适□醉走笔，觉酒气勃勃，纷然□出也。东坡醉笔。"[2]

这首词，也只适合写草书。

---

[1]　《吹剑录全编·吹剑续录》"东坡在玉堂"条，第 38 页。

[2]　《苏轼文集·苏轼佚文汇编》卷六《题大江东去后》，第 2570 页。

为君诵读《赤壁赋》

写完《赤壁赋》和《念奴娇·赤壁怀古》后，东坡竟然有种虚脱的感觉。于是，他带上杨道人，一起去蕲水找庞安时，讨论交流《伤寒论》。

庞安时其实已经写了一些关于《伤寒论》思考的札记，他在纸上写了几个字告诉他：“此吾穷物理所得，或可传世。”

不觉八月上旬已过，中秋节就要来了。回黄州出门前，东坡在纸上也写了几个字，向庞安时告别：“他日若得机缘，当为先生开板传后。”

傍晚回来，童子就向东坡禀报：“大人甫一出门，就有一人，持杭州方竹逸手书，求见大人。”

“出门十天，此人还在此地吗？”

“他已在传舍安置，每天这个时辰，都会前来打探大人归家的消息。”

话音刚落，就见马梦得带了一个人进来。那人进入大堂，向东坡拱手一拜：“我乃金镜，从湖州来此公干。方竹逸知我来此，特托我前来拜见先生。”然后，他起身从行囊中取出一封信，呈递上来。

宾客落座，东坡打开信札，稍作浏览，马上要童子上茶：“烦金先生空等多日，既来之，当须不醉不归。竹逸近况可好？”

“竹逸总和我提及他与先生交往往事，也为先生贬谪此地黯然伤怀，尤为挂念先生起居饮食。”

东坡听闻后，似在回忆故人往事：“我和竹逸还是十二年前在京师见过。有一天，我带着他，去探访净因观长老道臻师。然后，专门去法堂，看与可画的墨竹。”

一想到与可，东坡的眼神竟一下子温柔起来：“我此前曾经为净因方丈画过两丛竹。与可到池州任太守，我和他去净因观与长老道臻帅告别，我在东斋又画了两竹梢、一枯木，而道臻师把法堂四壁刷白，请与可在上面画竹石，与可竟然答应了。”

“与可画的竹子，根茎节叶，牙角脉缕，千变万化，未始相袭，而各当其处，简直就不像是这个世上的人能画出来的。我和与可讨论画竹，认为于形既不可失，但最重要在物之常理不可失。"

"你看，像生死、新老、烟云、风雨，一定要曲尽其真态，契合天造，满足人意，最终达到形理两全，这样才能说你懂得了绘画之理。"[1]

聊过几段湖州往事后，饭菜酒也上桌了。酒一喝，东坡又兴奋起来。刚刚完成的《赤壁赋》，他非常清楚其价值，所以，他此时特别想把这种喜悦分享于人。

他先是和金镜讲述了那天游赤壁的种种细节，然后，站起来抚松长啸，说："我来给你朗诵一遍《赤壁赋》吧。"

这个世界上，还有谁能像金镜这么幸运，竟然在《赤壁赋》写出后的十八天，面对面地聆听了东坡的朗诵呢？

不过，金镜当时可能没有意识到这样的幸运，他见东坡酒兴正酣，知道机会来了，向东坡拱手恳请："竹逸请先生为其画一幅墨竹图，不知先生肯否？"

"竹逸让我想起了十二年前，在净因观看与可画的那个幸福时刻，那我也妄袭与可画竹的法则，为其挥毫泼墨吧。"

金镜站在一旁，为东坡捧砚。只见其所画竹，若紫凤回风；所画石，如白云出岫；所书字，则豪放跌宕，如快马斩阵。

金镜大气都不敢出一口，恍惚间，似如见释迦牟尼六丈金身，只想合掌称佛。画完竹石图，东坡又在画后写了《自跋所画竹赠方竹逸》这篇很长的跋文，"并画旧事以赠"。

这一刻，过往在暗夜中苏醒。

又来了一位佳女婿

中秋快到了。一个陌生的年轻人，在他父亲的带领下，从光州过来，

---

[1] 参见《苏轼文集》卷十一《净因院画记》，第 367 页。

以准侄女婿的身份，前来临皋亭拜见苏轼。

到临皋亭拜见完东坡后，年轻人将乘船去庐山，然后上岸转道，前往筠州，与苏辙的三女儿成婚。

尽管苏轼以前从未见过这个年轻人，但和他的父亲曹九章却是老朋友。不过，三年前在来黄州的途中，他经过光州，却并未与曹九章见面。在黄州安定后，他和曹九章开始了书信往来。

曹焕为什么能成为自己的侄女婿，并非是由东坡主导，但他在这场联姻中，还是起到了很重要的作用。

哈佛大学王裕华教授认为，北宋精英姻亲关系，基本是本地精英间联姻，其社会网络只能在老家，表现为"你中有我，我中有你"的众多分散的小圈子。[1]

所以，刚到黄州，鄂州知州朱康叔就写信给他，请求交友甚广的东坡，为自己的儿子介绍一门当户对的人家联姻。

苏轼给他回信说："示谕亲事，专在下怀。然此中殊少士族，若有所得，当立上闻也。"[2]

不过，朱康叔的请求，却并没有下文。

没想到，公择却受光州知州曹九章的委托，给东坡来信，表达了曹九章想和苏辙联姻的想法，并希望他从中斡旋，东坡一口应承。

年初，东坡写信邀请公择来黄州一游，开玩笑地对他说："气术又近得其简妙者，早来此面传，不可独不死也。"意思是公择赶紧过来，把导气术面传给我，这样就不是你一个人不死了。

接着，他又转了个话题："子由无恙，十月丧其小女，三岁矣。屡有此戚，固难为情，须能自解尔。所谕曹光州亲情，与鄙意会，已作书问子由，次

---

[1] 参见王裕华著、杨瑞程译《血浓于水：精英亲缘网络与古代中国的国家建设》，载于《经济社会体制比较》2022年第6期，第151—163页。

[2] 《苏轼文集》卷五十九《与朱康叔二十首（十一）》，第1788页。

第必成也。"[1]

既然是兄长把关，子由怎么可能不同意这桩婚事呢？六月，东坡填了一首《渔家傲》，送给曹光州。在词中，他写道："婚嫁事稀年冉冉。知有渐，千钧重担从头减。"所以，苏曹两家，应该是在本月，最终确定了姻亲关系。

不像子立曾侍奉东坡多年，后来又成为侄女婿，在雪堂的停留如同回家般轻松自在，曹焕的第一次来访，还是比较拘谨的。不过，他的父亲此次也亲来黄州，代表家长，向东坡提亲。

曹九章在黄州待了几天，写了首诗送给东坡，并求他为自己刚去世的连襟作一首悼诗。作为新亲戚，东坡不得不满足九章的要求。他写了一首《吊李台卿》的诗，又和诗《曹既见和复次其韵》一首。在这首诗中，他说："嗟我与曹君，衰老世不要。空言今无救，奇志后必耀"，明显对曹焕，寄予厚望。

中秋那天，东坡又以《念奴娇》为词牌，填了一首中秋词：

> 凭高眺远，见长空万里，云无留迹。桂魄飞来，光射处，冷浸一天秋碧。玉宇琼楼，乘鸾来去，人在清凉国。江山如画，望中烟树历历。
>
> 我醉拍手狂歌，举杯邀月，对影成三客。起舞徘徊风露下，今夕不知何夕。便欲乘风，翻然归去，何用骑鹏翼。水晶宫里，一声吹断横笛。[2]

来到黄州第三个年头的东坡，灵魂愈发活泼自在起来，黄州的山水人物，也就愈发可亲起来。加上曹焕首次登门，和第一年那首凄苦不堪的中秋词相比，这首词开篇，就有了豪放的气概。

"凭高眺远，见长空万里，云无留迹"，空间廓大，洁净无垢。后面

---

[1] 以上引文皆见《苏轼文集》卷五十一《与李公择十七首（十三）》，第 1501 页。

[2] 《苏轼文集编年笺注（第十二册）》附录三《念奴娇·中秋》，第 80 页。

的"冷浸一天秋碧"，是辽远的秋景，开朗澄澈。玉宇琼楼的意象，倒没有太多的新奇，但江山如画，则带来了赤壁山水的雄阔之气，"烟树历历"，既是眼前之树，又是月中之树。

月亮能引发时空的零乱，并讲述"是我非我"的秘密。下阕直接借来李白的意象，举杯邀月，对影成三人。醉东坡一如李白有狂气，拍手狂歌，起舞徘徊，然后时间模糊，物我界限消失。乘风归去，是人超脱现实羁绊的终极梦想。但结尾，月中声音劈空而来，横笛一吹，戛然而止，人坠落凡尘。

曹九章明天得离开黄州了。东坡刚好有事，只好给他写信道别："衮衮职事，日不暇给，竟不获款奉，愧负不可言。特辱访别，惋怅不已。信宿起居佳胜。明日成行否？不克诣违，千万保重、保重！新酒两壶，辄持上，不罪浼渎。不一一。轼再拜主簿曹君亲家阁下。八月十九日。"[1]（见图《职事帖》）

九月初，曹焕离开黄州，前往齐安。不知道是不是曹焕比较拘谨，东坡又开始顽皮起来，托准侄女婿给弟弟送去一首绝句："君到高安几日回，一时斗擞旧尘埃。赠君一笼牢收取，盛取东轩长老来。"

这首绝句，既调侃即将新婚的曹焕，也取笑自号东轩长老的弟弟。当然，如果往深里追究，这牢笼，又何尝不是人类的普遍命运呢？

人来人往的重阳节

这是到黄州的第三个重阳节。一大早，君猷就派人送信来，邀东坡午后登临栖霞楼，与太守及一干朋友登高饮酒。

不过，今天的栖霞楼登高，和前两年大不同。因为从朝廷传来消息，君猷马上要调离黄州。按宋律规定，地方主官一任只有两到三年时间。所以，团聚之时，却也是分别之日。

---

[1]《苏轼文集·苏轼佚文汇编拾遗》卷上《与曹君亲家一首》，第2657页。

下午开始的酒会，气氛难免有些压抑。就连东坡这样洒脱的人，一想到与君猷从此两分，不觉也怅然不已。

君猷见现场气氛凝重，端起酒杯，仰头说道："逢此佳节，兄弟齐聚，岂可如妇人作悲切状？来，先干了这杯酒，然后，且歌且舞，一醉方休。"

念想君猷对自己的种种关怀，沉浸在那些如在昨天的温暖场景里，为你写词，当是东坡常事。他站起身，端起酒杯，向太守及众人说道："余谪居黄州，三见重九，每岁与太守徐君猷会于栖霞。今年公将去，乞郡湖南。念此惘然，故作此词。"

东坡栏杆一拍，便依《醉蓬莱》词牌曲调，徐徐唱出：

笑劳生一梦，羁旅三年，又还重九。华发萧萧，对荒园搔首。赖有多情，好饮无事，似古人贤守。岁岁登高，年年落帽，物华依旧。

此会应须烂醉，仍把紫菊红萸，细看重嗅。摇落霜风，有手栽双柳。来岁今朝，为我西顾，酹羽觞江口。会与州人，饮公遗爱，一江醇酎。[1]

上阕是过去三年间满满的重阳节美好回忆：白发越来越多，自己只能对荒园搔首。但因使君多情，饮酒有乐，治下无事，真有古人贤太守之风。岁岁登高远望，年年风吹帽落，物华依旧。

下阕先是回到当下时空：今天的聚会，我们一起喝个乱醉，然后细看紫菊，重嗅茱萸，而秋风已摇落你手栽的双柳。然后时空去往未来：想象明年此时，使君应当在湖南他处，念我西望，江口酹酒。而我会和黄州人，同饮一江酒，共念公之遗爱。

淡淡的离别忧伤，多情如东坡，唯可借一饮，方能浇离别之痛、抚残缺之憾。

重阳节没过去几天，一个年近六十、头发半白的男子，来到了临皋亭。

---

[1] 以上引文皆见《东坡乐府雅集》卷二《醉蓬莱·笑劳生一梦》，第162页。

东坡午睡刚醒，妻子王闰之兴冲冲地走进来，大声用四川话嚷道："子瞻，巢三哥来了。"

"哎呀，眉山来了发小啊。听闻他不是在韩存宝将军处做幕僚吗？怎么到我这来了？"

来到厅堂，见那个小时候老带自己一起耍的三哥，现在一如行伍之人，体格壮实，目含精光，但脸上稍显憔悴，犹带风霜。

两人一阵寒暄后，巢三哥突然低下声来，凑到东坡耳边，说："我有秘事相告，你叫旁人都退下吧。"

也不知道他们叽里咕噜地讲了些啥，东坡抬起头，坚定地对巢三说道："刚好，我的雪堂已经盖好，你就在我这住下来吧，想住多久都成。对了，黄州徐太守要调往他郡，我们已约好下午见面，你就和我一同前往安国寺，去见见太守和继莲大和尚吧。"

来到安国寺，见君猷和继莲正坐在竹林间的亭子里，煮茶聊天。

东坡上前，马上把自己少年时代的朋友巢毂，分别介绍给了黄州政界和修行界的第一人。

继莲大和尚虽是吃素的，却也着实精明。他马上叫人上酒，招待新来的客人。酒过一巡，他一脸诚恳地望着东坡："东坡居士，徐太守马上要离开黄州了，要不，你给这个送别徐大人的亭子，取个名字，如何？"

东坡想了想，饮了手中酒说道："汉代何武所到之处，虽没有赫赫名声，但离开后，老百姓都会思念他，这就叫'留下仁爱'。那我就把这亭子，取名为'遗爱亭'吧。"

君猷真是个情商很高的人，他一眼就看出了东坡和巢三的关系非同一般。前两天东坡刚给他写了一首词，今天也不好意思又让东坡出手，那就来个曲线救国吧。

他举杯和巢三先饮一杯，然后一脸诚恳地看着巢三："要不，巢毂先生，烦请你来为这遗爱亭，写篇小记，如何？"

巢三曾是读书之人，但后来转而习武去了。再说，在东坡面前写文章，这不是关公面前舞大刀吗?

不待三哥开口,东坡就来救场了。他拿起笔墨,借巢榖的口气,写下了这篇鼎鼎大名的《遗爱亭记》。

结尾处非常有趣:"时榖自蜀来,客于子瞻,因子瞻以见公。公命榖记之。榖愚朴,羁旅人也,何足以知公。采道路之言,质之于子瞻,以为之记。"[1]

也就是说,这篇记,是君猷请巢榖写的。而巢榖刚到黄州,对君猷根本就不了解,就采道听途说之言,求证于东坡,然后写了这篇记。

既然是君猷提要求,那就满足他的要求。于是,东坡以巢榖的口吻,写了这篇记,真可谓一举两得。两个朋友都不尴尬,可见东坡对自己的朋友多么体贴。

而这个结尾,东坡其实还暗藏了一个小秘密,文中有所隐略。

巢榖年轻时在汴京参加科举考试,看到习武之人也可科举取士,由于自己天生神力,于是就转行,从文举人变成了武举人。后来,他跟随名将韩存宝打仗,不料韩存宝战败处死,他只好在江淮之间逃亡避罪。偶然间,听到子瞻就在黄州,离自己不远,就来找子瞻避难。所以,那个"时榖自蜀来",明显是打了个伏笔。

一个朋友离去,一个朋友到来,真的是"盈虚者如彼,而卒莫消长"。但不知为什么,徐君猷去职的一纸公文,迟迟未下。没有收到调离的公文前,他还将是黄州的现任知州。

十月之望

东坡在黄州期间认识的年轻人中,潘丙的侄子潘邠老诗写得极好,所以,东坡收他做了自己的弟子。雪堂盖好后,他曾写过一篇《雪堂记》。在这篇文章中,邠老被假托为友人,与东坡进行苏格拉底式的对话。在一问一答的彼此陈述中,东坡提出了自己的人生见解,并借逻辑力量,说服

---

[1] 《苏轼文集》卷十二《遗爱亭记代巢元修》,第400页。

了这个实为弟子的友人。

十月初七这天，潘邠老到雪堂来侍奉老师，不知为什么，东坡突然想起了很久以前的一个梦，就把这个梦讲给潘邠老听："我年轻时从四川到京师应举，途经华清宫，梦见唐明皇要自己写一首《太真妃裙带词》。梦醒后，我还清晰地记得自己在梦中写的词句。"

潘邠老不愧是东坡赏识之人，马上就求老师把这首梦中诗，抄送给他。东坡记性也是真好，就把这首梦中诗抄送给了他。四句诗为："百叠漪漪水皱，六铢縰縰云轻。植立含风广殿，微闻环佩摇声。"[1]

八天后的十月十五的深夜，他更是做了一个天启般的梦。

这天晚上七点左右，东坡和杨世昌、古耕道从雪堂走出来时，一轮圆月已高挂在天上。

两人跟着东坡，准备一同前往临皋亭。这时霜露已降，树叶尽落。三人走在黄泥坂路上，人影在地，明月挂天，大家相互看了看，乐从心出，于是边走边歌诗，相互酬答。

东坡突然叹息说道："有客无酒，有酒无肴，月白风清，如此良夜，怎么度过呢？"古耕道说："今天薄暮时分，我撒网捕了一条鱼，巨口细鳞，形状像松江鲈鱼。不过，到哪可以弄到酒呢？"

东坡回到临皋亭，找王闰之商量。老媳妇马上给出了一个惊喜："我有一斗酒，已经藏了很久，以备你不时之需。"

有了酒和鱼，三人带上童子和炊具，登舟重游赤壁。船行江上，江流有声。至赤壁山下，断岸千尺，山高月小，水落石出。

"你们看，也没过多久啊，江山面目全非啊！"

"一如欧公所言，四时之景不同也。"

舟停岸边，东坡兴致一高："走，我们一起登至山顶，如何？"两人却以准备食物之名，拒绝了。

---

[1] 《全宋笔记·东坡志林》卷一《记梦赋诗》，第26页。

东坡只好独自撩起衣襟，攀登险峻的山岩，拨开纷乱的野草；蹲在如虎豹的怪石上，又爬上虬龙般的树枝，最后攀援到猛禽做窝的山顶，下望水神冯夷的深宫。

东坡陡然一声长啸，草木震动，高山共鸣，深谷回响，大风突起，江水汹涌。东坡不觉悲凉，寂静中恐惧油然而生，寒意凛然，此地不可久留。

返身下山回到船上，把船划至江心，任小舟随意漂流继而停泊。这时该是半夜了，四处冷寂空寥。然后，一个魔幻时刻到来了。

东坡下船后，曾给杨世昌题文描写过这个时刻："十月十五日夜，与杨道士泛舟赤壁，饮醉，夜半有一鹤自江南来，翅如车轮，嘎然长鸣，掠余舟而西，不知其为何祥也。"[1]

但在《后赤壁赋》里，这个场景是这样描述的："时夜将半，四顾寂寥。适有孤鹤，横江东来。翅如车轮，玄裳缟衣，戛然长鸣，掠予舟而西也。"东坡在这里对鹤飞行的方位和颜色的描写更为具体，并把它拟人化。

三人泛舟尽兴上岸，东坡回到临皋亭睡觉。然后，在这个月夜，东坡最伟大的梦出现了：

> 梦一道士，羽衣蹁跹，过临皋之下，揖予而言曰："赤壁之游乐乎？"问其姓名，俛而不答。"呜呼噫嘻，我知之矣，畴昔之夜，飞鸣而过我者，非子也耶？"道士顾笑，予亦惊寤。开户视之，不见其处。[2]

似乎是最神秘的幻觉。这个场景中道士的行止神态，飘然如仙，而东坡恍然觉悟之表，以两个短促的语气词和结尾的反问句，让其端然在前，回响千年。

然后一笑惊醒梦中人，开门寻仙，只见千年月光如水，空空如也。

---

[1]　《苏轼文集·苏轼佚文汇编》卷六《帖赠杨世昌二首（二）》，第 2587 页。

[2]　以上引文皆见《苏轼文集》卷一《后赤壁赋》，第 8 页。

明代李贽曾赞叹说："前赋说道理，时有头巾气。此则空灵奇幻，笔笔欲仙。"

《南华》庄生梦蝶，不知是我为蝶，还是蝶为我，这是"我是谁"的原初之问。宋玉巫山神女之梦，徒在色的美学化表达。而东坡此梦，那个"我"理性充沛，却带出奇绝幻妙，无限空阔。言外之意，只可意会。

视察黄州的同年

十月底某日，东坡正在书房读书，童子带了一位小吏进来。这个小吏以前从未见过，明显不属本州部员。

那小吏上前一拜："淮南西路转运副使蔡景繁巡视部属至黄，落驾传舍，请苏大人前往一晤！"

东坡放下手中的书，对那小吏点头致谢："劳烦通告！请稍等片刻，待我换好官服，一并前往。"

蔡景繁和东坡是同年一科考取的进士，简称"同年"。在科举时代，这就是最亲密的同学关系。按说，这样的关系，东坡本可以随意前往一见。但蔡景繁现在贵为上宪，品级比东坡高了好几级。既然是传舍传见，还是以下级身份拜见，较为妥当。

蔡景繁任淮南西路转运副使，是今年年初的事情。他是一个很重同学情谊的人，到任后一安顿停当，就写信向东坡问好，并表达了照拂之意。

收到信后，东坡犹豫该不该给他回信，所以一直就这么拖着。作为戴罪之身，他还是担心自己和蔡景繁的交往，会引来众说纷纭。但五月间，自己的老朋友鄂州知州朱康叔去职，徐君猷的任期也快到了。尽管下面的这些官员对自己敬爱有加，但如果上层有人照拂，自己就可以一如既往，心中廓然无一事。

所以，他还是提笔，给蔡景繁回了一封异常客气的信："自闻车马出使，私幸得托迹部中，欲少布区区，又念以重罪废斥，不敢复自比数于士友间，但愧缩而已。岂意仁人矜闵，尚赐记录，手书存问，不替畴昔，感悚不可言也。比日履兹烦暑,尊体何如? 无缘少奉教诲,临书怅惘,尚冀以时保颐,少慰拳拳。"[1]

两人尽管是同科进士,但因以前彼此工作上没有交集,此时地位又过于悬殊,所以东坡这封信写得客气委婉。

但蔡景繁肯定一直倾慕东坡的才华,既然现在有了在一路任职的机缘,加上东坡郁郁不得志,他马上就主动伸出了友谊之手。

文人之间的交往,最终还是会回到诗词上来,并在彼此的唱和及交流中,逐渐让心灵相通,友谊自然也会一步步深厚起来。

蔡景繁在随后的回信中,给东坡寄了一首自己填的新词,东坡回信说:"颁示新词,此古人长短句诗也。得之惊喜,试勉继之,晚即面呈。"[2]但遗憾的是,两人之间唱和之词,现均已不存。

往复信简一多,两人之间那堵看不见的墙,不觉就消失无踪。于是,蔡景繁就借巡视部属之便,直接来黄州看望东坡。两个人在传舍见面的具体情形不得而知,但唯一可以肯定的是,两人在一起痛痛快快地喝了一场酒,而且,蔡景繁知道东坡住房紧张,便要求黄州的属下改善东坡的住房条件。

蔡景繁在传舍和东坡的这次会面,一定给他留下了异常美好的回忆。他后来在几封回信中,都提到了这次的会面。

蔡景繁一离开黄州,东坡就给他去信说:"某谪居幽陋,每辱存问,漂落之余,恃以少安。今者又遂一见,慰幸多矣。冲涉薄寒,起居何如? 区区之素,即获面既。"[3]

几天后,他又去了封信,表达自己对蔡景繁的思念之情。也不知道蔡景繁和他说了些什么,两人的情感升级之快,令人咋舌:"违阔数日,凄恋不去心。切惟顾爱之厚,想时亦反顾也。比来跋履之暇,起居何如? 某

---

[1] 《苏轼文集》卷五十五《与蔡景繁十四首(一)》,第 1661 页。

[2] 《苏轼文集》卷五十五《与蔡景繁十四首(四)》,第 1662 页。

[3] 《苏轼文集》卷五十五《与蔡景繁十四首(三)》,第 1662 页。

蒙庇如昨，度公能复来，当在明年秋矣。某杜门谢客，以寂嘿为乐耳。"[1]

冬至前夕，他收到蔡景繁寄来的信，首先是对他的诗文赞颂有加："李白自言'名章俊语，络绎间起'，正如此耳。"然后，"谨已和一首，并藏箧中，为不肖光宠，异日当奉呈也。坐废已来，不惟人嫌，私亦自鄙。不谓公顾待如此，当何以为报。冬至后，便杜门谢客，斋居小室，气味深美。坐念公行役之劳，以增永叹。春间行部若果至此，当有少要事面闻"。[2]

来自朋友间的无私友谊和强大的政治庇护能力，确实可以能让东坡在黄州获得生活水平的提高，以及更多行动的自由，并最终也无风雨也无晴。

生日宴的神秘预言

十二月十九这天，黄州的天气非常寒冷。大多数人都在家中围炉烤火，或忙忙碌碌地准备着年货。

做完下午日课的东坡，吩咐童子带上野炊的器具，前往赤壁。来到赤鼻矶下，等候在那的郭遘和古耕道，一同迎上前去，向东坡一拜："喜值苏公寿辰吉日，今天我们特携好酒，与先生一醉方休。"

东坡和众人沿着十月十五那晚的登山线路，向山顶爬去。抵达山顶后，那个巨鹊鸟窝就在自己的脚下，周边树木落叶殆尽，远处的江面，隐隐还露出几片沙洲。

众人马上起灶点火，铺席摆盘，好一阵忙碌。冬日昼短，不觉中，天已擦黑儿。锅中鱼汤的香味，扑鼻而来，燃烧着的松把，在松油滋滋的声响中，也传来一股好闻的松香味。

郭遘和古耕道带来的酒不错。酒壶一开，酒香怡人。童子给三人斟上酒，一场寒夜星空下别具一格的生日宴，正式开张。

酒喝得止高兴，江面上突然传来了一阵笛声。笛声悠扬婉转，响彻山水之间。

---

[1] 《苏轼文集》卷五十五《与蔡景繁十四首（五）》，第 1662 页。
[2] 《苏轼文集》卷五十五《与蔡景繁十四首（八）》，第 1663 页。

东坡端着酒杯，闭眼细听。郭遘和古耕道待东坡睁开眼睛，说道："先生，这首笛曲，似从未闻过，颇有新意，不知是哪位佳士，似知道我们在此宴集，特意为我等助兴？"

"既然如此，童子，你就前往一探究竟吧。"

不一会儿，童子回报，有一个叫李委的读书人，听说今天是东坡的生日，就特意作了一首《鹤南飞》的新曲，来为偶像祝寿。

"既然如此，那干脆就把他请来，一起饮酒为乐吧。"

待童子将他引来，见那人戴一青色幅巾，穿一大紫裘袍，腰间别一管翠色竹笛，慷慨有英武之气。

一阵寒暄后，那人取出竹笛，向东坡拱手一拜："小生李委，特为大人生辰良日，专作《鹤南飞》一曲以献。"

脚下大江横流，笛声嘹亮清越。清冷的夜空中，似有一只白鹤南飞。一曲终了，李委又连续吹奏了几首活泼快乐的曲子。曲声高亢处，竟有穿云裂石的气势。

有笛声佐酒，生日的气氛，马上就推到了高潮。众人引满，你来我往，不觉就醺醺然欲醉。

既然李委特意为自己的生日来献曲，也算是个有心人。醉眼蒙眬中，东坡问道："年轻人，你有什么需求啊？"

李委不慌不忙，从袖中拿出一张上好的宣纸，鞠躬回答说："我于苏公别无所求，只是希望您能为我写首绝句，我就非常满足了。"

东坡笑了笑，提笔就写下这首名为《李委吹笛》的绝句："山头孤鹤向南飞，载我南游到九疑。下界何人也吹笛，可怜时复犯龟兹。"

也就是醉中信笔赠诗，没想到，后人竟然在这首绝句中，似乎看到了东坡的将来——被流放岭南。[1]

---

[1] 参见《宋人轶事汇编》卷二十二《苏轼》，第 1613 页。

为我抚琴念醉翁

琴棋书画是中国文人日常生活雅玩的四种普遍形式。但奇怪的是，尽管苏洵作为一个狂热的古董爱好者，在家中收藏了一张唐代开元年间的雷琴，但东坡小时并没有接受弹琴的训练。

东坡曾给季常写过一篇《杂书琴事十首》，向他坦陈自己"平生未识宫与角，但闻牛鸣盎中雉登木"[1]。也就是说，他从未学过乐理，闻古琴琴声，觉得如同牛叫鸡鸣，并不那么动听。

但如果细读他的这篇《杂书琴事十首》，会发现东坡对音乐的理解实际非常深刻，只是他自己不会抚琴而已。

去年五月份，一个叫彦正的判官不知为什么，给他送了一张古琴。此后，历史中就再也没有关于此人的任何记载。

这应该是一张非常名贵的古琴。苏轼收藏过的古琴，目前存世的有两张。现藏于故宫博物院的唐琴"九霄环佩"，不是他父亲收藏的那张雷琴。在这具"九霄环佩"的背后，刻有"东坡苏轼珍赏"六个篆字，以及他手书题刻的一首诗："蔼蔼春风细，琅琅环佩音。垂帘新燕语，苍海老龙吟。"

这张"九霄环佩"琴，正是彦正判官送给他的。东坡也知道这张唐琴的珍贵，所以给彦正判官写了一首热情洋溢的感谢信："古琴当与响泉韵磬，并为当世之宝，而铿金瑟瑟，遂蒙辍惠，拜赐之间，赧汗不已。又不敢远逆来意，谨当传示子孙，永以为好也。"

说来也巧，收到这张古琴没几天，就来了个试琴的人。东坡告诉彦正："然某素不解弹，适纪老杜道见过，令其侍者快作数曲，拂历铿然，正如若人之语也。"可见，这绝对是一张值得"子孙永宝之"的好琴。

于是，东坡又给他写了一篇很有名的偈子："若言琴上有琴声，放在匣中何不鸣？若言声在指头上，何不于君指上听？"[2]其实，这篇偈子完

---

[1] 《苏轼文集》卷七十一《欧阳公论琴诗》，第 2243 页。

[2] 以上引文皆见《苏轼文集》卷五十七《与彦正判官一首》，第 1729 页。

全是孤立地在看问题。东坡把琴和抚琴的手指完全割裂开来，去讨论琴声的来源，采用的一种狡辩式的语言游戏，但因为其语言简单并琅琅上口，比他创作的其他诗词有名得多。

这一连串与琴相关的事碰到一起，导致东坡那段时间，很花了些精力去研究琴事。所以，"元丰四年六月二十三日，陈季常处士自岐亭来访予，携精笔佳纸妙墨求予书。会客有善琴者，求予所蓄宝琴弹之，故所书皆琴事"。[1]

那个善弹琴的客人，很有可能正好是海印禅师纪公的徒弟。在琴声的环绕下，东坡一口气为季常写了《杂书琴事十首》及《杂书琴曲十二首》。这两段文字，所含甚广，既有东坡对音乐的深刻见解，也记录了许多与古琴相关的逸闻趣事，以及十二首古琴名曲的来历。所以，在文章结尾处，他叮嘱季常："此曲奇妙，季常勿妄以与人。"[2]

家中藏了两张上好古琴，东坡一得闲，也动了想学琴的心思。岁末，东坡给陈襄的弟弟陈章写信，告诉他说："示谕学琴，足以自娱，私亦欲尔，但老懒不能复劳心耳。有庐山崔闲者，极能此，远来见客，且留之，时令作一弄也。江倅递中辱书，此人回，深欲裁谢。适寒，苦嗽……"[3]

原来，不学琴的真实原因，是因为刚好这时，从庐山来了一位抚琴大师崔闲（字诚老，一字成老）。而且，也不知是不是生日宴那天被冻着了，东坡这几天一直咳嗽。他更不知道的是，这场咳嗽将引发各种疾病，并持续半年之久。

这个叫崔闲的客人，琴弹得实在是太好了。东坡突然起了一个念头，崔诚老就在雪堂住下了。

崔诚老是个怪人。他书读得很好，却不思进取，天天以弹琴为乐。他第一次出游京城，那些读书人见到他，无不被他的风度外貌所迷倒。在京

---

[1] 《苏轼文集》卷七十一《杂书琴事十首》，第 2245 页。

[2] 《苏轼文集》卷七十一《杂书琴曲十二首》，第 2248 页。

[3] 《苏轼文集》卷五十七《陈朝请二首（二）》，第 1709—1710 页。

城待厌了，他就回到庐山，在玉涧山的山谷里盖了间草房，给草房取名为睡足庵，自号玉涧道人。

从这个草房的名号，就可知道崔诚老学的是宋初陈抟老祖的道法，通过长睡不醒以证道。

到黄州没几天，东坡发现崔诚老因为无法白天安眠修行，变得不安起来，就写了一段文字来调侃他："云成老来雪堂，日日昼寝。会东坡作陂，喧喧不复成寐。吾能于桔槔之上，听打百面腰鼓，一畔鼾齁且吃茶罢，当传此法也。"[1]

东坡之所以嘲笑他，是因为自己坐在打井水的桶上，边听百面腰鼓喧天，边吃茶，还能鼾声阵阵。而练睡眠功法的诚老，却因为东坡筑堤坝的工程有些吵闹，竟然睡功全失。

但听崔诚老夜间月下弹琴，东坡就会肃然起敬，偶有所得。某个夜晚，他听完崔诚老抚琴，曾有感而发地写道："孟东野作《闻角》诗云：'似开孤月口，能说落星心。'今夜闻崔诚老弹《晓角》，始觉此诗之妙。"[2]琴声之美，如孤月开口，说落星心曲。

其实，真正想让崔诚老在雪堂长住的原因，与埋藏在东坡心里近三十年却一直没有实现的一个梦有关。

庆历年间，恩师欧阳修在滁州当知州。此地琅琊西南诸峰，林壑幽美，山川奇丽，鸣泉飞瀑，声若环佩。欧阳修常常临听忘返，写下了著名的《醉翁亭记》。十年后，太常博士沈遵前往一游，以琴音状写鸣泉飞瀑之声，写成了宫声三叠的琴曲《醉翁吟》。后来，沈遵在河朔遇见欧阳修，欧阳修专门为此曲写了歌词，并写了一篇《醉翁引》，讲述此事的前因后果。但可惜的是，歌词与琴声不合，懂古琴的人，都叹息曲词难以和为天成之美。

说起来，这已是三十年前的往事，欧公和沈遵都已仙逝。但对恩师念

---

[1]　《苏轼文集·苏轼佚文汇编》卷六《书云成老》，第 2578 页。

[2]　《苏轼文集》卷六十七《题孟郊诗》，第 2091 页。

念不忘的东坡，难免就有了重新修改词曲，玉成此事的愿望，以求醉翁之名千古传唱。

既然来了崔诚老这样的一个弹琴作曲的高手，而自己又可依曲重新制词，这个梦想，不就很容易实现了吗？

但实际上，两个人的合作，还是很下了些功夫的。崔诚老也曾写《闲居雪堂》诗，描写过此次创作的经历："每与本坡心印传，雪堂终日悟琅然。"

东坡在《醉翁操》的引文中，却不想表露自己的心迹。他认为两人的天成之合，是因为"有庐山玉涧道人崔闲，特妙于琴，恨此曲之无词，乃谱其声，而请于东坡居士以补之云"。[1]

词曲修改完成后，东坡曾得意地讲道："然后声、词皆备，遂为琴中绝妙，好事者争传。"[2]

不过，遗憾的是，我们现在无法欣赏到这两人琴音唱词的绝妙配合，因为琴曲失传了。还好，东坡的词保留下来了：

> 琅然、清圆、谁弹？响空山，无言，惟翁醉中知其天。月明风露娟娟，人未眠。荷蒉过山前，曰有心也哉此贤。醉翁啸咏，声和流泉。醉翁去后，空有朝吟夜怨。山有时而童颠，水有时而回川。思翁无岁年。翁今为飞仙，此意在人间，试听徽外三两弦。[3]

也许，我们还可从东坡词中，稍可想象曲调的节奏。而从其词，则完全可想见师生两心相契之深：欧阳修流风余韵不绝，东坡怀想师恩殷切可叹。

既然圆了心中的梦，为了感谢崔诚老，东坡还专门为他写了一首诗《送酒与崔诚老》："雪堂居士醉方熟，玉涧山人冷不眠。送与安州泼醅酒，

---

[1]　《东坡乐府雅集》卷二《醉翁操·琅然》，第 153 页。

[2]　《渑水燕谈录》卷第七《歌咏》，第 86 页。

[3]　《东坡乐府雅集》卷二《醉翁操·琅然》，第 153 页。

从今三日是三年。"

在这首诗的后面，他又和琴师开起玩笑来："夜来一笑之欢，岂可多得，今日雪堂得无少寂寞耶？往安州玉泉一酌，果子少许，夜琴一弄，谁与者，莫是木上座否？小诗漫往。"[1]

其实，我们从这段文字，又可想象两人在雪堂之夜，共同创作时的那种无间的亲密和得意的快乐。

一张琴，一壶酒，还有琅琊烟云，素心如东坡，不如归去，做个闲人。

文字间的往复流转

东坡在今年所作词赋，实际上只有极少部分人能够看到。但仰慕他的文人士子，还是会想尽各种方法，希望能与他交结，从而成为他朋友圈中的一员。

每年一近年末，东坡往来的书信，明显增多。除了故旧亲朋，一些年轻的士子，也通过写信的方式，试图引来东坡的垂青。但只要年轻士子才华出众，东坡还是非常愿意放下身段，向他们主动示好。

离新年也没几天了，从徐州来了一位名叫王子中的年轻人。他应该是王子立的同族兄弟，也曾拜在东坡门下。除了探望东坡，王子中还带来了一个年轻人写给东坡的信和创作的诗文。

这个年轻人叫李昭玘，今年年初曾给东坡来过信。东坡很赏识他的才华，曾给他回了一封长信，告知他："独于文人胜士，多获所欲，如黄庭坚鲁直、晁补之无咎、秦观太虚、张耒文潜之流，皆世未之知，而轼独先知之。今足下又不见鄙，欲相从游。岂造物者专欲以此乐见厚也耶？"[2]

看来，东坡对他的评价甚高，直接把他和自己的四大弟子相提并论，并认为这是造物者对他的厚爱。

李昭玘虽然没有来过黄州，却专门写了一首《雪堂诗寄子瞻》送给东

[1]《苏轼文集·苏轼佚文汇编》卷五《题与崔诚老诗》，第 2566 页。

[2]《苏轼文集》卷四十九《答李昭玘书》，第 1439 页。

坡。诗开篇即云："愁云蔽日昏风发，鹅毛大片舞空阔。阴崖冰压木枝折，一鸟不飞人足绝。"

东坡回信表扬他的诗文说："既拜赐雪堂新诗，又获观负日轩诸诗文，耳目眩骇，不能窥其浅深矣。"然后，他又向李昭玘推荐另一个自己喜欢的年轻士子："近有李豸者，阳翟人，虽狂气未除，而笔势澜翻，已有漂砂走石之势，尝识之否？"[1]

因为喜欢这个年轻人的才华，东坡还应李昭玘之请，很爽快地为他画了一幅墨竹图。

东坡向李昭玘推荐所有他认为有天赋的年轻人，实际上也是为了壮大自己的宗门，期望他们之间的彼此沟通交流，使文坛之风为之一振。

去年，另一爱徒李廌曾来黄州拜见过老师。他家境贫寒，时运不济，但一直有志于学。最近，李廌家中又遇到丧事，东坡给他回信，先是鼓励，"辱书数百言，反复寻味，词气甚伟"，然后又安慰他，"承持制甚苦，哀慕良深。便欲走诣，而自谪官以来，不复与往还庆吊，杜门省愆而已。谨遣小儿问左右，当以亮察"。[2]

苏迈这时在京师，离他家很近，东坡还专门派儿子前往李廌家吊丧，也可见对他的器重。

这期间，巴陵令上官彝也给他寄来了自己的新作文章。以前，他们之间并没有往来，但上官彝有篇文章专门讨论庄子，正合东坡之心，于是，他也是一个劲地赞扬这个新朋友："专人至，辱书及诗文二册。捧领惊喜，莫知所从。得伏观书辞，博雅纯健，有味其言；次观古律诗，用意深妙，有意于古作者；卒读《庄子论》，笔势浩然，所寄深矣，非浅学所能到。"[3]

尽管东坡此时咳嗽不止，但上官彝诗中所描写的洞庭君山，激起了他无限向往之意："诗篇多写洞庭君山景物，读之超然神往于彼矣。"但毕

---

[1] 《苏轼文集》卷五十五《与李昭玘一首》，第 1659 页。

[2] 《苏轼文集》卷五十《答李方叔十七首（四）》，第 1577—1578 页。

[3] 《苏轼文集》卷五十七《与上官彝三首（一）》，第 1713 页。

竟不太熟悉，他还是抱歉地告知上官彝："见教作诗，既才思拙陋，又多难畏人，不作一字者，已三年矣"，然后，他邀请上官彝，"何时得美解，当一过我耶？"[1]

沈辽也写信来，求他为自己的新居云巢写篇记，东坡硬是没有答应。但已回老家的黄州前知州陈君式那边，东坡倒是和他频繁通信，表现出各种关心。

东坡这时确实不想写那些应酬的文字。他把时间花在赏名画、读名帖上。安州知州滕达道专门派人，把自己收藏的李成《十幅图》借给他观摩，东坡大为快慰，写信表示，自己一定会好好保管好李成的画："承专人借示李成《十幅图》，遂得纵观，幸甚！幸甚！且暂借留，令李明者用公所教法试摹看，只恐多累笔耳。此本真奇绝，须当爱护也。月十日后，当于徐守处，借人赍纳。"[2]

东坡为什么要给滕达道写信，强调自己好好保护名画的决心，可能与前不久的一次乌龙事件有关。

事情的原委是这样的：王文甫把自己收藏的黄居寀画的龙，借给东坡赏析。约定的日期到后，王文甫派人来取，没想到，这幅画却找不到了。

怎么回事呢？东坡终于想起了帖子的去处，只好写信给季常，求他居中解释调解："一夜寻黄居寀龙，不获。方悟半月前是曹光州借去摹拓。更须一两月方取得。恐王君疑是翻悔。且告子细说与，才取得即纳去也。"[3]（见图《一夜帖》）

这不，东坡也有忘事的时候。

临皋亭与雪堂之间的漫游

把家搬到雪堂，其实是个形式。往来黄州的朋友太多，有些朋友甚至

---

[1] 《苏轼文集》卷五十七《与上官彝三首（三）》，第1713页。

[2] 《苏轼文集》卷五十一《与滕达道六十八首（四十九）》，第1491页。

[3] 《苏轼文集·苏轼佚文汇编》卷二《与陈季常四首（一）》，第2459页。

会长期住下来，所以，内眷还是住在临皋亭。实际上，东坡每天早晚，会在两地之间漫游。

某个冬日傍晚，东坡酒喝多了，竟然在黄泥坂路边的草地里睡了一觉。被一个放牧归家的农人喊醒后，他跟跟跄跄回到临皋亭，在酒醉中写了一首词，然后，可能是苏过恶作剧般地把稿子藏到了一个竹筐中零乱的诗稿里，而第二天醒来，苏轼却怎么也找不到这首词的稿件了。

四年后的十一月十九，已经回到京师任翰林学士的东坡，与自己的三名弟子黄鲁直、张文潜、晁无咎三个人，深夜聚在一起闲聊。也不知是因何而起，三名弟子在东坡的书房翻箱倒柜，搜索稿件筐里近几年的存稿。突然，有个人大叫起来："我发现了《黄泥坂词》的草稿了。"

东坡拿过来一看，字迹非常潦草，近一半的字都认不出来。还好，东坡依据词义一番寻求推究，然后就把词文给补全了。

别看张文潜身高肥胖，心却很细。他开心地把原稿拿过去，抄录了一篇全文，把抄录本递给老师，自己就把原稿截留了。

第二天，东坡收到王诜手书，说他天天购买东坡的书法都不厌倦，最近想以三匹缣帛换取东坡两幅字。如果东坡最近有新作品，就分他一点，不要让他多花费绢帛。

东坡找到了遗失四年的手稿，也非常开心，就用澄心堂的纸、李承晏的墨，把这首词抄写给了他。[1]

这首《黄泥坂词》，借楚骚的赋体，写某日行走在临皋亭与雪堂必经黄泥坂路上的所见、所为。

我们通过这首词，首先可以复制临皋亭与雪堂的地理空间："出临皋而东骛兮，并丛祠而北转。走雪堂之陂陀兮，历黄泥之长坂。"

临皋亭在城南门外偏东处，东坡去往雪堂，先是向东走，经过一片祠庙后向北走，然后沿黄泥坂路去往雪堂。

---

[1] 参见《苏轼文集》卷六十八《书黄泥坂词后》，第 2137 页。

接下来，先是写江边的风景，接着写雪堂的环境："大江泅以左缭兮，渺云涛之舒卷。草木层累而右附兮，蔚柯丘之葱蒨。"

每天旦往夕还，悠然观景物四时之变化而满心欢悦。想起自己年轻时，喜欢奇装异服，一副与众不同的风流倜傥，但现在穿着丝絮的衣服混在集市中，别人也很难把自己辨识出来。一天天就这么走在路上，不觉一年就过去了。有时迈开大步去看远方的风景，而到路穷尽处就折返。早上于黄泥坂赏天空的白云嬉戏，晚上就睡在雪堂的青烟里。鱼鸟不惊，樵夫倨傲。好一个物与我齐游的逍遥状态。

东坡经常兴之所起，会做出一些别具一格的行动来，可称得上是有宋一代最杰出的行为艺术家。其接下来的行为，异常精彩。

初被酒以行歌兮，忽放杖而醉偃。草为茵而块为枕兮，穆华堂之清宴。纷坠露之湿衣兮，升素月之团团。感父老之呼觉兮，恐牛羊之予践。于是蹶然而起，起而歌曰：月明兮星稀，迎余往兮饯余归。岁既宴兮草木腓，归来归来兮，黄泥不可以久嬉。[1]

酒后，他在黄泥坂路上高歌而行，又忽然放下藜杖，倒地而卧，草为被而土块为枕，梦见肃穆的华堂清宴开张。霜露打湿了衣裳，一轮圆月正升起。放牧而归的父老，害怕牛羊踩踏东坡，善意地把他从梦中喊醒。

东坡一下跳起来，又唱起了歌谣："月明兮星稀，迎余往兮饯余归。岁既宴兮草木腓，归来归来兮，黄泥不可以久嬉。"

正如天人一般，东坡随性而为，物我无间。随兴即可就地坠入梦中，唤醒后又于星空下，被善良的路人引入现实界。然后，有歌要发，连呼归来。

月明星稀之夜，正是归去好时辰。此时年岁将尽，草木枯萎，归来、归来，因为黄泥不可以久嬉。

---

[1] 以上引文皆见《苏东坡全集》卷四十三《黄泥坂词》，第89页。

纯然的天真、旷达的野性、超然的浪漫、返乡的期盼，弥漫于临皋亭与雪堂之间。

这一年的岁末，黄州的时空在一种和谐共振的节律下，天地人各处其位，物我两忘，诗歌在那人口中温暖地吟唱。

故乡与此地的幸福

天气转凉，岁尽寒来，故乡那头的亲人，便会时时浮现在眼前。

堂兄子明最近在仕途上也遇到一些问题。九月初，安居黄州的东坡，给堂兄去了一封推心置腹的信："兄才气何适不可，而数滞留蜀中。此回必免冲替。何似一入来，寄家荆南，单骑入京，因带少物来，遂谋江淮一住计，亦是一策。试思之，他日子孙应举宦游，皆便也。"

然后，他又告诉堂兄自己和子由的难处："弟亦欲如是，但先人坟墓无人照管，又不忍与子由作两处。兄自有三哥一房乡居，莫可作此策否？又只恐亦不忍与三哥作两处也。"

最后，他宽慰子明："吾兄弟俱老矣，当以时自娱。世事万端，皆不足介意。所谓自娱者，亦非世俗之乐，但胸中廓然无一物，即天壤之内，山川草木虫鱼之类，皆是供吾家乐事也。如何！如何！记得应举时，见兄能讴歌，甚妙。弟虽不会，然常令人唱，为作词。近作得《归去来引》一首，寄呈，请歌之。"[1]

这封信前半部分的内容，表明东坡已经完全把黄州，当作宜居之地，并劝子明迁居此地。他还以自己在黄州形成的"胸中廓然无一物，便可自娱得乐"的观念，规劝堂兄，须及时行乐。

是啊，请为"我"唱曲《归去来引》，何处不可为故乡？

子安一直留在眉山老家，没有出仕的打算。东坡欣赏三哥安土忘怀、不求入世的冲淡境界。年末，东坡在给子安的信中，先是告知自己的近况：

---

[1] 以上引文皆见《苏轼文集》卷六十《与子明兄一首》，第 1833 页。

"近于城中得荒地十数亩，躬耕其中。作草屋数间，谓之东坡雪堂。种蔬接果，聊以忘老。有一大曲寄呈，为一笑。为书角大，远路，恐被拆，更不作四小哥、二哥及诸亲知书，各为致下恳。"

那种真实而生动的亲情，就潜藏在这各种日常的絮絮叨叨里，真是令人动容。

接下来，他又告知以巢三的近况："巢三见在东坡安下，依旧似虎，风节愈坚。师授某两小儿极严。常亲自煮猪头，灌血腈，作姜豉菜羹，宛有太安滋味。"

又是这种亲切不已的家常话。能干的巢三，通过料理各种故乡的菜肴，让东坡在食物的美味中，犹把此地作故乡。

最后，他在想象中，描述堂兄全家过年的场景。那种团聚的幸福、亲情的温暖、节日的闲适，令人动容唏嘘、无限向往："此书到日，相次，岁猪鸣矣。老兄嫂团坐火炉头，环列儿女，坟墓咫尺，亲眷满目，便是人间第一等好事，更何所羡。可转此纸呈子明也。"

最后，他又交代了今年七月初为伯父真迹作跋的下落："近购获先伯父亲写《谢蒋希鲁及第启》一通，躬亲褾背题跋，寄与念二（大哥子正儿子，此时在京师），令寄还二哥。"[1]

苏轼在刚踏上前往黄州的路途时，就劝慰自己"便为齐安民，何必归故丘"。不觉中，到黄州已经三年了，他现在已经彻底把自己当作了一名黄州人。那遥远处的故乡，只有祖先的坟茔，值得牵挂。

了然放下的自在

在宋代，精英阶层为了巩固自己的地位，还有一个重要的交友原则，就是那些通过科举进入官僚阶层的人，会借助乡谊彼此联系沟通，形成抱团取暖的势力集团。

---

[1] 《苏轼文集》卷六十《与子安兄七首（一）》，第 1829—1830 页。

所以，在东坡的朋友圈中，有很多通过科举出仕的四川老乡。绵阳人杨元素知杭州时，就成为被东坡引以为傲的"六君子"之一。

杨元素最近正在编一本名为《本事曲子》的书。为了把季常所写的一首词放入此书，东坡专门就此事给杨元素写了一封信："陈季常者，近在州界百四十里住，时复来往。伯诚亲弟，近问之，云不曾参拜。其人甚奇伟，得其一词，以助《本事》。"[1]

因为季常的哥哥伯诚在朝廷做官，所以，杨元素认识这个四川老乡，但却不认识现在已是东坡好友的陈季常。

但没想到，季常的兄长伯诚在年底突然去世了。东坡听到这样的坏消息，也是惊愕哀伤不已。但死者长已矣，生者或余悲。这时最需要安慰的是活着的人，于是，他写了一封长信，去劝慰季常：

> 季常笃于兄弟，而于伯诚尤相知照。想闻之无复生意，若不上念门户付嘱之重，下思三子皆未成立，任情所至，不自知返，则朋友之忧盖未可量。伏惟深照死生聚散之常理，悟忧哀之无益，释然自勉，以就远业。

这样的安慰需要双方都要有悟彻生死的洞见，了然放下的自在。
苏轼体谅季常的哀伤如此痛彻，也为自己的生死观，做了这样的背书：

> 轼蒙交照之厚，故吐不讳之言，必深察也。本欲便往面慰，又恐悲哀中反更挠乱，进退不皇，惟万万宽怀，毋忽鄙言也。不一一。轼再拜。[2]

---

[1] 《苏轼文集》卷五十五《与杨元素十七首之（八）》，第 1653 页。

[2] 以上引文皆见《苏轼文集·苏轼佚文汇编》卷二《与陈季常四首（三）》，第 2460 页。

此后，苏轼又另修一书说：

> 知廿九日举挂，不能一哭其灵，愧负千万千万。酒一担，告为一
> 酹之。苦痛，苦痛。[1]

这两篇文章的合文，即是著名的《人来得书帖》（见图《人来得书帖》）。在书帖结尾处，我们可以清晰地感受到，这两人间兄弟般的情感，如此张扬，无法抑制，欲蔓延到更远处，似没有尽头。

年底的死亡事件还没有结束。刚安慰完季常，杜孟坚的儿子接着登门，向东坡报告自己爷爷突然去世的消息。

作为被贬黄州后，第一个登门拜访的旧人，东坡对道源常挂怀于心。得知这样的噩耗，东坡马上写信安慰孟坚："怀想畴昔，潸焉出涕，奈何！奈何！想孝爱之深，何以堪处。轼自获谴以来，所至未尝出谒，虽地主亦不往谢，今来无缘往吊，惭负深矣。忧患所缠，恐畏万端，非有简于左右也。千万亮察。令弟各安否，且祝节哀强食，毋重堂上之忧。"[2]

在此信中，东坡对自己不能亲往吊唁，惭愧负疚不已。对不能帮孟坚处置先人后事，深表遗憾。并请他一定体谅自己的无奈。然后也安慰他们众兄弟，并让他们节哀多吃，以免让他们母亲担忧。

夜深沉，新年的爆竹声马上就要响起了。人孰无死，但求了然放下的自在。这不，新的一年，马上就要到来了。

---

[1] 《苏轼文集·苏轼佚文汇编》卷二《与陈季常四首（四）》，第 2460 页。

[2] 《苏轼文集·苏轼佚文汇编拾遗》卷上《与杜孟坚一首》，第 2646 页。

第六章　疾病、归来与离去

花开时节人已病

元丰六年（1083 年）大年初一的早上，临皋亭院落中阵阵的爆竹声，和东坡撕心裂肺的咳嗽声，彼此交相呼应，给喜气洋洋的新年气氛，平添了一丝不安。

尽管冬至日就开始闭门练气，但在寒冷冬日的户外活动实在太多，东坡的咳嗽一直没见好转。闰之只好给他下命令，不要轻易出门，好好待在家里养病。

正月初三这天，王子中来给东坡拜年。东坡留他在家里吃晚饭。

两人喝着羊羔酒，聊着聊着，聊起了子由，东坡的脑海里突然跳出了一个词——蚕市。

为什么会跳出这个词？当然是因为思念。在四川老家，春节期间开市的蚕市热闹非凡，他曾在《和子由蚕市》一诗中回忆道："忆昔与子皆童卯，年年废书走市观。市人争夸斗巧智，野人暗哑遭欺谩。诗来使我感旧事，不悲去国悲流年。"

孩子们都贪玩。有了蚕市这样热闹的节日，小时候东坡和弟弟，同样也会把书丢到一边，去蚕市看各种热闹的市井百态。儿时兄弟俩无拘无束的放纵时刻，历历如在眼前，黯然已成旧事。

于是，东坡在酒后，写了首《正月三日点灯会客》，诗中满溢着回忆的温暖："蚕市光阴非故国，马行灯火记当年。冷烟湿雪梅花在，留得新春作上元。"每当某个节日来临，一件器物、一个活动，就会激发起东坡对子由的种种回忆。

此后，东坡就谨遵闰之的叮嘱，一直待在家中。

咳嗽声还是在响起。但正月二十这天出门寻春，已经成为习惯。所以，憋了十六天没有出门的东坡，把自己裹得严严实实，然后，按照既定的程序，和潘丙、古耕道一起出东门寻春。

今年的春雨多，天气也冷，加上东坡身体有恙，三人也只能仓促游春。按惯例，东坡回家后，又写诗记录了此次的出行，但在《六年正月二十日复出东门仍用前韵》这首诗里，他根本没有写春景。

已经是贬放黄州的第四个年头了。东坡在诗里，第一次隐隐约约地表露出内心的矛盾与挣扎。

"乱山环合水侵门，身在淮南尽处村"，讲述的是黄州的无序与偏远。"五亩渐成终老计，九重新扫旧巢痕"，此地田五亩（这个五亩的典故来自孟子，而不是实写）、房五间，可为养老之所，而以前皇宫中自己值守过的史馆，现在已经没有了自己的痕迹了。看似实描，实乃东坡纠结不已的内心的无意识外化，因为那个九重内宫，还是无法忘怀。毕竟，儒家士子入世的梦想，永远不会轻易消失。所以结句"长与东风约今日，暗香先返玉梅魂"，最终隐隐指向的，是希望自己能归返朝廷，重为神宗皇帝起用。

过年，让平时忙碌的巢毂闲散了不少，因为孩子们也放假了。这天天气异常寒冷，咳嗽不止的东坡，却找了个要和巢谷以及杨道士商讨自己的病症和如何开药方的借口，直奔雪堂而去，闰之也奈何不得。

春雨淅淅，风大到可以把人都吹倒。一想到巢毂的空床上，只有一床破被，驱寒的木材湿漉漉的也点不着，东坡总是心下不忍，便带了酒，去找两位四川老乡喝老酒，讲家乡话，聊熟识人。

"听说我们的老朋友蒲传正现在食禄千钟，他向皇上请示，想寄些钱支援下你呢。"

"传正现拜尚书左丞之职，贵为宰辅，那驾车的车夫，酒都管够呢。按说他是你大哥不疑的小舅哥，要寄钱，也应该是寄给子瞻老弟吧。"

"穷确实是穷，但我们就不要怨天尤人了。你看，屋外的柳树要发芽了，花也快开了，我们还是来共享这无边的春色吧。"[1]

"子瞻，前段时间，迫与过的功课，我管得也甚紧。现在过大年，让孩子们放松几天，我也给自己放个假，到江南文甫家走走。可惜，你身体欠佳，我们不能一同前往。"

果然，第二天，巢毂乘小舟过江，往车湖，去看文甫三兄弟去了。

巢毂一走，东坡没有借口出门，也只能天天窝在家里。因为身体原因，在黄州的第三个春节，显得尤其无聊漫长。

燃烧的雪堂与元修菜

正月不觉就过去了。这天，东坡收到了文甫的来信。打开信一看，好家伙，这个三哥在江南，乐不思黄啊。

于是，东坡马上给巢毂，去了一封意味深长、语义杂多的信简。

"日日望归，今日得文甫书，乃云昨日始与君瑞成行。东坡荒废，春笋渐老，饼餤已入末限，闻此，当俟驾耶？"

信的开头，直表盼归胸臆，然后，用田荒笋老粮尽的惨象，以博三哥同情。

"老兄别后想健。某五七日来，苦壅嗽殊甚，饮食语言殆废，刬有乐事！今日渐佳。"东坡继续卖惨，但也是大实话。潜台词很清楚：老哥你得回来关心下我吧！

信的结尾，却又给巢毂讲了一件奇闻："近日牢城失火，烧荡十九，雪堂亦危，潘家皆奔避，堂中飞焰已燎檐矣。幸而先生两瓢无恙，四柏亦吐芽矣。"[2]

东坡又恢复了得意扬扬的本性：三哥你错过了这么一桩大事啊，而我也算机智，两瓢水保住了雪堂。你离开雪堂的时间，是不是有点太长啊？

---

[1] 参见《苏轼诗集》卷二十二《大寒步至东坡赠巢三》，第 1159 页。

[2] 以上引文皆见《苏轼文集》卷六十《与巢元修一首》，第 1819—1820 页。

信写到这个份上，也挂念孩子们的巢穀，马上收拾好行李，从江南返回。他要给孩子们上课，帮东坡种田，给大家做各种眉山风味的食品。可以想见，病中的东坡，对巢穀的依赖，是全方位的。

这天，三哥从武昌回来。东坡见到他，不由得想起了家乡此时满田绿油油的巢菜。既然是三哥家的菜，东坡灵机一动，就写了首名为《元修菜》的诗，欢迎三哥回来。

诗人的天职，就是给万物命名。命名的理由，却是由诗人说了算。在诗的序言中，他说："菜之美者，有吾乡之巢，故人巢元修嗜之，余亦嗜之。元修云：使孔北海见，当复云吾家菜耶？因谓之元修菜。余去乡十有五年，思而不可得。元修适自蜀来，见余于黄，乃作是诗，使归致其子，而种之东坡之下云。"

可见诗人的权利，不是通过逻辑，而是通过语言，让事物进入另一个序列。

命名的效果如何呢？五十年后，南宋的大美食家林洪，只知有元修菜，而不知有巢菜。作为福建人的林洪，读了好多遍《元修菜》，然而遍询老农，却没人知道这种菜。

其实，东坡在诗中，对这菜的描写，还是非常详细的。其形状为："豆荚圆且小，槐芽细而丰""欲花而未萼，一一如青虫"。种收时令为："种之秋雨余，擢秀繁霜中""春尽苗叶老，耕翻烟雨丛"。其色香味为："烝之复湘之，香色蔚其馥。点酒下盐豉，缕橙芼姜葱。"

既然黄州本地没有如此美味的元修菜，东坡认为他和巢穀，应该如同张骞和马援一样，把这新物种移植此地。这样的功德，以后黄州的百姓，见到此菜，就会"指此说两翁"。[1]

那这个菜，究竟是什么菜呢？

林洪在其《山家清供》之《元修菜》一文中揭秘说：

---

[1] 以上引文皆见《苏轼诗集》卷二十二《元修菜并序》，第 1160—1162 页。

一日，永嘉郑文干归自蜀，过梅边，有叩之，答曰："蚕豆也，即弯豆也。蜀人谓之'巢菜'。苗叶嫩时，可采以为茹。择洗，用真麻油熟炒，乃下盐、酱煮之。春尽，苗叶老，则不可食。坡所谓'点酒下盐豉，缕橙芼姜葱'者，正庖法也。"

　　终于弄清了元修菜为何物，林洪在文章结尾感慨说："君子耻一物不知，必游历久远，而后见闻博。读坡诗二十年，一日得之，喜可知矣。"[1]

灵敏的听觉

　　三月某天早上醒来，东坡觉得自己双眼刺痛。想睁开眼睛，却觉得眼睛被什么东西给糊住了。待用人用热水洗净眼上异物，东坡一睁开眼睛，那侍女大吃一惊："老爷，您两眼赤红，右眼煞是可怕。"

　　可不，咳嗽还未离身，红眼病又上了身。

　　看来，开春以来，一直不宜出门。眼睛不能看书，只好请马梦得代读往来信函。

　　"哦，得之到黄州来看他哥哥来了。早听说君猷要离开黄州，也不知得之过黄，是要帮兄长处理哪些事务？"

　　其实，东坡在杭州做通判时，就认识君猷的弟弟徐大正（字得之，一作德之）。看来，君猷对东坡照顾有加，还有这样一层特殊关系。

　　东坡口述，马梦得执笔，他马上给得之回信："轼春时病眼，不能开眉……日来，园中桃李颜色无尘，同辈应移坐雪堂前，可做一绝，强支岁月，何如？"[2]

　　眼睛病了，不影响一帮朋友，可聚在雪堂，看桃李春风，作绝句以度岁月。

---

[1]　《山家清供》卷上《元修菜》，第9页。

[2]　《苏轼文集·苏轼佚文汇编》卷二《与徐得之二首（一）》，第2452页。

几天后，又收到子由的来信。子由在信中，把自己写给孔平仲的两首偈子抄过来，与哥哥分享。东坡回信，先是谈了一段禅："任性逍遥，随缘放旷，但尽凡心，无别胜解。以我观之，凡心尽处，胜然卓然……"

　　也许是眼睛不能看，听觉就突然灵敏起来，他在信中又给弟弟讲了一段趣事："书至此，墙外有悍妇与夫相殴，骂声飞灰火，如猪嘶狗嗥。因念他一点圆明，正在猪嘶狗嗥里面。譬如江河鉴物之性，长在飞沙走石之中，寻常静中推求，常患不见。今日闹里忽捉得些子，如何！如何！元丰六年三月二十五日夜，已封书讫，复以此寄子由。"[1]

　　隔墙听来的故事，却在闹中悟静，真是愈闹处愈可参禅。

　　红眼病稍微好了些，东坡决定开门见人。好多年未见的得之，必须是首选。一帮朋友天天聚在雪堂，看月赏花，喝酒吟诗，好不快活。

　　徐得之请东坡为他写幅草书，东坡和他开玩笑说："不会。"得之自觉机智地问道："学别人会不会？"东坡想都不想："我还是不会。"开完玩笑，东坡还是提笔挥毫，满足得之的要求，并在文后题跋说："此蔡公家赐纸也。建安徐大正得之于公之子穀。来求东坡居士草书，居士既醉，为作此数纸。"[2]

　　这段时间，徐得之真的是求到了东坡的多幅书法。有篇跋文东坡这样安慰他："得之，天下奇男子也。世未有用之者。然丈夫穷达固自有时耶？"[3]

　　春日时节，鸟鸣婉转林间。由于耳朵格外灵敏，东坡触景生情，把自己初到黄州所写《五禽言》诗的第三首，也抄送给了得之。诗云："去年麦不熟，挟弹规我肉。今年麦上场，处处有残粟。丰年无象何处寻，听取林间快活吟。"在跋文里，他充满喜悦地写道："江湖间，有鸟鸣于四五月，其声若云麦熟即快活。今年二麦如云，此鸟不妄言也。"[4]

[1]　以上引文皆见《苏轼文集》卷六十《与子由弟十首（三）》，第 1834 页。

[2]　《苏轼文集》卷六十九《书赠徐大正四首（一）》，第 2190 页。

[3]　《苏轼文集》卷六十九《书赠徐大正四首（二）》，第 2190 页。

[4]　《苏轼文集》卷六十九《书赠徐大正四首（三）》，第 2190 页。

今年的麦子，看来要丰收了。

一则死亡谣言的诞生

今年的寒食和清明节，也过得没滋没味。没想到，几天后，诗僧参寥突然出现在雪堂前。

参寥的到来，一下子就改变了东坡今年死寂般的生活节奏。东坡带病，马上陪参寥同游武昌西山，相与赋诗。

回来后，东坡又做了一个神秘的梦："昨夜梦参寥师携一轴诗见过，觉而记其《饮茶》诗两句云：'寒食清明都过了，石泉槐火一时新。'梦中问：'火固新矣，泉何故新？'答云：'俗以清明淘井。'当续成一诗，以记其事。"[1]

奇怪的是，这个梦中无头无尾的两句诗，在九年后，竟然演变为一个神奇的故事："我在杭州做太守，参寥子也在这。第二年，他准备修盖智果精舍。年后，新居落成，而我在寒食节前要离开杭州，来和他告别。精舍下面以前有一眼泉水，从石间流出。这个月，凿开石头，找到了泉眼，泉水愈加清冽。参寥子采新茶，钻火烧泉煮茶，笑着说：'这场景九年前就梦见了，卫公之所以称为灵公，是早就注定的。'在座的人听完，都怅然叹息，觉得其间包涵命中注定无需求的道理。于是，就把这口泉取名为'参寥泉'。"[2]

九年前在黄州梦中所言"石泉槐火"，竟然真的在杭州实现了。

四月天气转暖。月初，东坡第一次收到黄鲁直的来信，来信中还附有《食笋》诗，东坡也次韵了一首《和黄鲁直食笋》。

几天后，身体稍觉好转，东坡马上和一众朋友一同乘舟到江上饮酒。把酒临风，文思泉涌。夜半回到临皋亭，东坡乘酒兴，填了今年的第一首词《临江仙》。

---

[1] 《苏轼文集》卷六十八《记参寥诗》，第 2156 页。

[2] 参见《苏轼文集》卷十九《参寥泉铭并序》，第 566—567 页。

夜饮东坡醒复醉，归来仿佛三更。家童鼻息已雷鸣。敲门都不应，倚杖听江声。

长恨此身非我有，何时忘却营营。夜阑风静縠纹平。小舟从此逝，江海寄余生。[1]

这首《临江仙》，可多重解读，饶有意味。

先是东坡日常行为解读。在去年十月十五所作《后赤壁赋》里，东坡开篇即言"步自雪堂，将归于临皋"。在此词里，东坡同样也是夜归临皋。这说明雪堂盖好后，东坡白天会去往雪堂，与住在这里的各路朋友饮酒雅集，而内眷并没有搬至雪堂。晚间睡觉休息，东坡则会两边随性居住，但一般还是会回到临皋亭。

回到词本身，尽管词句简短，但语义繁复。"夜饮东坡醒复醉，归来仿佛三更"，这个"醒复醉"，和"仿佛三更"的"仿佛"，表明了半醉状态的东坡，理智处于恍兮惚兮的状态。然后，这恍兮惚兮，魔幻般地带来了声音饶有趣味的转移。

三更醉中抵家，此时此地的临皋亭，声响全无，是世间最静谧之所在。然而愈安静，家童的鼾声便愈喧响，最后凸显为宇宙间最大的声响——雷鸣。敲门声止，最大的声响随之消失，宇宙中又传来了一个永恒的声响，那就是"逝者如斯夫，不舍昼夜"的江声。

这种声音饶有意味的转移，时刻有个我在。

所以，接下来就是反躬自省，希望忘却一个碌碌的我，找到一个纯粹的我。大音希声，声音于是又安静下来，风静波平，空空如也。结尾"小舟从此逝"的解读，至为关键。如果只是将此句解读为乘舟飘然而逝，语义就落到了俗套，没有了那个忘却后的空。这里的"小舟"，不是儒家所言"道不行，乘桴浮于海"的那艘桴，而是道家所追求的不御物。只有

---

[1] 《东坡乐府雅集》卷二《临江仙·夜饮东坡醒复醉》，第 145 页。

小舟消失，才会有相忘于江湖的无执和无我。

这首词传播的速度很快，而结句的解读，却指向了另一个方向。一系列事件无序叠加，一个巨大的谣言随之诞生，并插上翅膀，向四处飞去。

四月下旬某日，神宗皇帝正要进餐，却突召东坡的亲戚蒲传正问话："听闻苏轼在黄州病亡，你这边可有确凿消息？"

传正回奏说："日来外间似有此语，然也未知的实。"

神宗放下手中餐食，叹息不已："人才难得啊，人才难得！"[1]

而退休后，居住在许州（今河南许昌）的范镇，几天后也收到了一则消息。打开信折一看，范镇放声大哭，以衣擦泪，并马上喊来家人，要他赶紧准备钱财布帛，前往黄州吊丧，并慰问东坡眷属。家人回复说，这个传闻并没确实，还是先给东坡写信问安，如情况属实，再吊丧抚恤不迟。

一则东坡病逝的谣言，为何突然会平地而起呢？

最直接的原因是，得了红眼病，外加咳嗽不止的东坡，突然消失在黄州人的视线里了。

海棠落了一地，每年在那棵树下，必办的饮春酒野餐会，今年无影无踪。

江边的船夫，也好久没见东坡和朋友，乘舟过江，去江南游山赏花。

而四月十一这天，曾巩突然在临川去世。但不知什么原因，这事却又和东坡扯上了关系。东坡后来专门撰文，讲过这个离奇的附会："吾昔谪居黄州，曾子固居忧临川，死焉。人有妄传吾与子固同日化去，且云：'如李贺长吉死时事，以上帝召也。'"[2]

民间的谣言很有指向性。既然当今圣上不用人才，那还不如像上帝召李贺去天庭写诗那样，把苏轼和曾巩一并揽去。

宋人叶梦得曾讲："（东坡）未几复与数客饮江上，夜归，江面际天，风露浩然，有当其意，乃作歌辞，所谓'夜阑风静縠纹平，小舟从此逝，

---

[1]　参见《春渚纪闻》卷六《裕陵惜人才》，第88页。

[2]　《苏轼文集》卷七十一《书谤》，第2274页。

江海寄余生'者，与客大歌数过而散。"[1]

《临江仙》结句的"小舟从此逝，江海寄余生"，直接解读为字面意思，更是为东坡逃罪乃至升仙的谣言推波助澜，煽风点火。

于是，第二天一早，黄州城里有人说东坡写完此词后，将衣帽挂在江边树上，然后长啸高歌，乘小舟飘然而逝，不知所终。此话很快也传到了徐君猷的耳中，而对东坡信任有加的知州，听闻此言，也慌了神，马上派手下飞奔临皋亭，一探究竟。结果，人还没进门，就听到了东坡如雷的鼾声。

但仔细分析叶梦得此则轶闻，文中所言此词写作时间地点，乃当晚在船上乘兴而作。但此词显而易见描写的是饮酒后回临皋亭的所见所闻，可见此词写作时间，当为东坡回到临皋亭后的当晚或次日早晨。

所以，君猷一大早听闻东坡飘逝云云，显然是后人任意编排。但反过来看，这则轶闻，也是宋人对此谣言的另一种补叙。

当东坡收到前辈范镇派人送来的书信后，只好辟谣说："某凡百粗遣，春夏间，多患疮及赤目，杜门谢客，而传者遂云物故，以为左右忧。闻李长官说，以为一笑，平生所得毁誉，殆皆此类也。"[2]

黄州最大的公众人物，因健康原因长期不露面，竟然引发了一则死亡谣言，并在全国流传，这在大宋朝也算一个奇闻。

但民间谣言的出现，其实还是有民意基础和价值向背的。贬谪已经四个年头的东坡，一直蜗居偏陋之地，民众还是觉得大才不用，甚为可惜。这则谣言，实际上也表达了朴素的民意，以求为东坡重返朝廷，制造舆论力量，俾达天听。

元丰七年（1084），东坡量移汝州，他在给神宗皇帝的谢表里，还向皇帝诉苦道："疾病连年，人皆相传为已死。"[3]这明显是利用合法渠道，向神宗重复这一条死亡谣言的不堪与无可奈何。

---

[1] 《避暑录话》卷上"子瞻在黄州病赤眼"条，第30—31页。

[2] 《苏轼文集》卷五十《答范蜀公十一首（二）》，第1446页。

[3] 《苏轼文集》卷二十三《谢量移汝州表》，第656页。

临皋南侧添新屋

红眼病刚刚好转，没想到痔疮又发作了。卧病家中，连黄州本地朋友，也只能通过手书传递信息："两日疮痛殊甚，不果见。"[1]"两日疮痛不出，思渴！思渴！今犹痛楚未已。钟乳丸更求数服，吐血者复作也。"[2]

各种疾病轮转上身，东坡百思不得其解，于是给蔡景繁写信，总结原因说："某卧病半年，终未清快。近复以风毒攻右目，几至失明，信是罪重责轻，召灾未已。杜门僧斋，百想灰灭，登览游从之适，一切罢矣。"[3]

这段时间，他和蔡景繁的联系较为紧密。年前，蔡景繁巡视黄州，命令州府在临皋亭西南侧，加盖三间新屋，以改善东坡的居住环境。

朝云怀孕待产，身体不好的东坡，最近很少回临皋亭休歇。而参寥来黄州后，雪堂顿显拥挤。已在雪堂居住近一年的道士杨世昌，决定回四川老家。

离开黄州的前一晚，东坡为他写了一幅字，并题跋说："仆谪居黄冈，绵竹武都山道士杨世昌子京，自庐山来过余，□□年乃去。其人善画山水，能鼓琴，晓星历骨色及作轨革卦影，通知黄白药术，可谓艺矣。明日当舍余去，为之怅然。浮屠不三宿桑下，真有以也。元丰六年五月八日，东坡居士书。"[4]

这个两次陪他夜游赤壁的道士要离开自己，东坡很有些感伤惆怅。回川的杨道士途经安州，东坡还专门把他介绍给安州知州滕达道："杨道人名世昌，绵竹人，多艺。然可闲考验，亦足以遣懑也。留此几一年，与之稍熟，恐要知。"[5]

杨道士离开后没几天，东坡给蔡景繁去信说："临皋南畔，竟添却屋

---

[1]《苏轼文集》卷六十《黄州与人五首（三）》，第 1846 页。

[2]《苏轼文集》卷六十《黄州与人五首（四）》，第 1846 页。

[3]《苏轼文集》卷五十五《与蔡景繁十四首（二）》，第 1661 页。

[4]《苏轼文集·苏轼佚文汇编》卷六《帖赠杨世昌二首（一）》，第 2587 页。

[5]《苏轼文集》卷五十一《与滕达道六十八首（五十八）》，第 1493 页。

三间，极虚敞便夏，蒙赐不浅。"考虑到蔡景繁多次向自己索求诗文未果，东坡在信中又给他开了一张空头支票："朐山临海石室，信如所谕。前某尝携家一游，时家有胡琴婢，就室中作《渹索凉州》，凛然有冰车铁马之声。婢去久矣，因公复起一念，果若游此，当有新篇。果尔者，亦当破戒奉和也。呵呵。"[1]

但拥有新屋后的巨大幸福感，使得那张空头支票立马就变现了："近葺小屋，强名南堂，暑月少舒。蒙德殊厚，小诗五绝，乞不示人。"[2]

除了写了五首绝句，他随后几天又去信说："向须画扇，比已绝笔。昨日忽饮数酌，醉甚，正如公传舍中见饮时状也。不觉书画十扇皆遍，笔迹粗略，大不佳，真坏却也。适会人便寄去，为一笑耳。"[3]

不再画扇的东坡，一高兴，连画了十把纸扇送给蔡景繁，可见南堂给他带来的喜悦，不言而喻。

天气越来越热，新添三间房子带来的宽敞空间，极为方便全家人度夏。为此，苏轼还专门写了五首诗纪念。

第一首绝句介绍的是南堂概况："江上西山半隐堤，此邦台馆一时西。南堂独有西南向，卧看千帆落浅溪。"可见，南堂位置极佳，其西南向对着江对岸的西山，窗户也开得极大，可以卧看江上往来千帆。

第二首绝句赞扬南堂的光线好、结构佳："暮年眼力嗟犹在，多病颠毛却未华。故作明窗书小字，更开幽室养丹砂。"

第三首绝句是新旧对比中描写夜雨打房时截然不同的心境："他时夜雨困移床，坐厌愁声点客肠。一听南堂新瓦响，似闻东坞小荷香。"

第四首绝句为："山家为割千房蜜，稚子新畦五亩蔬。更有南堂堪著客，不忧门外故人车。"可见，加盖新房后，一个农夫的日常生活变得更加踏实便利，朋友来访也不愁没地方接待了。

---

[1] 以上引文皆见《苏轼文集》卷五十五《与蔡景繁十四首（九）》，第 1663 页。

[2] 《苏轼文集》卷五十五《与蔡景繁十四首（十一）》，第 1664 页。

[3] 《苏轼文集》卷五十五《与蔡景繁十四首（十）》，第 1664 页。

最后一首描写的是作为卧室南堂的诗意空间："扫地焚香闭阁眠，簟纹如水帐如烟。客来梦觉知何处，挂起西窗浪接天。"

虽然只是瓦屋三楹，但东坡根据自己日常生活的需求，对新房布局进行改造性升级，南堂被辟为更加敞亮的书斋、隐秘的丹室、朋友聚会的客厅，以及可卧看江景的卧房。

几天后，东坡去古耕道家，有感于他家环境之优美，有些羡慕地写了一段文字送给他："古氏南坡修竹数千竿，大者皆七寸围，盛夏不见日，蝉鸣鸟呼，有山谷气象。竹林之西，又有隙地数亩，种桃李杂花。今年秋冬，当作三间一龟头，取雪堂规模，东荫修竹，西眺江山，若果成此，遂为一郡之嘉观也。"[1]

因为加添三间新屋带来的喜悦，东坡不由得又起了新念头，准备秋冬间再兴土木，让自己的新住宅成为一郡的标杆。

生活的小小幸福，就是在众多朋友善意的关爱帮助下，物质生活进一步得到改善。而精神生活丰富的人，自然可在其间灌注更加丰盈的诗意元素和朴实的幸福感。

大疫之年乎

今年上半年，东坡只要给朋友写信，就会念念叨叨自己的疾病。确实，这次得病的时间超乎寻常，而且是不同疾病纷至沓来，几成沉疴。但有些朋友那边的来信，却将更可怕的消息传递过来。

这不，东坡突然收到季常的来信，一下子告诉了他两个不好的消息：他和蹇序辰（字授之）的内眷，都于近日去世了。

成都双流人蹇授之，时任提举江西常平司长官，子由正好归他管辖。

一年前，蹇授之公干经过黄州，曾写信约东坡一见。东坡本来已经答应，家里却突然出事，他只好写信道歉不已："前日已奉书。昨日食后，

---

[1] 《苏轼文集》卷七十一《书赠古氏》，第 2279 页。

垂欲上马赴约，忽儿妇眩倒，不省人者久之，救疗至今，虽稍愈，尚昏昏也。小儿辈未更事，义难舍之远去，遂成失言。想仁心必恕其不得已也，然愧负深矣。"[1]

苏迈的媳妇吕氏一到黄州，就大病过一场。这次的突然昏眩，是一场更为可怕的大病。应该在不久后，吕氏就离开了人世，然后，她和东坡乳母任氏一样，被安葬在了黄州。

子由性格耿直倔强，很容易得罪身边的上级和同事。东坡太了解自己的弟弟了，所以，他必须要拉近自己与授之不同于他人的乡谊之情。

他随后又给授之去信说："子由在部下，甚幸，但去替不远耳……季常可劝之一起，深欲图其见坐处也。一噱。"[2]

两人之间的这些往来信件，表明东坡希望凭借与蹇授之不断加深的友谊，好让这位老乡利用自己的职务之便，对喜欢惹事的子由照拂有加。为此，他还专门抬出季常来，想必季常和授之有更深的交情。

确实，授之夫人的去世，还是季常先得到了消息。于是，东坡马上给授之写了封安慰信："得季常书，知公有闺门之戚，内外积庆，淑德著闻，乃遽尔耶？公去亲远，动以贻忧为念，千万慰遣，无令生疾……季常悲恨甚矣，亦常以书痛解之。适苦目疾，上问极草草，不罪！不罪！舍弟每有书来，其荷德庇。"[3]

除了妇女，连孩子也未能幸免。四月间，蔡景繁的女儿也病了，东坡以轻松的口吻宽慰他说："承爱女微疾，今必已全安矣。某病咳逾月不已，虽无可忧之状，而无憀甚矣。"[4]

但没几天，他再给蔡景繁回信时，就是以极端悲痛的语言来劝导他了："惊闻爱女遽弃左右，切惟悲悼之切，痛割难堪，奈何！奈何！情爱著人

---

[1] 《苏轼文集》卷五十五《与蹇授之六首（四）》，第 1647 页。

[2] 《苏轼文集》卷五十五《与蹇授之六首（三）》，第 1646 页。

[3] 《苏轼文集》卷五十五《与蹇授之六首（二）》，第 1646 页。

[4] 《苏轼文集》卷五十五《与蔡景繁十四首（九）》，第 1663 页。

如黐胶油腻。急手解雪，尚为沾染，若又反覆寻绎，便缠绕人矣。区区，愿公深照，一付维摩、庄周令处置为佳也。劣弟久病，终未甚清快。或传已物故，故人皆有书惊问，真尔犹不恤，况谩传耶？"[1]

东坡给好友的解脱之道，还是让他以佛老之术学圣人忘情。

到了七月，他给蔡景繁的信，还是一以持之地用释道之法来宽慰自己的朋友："近来颇佳健。一病半年，无所不有，今又一时失去，无分毫在者。足明忧喜浮幻，举非真实，因此颇知卫生之经，平日妄念杂好，扫地尽矣。"[2]

而在最酷热的七月，听闻前黄州知州陈君式患病，东坡给他写了一封慰问信，信寄出去没多久，收到的却是君式去世的消息。

而东坡自己的病，进入六月才逐渐好转。这年的六月是个闰月，在其六月初三写给杨元素的信中，他说："轼病后百事灰心，虽无复世乐，然内外廓然，稍获轻安。"[3]到了月底，病终于全好了。他开心地告诉杨元素："比日起居胜常，近领手诲。承小疾尽去，体力加健，此大庆也。"[4]

所以，在七月写给公择的信中，他终可为自己的疾病画上一个句号了："春夏多苦疮疖、赤目，因此杜门省事。而传者遂云病甚者，至云已死，实无甚恙。今已颇健。"[5]

从东坡长达半年的疾病缠身，到众多朋友至亲的突然离世，可以推知，1083 年，中国东部可能发生了一场瘟疫。

东坡在《圣散子叙》中曾言之凿凿地写道："谪居黄州，比年时疫，合此药散之，所活不可胜数，巢初授余，约不传人，指江水为盟。"[6]

这个救人无数的药方，是巢毂在东坡苦求下才传给他的，而巢毂在黄

---

[1]　《苏轼文集》卷五十五《与蔡景繁十四首（十二）》，第 1664 页。

[2]　《苏轼文集》卷五十五《与蔡景繁十四首（十三）》，第 1665 页。

[3]　《苏轼文集》卷五十五《与杨元素十七首（二）》，第 1650 页。

[4]　《苏轼文集》卷五十五《与杨元素十七首（八）》，第 1650 页。

[5]　《苏轼文集》卷五十一《与李公择十七首（八）》，第 1499 页。

[6]　《苏轼文集》卷十《圣散子叙》，第 331 页。

州的时间，正好是从元丰五年（1082）九月到元丰六年（1083）十一月。

又可过江南

由于病逐渐好转，所以，在炎热的六月，东坡终于恢复到以前的生活节奏。他写诗说："日日出东门，步寻东城游。城门抱关卒，怪我此何求。吾亦无所求，驾言写我忧。"

天天出东门找乐，远在京城的高官同学章子厚也艳羡嫉妒。他曾对参寥挑东坡的刺说："前步而后驾，何其上下纷纷也？"东坡机智地回应道："吾以尻为轮，以神为马，何曾上下乎？"参寥只好又一语双关地和稀泥："子瞻文过有理似孙子荆。子荆曰：'所以枕流，欲洗其耳；所以漱石，欲砺其齿。'"[1] 所谓洗耳，是听不得别人意见，所谓砺齿，不就是说东坡齿利吗？

六月二十四这天，东坡终于去了武昌西山。武昌主簿吴亮，把朋友沈君所写十二琴之说、高斋先生之铭、空同子之文、太平之颂，与东坡奇文共赏析。东坡一口气为吴亮写了一篇短文《书士琴》，写了一首诗《题沈君琴》。

一众人在寒溪游玩，由主簿吴亮做东。其中有个郭生，喜欢唱挽歌。酒到酣处，他起立高歌，满座闻之凄然。郭生告诉东坡，最恨自己没有好的歌词，东坡马上满足了他的愿望，把白居易的寒食诗稍作增减，改为《木兰花令》。郭生马上就为大家唱起新词，座中有人闻歌而泣哭。

第二天下山，东坡又前往车湖，准备在文甫家小住几天。

一到文甫家，他的儿子禹锡就从书屋里跳了出来："大苏公，你上次欠我的三幅字，这次可得给我补齐啊！"

这个禹锡厉害，他利用自己晚辈的身份，向东坡求了好多字，禹锡要去京师入太学，东坡又专门给他写了幅字：

---

[1] 以上引文皆见《苏轼文集》卷六十八《记所作诗》，第 2130 页。

王十六秀才禹锡，好蓄余书，相从三年，得两牛腰。既入太学，重不可致，乃留文甫许分遗。然缄锁牢甚。文甫云："相与有瓜葛，那得尔耶？"[1]

其实，此地还有一个年轻人，也像禹锡一样机灵，他从东坡这求得的书法作品，估计比禹锡还多。

毕竟曾是西蜀首富，王文甫喜欢古玩书画。遇到喜欢的字画，虽花费重金，也必力求得手。

东坡三年前和清悟去王文甫家时，文甫告之东坡，为了求陈归圣的篆字，他刚花了五千钱。

东坡正穷，开玩笑说，要不自己也像归圣一样，每天给他写一两张纸，只要三百文。王文甫回答说没问题。川僧清悟可以作证。[2]

不过，后来两人之间的约定有没有兑现，不得而知。

这次在文甫家待了十来天。七月初六这天，喝完酒，想到明天就要回黄州，东坡乘酒兴，提笔给文甫画了一幅墨竹，然后，又集古句，写了一首墨竹词《定风波》：

雨洗娟娟嫩叶光，风吹细细绿筠香。秀色乱侵书帙晚，帘卷，清阴微过酒尊凉。

人画竹身肥拥肿，何用？先生落笔胜萧郎。记得小轩岑寂夜，廊下，月和疏影上东墙。[3]

东坡似乎具有印象派画家的眼光，在这首词里，他不是通过画笔，而是文字，写出光影的闪烁迷离，以及不同对象在时间的移动中光影的细微

---

[1] 《苏轼文集》卷六十九《书赠王十六二首（一）》，第 2189 页。

[2] 参见《苏轼文集》卷六十九《书赠王文甫》，第 2188 页。

[3] 《东坡乐府雅集》卷二《定风波·雨洗娟娟嫩叶光》，第 140 页。

变化。

先是雨后竹叶，晶莹剔透般嫩绿，微风掠过，光和着清香，摇曳婆娑。而在黄昏时分，暮光在古朴的书套上，逐渐变弱。到了四寂的夜晚，月光将竹子斑驳的影子，投向东墙。

这一句尤美："清阴微过酒尊凉。"为啥有个微过的效果？是因为前面有个卷帘的动作。读完这句，第一个感受，是一种直观可见的电影画面。第二个感受，则是那微光掠过酒杯的迷离，竟然在炎炎夏日，带来沁人心脾的凉意。这是宋朝最美的一樽冰酒。

也许是在文甫家看过他的书画收藏，有所触动。七月初十这天，东坡借观吴道子所画《地狱变相》，在画后写了篇跋。

七月十五这天，父亲的弟子孙叔静从京师到蕲州（今湖北蕲春），特意绕路来看东坡，并带来了他收藏的苏洵真迹。苏轼要叔静转送给自己珍藏，叔静没有同意。这是苏洵少见的写给学生的真迹，东坡还是含泪在父亲手迹后，写了篇《跋先君与孙叔静帖并书》。同一天，他还写了篇以前密州同事刘庭式娶盲女的故事。

松 动

乌台诗案中有四个人遭到了流放的惩罚，其中就有给东坡报信的驸马都尉王诜。

毕竟是驸马爷，在谪贬均州（今湖北丹江口）一年后，他就被召回东京。东坡特意写信告诉王定国："如闻晋卿已召还都，月给百千，其女泣诉，圣主为恻然也。恐要知。"[1]

为什么要特意提醒王定国"恐要知"，东坡是在猜测朝廷的政治动向，希望乌台诗案中被流放的人会有重返政治舞台的可能。

但王诜的回京，只是一个特例。毕竟是皇亲国戚，王诜流放一年就得

---

[1]　《苏轼文集》卷五十二《与王定国四十一首（十三）》，第 1520 页。

以回京，是靠女儿的泪弹。

原来，为了让自己的父亲归来，王诜的女儿在舅舅神宗皇帝面前哭诉求情，神宗怜惜疼爱外甥女，出于私人情感的需要，最终才答应了她的请求。

一直到元丰五年（1082）初冬，已被定为铁案的乌台诗案，才出现松动的迹象。因为这时，流放宾州的王定国，终于得到北归的诏令。

这年的十月，王定国进入江西境内，并写信告知东坡。东坡大喜，给王定国回信说："昨日递中得子由书，封示定国手简，承已到江西，尊体佳健。忠信之心，天日所照，既遂生还，晚途际遇，未可量也……来教云，此月五六可到九江，而子由书十一月方达。"[1]

归途的时间很是漫长。东坡在《次韵王巩南迁初归二首》中写道："归来万事非，惟见秦淮碧。平生痛饮处，遗墨鸦栖壁。西来故父客，金印杂鸣镝。三槐老更茂，花絮春寂寂。"可见，一直要到这年春天，王定国才回到南都，与阔别三年的妻子团聚。

王定国的北归，让东坡欣喜不已。甚至在这年八月二十，东坡给自己的恩师、定国的岳父张方平写信，还念念不忘地说起此事："王郎北归，慰喜可量，恨不得助举一觞耳。"[2]

在北归路上，王定国也没闲着，忙于裁剪其流放期间所作诗歌，准备出一本诗集。果真，到了七月间，东坡就专门为他的诗集，写了篇序，以便刊印。

这篇序很长，东坡首先肯定了王定国的政治立场："古今诗人众矣，而杜子美为首，岂非以其流落饥寒，终身不用，而一饭未尝忘君也欤。"

然后，他讲述了王定国写诗的背景："今定国以余故得罪，贬海上五年，一子死贬所，一子死于家，定国亦病几死。余意其怨我甚，不敢以书相闻。而定国归至江西，以其岭外所作诗数百首寄余，皆清平丰融，蔼然有治世

---

[1]　《苏轼文集》卷五十二《与王定国四十一首（十五）》，第 1521 页。

[2]　《苏轼文集·苏轼佚文汇编》卷二《与张安道二首（一）》，第 2437 页。

之音，其言与志得道行者无异。"

在结尾处，他还特意贬低自己，来赞扬定国的诗艺和人生观："今余老，不复作诗，又以病止酒，闭门不出。门外数步即大江，经月不至江上，眊眊焉真一老农夫也。而定国诗益工，饮酒不衰，所至翱翔徜徉，穷山水之胜，不以厄穷衰老改其度。今而后，余之所畏服于定国者，不独其诗也。"[1]

结尾东坡所言"经月不至江上"，正透露出自己疾病缠身长达半年之久的困境。

这个月，更令他开心的是，得到了老朋友李公择和孙觉（字莘老）提升的消息。他马上给公择去信说："公择、莘老进用，皆可喜，然亦汇征之渐，殆恐未尔知首，料台阁殊不闻，果尔，甚可喜。"[2]

曾经因乌台诗案被罚铜的两个死党，一个升为礼部侍郎，一个迁为太常少卿，显示出朝廷新的用人动向。东坡这时内心一定会暗想："或许，乌台诗案的死结，已经开始松动？"

千里快哉风

年初，东坡收到滕达道的信，向他推介一个贬放到黄州的官员。闰六月某天，东坡的病已痊愈，他于是按滕达道的要求，去见那个已来黄州快半年的官员。见完后，东坡给滕达道去信称赞说："张梦得尝见之，佳士！佳士！"[3]

张偓佺（字梦得，一字怀民）是河北清河人，他在黄州的居所，也在江边。这个北方人，见长江之水奔流到赤壁之下，波涛江流漫灌，如同大海。于是，他决定在自己所居房屋的西南方向，修建一座亭子，用来观览江流盛景。

东坡见他时，亭子已快修好。几天后，张怀民便邀东坡来亭间喝酒赏景。四个月后的十一月初一，子由在看过东坡的词，并听他讲述了怀民的

---

[1] 以上引文皆见《苏轼文集》卷十《王定国诗集叙》，第318页。

[2] 《苏轼文集》卷五十一《与李公择十七首（八）》，第1499页。

[3] 《苏轼文集》卷五十一《与滕达道六十八首（二十九）》，第1485页。

故事后，写了一篇散文《黄州快哉亭记》。

在此文中，他这样描写这座亭子地理位置之佳，所带来的雄阔景色："盖亭之所见，南北百里，东西一舍。涛澜汹涌，风云开阖。昼则舟楫出没于其前，夜则鱼龙悲啸于其下，变化倏忽，动心骇目，不可久视。今乃得玩之几席之上，举目而足。西望武昌诸山，冈陵起伏，草木行列，烟消日出，渔夫樵父之舍皆可指数。此其所以为'快哉'者也。"[1]

喝完酒，东坡填了一首《水调歌头》。亭子，自然就被命名为"快哉"。

落日绣帘卷，亭下水连空。知君为我新作，窗户湿青红。长记平山堂上，欹枕江南烟雨，渺渺没孤鸿。认得醉翁语，山色有无中。

一千顷，都镜净，倒碧峰。忽然浪起，掀舞一叶白头翁。堪笑兰台公子，未解庄生天籁，刚道有雌雄。一点浩然气，千里快哉风。[2]

东坡写的是黄昏时分的快哉亭。词开篇写的是眼前景：这是一座建有窗户的亭子，视觉焦点围绕窗户移动：卷起的绣帘、窗外亭子下与天相接的长江，然后，视线回到了新修的窗户上。"湿"在这里当作动词用，会给"青红"带来一种迷离的光感，这色彩既可能是窗户自身，也可能是窗外大自然的色彩。而这个"知君为我新作"，又将东坡和张怀民两个人连接起来，以示两人友谊之深厚契合。然后，时空跳跃至多年前的平山堂，旧时的"我"，曾卧看江南烟雨、渺渺孤鸿，似与此同。于是，景色重叠融合，醉翁那句"山色有无中"，是平山堂门外之山，也是快哉亭窗外的武昌诸山。

下阕先写站在窗前所见的江上全景：千顷如明镜的江面，倒映这江南碧绿山峰。然后，平静的画面突然又变得带有强烈的动作性：一名白头渔

---

[1] 《苏辙集·栾城集》卷二十四《黄州快哉亭记》，第 409 页。

[2] 《东坡乐府雅集》卷二《水调歌头·落日绣帘卷》，第 160 页。

翁，驾一小渔舟，随浪起舞，这会让现代读者联想起《老人与海》中不屈的圣地亚哥。最后，词连用三个典故，转为说理。一为宋玉《风赋》中"有风飒然而至，王乃披襟而当之，曰：'快哉此风！'"；二为庄子《齐物论》中"咸其自取"的"天籁"；三为《孟子·公孙丑上》中"我善养吾浩然之气……其为气也，至大至刚，以直养而无害，则塞于天地之间"。

东坡的这三个用典，表达的是涵养自由精神的逻辑轨道。宋玉将大王所称颂的"快哉此风"，分为"大王雄风和庶人雌风"，东坡笑他误读了庄子"天籁"之意，因为天籁是自行息止的，哪会有雌雄的区别呢？所以，一个人只要涵养内心至大至刚的浩然之气，自然就可坦然自适，千里之风自来，必然引来无穷快意。

苏辙在《黄州快哉亭记》结尾处，更为细致地解释了何为"快哉"："今张君不以谪为患，窃会计之余功，而自放山水之间，此其中宜有以过人者。"张偓佺的这种过人之处，正在于"使其中坦然，不以物伤性，将何适而非快"，即内心淡然，不因外界事务而伤害自己的本性。

所以，东坡之词和苏辙之文，尽管是在写张怀民，实则也是在写东坡自己：所谓"快哉"，不正是他"放浪山水"间的那种淡定安逸与旷达自适吗？

子由遇到了麻烦

子由是一个比较安静的人，但性格耿直。只要他认为是对的，就决不退缩，一条道走到黑。

既然是贬放，那就人在屋檐下，不得不低头。子由到高安后，时任筠州知州为毛维瞻（字国镇），两个人关系不错，所以，子由的头，还是一如既往地高昂着。

也因为有这样的一层关系，毛知州的儿子毛滂，和东坡也往来频繁。在雪堂盖好后，他还来黄州拜谒过东坡。东坡对毛滂所作赋，赞不绝口。

去年年底，毛维瞻离职。东坡应他的请求，给他写了一幅字，并在后面题跋："毛国镇从余求书，且曰：'当于林下展玩。'故书陶潜《归去来》

以遗之。然国镇岂林下人也哉。"[1]

尽管东坡此前多次写信，委托蹇授之多多照应子由，但筠州的保护伞不在了，太了解子由处世之道的东坡，内心总隐隐有些不安。

果真，七月间，国子司业朱服上告说，筠州子由出的三道策试题目，背离经旨，于是礼部便下令撤掉了子由教授的职务。

东坡特地写信告之公择："但因议公事，为一倅所怒，日夜欲倾之，念脱去未能尔。子由拙直之性，想深知之，非公孰能见容者？"[2]

他同样也给子由去信，要弟弟尽可能变得精明些："吾弟大节过人，而小事或不经意，正如作诗高处可以追配古人，而失处或受嗤于拙目。薄俗正好点检人，小疵，不可不留意也。"[3]

这段时间，东坡好多心思，都在弟弟那。他先是写了一首《闻子由为郡僚所捃恐当去官》，叫他还是要抱有自己的志向，大不了学陶渊明，"时哉归去来，共抱东坡耒"，到黄州和自己一起躬耕东坡。

到了八月，东坡又写了一首《初秋怀子由》。东坡在诗里回忆了兄弟俩年轻时，同在怀远驿准备策论的日子，然后继续给弟弟吃定心丸："买田秋已议，筑室春当成。雪堂风雨夜，已作对床声。"

此外，东坡还填了一首《临江仙》，下阕为："应念雪堂坡下老，昔年共采芸香。功成名遂早还乡。回车来过我，乔木拥千章。"他还是向弟弟表达两人当时通过策论后，应该功成名就早还乡。现在去职来黄州，也未尝不是好事。

十月，一个盲人带着子由的书信，从筠州来黄州见东坡。这个叫赵吉（又名赵贫子）的道人非常具有传奇性，他号称自己今年已经有一百二十七岁。长相也不同常人。他的两眼生满了翳子，看不清东西。但有时翳子脱去，他的瞳孔竟然是绿色的。

---

[1] 《苏轼文集》卷六十九《题所书归去来词后》，第 2198 页。

[2] 《苏轼文集》卷五十一《与李公择十七首（六）》，第 1498 页。

[3] 《苏轼文集》卷六十《与子由弟十首（四）》，第 1835 页。

赵吉带来的书信，让东坡终于松了口气。由于江南西路转运使出面，子由最终并没有被开除公职。这个神奇的送信人赵吉，也在雪堂住了下来。

东坡地产投资梦

八月初，东坡收到了一封来自荆湖北路的来信，信中还附有一首和东坡的新词。展开一读，却有点怅然若失。

他马上回信说："忽闻舟驭至鄂，喜不自胜。想见笑语，发于寤寐。"确实，和"杭州六友"之一的杨元素已多年未见，那些在西湖游乐的快乐日子，如在眼前。

他接着写道："令弟庆基来，闻已往安州，怅然失望，至今情况不佳。想公爱我之深，亦自悔之也。比日起居佳胜。与元法相聚之乐，独不得与樽俎之间，想孜孜见说而已。"[1]

想来，元素也非常想念东坡，但船过黄州却没停岸，而是直奔安州，元素现在应该会有些后悔吧？不过，想到元素能和元法一起痛快畅饮而自己无法参与，东坡内心的失望，也可想而知。

元素一到任上，就频频写信，和东坡商量买田一事。也许是切实地尝到了在东坡耕种的好处，同时也体会到居者有其屋的安心与自在，加上养老安排迫在眉睫，买地，已经成了年近五十的东坡的执念。

没几天，杨元素就找到了一个好项目。东坡真是很有些感动，他回信说："定襄胡家田，公与唐彦议之，必无遗策。小子坐享成熟，知幸！知幸！……胡田先佃后买，所谓抱桥澡浴，把揽放船也。呵呵。凡事既不免干渎左右，乞一面裁之，不须问某也。尚有二百千省，若须使，乞示谕，求便附去。"

他们想买的定襄胡家田，付款方式优惠而且安全，东坡没有出力就捡了个大便宜，所以开心地在信中呵呵两下。他也信任元素，所有决策，一

---

[1] 以上引文皆见《苏轼文集》卷五十五《与杨元素十七首（一）》，第1649—1650页。

人做主即可，自己难得轻松。身家也交了底，要用钱，马上送去。

同一时间，季常刚好到黄州来，听到东坡的置业大计，就给他推荐了荆南的一所庄子。所以，东坡接着和元素商量说："见陈季常慥，云，京师见任郎中其孚之子，欲卖荆南头湖庄子，去府五六十里，有田五百来石，厥直六百千，只先要二百来千，余可迤逦还，不知信否？又见乐宣德，言此田甚好，但税稍重。告为问看。"[1]

天下哪有如此好事？过了一段时间，元素的弟弟庆基直接就到了黄州。可能事情比较重要，元素又无法抽身，所以派弟弟亲自来传口信。

东坡给元素回信说："某都不知彼中事，但公意所可，无不便者。军屯之东三百石者便，为下状，甚佳。李教授之兄又云：官务相近有一庄，大佳。此彭寺丞见报。亦闲与问看。今日章质夫之子过此，已托于舟中载二百千省上纳。到，乞与留下。果蒙公见念，令有归老之资，异日公为苍生复起，当却为公葺治田园，以报今日之赐也。"[2]

八月初五这天，范镇的公子百嘉（字子丰）来拜会东坡，刚好李委要离开黄州，于是他们乘小舟载酒饮赤壁下。酒喝数巡，李委吹笛，范子丰求字，东坡就为他写了一首《后赤壁赋》。[3]

子丰来黄，也带来了父亲的手书。东坡给范镇回信说："欲为卜邻，此平生之至愿也。寄身函丈之侧，旦夕闻道，又况忝姻戚之末，而风物之美，足以终老，幸甚！幸甚！但囊中止有数百千，已令儿子持往荆渚，买一小庄子矣。"[4]

但之所以没有答应与范镇为邻，是因为东坡有自己的决断。他私下认为："范蜀公呼我卜邻许下（今河南许昌）。许下多公卿，而我蓑衣箬笠放浪于东坡之上，岂复能事公卿哉！若人久放浪，不觉有病，忽然持养，

[1] 以上引文皆见《苏轼文集》卷五十五《与杨元素十七首（九）》，第 1653 页。

[2] 《苏轼文集》卷五十五《与杨元素十七首（四）》，第 1651 页。

[3] 参见《苏轼文集》卷五十《与范子丰八首（七）》，第 1452—1453 页。

[4] 《苏轼文集》卷五十《答范蜀公十一首（三）》，第 1447 页。

百病皆作。"[1]

这个考量还是非常有远见的。东坡自认在黄州放浪已久，重又周旋于公卿达官之间，会百病皆作。

毕竟是要投入全部身家，东坡还是有些不太放心。于是，他让苏迈专门前往荆南实地看田，然后转道去京师谋职。

十五天后，他在给另一位老师张方平的信中有些憧憬地说："已令儿子往荆南买一官庄，若得之，遂为楚郢间人矣。"[2]

结果如何呢？还是没能成为楚郢间人。买田的哪个环节出了问题，不得而知。

矛盾的祝福

九月二十七，临皋亭的某间卧室，传来了一个新生男婴的啼哭声。

东坡的第四个儿子出生了，孩子的母亲是王朝云。东坡和姓王的女子似乎很有缘分，他的两任妻子，一个叫王弗，一个叫王闰之。但他还有一个妾，后来比两位妻子还有名，就是王朝云。

朝云十二岁就成了东坡的侍女。侍女和妾有本质的区别，她也就是个普通的丫鬟，帮主妇王闰之打理各种家务。

元丰三年（1080）东坡流放黄州时，他精简了家庭成员构成，因向来欣赏朝云，就把朝云带了过来。但东坡在黄州何时娶朝云为妾，史书中没有留下准确的时间，唯一可以肯定的是，朝云在黄州，才有了妾的身份。

老年得子的东坡大乐。他给蔡景繁写信说："至后杜门壁观，虽妻子无几见，况他人乎？然云蓝小袖者，近辄生一子，想闻之，拊掌也。"[3]

东坡在去信中，专门用"云蓝小袖"来指代朝云，一是说明蔡景繁上次来黄州，见过朝云一面，二则这个云蓝小袖别具一格。云蓝，是衣服的

[1] 《苏轼文集》卷七十一《书蜀公约邻》，第 2259 页。
[2] 《苏轼文集·苏轼佚文汇编》卷二《与张安道二首（一）》，第 2437 页。
[3] 《苏轼文集》卷五十五《与蔡景繁十四首（六）》，第 1662 页。

颜色，小袖，则指衣袖窄小。

在宋人画中，女性着装，均为大袖。朝云的针线活，绝对没话说，这身比较罕见的云蓝小袖，应该是她为自己独立设计缝制而成。聪慧的朝云，称得上是宋代少有的追求个性以及女性极致之美的服装设计师，因为这紧身衣，可以凸显女性的身材。

和前面三个儿子一样，东坡用走之底，给老四取名为遁。为什么会取名为遁呢？从他在孩子出生三天后所写的《洗儿诗》中，也许可一见端倪。

这首诗写得浅显直白，"人皆养子望聪明，我被聪明误一生。惟愿孩儿愚且鲁，无灾无难到公卿"。老来添子的东坡，在这首诗中，表现了一种极为矛盾的心理状态。

东坡先是从自己的人生经历出发，认为人如像自己一样太过聪明，很容易锋芒毕露而折损。所以，他回到道家的处世之道上，希望新生的苏遁"愚且鲁"。愚在这里不是蠢，而是指哲人之愚，也即大智若愚，实际是敦厚单纯之意。而鲁，强调的是钝和拙，而非鲁莽。所以这两个听起来似乎不同于寻常父亲对孩子的期望，其实远比"聪明"的标准要高很多，这其实是人生守拙的大智慧。但结句，东坡又变为了一个普通的父亲，无灾无难，是期许平安健康；公卿，则是读书人在世俗世界的功成名就。

实际上，"遁"是《易经》中第三十三卦的卦名。其爻辞九四为："好遁，君子吉，小人否。"九五为："嘉遁，贞吉。"所以，这是一个很吉利的卦象。从字面意思讲，则有逃离和隐遁的意思。因此，这个名字如同那首诗一样，有一种高远的形而上追求，但最终还是落到功利主义的诉求上。

已经贬放黄州快四年的东坡，如同自己对这个孩子的要求一样，不自知地还是在入世与出世之间来回徘徊，而儒家"治国平天下"的终极梦想，一直缠绕着他。在内心深处，他一直期盼着神宗皇帝的召唤。

如果没有这个儿子的出生，终其在黄州期间，朝云都不会出现在东坡的文字记叙中。她后来声名之所以超过东坡的两任正室，是因为在东坡更苦难的惠州流放期间，她更多地被东坡的诗和词描述过。

而在此地，她明艳也好、聪颖也好，都会隐退到东坡贬谪后的浓厚暗影里。直到有了遁，才有某种微弱的光亮一闪而过，让我们在一瞥中，惊鸿般地见到了那个着云蓝小袖女子的倩影。

死亡与宁静的月光

十月寒气已稍有点逼人。十二这晚，月亮还未全满，但清辉彻照，如水清凉。夜已深。东坡躺在床上看了会儿书，正准备脱衣睡觉，发现月色从窗外进来，不知怎么地，就想起了去年十月那个月圆之夜的赤壁之游。

他突然睡意全无，马上起身出门。想到这么晚，已经没有可以一起游乐之人，于是就前往承天寺，去找在那斋戒的张怀民。没想到，张怀民还真没睡觉，于是两个人就一起在中庭散步。接下来，就出现了中国文学史上描写月色的经典文字："庭下如积水空明，水中藻荇交横，盖竹柏影也。何夜无月，何处无竹柏？但少闲人如吾两人者耳。"[1]

这篇八十四字的神来之作，曾被后来历代学人，多加解读，所以，我们现在几乎说不出新的见解来。不过，东坡曾给他侄子写信论文说："凡文字，少小时须令气象峥嵘，采色绚烂，渐老渐熟乃造平淡，其实不是平淡，绚烂之极也。"[2]

平淡乃绚烂之极。通过这篇文章细细体会，或许，我们就能理解东坡这句话的深度和高度。

其实，写出这样的一篇奇文，除了有明月的激发，还有另一个因素，就是在三小时前，东坡刚见证过一个友人的死亡。

大约是在 鼓敲响（晚上七点）后没多久，有人急匆匆地跑来给东坡传信，说他的一个朋友得了风疾，病情严重。等他赶到朋友家中时，病人已经不能讲话了。

---

[1] 《苏轼文集》卷七十二《记承天寺夜游》，第 2260 页。

[2] 《苏轼文集·苏轼佚文汇编》卷四《与二郎侄一首》，第 2523 页。

也许是为朋友讳，东坡在《记故人病》一文里，没有写明这个朋友的姓名，因为朋友死于酒色过度。他有些哀痛而无可奈何地说道："余知其不可救，嘿为祈死而已。呜呼哀哉，此复何罪乎！酒色之娱而已。"[1]

也许是今年病的时间很长，他一直在思考戒色的问题。在六月给滕达道的信中，他说："近闻元素开阁放出四人，此最卫生之妙策。"[2] 在赞赏了杨元素遣散了四位小妾后，他接着又去了一封信："见教如元素黜罢，薄有所悟，遂绝此事，乃不复念。方知此中有无量乐，回顾未绝，乃无量苦。辱公厚念，故尽以奉闻也。晚景若不打叠此事，则大错。"[3]

十一月中，东坡和新任黄州太守杨寀（字君素）、通判张公规一起去安国寺遗爱亭中喝茶小坐。三个人一起讨论调气养生的话题。东坡说："皆不足道，难在去欲。"张公规回应说："苏子卿啮雪啖毡，蹈背出血，无一语少屈，可谓了生死之际矣，然不免为胡妇生子。穷居海上，而况洞房绮疏之下乎？乃知此事不易消除。"[4]

众人听闻大笑，东坡却想到，像苏武这样能了断死生区别的人，还是免不了和胡人女子一起生孩子，可见戒色去欲，实在不容易。

朋友的突然死亡，给了东坡很深的刺激。在这个月，他在雪堂写了符合现代医学观念的四戒：

> 出舆入辇，命曰"蹶痿之机"；洞房清宫，命曰"寒热之媒"；
> 皓齿蛾眉，命曰"伐性之斧"；甘脆肥浓，命曰"腐肠之药"。

在书完"四戒"后，他像个老师提醒不懂事的孩子，提醒自己说："此

---

[1] 《苏轼文集》卷七十三《记故人病》，第 2376 页。

[2] 《苏轼文集》卷五十一《与滕达道六十八首（二十九）》，第 1485 页。

[3] 《苏轼文集》卷五十一《与滕达道六十八首（三十）》，第 1485 页。

[4] 以上引文皆见《苏轼文集》卷七十三《记张公规论去欲》，第 2375 页。

三十二字，吾当书之门窗、几席、缙绅、盘盂，使坐起见之，寝食念之。"[1]

所以，今晚见到一个熟悉的朋友突然死亡，他总结说："戒生定，定生惠（慧），此不刊之语也。如有不从戒、定生者，皆妄也，如惠（慧）而实痴也，如觉而实梦也。悲夫。"[2]

也就是说，人做好四戒，就能生出定力，有了定力，自然就生出大觉解，否则都是虚妄。

不过，在给蔡景繁的信中，他透露了这样一个信息："前日亲见许少张暴卒，数日间，又闻董义夫化去。人命脆促，真在呼吸间耶？益令人厌薄世故也。"[3] 这个东坡亲见的暴卒之人许少张，不知是不是十月十二晚上去世的那个人。而雪堂盖好后第一个入住的友人董义夫，也突然去世。

死生的大事，还是会给东坡极大的刺激，同时也会让他的思想更进一步地放空。因定力而产生的慧觉，最终是通过至简的文字表达出最丰富的意义。

所以，这个月光下的夜游，先是通过深入死亡之思获得精神上的空明，继而，两个心灵无所滞的闲人，在月光下无所求的漫游，最终获得了整个世界的空明和生命的无滞。

兄弟联手

一进入十一月，黄州通判孟震收到转任他郡的调令。

作为君猷的副手，所有重要的官方活动和私人宴请，孟震都在场，自然和东坡也建立了良好的关系。尽管一直隐没在君猷的光环之下，但他对东坡，一直是默默照顾，毫不声张。

和孟震打交道多了，东坡发现这个人很有个性。刚到黄州没多久，光

---

[1] 以上引文皆见《苏轼文集》卷六十六《书四戒》，第 2063 页。

[2] 《苏轼文集》卷七十三《记故人病》，第 2376 页。

[3] 《苏轼文集》卷五十五《与蔡景繁十四首（七）》，第 1663 页。

州知州曹九章就写信告诉他："朝中士大夫都称孟震为孟君子。"东坡在和孟震来往的过程中慢慢观察，觉得他真是名不虚传。

满朝之所以称许孟震为君子，与他所做的一件事有关。仁宗朝时，京东路有个狂人孔直温，以谋反下狱，事情牵涉石守道的儿子。一旦抓捕，可能会牵扯更多人入狱。孟震与石守道很熟，却不认识宰相韩琦，但他为此事直接给韩琦写信，详细论证孔直温不可能成事，而石守道以耿直闻名，他的家风清慎，绝不会与狂人通谋。韩琦收到信后感叹不已，就把孟震所言，原样上疏给仁宗皇帝。于是，孔直温这个案子就没再深究，有许多人因此得以活命。

因为彼此认同对方的价值观，两人自然心有戚戚焉。东坡在黄州受孟震照拂颇多，虽然如今贬放此地，但他做高官的朋友多，说话也管用，所以，只要能帮上孟震，他会毫不吝啬地去求自己的朋友。

这不，孟震的儿子马上要应试武举，但还没有找到保举人，东坡马上想到一个极为合适的人选，就写信求他帮忙，这个朋友就是滕达道。

东坡是这样递的条子："某恃旧眷，辄复少恳，本州倅孟承议震，老成佳士。有一子应武举，未有举主，欲出门下，辄纳其家状，幸许其进，特为收录。孟倅以未尝拜见，不敢便上状。"[1]

果然，滕达道很给东坡面子，同意孟震的儿子孟颜入其门下。孟公子前往安州拜师，东坡又托他转交自己的信简："连月阴雨，旅怀索寞，望德驰情，如何可言，尚冀保练，以慰微愿。因孟生行，少奉区区。"[2]名为托孟公子带信，实则意在言中，还是委婉地要滕大人帮忙。

结果应该不错。孟颜回黄州，同样也当了滕达道的信使，随信还附有达道所写两幅大字作品。东坡回信说："孟生还，领书教，并赐大字二墨，喜出望外。从游不厌，而不得公大字，以为阙典。"[3]

[1] 《苏轼文集》卷五十一《与滕达道六十八首（十六）》，第 1480 页。

[2] 《苏轼文集》卷五十一《与滕达道六十八首（十九）》，第 1481 页。

[3] 《苏轼文集》卷五十一《与滕达道六十八首（十七）》，第 1480 页。

孟震要离开黄州，东坡想到自己已和子由联手，刚为张怀民写了个《快哉亭》，那现在何不再联手为孟震来送别呢？

子由为孟震所写的《君子泉铭并叙》，目前仅留存其叙。其叙为："孟君亨之（一作仰之），笃学而力行，克有常德，信于朋友，一时皆称之曰'此君子也'，因号之'孟君子'。君通守齐安，其圃有泉，旱不加损，水不加益，因名之曰'君子泉'。"[1]

十一月初七，收到子由所写铭文后，东坡写了篇《孟仰之》，详说君子泉的神奇："余谪居黄州，州通判承议郎孟震字仰之，颇与余相善。"在介绍了"孟君子"称号的来历后，他在结尾以泉之清和不竭，喻君子品质之高洁和自强不息："震厅宇中，有一泉甚清，大旱不竭。余因名之'君子泉'，而子由为之记。"[2]

随即，东坡把子由的《君子泉铭》送给孟震，想让他在泉边刻石为记。哪知道，孟君子却不同意，说："名者，物之累也。"[3]

这孟震还真是有个性，并不希望借石刻之文，让自己永久流传。但兄弟的文章一出，后面自然就有跟随唱和者。果真，时隔不久，黄鲁直就呼应老师，作了一首七言绝句《君子泉》："云梦泽南君子泉，水无名字托人贤。两苏翰墨相为重，未刻他山世已传。"

在黄庭坚看来，泉因人贤而得名，而两苏以翰墨加持，哪怕没有刻石，君子和君子泉之名，同样也会流传世间。

其实，以孟震之贤，他肯定知道，把名字刻在石上想不朽，哪如入二苏文章来得可靠呢？

永别君猷

八月的天气开始凉快起来。连着几天，东坡难得地都要去州府报到。

---

[1]　《苏辙集·苏辙佚著辑考》之《君子泉铭并叙》，第 1446 页。

[2]　《苏轼文集·苏轼佚文汇编》卷六《孟仰之》，第 2586 页。

[3]　《苏轼文集》卷六十六《书子由君子泉铭后》，第 2058 页。

他写信给钱济明抱怨说："昨日本路漕到，今日新守到，且夕旧守发去，闲废之人，亦随例忙迫。"[1]

新旧太守交接的工作，也让东坡这个边缘人士，跟着一阵忙乱。他在给杨元素的信里，用电报式的语言总结为："适新、旧守到、发，冗甚。"[2]

按常规，君猷在去年九月就该去职，但不知什么原因，竟然一直拖到了今年八月。四月份，东坡曾给王君瑞写信说："君猷知四月末乃行，犹可一见否？"[3] 看来，关于徐君猷去黄的消息，一直没有停歇。

奇怪的是，自去年重阳节后，东坡和君猷之间，就很少有往来的记载。徐得之来黄州，和东坡频繁走动，也一直未见君猷现身。

现在，君猷终于要调离黄州，东坡内心还是万分不舍。按计划，君猷将把家眷暂时安置在黄州，一人前往湖南就职，估计半年后再回来。东坡填了首词，为他送行。

　　　红粉莫悲啼，俯仰半年离别。看取雪堂坡下，老农夫凄切。

　　　明年春水漾桃花，柳岸临舟楫。从此满城歌吹，看黄州阗咽。[4]

这首词好像是个反向的谶语，后来君猷的命运，似乎隐含在此词中。

首先是这个词牌名就很是怪异，明明是要离开黄州，多有不舍，却叫"好事近"。

词的开篇，则是劝慰君猷的家眷不要悲痛，因为也就短短的半年离别。而词的结尾，本来是表现黄州百姓爱戴太守，明年桃花盛开之际，满城百姓会结队迎接他的归来，唱歌奏乐，人声喧闹。但"阗咽"的"咽"字，却也有呜咽的意思。

[1]　《苏轼文集·苏轼佚文汇编拾遗》卷上《与钱济明》，第 2645 页。

[2]　《苏轼文集》卷五十五《与杨元素十七首（四）》，第 1651 页。

[3]　《苏轼文集》卷五十九《答君瑞殿直》，第 1797 页。

[4]　《东坡乐府雅集》卷二《好事近·红粉莫悲啼》，第 163 页。

没想到，十一月中旬，从湖南那边传来了一个晴天霹雳般的噩耗，君猷竟然病故于路途。

君猷的家眷此时还都在黄州，所以，他的棺椁先要运送到黄州，然后才回故里下葬。得之这时已经离开黄州，回了福建老家，他一收到消息，也赶往黄州赴丧。

得之还没到黄州，东坡就给他写信，表达自己的哀痛："始谪黄州，举目无亲。君猷一见，相待如骨肉，此意岂可忘哉！恨谪籍所縻，不克千里会葬。"

按照东坡内心的意愿，他希望自己能往千里之外为君猷助葬，但因朝令所限，只能遗恨。

然后，东坡站在一个全局的高度，为徐家筹谋君猷后事。毕竟，东坡在黄州地头熟、人脉广。

他先是要得之好好把关，尽心尽力："诸令侄皆少年，未甚更事。得之既手足之爱，事事处置令合宜，若有分毫不如法者，人不责之诸子，而责得之也。幸深留意，切不可惜人情，顾行迹，而有所不尽也。"

最后，他就如何安排君猷的内眷和三个儿子，给得之出主意："十三、十四皆可，俊性，不宜令失学。闻其舅仲谋户部君之雅望久矣，但未相见，不敢致书。欲望得之致恳。若候葬毕，迎君猷阁中，与其三子置之左右，而教之以学，则君猷不死矣。"[1]

东坡特别喜欢君猷家的老二。以前只要东坡去君猷家，徐十三秀才就缠着东坡求字，他现在估计收藏了东坡几千幅字，但仍贪求不已。有一天，东坡去他家，徐十三刚好病了，坐在书案边不吃饭，但仍苦苦向东坡求字。东坡开玩笑地对他说："吾不知此字竟堪充饥已病否？此蔽殆不可解也。"[2]

最要命的是，这样聪明的孩子遭逢家道变故后可能会失学。所以，东

---

[1] 以此引文皆见《苏轼文集》卷五十七《与徐得之十四首（一）》，第 1721 页。

[2] 《苏轼文集·苏轼佚文汇编拾遗》卷下《自书赠徐十三秀才字后》，第 2691 页。

坡建议得之诚恳致信孩子们的舅舅，请求他收养君猷未亡人及三个孩子，并教孩子们读书，只有这样安排，"则君猷不死矣"。

君猷的灵柩抵达黄州时，得之还在路上，但君猷的另一个弟弟六秀才，已先行赶到了黄州。

也就三个多月，再见君猷，却是生死相隔。东坡内心的伤痛，不可言表。他给得之去信说："丧过此，行路挥涕，况于亲知如仆与君者。见其诸子，益复伤心。"

东坡对如期抵黄、主持丧事的六秀才，也较为首肯："虽骤面，颇似佳士。郡人赙之百余千，已附秀才收掌，专用办葬事也。"

他最关心的，还是君猷的未亡人和三个还未成年的儿子："既葬之后，邑君与十三、十四等，可暂归张家，为长策。"他还怕得之怪自己多管徐家之事，最后解释说："闲人不当僭管，但平昔蒙君猷相待如骨肉，不可不尽所怀。"[1]

君猷的志文，由刚迁转为兴国军（今湖北阳新）知军的杨元素来写，而东坡则写了《祭徐君猷文》和《徐君猷挽词》。

在《祭徐君猷文》中，他回念君猷种种的恩德："轼顷以蠢愚，自贻放逐。妻孥之所窃笑，亲友几于绝交。争席满前，无复十浆而五馈；中流获济，实赖一壶之千金。"但自己还没有任何的报答，"已兴哀于永诀。平生仿佛，尚陈中圣之觞；厚夜渺茫，徒挂初心之剑"。[2]

那种拊棺一恸的悲伤，只能徒呼呜呼哀哉！

而在《徐君猷挽词》中，他写道："请看行路无从涕，尽是当年不忍欺。"这是描写君猷丧停黄州，黄州百姓怀念其德政而满城尽悲。

而自己则"雪后独来栽柳处，竹间行复采茶时"。在对故人故物旧事的追寻中，东坡只能重温那永不再来的兄弟情谊和温暖。

---

[1]　《苏轼文集》卷五十七《与徐得之十四首（二）》，第 1721 页。

[2]　《苏轼文集》卷六十三《祭徐君猷文》，第 1946 页。

得之终于赶到了黄州。一切事宜，都是按东坡的建议承办。

隔年春末，君猷的灵船才离开黄州。东坡不忍送行，只能给得之去信："十一郎昆仲不及再别，惟节哀慎重为祷。葬期不远，想途中不复滞留。凡事禀议大阮为佳。"[1]

"山城散尽樽前客，旧恨新愁只自知。"当君猷的灵船，在黄州江边的码头缓缓驶出时，天空却下起了毛毛细雨。

雪天读书的幸福

天空中正下着雨加雪。东坡下马，搓了搓手，敲开了一家寺庙的大门。

原本计划好的会面，却彼此错失。人在归途中，天色却突然变了，只好寻得一处古庙，向执事僧请求借宿几晚。

知安州的滕达道，和东坡相隔并不算远，但三年来，两人却一直没有见过面。

一个月前，东坡收到滕达道的来信，马上给他回信，谋求一次可能的相会："公解印入觐，当过岐亭故县，预以书见约，轻骑走见，极不难。慎勿枉道见过，想深识此意。乍冷，万乞自重。"[2]

这场约见，东坡想得很周到，自己骑马去岐亭，滕公的车队也不用绕路。如此体贴的安排，达道应该也要为东坡的周密点个赞。

寒冬已至。按照约定，东坡顶着十二月的朔风，一路北行。刚过黄陂，东坡却收到了马铺信使送来的急件。东坡内心咯噔一下，看来出现了意外。打开急件一看，东坡顿时哭笑不得，怅然若失。

他专门就此，给滕达道写信，表达自己无缘一见的遗憾："专人复来，承已过信阳，跋涉风雨，从者劳矣。比日起居何如？某比谓公有境上之约，必由黄陂遂径来此，拙于筹量，遂失一见，愧恨可知。然所言者，岂有他哉，

---

[1] 《苏轼文集》卷五十七《与徐得之十四首（五）》，第 1722 页。

[2] 《苏轼文集》卷五十一《与滕达道六十八首（三十一）》，第 1485 页。

徒欲望见颜色，以慰区区，且欲劝公屏黜浮幻，厚自辅养而已。"[1]

没有办法，满怀期待的东坡只好折身返回黄州。也不知滕达道为啥突然爽约？东坡骑着马，信马由缰中，一直为这个问题纠结不已。

突然，几粒雪子打得脸生疼，东坡回过神来，哎呀，竟然下雪了。看来，得就近找个寺庙避寒取暖。

知道来客是鼎鼎大名的苏轼，执事僧马上将客人安置下来，并交代手下好生照管。

雪一直在下。还好，走到哪里的东坡，都会随身带本书。这次带的书，还是他最爱的《汉书》。按我们现代人的标准来看，读史书，当然是首推《史记》。但不知为什么，东坡却更爱《汉书》。

只要有书读，待在庙里，生活其实也很惬意。东坡在给滕达道的信中，专门描述自己在安静的古寺雪天，拥炉读书的温暖场景："某到黄陂，闻公初五日便发，由信阳路赴阙，然数日如有所失也。欲便归黄州，又雨雪间作。向僧房中明窗下，拥数块熟炭，读《前汉书·戾太子传赞》，深爱之。反复数过，知班孟坚非庸人也。方感叹中，而公书适至，意思豁然。"

爱书的人，会在不同的季节，应时而读，让书籍和时令在奇妙的对应中，生腾出神秘的气场。探访错失、路途遇阻的郁闷在雪天炉旁的阅读中被一扫而空。那个静谧僧房向阳处明灭的炉火，在书香的蔓延中，对抗着窗外的寒风和飘雪，然后温暖不已，绵延至今。

应该是滕达道在来信中告知了他不得已爽约的原因，在此信结尾处，东坡笔调为之一转："稍晴暖，当阳罗江上放舟还黄也。"[2]

此时的豪情，油然可见，真足令人向往！

意想不到的豁免权

八月后的黄州，从知州到各机构官员，差不多全部调换。曾任酒监的

---

[1] 《苏轼文集》卷五十一《与滕达道六十八首（十八）》，第 1481 页。

[2] 以上引文皆见《苏轼文集》卷五十一《与滕达道六十八首（二十六）》，第 1484 页。

乐京，这次也要调离黄州。

他想来和东坡告别，东坡刚好身体不太舒服，只好写信为他送别："知明日启行，无缘面别，尚冀保练，慰此区区。"[1]

刚到黄州时，乐京为东坡解决过喝酒的不少难题。但饮酒需求量实在是太大，酒从何来，一直都是东坡在黄州面临的大问题。

东坡有酒瘾。以现在的医学观点看，东坡患有酒精依赖症。他自己也强调说："予虽饮酒不多，然而日欲把盏为乐，殆不可一日无此君。"

但酒从哪来呢？这就要说到宋朝的禁酒令。可以讲，没有通宵达旦的畅饮，就没有歌舞升平的梦中汴京。宋代繁华的商业市井氛围，任何人拍脑袋都知道，酿酒卖酒，绝对是顶好的生意。也可想而知，这顶好的生意，就会如同盐铁一样，成为官家专卖。

东坡不免为此抱怨不已，然后为自己酿私酒找了个理由："州酿既少，官酤又恶而贵，遂不免闭户自酝。"[2]

今年大病半年。在患红眼病时，他又琢磨饮酒和生病的关系："吾平生常服热药，饮酒虽不多，然未尝一日不把盏。自去年来，不服热药，今年饮酒至少，日日病，虽不为大害，然不似饮酒服热药时无病也。今日眼痛，静思其理，岂或然耶？"[3]逻辑还是很清晰，服丹喝酒时不得病，今年不喝酒，所以天天病。很明显，这个逻辑有些站不住脚，但东坡的出发点太明确了，就是为自己的饮酒和酿酒，寻找合法性基础。

东坡朋友多，又都知道他爱酒，所以，经常会有朋友送酒给他。贬到黄州后，黄州周边各级官员，都会给他送酒。好多年后，他满含深情地回忆说："予昔在黄州，邻近四五郡皆送酒，予合置一器中，谓之雪堂义樽。"[4]

哪怕朋友们天天送酒，但喜欢宴乐的东坡，每大都有大聚会，存酒要

---

[1] 《苏轼文集》卷六十《与乐推官一首》，第 1825 页。

[2] 以上引文皆见《苏轼文集》卷七十三《饮酒说》，第 2369 页。

[3] 《苏轼文集》卷七十三《饮酒说》，第 2371 页。

[4] 《苏轼文集》卷七十《书雪堂义墨》，第 2226 页。

与朋友共享，所以永远不够喝。最终，只有自己酿私酒，才能解决酒不够喝的难题。

杨世昌到黄州后，教会了东坡酿蜜酒。然后可想而知，这么好喝的蜜酒，又是东坡亲酿，蜜酒的名声，黄州人人皆知。

既然酿酒、贩酒能带来巨大的利益，也就必然催生贩卖私酒的地下活动，然后，政府也必然出现打击走私的司法部门。不觉年底，又到了酒的销售高峰期，乐京原来所在的酒监部门，便开始到处查访缉拿贩卖私酒的不法分子。

今年的巡查力度明显大多了。这几天，黄州城里好几家酿私酒的地下作坊，门口都立了块木牌。先是公示姓名加以羞辱，然后就是罚没和罚款。

整个黄州城的人都知道，江边临皋亭苏学士家，天天都有酒会，许多酒，还不是自己酿的。有些人想看热闹，天天在东坡家附近晃悠。如果能现场见证这个示众的木牌是如何被插在东坡家门口的，显然能够为自己带来独家的谈资。

离春节也没几天了，雪堂里面热闹依旧，而门外也依然静悄悄的。奇怪的是，执法队根本就没派人来门前立告示木牌。东坡有些纳闷儿，却也暗自高兴。

这一天，东坡和州府几位新官员一起喝酒，就向官员打探究竟。酒友告诉东坡说："为贤者讳。"

东坡却没有乘势领情，辩解道："吾何尝为此，但作蜜酒耳。"[1]

看来，在宋人的内心世界里，公众人物总有意想不到的豁免权。到黄州已快四年的东坡，从官府到民间，没有人会不爱戴他。

黄州有味

尽管苏轼被贬谪到黄州时，是一个没了差遣的团练副使，但家中还是

---

[1] 《苏轼文集》卷五十八《与吴君彩二首（二）》，第 1749 页。

配有厨子、童子和做家务的侍女。毕竟还是朝廷官员，哪怕再穷，这些人员配置仍必不可少。

而且，正如孟子所言："君子之于禽兽也，见其生，不忍见其死；闻其声，不忍食其肉。是以君子远庖厨。"对于戒杀生的东坡来讲，厨房重地血光闪闪，也只能由厨子去制造。

不过，到了黄州这个陌生地方，东坡内心最担心的，是一大家人的温饱问题。

所以，他开始观察黄州的各种食材，以求找到一个便捷的途径来解决桌上食物来源的难题。

在给定国的信中，他曾讲道："知有煞卖鹅鸭甚便，此间无有，但买斫脔鱼及猪羊獐雁，亦足矣。"[1]

为什么东坡羡慕定国所在宾州（今广西宾阳）能很便利地买卖鹅鸭，而黄州却不行？是因为宋代官员的宴席上，主要以鹅鸭和羊肉为主，而猪肉则似乎不被人待见。也正因为如此，就连黄州这样的下等州，猪肉也异常便宜。

既然如此，东坡就必须要通过改进猪肉的做法，来提升其上桌的品格。

通过亲自下厨几番调试，终于，现在流行于全世界的东坡肉的雏形出现了。

然后，东坡写了一篇《猪肉颂》，来介绍其做法：

> 净洗锅，少著水，柴头罨烟焰不起。待他自熟莫催他，火候足时他自美。黄州好猪肉，价贱如泥土。贵人不肯吃，贫人不解煮，早晨起来打两碗，饱得自家君莫管。[2]

---

[1] 《苏轼文集》卷五十二《与王定国四十一首（八）》，第 1518 页。

[2] 《苏轼文集》卷二十《猪肉颂》，第 597 页。

这个食谱对其做法的介绍并不详实，只是强调少水小火慢炖，火候足了美味自来。

为什么要专门为"黄州好猪肉"做篇颂呢？是因为其价钱极其便宜，有钱人不吃，穷人又不知道正确的做法，东坡小试牛刀，便可让全家吃到美味的肉食，从而解决可能降临的饥寒交迫的问题。

所以，他不无得意地告诉定国："廪入虽不继……然犹每日一肉，盖此间物贱故也。"[1]

在朋友间往来酬谢日渐频繁后，他觉得天天这样大吃大喝，影响健康，就专门写了篇养生的告示：

> 东坡居士自今日已往，不过一爵一肉。有尊客盛馔则三之，可损不可增。有召我者，预以此先之，主人不从而过是者，乃止。一曰安分以养福，二曰宽胃以养气，三曰省费以养财。[2]

这篇告示主要是反对暴饮暴食。东坡告之想请他吃饭的朋友，最多只能上三盘菜，只可少，不可多。对东坡来讲，可能真有点无肉不欢，他自己规定的日常饮食方式是：早晚两餐，一杯酒一碗肉就够了。这碗肉，大部分时候，只能是猪肉。

除了猪肉，黄州还有一种得天独厚的美味食材，就是江鲜。他向太虚感叹说："鱼、蟹不论钱。"[3]

所以，东坡同样也要下厨房，去探索江鱼的创新性做法。

元祐四年（1089）十一月二十九，出守杭州的东坡这天心情不是一般的好，就亲自调羹，为朋友们煮了一道鱼羹。吃到的朋友们连连惊呼，赞叹不已。

---

[1] 《苏轼文集》卷五十二《与王定国四十一首（八）》，第1518页。

[2] 《全宋笔记·东坡志林》卷一《记三养》，第23页。

[3] 《苏轼文集》卷五十二《答秦太虚七首（五）》，第1536页。

这道鱼羹，正来自东坡在黄州时的美食试验："予在东坡，尝亲执枪匕，煮鱼羹以设客，客未尝不称善，意穷约中易为口腹耳！"

可见，做出鱼羹这样的新菜，还是因为自己穷，乃生活所迫的不得不为之。

> 今出守钱塘，厌水陆之品，今日偶与仲天贶、王元直、秦少章会食，复作此味，客皆云：此羹超然有高韵，非世俗庖人所能仿佛。岁暮寡欲，聚散难常，当时作此，以发一笑也。[1]

而执掌一州，厌倦了常见的山珍海味，重新回到黄州掌勺的那个瞬间，朋友对鱼羹的赞誉，是"超然有高韵，非世俗庖人所能仿佛"。可见，对于东坡来说，每道食材的烟火气里，蕴含着不可见的大道。

除了那道鱼羹，东坡还留下了一个比较详实的在黄州摸索出的煮鱼食谱：

> 子瞻在黄州，好自煮鱼，其法，以鲜鲫鱼或鲤治斫，冷水下，入盐如常法，以菘菜心芼之，仍入浑葱白数茎，不得搅。半熟，入生姜萝卜汁及酒各少许，三物相等，调匀乃下。临熟，入橘皮线，乃食之。其珍食者自知，不尽谈也。[2]

这道食谱对各种辅料及用量、火候及用法，介绍得非常清晰。至于味道如何，东坡要求大家亲自去做去品，无需自己多言。

而真正好的厨师，最难做好的菜，是素菜。东坡在黄州，同样也充分挖掘本地的食材，做出了一道东坡羹。这道菜羹，东坡同样也为它做了篇颂：

---

[1]　以上引文皆见《苏轼文集·苏轼佚文汇编》卷六《书煮鱼羹》，第 2592 页。

[2]　《苏轼文集》卷十三《煮鱼法》，第 2371 页。

> 东坡羹，盖东坡居士所煮菜羹也。不用鱼肉五味，有自然之甘。其法：以菘、若蔓菁、若芦菔、若荠，揉洗数过，去辛苦汁，先以生油少许涂釜缘及一瓷碗，下菜沸汤中，入生米为糁，及少生姜，以油碗覆之，不得触，触则生油气，至熟不除。[1]

这道羹主要的食材，就是黄州最为常见的大白菜、大头菜、大萝卜、野荠菜。具体的做法，东坡不厌其烦地加以介绍，而且强调其成功的几个关键点。

在这个食谱中，"入生米为糁"犹值得关注。因为这个佐料，就是现在湖北蒸菜中，必须使用的颗粒状的蒸米粉。

尽可能地利用黄州便宜和容易到手的食材，去尝试新的做法和口味，寻常日子，也可以变得有滋有味起来。

一个好的厨师，当然也是一个好的美食家。在黄州的日子里，酒局不断，但最让他回味不已的，却是吃了一顿全牛宴。

按说大宋律法，是严禁宰杀耕牛的，那东坡怎么能吃到一顿全牛宴呢？

何薳在其《春渚纪闻》中讲道："先生在东坡，每有胜集，酒后戏书，以娱坐客，见于传录者多矣，独毕少董所藏一帖，醉墨澜翻，而语特有味。"

可见，东坡喝完酒，在酒后会主动为酒友们写点东西。何薳看到的这幅"醉墨澜翻""语特有味"的帖子，确乎其实：

> 今日与数客饮酒，而纯臣适至。秋热未已，而酒白色。此何等酒也，入腹无脏，任见大王。既与纯臣饮，无以侑酒；西邻耕牛适病足，乃以为炙。饮既醉，遂从东坡之东直出，至春草亭而归，时已三鼓矣。

---

[1] 《苏轼文集》卷二十《东坡羹颂并引》，第595页。

语言简朴有至味。但要体会出其中之味，还需看何薳在帖后的补语："所谓春草亭，乃在郡城之外。是与客饮酒，私杀耕牛，醉酒逾城，犯夜而归。又不知纯臣者是何人，岂亦应不当与往还人也。"[1]

可见，这场秋末深夜的酒局，犯禁之处多矣。但肉吃完，酒上头，东坡翻城往春草亭去，三鼓鼓声骤起，破空而来，夜已深沉。

此何等放纵洒脱之良夜也！

无情之物变有情

东坡在黄州的第四年，已经异常习惯这种悠闲的自在。所以，和友人之间往来的一个重要内容，就是常有各种文玩的交流和赏鉴。这一直是贯穿于东坡日常生活中，不期而至的乐趣与雅致。

不知是不是为了感谢东坡填了那首《水调歌头》，张怀民送了两块墨丸给东坡。因为张怀民送的墨丸，"其光清而不浮，湛湛如小儿目睛"[2]，一看就是珍稀之物。对于有收藏珍稀墨丸之癖的东坡来讲，完全值得为这事作文以记，于是怀民就收到了《书怀民所遗墨》。

十一月十一冬至那天，黄冈主簿段君玙给东坡送了一块风字砚。砚底刻字为："祥符己酉，得之于信州铅山观音院，故名僧令休之手琢也。明年夏于鹅湖山刻记。"其侧面则刻有"荒灵"二字。

这是一块上好歙砚，而刻字中所言名僧令休，距当时不过七十四年，却已湮没，不知其为何人。

一入其眼，即入其心。东坡对段主簿，报之以短文《书名僧令休砚》。[3]

第二天，张怀民把自己收藏的郭忠恕《楼居仙图》，拿出来给东坡鉴赏。东坡欣赏其人其画，就为怀民写了篇《郭忠恕画赞并叙》。叙写得如同一部唐人传奇，把郭忠恕的事迹写得曲折而极富传奇性。而对其画则赞

---

[1] 以上引文皆见《春渚纪闻》卷六《牛酒帖》，第 92 页。

[2] 《苏轼文集》卷七十《书怀民所遗墨》，第 2225 页。

[3] 参见《苏轼文集》卷七十《书名僧令休砚》，第 2238 页。

曰："长松挽天，苍壁插水。凭栏飞观，缥缈谁子。空蒙寂历，烟雨灭没。恕先在焉，呼之或出。"[1]

除了文人间常见的文房清玩，最值得一提的是，东坡写了一幅极其重要的书法作品。

这年下半年，他的朋友傅尧俞（字钦之）专门派人来黄州，向东坡求字。东坡大病痊愈，心情大好，就为他写了一幅《赤壁赋》，并附信说："轼去岁作此赋，未尝轻出以示人，见者盖一二人而已。钦之有使至，求近文，遂亲书以寄。多难畏事，钦之爱我，必深藏之不出也。又有《后赤壁赋》，笔倦未能写，当俟后信。"[2]（见图《赤壁赋》）

而这幅写就的《赤壁赋》，流传有序，目前珍藏在台北故宫博物院。

确实，东坡太擅长在日常生活中寻出别样乐趣。这不，有一天，张怀民与张昌言下围棋，东坡马上起哄，来场小赌怡情。

怎么个赌法呢？东坡以其一幅字为赌注，弈棋胜者得书法作品，输的人则出五百枚铜钱组饭局，请大家喝酒。[3]

生活的快乐，无需预设。兴之所起，不妨在无伤大雅的小赌中，创造出博弈的欢乐。

游戏存在于生活的各处。正如席勒所言，因为生命力的盈余，人会产生游戏的冲动。于是，借助于这种游戏，东坡企图创造一个自由的形式。

离去的脚步声

生活一如平常，人事代谢不已。

回望最近这四个月，东坡身边，到处都回响着亲朋故旧或返家或离去的脚步声。

巢谷下半年也返乡而去，他离开黄州的具体时间不得而知。东坡曾给

---

[1] 《苏轼文集》卷二十一《郭忠恕画赞并叙》，第 612 页。

[2] 《苏轼文集·苏轼佚文汇编》卷二《与钦之一首》，第 2455 页。

[3] 参见《苏轼文集·苏轼佚文汇编》卷五《赌书字》，第 2540 页。

四川中江令程彝仲的信中提及："元修去已久矣，今必还家。"[1] 所言看似冷静，实则甚是惆怅。

而最近的玩伴张怀民也收到了朝廷公文，令其回京受命。腊八节那天，苏东坡前往张怀民家小阁中饮酒，并填了一首《南歌子》为他送行：

> 卫霍元勋后，韦平外族贤。吹笙只合在缑山。同驾彩鸾归去趁新年。
> 烘暖烧香阁，轻寒浴佛天。他时一醉画堂前。莫忘故人憔悴老江边。[2]

上阕是赞美怀民高贵的身世，并为怀民能在新年前回京而高兴。下阕是提醒他在享受各种幸福生活的同时，不要忘记日渐憔悴的老朋友，渐老江边。

实际上，这首词更深层的意思，是自己的盼归。但何时归，归何处，只能自问。

八月底去京师谋职的苏迈，年底也回到了黄州。东坡给朋友沈睿达写信说："小儿亦授德兴尉，且令分房减口而已。"[3] 在给钱世雄的信中，关于苏迈的事，讲得更为具体："旅寓，不觉岁复尽。江上久居益可乐，但终未有少田，生事漂游无根尔。儿子明年二月赴德兴，人口渐少，当稍息肩。"[4]

苏迈终于可就官出行，东坡稍微松了口气。毕竟，儿子分家自立门户，自己经济上的压力会小一些。孩子的长大，其实就是意味着他们要从父母的周遭离去。

腊月二十七这天早晨，天麻麻亮，东坡醒来，记起了刚做的那个梦。在梦中，几名小吏拿着一幅纸，纸上写着："请《祭春牛文》。"东坡拿起笔，

---

[1]　《苏轼文集》卷五十八《与程彝仲六首（六）》，第 1752 页。

[2]　《东坡乐府雅集》卷二《南歌子·卫霍元勋后》，第 167 页。

[3]　《苏轼文集》卷五十八《与沈睿达二首（二）》，第 1745 页。

[4]　《苏轼文集》卷五十三《与钱济明十六首（三）》，第 1550 页。

在纸上疾书："三阳既至，庶草将兴，爰出土牛，以戒农事。衣被丹青之好，本出泥涂；成毁须臾之间，谁为喜愠？"一名小吏微笑着说："这两句，应当会恼怒别人吧。"旁边另一个小吏说："不妨事，这是为了唤醒他。"[1]

确实，到处都是离开的脚步声。这个唤醒的梦，预示着什么呢？

---

[1] 参见《苏轼文集·苏轼佚文汇编》卷五《梦中作祭春牛文》，第2547页。

第七章　黄州鼓角送君行

庙堂嘈嘈　江湖寂寂

元丰七年（1084）为甲子年。所谓甲子，是指万物萌于既动之阳气下，代表万物初发，循环往复，更替不止。

一入春，东坡就四十九了。《周易·系辞上》有言："大衍之数五十，其用四十有九。"钻研《易经》颇有心得的他，不由感叹"流年已似手中蓍"[1]。但四九与甲子同岁，明显有否极泰来的寓意。

去年下半年，苏迈去京师，除了为自己谋求官职外，当然也会多方打探朝廷动向，以了解父亲是否能东山再起，有无复出的可能。

苏迈带回来的消息，似乎不太理想。有个朋友向东坡求文，他在信中拒绝的理由，和初贬黄州时的说辞几乎一样："儿子自京师归，言之详矣，意谓不如牢闭口，莫把笔，庶几免矣。"[2]

别看是大过年的，京师人事依然纷纷，斗争并未有所停歇。去年年底，滕达道之所以急于回京，是因为遭人构陷。东坡就这事一直和他频繁沟通。他写信劝慰说："公忠义皎然，天日共照，又旧德众望，举动当为世法，不宜以小事纷然自辨。"[3]

果然，正月初六，"左右不悦者，又中以飞语，复贬筠州。士大夫为

---

[1] 参见《苏轼诗集》卷二十二《次韵曹九章见赠》，第 1187 页。

[2] 《苏轼文集》卷六十《黄州与人五首（二）》，第 1846 页。

[3] 《苏轼文集》卷五十一《与滕达道六十八首（二十五）》，第 1483 页。

公危栗，或以为且有后命"。[1] 原因是最近犯谋逆大罪的李逢，是滕达道妻子的族人。所以，他不能在京师周边任职，只可去东南一小郡做知州。

滕达道决定上书以自辩。但如何写好这篇自辩的文章，滕达道还是很费了些脑筋。写完初稿后，他把稿件寄到黄州，请东坡提意见。东坡回信说："辄以意裁剪其冗，别录一本，因公之成，又稍加节略尔。"[2]

最终，滕达道给神宗所上《辩谤乞郡状》，还是以东坡裁剪稿为底本。[3] 乞郡状最终还是收到了效果，滕达道改知湖州。

而这年春节，神宗皇帝也一直处于焦虑之中。与西夏的战事，一直没有太大进展。而朝廷人事纷争不已，变法之路，停滞难行。去年以来，反王安石变法的一批官员，也陆陆续续重回朝廷，加以重用，似乎表现出神宗皇帝有求变的想法。

新春伊始，一直怜惜东坡才华的神宗皇帝，也在考虑如何起用东坡。朝中反对的声音还是很大，苏轼的复起路径，还须一步步有条不紊地设计安排。

正月二十一那天，神宗皇帝下了一道手诏："苏轼黜居思咎，阅岁滋深，人才实难，不忍终弃。"[4] 苏轼重得任用的那道口子，终于被撕开。

两年后，东坡在中书省时，在《次韵王震》一诗中写道："闻道吹嘘借余论，故教流落得生还。清篇带月来霜夜，妙语先春发病颜。"之所以有此论，是因为他终于得知，神宗皇帝手诏中的首两句，为王震所为，这令他叹服感激不已。这个王震，其实是他好朋友王定国的侄子。

而远离京师一千多里的苏家，今年春节的气氛，除了喜悦，又多了些凝重。大年初一那天，全家欢欢喜喜地拜完年后，还专门开了场家庭会议，商讨一个重要的事情，就是苏迈独立门户。独立门户，意味长子分户独立，

---

[1] 《苏轼文集》卷十五《故龙图阁学士滕元发墓志铭》，第 459 页。

[2] 《苏轼文集》卷五十一《与滕达道六十八首（二十四）》，第 1483 页。

[3] 参见《苏轼文集》卷三十七《代滕甫辩谤乞郡状》，第 1056—1057 页。

[4] 《续资治通鉴长编》卷三百四十二"神宗元丰七年"条，第 8229 页。

这是自己这个房头极其重要的事情。

既然分户，全家还有另一个重要的事情需要讨论定夺。一年前，苏迈的妻子吕氏病故，孙子苏箪也到了上学的年龄。年后，苏迈去饶州（今江西上饶）任德兴县尉，不带家室过去，他的生活会极不方便。因此续弦的事，迫在眉睫。

商量的具体过程不得而知，但续弦的问题还是得以解决。苏迈将娶石幼安的女儿为妻，眉山苏石两家，再次联姻。

今年的这个春节，和往年很有些不同。东坡被国事和家事缠身，一直处于一种忙碌的状态，所以，已经延续了三年的正月二十寻春的传统，今年也不见踪影。

江头千树一枝斜

正月的最后一天，东坡收到了秦观的来信，信中附了一首他的新诗《和黄法曹忆建溪梅花同参寥赋》。参寥在一旁读了少游的诗，不由得赞赏不止，于是建议雪堂主人明天一早出门，寻春赏梅，然后和秦观隔空和诗。

第二天早上，大家的兴致很高。徐得之也在，于是三人就从雪堂出来，路过柯山下的那个池塘，先往乾明寺去看竹林。乳母任氏的坟茔就在附近，在竹林小坐后，东坡又带两位去任氏坟头祭扫拜谒。

随后，三人又往茶圃锄草整枝，再往赵家园子，探访梅堂，然后又去尚家花园，看那些高耸入云的老柘树，如龙缠蛇绕。

一路走走停停，不觉快到午时，三个人决定到定惠院小憩一会儿。见东坡一行过来，寺僧马上把他们迎到任公亭坐下，一起饮茶闲聊。喝完茶，突然觉得少点什么，东坡说那我们再约后日携酒到此寻春吧！原来，是少了酒。[1]

虽然只是在梅堂看梅，但春风岭的梅花，总是如在眼前。回到雪堂，

---

[1] 参见《苏轼文集》卷六《师中庵题名》，第 2581 页。

得之帮着磨墨，东坡和参寥一人写了一首《和秦太虚梅花》诗。

写梅花的诗很多，其中林逋的《山园小梅》中有"疏影横斜水清浅，暗香浮动月黄昏"一句，被推为咏梅绝唱。这次，秦观的梅花诗，意有新出，不由得也激发了东坡的诗兴。

东坡的诗，总有个"我"在。前四句"西湖处士骨应槁，只有此诗君压倒。东坡先生心已灰，为爱君诗被花恼"，表扬弟子的诗，终于压过了西湖处士和靖先生，而东坡先生本已心如槁木死灰，却因为爱这首梅花诗而"被花恼"，撩拨起了看花的兴致。

接下来，就是写自己赏梅。"多情立马待黄昏，残雪消迟月出蚤"，写人的动作，立马等待；写梅的寂静，残雪着花。而黄昏，最是看梅妙时，月光，恰可造冰清玉洁之境。"江头千树春欲暗"，这是以多造势，千树繁花成花阵，明媚的春光也相形暗淡。然后，此诗的诗眼出来了，"竹外一枝斜更好"，这是少造成的梅花之格：一枝幽独，斜则闲雅。此句一出，其他可以不论了。

参寥的和诗写完后，东坡意觉未平，于是又加写了一首《再和潜师》。

二十一年后，擅长画墨梅的画家仲仁（花光和尚），为黄庭坚画了一幅画，作梅数枝，及烟外远山。画完后，画家专门提起了秦、苏此诗。想到两位国士已不在人间，读着这两首诗，庭坚感叹不已，于是也用少游韵，写了一首咏梅诗。在诗中，他感叹道："何况东坡成古丘，不复龙蛇看挥扫。我向湖南更岭南，系船来近花光老。叹息斯人不可见，喜我未学霜前草。写尽南枝与北枝，更作千峰倚晴昊。"

斯人不可见，虽万人何赎！最哀痛的伤，得由活到最后的人来承受。

海棠树下饮春酒

今年的上巳节，终于可以好好地去看海棠花，然后，花下饮春酒，不知今夕何夕。

天气不是很好，云很厚，虽没有太阳，但雨却并没下下来。酒扫完雪堂庭园，东坡对参寥说："西蜀海棠今开矣，可作一日之游。"

今天的这个出游，应和了上个月东坡的提议：原班人马外加两人，提了酒，直奔定惠院东边的小山头。

每年海棠花开时节，东坡都会和朋友们树下置酒畅饮。今年的海棠花，又开得特别繁茂。海棠树所在的林园已经换了主人，但黄州城里的人都知道东坡酷爱此树。尽管园主尚氏是普通市井之人，他还是对这棵海棠树进行了特别护理。

山上长满了老枳树。这些树干瘦削而坚韧，筋脉裸露，如同老人的头颈。它的花白而圆，累累如大颗珍珠，香味和颜色都不凡俗。但这种树并不为人喜欢，只要长大一点，就会被人砍去。然而因为东坡，这些枳树竟然高可参天。

花间饮酒，花气袭人，酒香熏人，这真是双重的酣醉。

喝完酒，大家便去尚家的房子里歇息。尚氏也是老百姓，但住处干净整洁，像吴越人，还有可人的竹林花圃。东坡醉卧在小板阁上，"一枕春眠日亭午"。睡了不大一会儿，东坡就醒了。大家围坐在一起，听朋友崔诚老抚琴。崔诚老弹的是东坡家珍藏的雷氏琴。此琴果然不同凡响，琴声破空袭来，铮铮然，顿觉春光暗淡，悲风晓月，意非人间。

到了傍晚，东坡又和朋友们出东门。有一个卖大木盆的，推销说这大木盆，可以注入清泉，浸洗瓜果。

看了下热闹，几个人又沿着沟边，前往何圣可和韩家的竹园。何圣可是读书人，专门在自己的竹林里，辟了块地，盖了间厅堂。于是大家又在竹荫下，重新铺桌置酒。

桌上又摆上了东坡极爱的"为甚酥"。只要来何秀才家聚会，就会有这个"为甚酥"。这个"为甚酥"是个啥东西呢？

原来，这是黄冈县主簿刘唐年家用油煎炸的果子，味道极美，口感酥脆。东坡第一次吃到它时，就问这果子的名字，何圣可也不知道。东坡又问："为甚酥?"在座的客人纷纷说:"好名字,油果子的名字,就是它了。"[1]

酒一上桌,大家酒兴又起。没想到东坡突觉兴尽,一个人径直起身回家。路过何家的小果园,东坡向主人求几株橘树,想移种到雪堂西边。

这天的酒会上,参寥没有端杯,他喝的是枣汤。而徐得之过几天要回闽中,以后也不知啥时能再有此会,就请东坡写篇游记,以后读了可以拊掌一笑。[2]

第二天,东坡想起昨天的闲适散淡、花酒袭人,写了一首长诗《上巳日,与二三子携酒出游,随所见辄作数句,明日集之为诗,故辞无伦次》。

"薄云霏霏不成雨,杖藜晓入千花坞。"东坡也不知道,这将是他在黄州,与那株海棠花,最后的约会。

只恐夜深花睡去

苏迈去年在京师,和旅居在此的堂兄千乘往来很多。苏迈回黄州,千乘给东坡写了封问安信,托苏迈带回。

春节期间各种忙,给千乘的回信,竟然拖到了二月底。这封信聊家中事,说心里话,可以非常清楚地看出东坡此时的精神状态。

> 别来又复春深,相念不去心。迈自北还,得手书,及见数诗,慰喜不可言。日月不居,奄以除服,哀念忽忽,如何可言。久不得乡书,想诸叔已下各安。子明微累想免矣。因书略报,大舅书中甚相称,更在勉力副尊长意。家门凋落,逝者不可复,如老叔固已无望,而子明、子由亦已潦倒头颅,可知正望侄辈振起耳。念此,不可不加意。未由会合,千万自爱。[3]

---

[1] 参见《历代诗话·竹坡诗话》"东坡在黄州时"条,第354页。

[2] 参见《苏轼文集》卷七十一《记游定惠院》,第2257页。

[3] 《苏轼文集》卷六十《与千乘侄一首》,第1839页。

东坡在信中，给家族中长房长子所强调的一振家门，还是世俗的价值观，也就是科举出仕，公侯满门。他认为自己这一辈，本可光大门第，但目前却潦倒无望，也就只能对下一辈谆谆以诲，要他们奋起直追。

没想到，这封信寄出后没几天，时间在三月初四至三月初八之间的某天，黄州知州杨君素派人唤请东坡前往州府听宣。从正月二十一发出重新起用苏轼手诏，到三月初三后，公文才终抵黄州，一纸任命拖延了一月有余。可见，对如何起用东坡，朝廷仍有各种争端。

朝廷对东坡的安排为：责授检校尚书水部员外郎、汝州团练副使，本州安置，不得签书公事。

听闻公文后，东坡的心情如何呢？我们可以从随后的几件事，略加揣测。

也许是这几天天气大好，东坡难得地带全家人郊游野炊。这是在黄州四年来，东坡第一次组织家庭户外活动。这次野炊，带了食物和酒。东坡专门为刘家的"为甚酥"、潘家的"莫作醋"，写了首诗，戏弄两位。

原诗题为："刘监仓家煎米粉作饼子，余云为甚酥。潘邠老家造逡巡酒，余饮之，云莫作醋，错著水来否？后数日，携家饮郊外，因作小诗戏刘公。"诗作："野饮花间百物无，杖头惟挂一葫芦。已倾潘子错著水，更觅君家为甚酥。"[1]

这次难得的全家人野炊，是东坡想以此让全家人和黄州作别。而主动为刘唐年写诗，则表明其心情不错。虽然官职和待遇与在黄州没有任何变化，但毕竟汝州离京师更近，这首先表明朝廷用人态度的变化，明显是遇恩敕迁。从这种平调，东坡还是看到了某种希望，所以通过和家人郊游，一起分享其内心的快乐。

三月初九那天，他又给江南王文甫写了一封极深情的信。在回忆了他

---

[1] 以上引文皆见《苏轼诗集》卷二十二《刘监仓家煎米粉作饼子，余云为甚酥。潘邠老家造逡巡酒，余饮之，云莫作醋，错著水来否？后数日，携家饮郊外，因作小诗戏刘公》，第1190页。

们相识的经过后，他在结尾感叹说："及今四周岁，相过殆百数，遂欲买田而老焉，然竟不遂。近忽量移临汝，念将复去此而后期不可必，感物凄然，有不胜怀者。浮屠不三宿桑下，有以也哉。"[1]

《后汉书·襄楷传》中曾记佛祖"不三宿桑下，不欲久生恩爱"，但人与人之间相处久了，难免就会生出恩爱之情。东坡对这里的人有依依难舍之情，是因为在他人生的至暗时刻，这些人自愿无偿地伸出了最温暖的手。因此，收到离开的调令，东坡内心必然也会生出深深的离别之苦。这封信，只专注于友谊，有淡而恒远的忧伤，没有一点欣然之情。

一天后的早上，东坡从梦中醒来。在梦中，有个人带了一首诗来拜访他。诗为："道恶贼其身，忠先爱厥亲。谁知畏九折，亦自是忠臣。"又有几句赞铭："道之所以成，不害其耕。德之所以不修，以贼其牛。"[2]

从心理学的角度来看，这个梦明显表现出东坡内心对量移汝州的失望与不满。因为在梦中，他念念不忘地向皇上强调自己的忠诚。

在四月初确定了离黄行程后，他又给文甫去了一封信：

> 前蒙恩量移汝州，比欲乞依旧黄州住，细思罪大责轻，君恩至厚，不可不奔赴。数日念之，行计决矣。见已射得一舟，不出此月下旬起发，沿流入淮，溯汴至雍丘、陈留间，出陆，至汝。劳费百端，势不得已。本意终老江湖，与公扁舟往来，而事与心违，何胜慨叹。

东坡对调令还是略有失望。只是平调汝州，而搬迁又费力费钱，加上要和如此众多朋友作别，相比之下，继续住在黄州，其实最好不过。但毕竟平调也是今上恩宠，从政治角度考虑，岂能拂逆。因此，他还是在最短时间内上《谢量移汝州表》，向当今圣上谢恩。

---

[1] 《苏轼文集》卷七十一《赠别王文甫》，第 2260 页。
[2] 以上引文皆见《苏轼文集》卷六十八《记梦诗文》，第 2163 页。

要在一个月的时间内大搬家，也是一件浩大的工程。所以，他接下来就求文甫帮忙：

> 计公闻之，亦凄然也。甚有事欲面话，治行殊未集，冗迫之甚，公能两三日间特一见访乎？至望！至望！元弼药并书，乞便与送达。三五日间，买得瓷器，更烦差人得否？[1]

也是，搬家的各种繁琐之事，很让人有些苦不堪言，于是就向文甫求助。

这样的大事，必须也要告知家乡那边的亲人。他给叔丈人王庆源去了封信。在羡慕了叔丈人退休后的幸福生活后，他还是实话实说："某蒙恩量移汝州，回念坟墓，心目断绝。方作舟行，何时得到汝，到后又须营办生事。此身漂然，奉羡何及。"[2]

东坡收到公文之时的那种喜悦，在即将离开黄州前，已经消失殆尽。人生似乎是一场无尽的漂泊之旅。他只有一句话提及自己的调迁之事，其他所言，全是对故乡的思念，对搬家处理各种琐事的烦恼，对叔丈人恬淡日常生活的真切向往。

和黄州的告别，也是对那株海棠花树的告别。他又专门写了一首《海棠》诗："东风袅袅泛崇光，香雾空濛月转廊。只恐夜深花睡去，故烧高烛照红妆。"

这首诗也是东坡的代表作之一。首句"东风袅袅"，形容春风的吹拂之态。着一"泛"字，直写春意笼罩万物的暖融，为海棠的盛开造势。次句是实描，"香雾空濛"写海棠之幽香在氤氲的雾气中，似有似无；"月转廊"交代的是时间和环境，夜已深，月亮转过回廊那边，月色不再照临海棠花，这是艳丽而略显幽寂的海棠。"只恐夜深花睡去"，这一句写得痴绝。花

---

[1]　以上引文皆见《苏轼文集》卷五十三《与王文甫二首（一）》，第 1588 页。

[2]　《苏轼文集》卷五十九《与王庆源十三首（四）》，第 1813 页。

的幽寂，人的痴情，怎能两离？两相离，就会"生怖"。于是，愈发痴绝，烧起高烛照红妆。

岂能相离？这"红妆"，是花，是美人，也是黄州。

雷打不动的日课

听说东坡即将离开黄州，州县的官员，纷纷找机会来看他。这天，有位官员和东坡聊起新迁黄州的官员，说新来的教谕朱载上，有两句诗，别出一格，想请教下东坡的看法。

东坡听那人念完"官闲无一事，蝴蝶飞上阶"后，不由得拍手大赞。这个闲，闲出了无为而治的清明，也闲出了个人的散淡逍遥。东坡就委托那人，邀请朱载上来南堂做客。

这天中午吃过午饭，黄冈县教谕朱载上有些激动地来到了临皋亭，让下人把自己的姓名通报了进去。

不远处有江声阵阵，朱载上却竖起耳朵，等那急匆匆出来迎客的脚步声。但风吹过长江的声响，如同催眠曲般地响着，那个大名鼎鼎的东坡，却迟迟都不出来。

朱载上那个烦啊，走也不是，不走也不是。也不知等了多久，东坡终于出来了。他向朋友抱拳致歉说："刚才正在做雷打不动的日课，让你久等了。"

朱载上好奇起来："先生所讲的日课，有哪些内容啊？"

东坡的回答很有些简洁："抄《汉书》。"

朱载上有些纳闷了："以先生的天才，开卷展读，即可终生不忘，还要用手抄书吗？"

东坡摇了摇头："不是你想的这么简单。这已经是我第三遍抄写《汉书》了。第一次抄写一个故事，用三个字为标题，第二次再抄写时，用两字标题，现在第三遍，就只用一个目录字了。"

朱载上有些尴尬地回应说："这我就有些不太懂了，还请苏公明示。"

东坡于是让童子取来《汉书》，说："你随便在书中挑一个目录字。"

这真是一场惊人的记忆大赛。朱载上每挑出一个字，东坡随口就背诵几百字，没有一字差错。

朱载上大为佩服："像东坡这样的天才，读起书来，同样也要下苦功夫啊！吾等自愧不如。"[1]

对于正忙于搬家的东坡来讲，什么大事，也不能中断自己这个雷打不动的日课。

堂前细柳应念我

三月底开始，就是不停作别的日子。他在黄州收的学生潘大临，过几天同样也要出门，去参加乡试。

本想终老黄州，却又不得不离开。于是，只有通过写诗，和雪堂的邻居话别。

大临和大观却乘机向老师提出了非分的要求，请老师为两人再写一幅《赤壁二赋》。东坡可能觉得篇幅太长，就讨价还价，说写一幅《归去来辞》可好？大观马上顺杆而上，求老师把两幅都写了。想到马上就要离开黄州，几天后大临也要出门赶考，东坡本来按不住性子写小楷，这次也硬着头皮，满足了兄弟俩的要求。[2]

写完字，潘大临拿出自己酿的酒，为老师送行。酒一喝，就会有高度兴奋的酒话。聊着聊着，东坡突然想起了自己年轻时考中后的高光时刻，于是，又另外填了一首《蝶恋花》，送给潘大临。

> 别酒劝君君一醉，清润潘郎，又是何郎婿。记取钗头新刻市，莫
> 将分付东邻子。
> 回首长安佳丽地，三十年前，我是风流帅。为向青楼寻旧事，花

---

[1] 参见《西堂集耆旧续闻》卷一"朱司农载上尝分教黄冈"条，第 1 页。

[2] 参见《苏轼文集·苏轼佚文汇编拾遗》卷下《跋自书赤壁二赋及归去来辞》，第 2672 页。

枝缺处余名字。[1]

老师这时也不端着，捋着自己的大胡子说："喝着送别的酒，劝你多喝一点，没想到你竟喝醉了。我们家清秀玉润似潘安的大临，也不知会成为谁家的女婿？老师我要劝告你，如果中了进士，记得把奖金收好，一分钱都不要花到美女身上哦。"

其实老师的酒量也不行，酒一喝高，话锋一转，却开始自恋起来："回想起三十年前，京师佳丽云集之地，你的老师我，可是东京风流第一人啊。我曾用《寒食帖》的笔法，将自己的名字，题写在青楼的墙上，为的是往事可以追忆。"

四月初一，潘丙、古耕道还有何圣可这些邻居玩伴，备好社酒和美食，送别东坡。

正要开席，兴国军知军杨元素的手下李翔（字仲览）寻到了席间。原来，元素听闻东坡即将离黄，特邀约他绕行兴国一见。觥筹交错间，酒酣恍惚处，东坡填了他在黄州最后一首词《满庭芳》，送给今天来为他送别的山中老友。而最幸运的人，则是李仲览。

　　元丰七年四月一日，余将去黄移汝，留别雪堂邻里二三君子，会李仲览自江东来别，遂书以遗之。
　　归去来兮，吾归何处？万里家在岷峨。百年强半，来日苦无多。坐见黄州再闰，儿童尽楚语吴歌。山中友，鸡豚社酒，相劝老东坡。
　　云何，当此去，人生底事，来往如梭。待闲看秋风，洛水清波。好在堂前细柳，应念我，莫剪柔柯。仍传语，江南父老，时与晒渔蓑。[2]

---

[1] 《东坡乐府雅集》卷二《蝶恋花·别酒劝君君一醉》，第 161 页。
[2] 《东坡乐府雅集》卷二《满庭芳·归去来兮》，第 169 页。

这真是娓娓道来的为了再见的告别宣言，开篇即是哲学的终极问题："我要到哪里去呢？"

身体的故乡，远在万里之外。自己年近半百，生命的尽头似已不远。到黄州已见过两次闰月，孩子们讲的都是黄州本地话了。感谢你们用鸡鸭鱼肉和美酒，来劝慰老东坡啊。但人生的底色，就是告别中的来往流转。等到了汝州，闲看秋风吹洛水清波时，那些摇曳在风中的雪堂柳树，也会想念我。所以，老朋友们，你们不要剪掉细软的柳枝啊。同时也传话江南的父老们，记得经常晒晒渔网蓑衣。后面有一句潜台词，即是没有说出来的答案："等我回来啊！"

对黄州人与物的深情，在行酒中无可遏止，在言说中随风飘转。此去经年，黄州也如故乡，永在远方。每每念及，旧影历历。

东坡托物寄兴，借柳树浇离别的块垒。堂前细柳，是五柳先生的柳树，是王维的渭城之柳，也是雪堂边东坡自己的手植柳。柳色年年初新，江南父老，此生难见。所见者，唯有一出黄州无故人的怅惘。

回望黄州凄然泣

四月初六一早，东坡去安国寺和继莲大和尚告别。大和尚知道这是最好也是最后的机会，请东坡专为安国寺写篇文章。回想起四年多来与安国寺的种种交集，东坡毫不犹豫，作《黄州安国寺记》赠给继莲。

见砚中还有余墨，东坡又提笔，在寺院题壁处信手写道："俗语云'强将下无弱兵'，真可信。吾观安国连公之子孙，无一不好事者，此寺当日盛矣。"[1]继莲喜不自胜，连唱了三声阿弥陀佛。

中午，东坡一行人背上行李，准备动身。由于计划去江西看子出，家中内眷，另行坐船，延迟出发。

送行的人依依不舍，家中的孩子却有些兴奋。没想到，天空中突然乌

---

[1] 《苏轼文集》卷七十一《题连公壁》，第 2258 页。

云滚滚，接着狂风大作，看来一时半会儿是走不成了。本来酝酿好的离别忧伤，也被这场大风吹得无影无踪。

和东坡一起过江的季常、参寥以及赵吉，只好又折回雪堂。参寥子安静地坐下来，看着四壁满墙的雪花，想着这一年来在黄州与东坡的优游与唱和，马上写了一首《留别雪堂呈子瞻》。诗云："策杖南来寄雪堂，眼看花絮老风光。主人今是天涯客，明日孤帆下渺茫。"

东坡见状，也和参寥一首："芥舟只合在坳堂，纸帐心期老孟光。不道山人今忽去，晓猿啼处月茫茫。"

两人都在诗中讲着对方的离去。那个不可知的远方，会有雪堂的人和事、花和诗吗？

第二天早上醒来，屋子外的风，一直呜呜作响，看来还是不能发船。难道大家还得这么呆坐雪堂，枯等风停吗？

正商讨接下来的行止，东坡的朋友祖行却登门了。

"也是老天留客，这风一时半会儿是小不了了。要不干脆放下走的念头，中午，让我好好来宴请大家。"

"这个放下好，那我们就恭敬不如从命了。"东坡赞赏这个"放下"，然后，"浮生可得半日闲"。

中午的这场送别宴会，祖行还真花了大力气，竟然把黄州最漂亮的营妓李琪也请来为东坡送行。

在黄州这几年的官方酒宴上，东坡酒一喝高兴就醉中挥毫，字随意送人。所以，就连那些歌妓们，也会让东坡在扇上题字画画，或为自己写歌，而东坡来者不拒。

这个李琪，伶俐貌美，解语忘忧，东坡很是赏识。但李琪也有些傲气，四年来，竟然从不开口求东坡的墨宝。

"看来，今天的宴会，将是自己最后的机会了。"酒酣之际，李琪终于丢掉矜持，鼓起勇气，端着酒杯，自饮一杯，然后躬身长拜："今日为苏大人送行，但求能得公之墨宝以念今日否？"

这个李琪终于开口了啊。东坡盯着她看了一会儿:"那就笔墨伺候。"

"东坡五岁黄州住,何事无言及李琪。"东坡唰唰就开写了。

李琪的小心脏都提到嗓子眼了:"天呐,苏大人还在为自己写诗啊。"

突然,东坡却把笔放下来,转身又去找人喝酒。旁边人都纳闷:"这两句,不像苏学士的水平啊。"

快散场了,李琪又鞠躬长拜:"苏公为小女子所作之诗,但请玉成,以完赵璧。"

东坡一拍脑袋,哈哈,是有这事。下面两句,一蹴而就:"恰似西川杜工部,海棠虽好不留诗。"

此诗通过联譬之法,以花喻人,赞扬李琪之美。前两句直白如大白话,东坡在黄州住了五年,为啥从来都不提及李琪呢?但后两句出乎意料之外,时空突然跳脱出去。因为东坡我就像成都草堂的杜甫,虽认海棠花为国色,却从未为她写过诗。

满座击节赞叹。但最开心的,当然是李琪。杜甫诗中有黄四娘,东坡诗里则有个李琪[1]。

接着,东坡又应全场所有人之请,提笔写就《别黄州》一首:"病疮老马不任辕,犹向君王得敝帏。桑下岂无三宿恋,尊前聊与一身归。长腰尚载撑肠米,阔领先裁盖瘿衣。投老江湖终不失,来时莫遣故人非。"表达的,还是要重归黄州之意。

酒席一直吃到了快傍晚才散场。说来也奇怪,一出门,风不知何时已经停歇。东坡和季常兴致一时大涨,带上一僧一道,决定天黑前乘最后一趟船讨江。

过江上岸,潘丙家的酒店都已关门。四人骑马,行走在武昌山间,往车湖而去。突然,江对岸传来了二更的鼓声,鼓声停,又传来一阵号角出塞的悲凄之音。这号角声,看来是杨君素要兵士特意吹响,为出征之人送

---

[1] 参见《春渚纪闻》卷六《营妓比海棠绝句》,第 90 页。

行啊！

东坡在夜色中回望赤壁和黄州城郭，似可见对岸的东坡、雪堂，不觉凄然泣下。"他年一叶溯江来，还吹此曲相迎饯。"

还没有离开，就已经开始想象归来。

到达王文甫家，已是半夜，东坡情绪一直难以平复。他提笔写下了《过江夜行武昌山闻黄州鼓角》，感叹"黄州鼓角亦多情，送我南来不辞远"。

写完此诗，他又为文甫留了一段文字："昨日大风，欲去而不可，今日无风，可去而我意欲留，文甫欲我去者，当使风水与我意会。如此，便当作留客过岁准备也。"[1]

意欲留，但终难留。

与君就此别过

真是熟悉而温暖的住所。车湖，可以说是东坡在江南的家。所以，东坡四人在文甫家喝酒对谈、赏花行乐，一连住了好几天。

接下来的一站是磁湖。四月十四这天，东坡的同年吴子上和他弟弟，一大早就来到路旁，候迎东坡一行。

东坡和子上算得上世交。真是很巧，东坡的伯父苏涣和子上的父亲吴中复是同榜进士，而东坡兄弟和子上也同年题名。众人一到子上家，他马上拿出了一件稀罕之物交与东坡。东坡展开一观，不禁热泪盈眶。

原来，东坡的父亲苏洵在家赋闲读书，天下没有几个人知道他。吴中复时为四川犍为知县，因为和苏涣的关系，深知布衣苏洵乃天下奇才。嘉祐元年（1056），他要前往京师公干，决定把苏洵的文章带到京师，呈给文坛领袖欧阳修。在吴中复出发前，苏洵给他写了一篇《送吴职方赴阙引》。哪知道，二十九年后，东坡竟然在子上家里，看到了父亲的这篇手稿。泪眼婆娑中，东坡执笔，在父亲文后，恭恭敬敬地写下《跋先君书送吴职方引》

---

[1] 《苏轼文集》卷七十一《再书赠王文甫》，第2261页。

一文。[1]

磁湖还有东坡的另一个朋友程师德。来到师德所居程氏草堂，大伙眼前一亮，大为惊叹。只见草堂后两山葱郁，有瀑布从山间流出，直落堂后。那瀑布，如悬挂的白纱，如风中雪，如群鹤舞，真是妙不可言。平时安静的参寥，似乎悟到了什么，"参寥问主人，乞此地养老。主人许之。东坡居士投名作供养主，龙丘子欲作库头。参寥不纳，曰：'待汝一口吸尽此水，即令汝作。'龙丘子无对"[2]。

真没想到，老实的参寥，这时竟敢欺负起侠士陈季常。

晚上，东坡和大家商量后面的行程。他对季常和文甫兄弟说："千里送行，终将一别。你们明日各自返家，可否？"

哪知季常坚决不同意，而文甫兄弟，则无法拂东坡之意。第二天一早，东坡与文甫兄弟别过后，一路西南而行。

众人快到一个村口时，远远就见赵仲览正在那翘首以待。

东坡一行在赵仲览家，也住了好几天。

一个年轻的女孩见到了这群不同寻常的人。三十年后，已经是老太太的她，还清晰地记得那几天的场景："（先生）修躯黧面，衣短绿衫，才及膝，曳杖谒士民家无择。每微醉，辄浪适欢相迎曰'苏学士来。'来则呼纸作字，无多饮，少已，倾斜高歌，不甚着调，薄睡即醒。"[3]

这个来自民间的回忆，真是栩栩如生，让东坡如在眼前。

离开仲览家的前夜，东坡微醺，当众提笔在白墙上写道："惟陈季常不肯去，要至庐山而返，若为山神留住，必怒我。"[4] 兄弟之间，真是什么玩笑都可以开。

估计杨元素早在自己的兴国等急了。尽管兴国军离黄州并不远，但公

[1] 参见《苏轼文集》卷六十九《跋先君书送吴职方引》，第 2192 页。

[2] 《苏轼文集》卷七十二《记参寥龙丘子答问》，第 2304 页。

[3] 参见《苏轼年谱》卷二十三引《东坡先生祠堂记》，第 614 页。

[4] 《苏轼文集·苏轼佚文汇编》卷五《偶题》，第 2541 页。

务在身，他也无法越境去黄州找东坡喝酒。此番东坡量移汝州，两人终于找到了喝酒的机会。

东坡在元素府上，过得非常惬意。每天有好酒喝，然后众人谈禅说佛、论道养生。盲道人赵吉似乎总高见迭出，元素大为受益，请赵吉不要和东坡返回高安，就留在自己府上，以便向他讨教养气全神之功，赵吉自是答应。

和元素的最后一场酒，一定喝得非常凶。喝完酒，元素决定亲自把东坡送到兴国军南边的石田驿。

初夏的风，拂过远处的群山。"酒困路长惟欲睡"，骑在马上的东坡，不自觉就打起盹来。骑行一会儿，东坡睁眼一看，道边有小溪，远处一抹青山，青山下有一人家。"日高人渴漫思茶，敲门试问野人家"，又去一农户家讨水喝。

在石田驿和元素作别后，为了赶路，三人继续向南行了二十五里路，然后在一户农家住下。躺在农家的松木床上，东坡写了首《自兴国往筇宿石田驿南二十五里野人舍》。诗的调子一下子清快起来，不知是因为所见风景，所处之人，所历之事，还是很快就要见到子由了？

后面的路程变得简单起来。二十三日这天，抵达江州瑞昌县（今江西瑞昌）。二十四日下午，三人见远处山色苍茫，便知匡庐在望。再前行不久，前面竟有青旗挑出，三人决定进店歇息。季常让店小二上酒上菜，然后，他为东坡斟满酒，端起酒杯，一饮而尽："子瞻，我就把你送到此地吧。与君就此别过，不知何日才能聚饮？"

五年前在春风岭飘雪的山间，那个乘白马青盖之车，在黄州第一个迎接自己的季常，也成了最后送自己离别黄州的人。五年间，与季常的多少往事，一起涌上心头。

"凡余在黄四年，三往见季常，季常七来见余，盖相从百余日也。七年四月，余量移汝州，自江淮徂洛，送者皆止慈湖，而季常独至九江"[1]。

---

[1] 《苏轼诗集》卷二十三《岐亭五首并叙》，第 1204 页。

东坡复用前韵，写了《岐亭五首》中的最后一首送给季常。

在诗中，他回忆这次远行的苦与乐："我行及初夏，煮酒映疏幂。故乡在何许，西望千山赤。"描述告别时的万般不舍："兹游定安归，东泛万顷白。一欢宁复再，起舞花堕帻。将行出苦语，不用儿女泣。吾非固多矣，君岂无一缺。"他也期待将来，"各念别时言，闭户谢众客。空堂净扫地，虚白道所集。"

第二天拂晓，在清晨的微光中，季常和东坡、参寥挥手告别。东坡静静地站在那，看着季常越走越远，然后，消失在路的拐弯处。

别了，季常！别了，黄州！

第八章　梦想黄州江上

尊德乐道是黄州

元丰七年（1084）十月，量移汝州的东坡，离开黄州已经七个多月了，却才抵达扬州。

为什么这么慢？不是路途遥远，而是东坡故意走得很慢。

不久前，东坡在阳羡（今江苏宜兴，北宋时隶属常州）买了个小庄子，所以他希望能在此地住下，以度余年。但朝廷的命令又不能违抗，他继续一路向北，但走走停停，明显不想前往汝州。

十月二十三这天，他终于下了决心，给当今圣上上了一本《乞常州居住表》，然后就在周边漫游，等待朝廷的回复。

到了扬州，东坡想要凭吊恩师欧阳修，因而特地前往平山堂游玩。在对逝者的追忆中，他想起了本朝另一个更大的人物，自然也想起了那个僻远的黄州城。

这个大人物，就是十年为相、辅佐三朝的韩琦。韩琦四岁失父，便跟随在黄州为官的哥哥，在那居住了好多年。黄州的风土人情，对韩琦人格的涵养，还是很有帮助的。

十月二十六，东坡写了篇《书韩魏公黄州诗后》，以彰显黄州此地的道德风俗与他处的卓然不同。

文章开篇就写出黄州的不同凡响："黄州山水清远，土风厚善，其民寡求而不争，其士静而文，朴而不陋。虽闾巷小民，知尊爱贤者，曰：'吾州虽远小，然王元之、韩魏公，尝辱居焉。'以夸于四方之人。"

黄州人也确实值得自豪。因为国初的王禹偁（字元之）在黄州当过知州，他在这写出了宋初的名篇《黄州新建小竹楼记》。元之后来从黄州迁到蕲州，在那去世。但后世的人称呼元之，一定称他为"王黄州"，而黄州本地人也说："吾元之也。"

韩琦离开黄州四十多年了，也思念怀想此地，曾写过一首诗《孙贲书记以齐安旧文为示，感而成咏》。在诗中，他这样描写他记忆中的黄州："临江三四楼，次第压城首。山光拂轩槛，波影撼窗牖。原鸽款集间，万景皆吾有。"

东坡由此感慨不已："夫贤人君子，天之所以遗斯民，天下之所共有，而黄人独私以为宠，岂其尊德乐道，独异于他邦也欤？抑二公与此州之人，有宿昔之契？不可知也。"

东坡很有些好奇："元之为郡守，有德于民，民怀之不忘也固宜。魏公以家艰，从其兄居耳，民何自知之？"

东坡给出了这样一个答案："《诗》云：'有匪君子，如金如锡，如圭如璧。'金锡圭璧之所在，瓦石草木被其光泽矣，何必施于用？"

很多年后，黄州人孙贲（字公素），曾经做过韩魏公的客卿，韩琦非常了解他。而东坡既是韩琦的门人，又"谪居于黄五年，治东坡，筑雪堂，盖将老焉，则亦黄人也"。

于是，两个黄州人联合起来，收集韩魏公的诗，刻在石上，以表达黄州人对他的无穷思念。

在文章结尾，东坡自谦地说道："而吾二人者，亦庶几托此以不忘乎？"[1]

但在内心，东坡知道，黄州这个地方，将会因为他而被后世的中国人反复提及和忆起。其灼灼之光，泽被此间瓦石草木，可世代不衰！

屡梦东坡笑语

离开黄州时，东坡将东坡之田和雪堂，交付潘丙和他的侄子大临、大

---

[1]　以上引文皆见《苏轼文集》卷六十八《书韩魏公黄州诗后》，第 2155 页。

观看护打理。因为东坡、雪堂时回梦中，亲人的坟茔需人照管，而那些与乡邻耕种游乐时的欢歌笑语，也总难忘怀。他和黄州故人，常有书信往来。

从已存材料看，离开黄州后，东坡联系最多之人，就是其黄州房子和田地总管理人潘丙。

元丰七年（1084）是省试之年，潘丙也参加了考试，所以繁忙异常。东坡离黄后，先给他写了两封信，都没有收到回信，于是，在元丰八年（1085）三月左右，又给他去了第三封信："别来思念不去心，远想起居佳安，眷爱各无恙。不见黄榜，未敢驰贺，想必高捷也。某两曾奉书，达否？屡梦东坡笑语，觉后惘然也。已买得宜兴一小庄，且乞居彼，遂为常人矣。公必已赴省试。谩发此书，不复枧缕。惟千万保爱。"[1]

这个月，北宋政坛发生重大变故，神宗皇帝英年去世，高太后随之垂帘听政。以司马光为首的保守派重获重用，同一阵营中的东坡兄弟俩，仕途自然也为之一转。

五月，苏轼官复朝奉郎、知登州（今山东烟台）。东坡先是回常州安置家室，然后一路见朋友，到达登州已经是十月十五。没想到五天后，朝廷召其回京，改任礼部郎中。

这种激烈变化的仕途升迁，东坡也有些无法适应："行役无定，久不奉书。至登州，领所惠书。承起居佳胜，甚慰思企。到郡席不暖，复蒙诏追，勉强奔走，愧叹不已。缅怀旧游，殆不胜情。承太夫人尊候如昨。昌言令兄亦蒙惠书，冗甚，未及答。且申意毅甫、兴宗、公颐，各为致区区。余万万自重。"[2]

在可以接近自己人生理想的关键时刻，东坡并没有在信中表现出欣喜或得意之情，相反，却对旧日生活，多有慕念。

接着，又出现一件非常有意思的事情。于是，东坡又给潘丙去信："少

---

[1] 《苏轼文集》卷五十三《与潘彦明十首（一）》，第 1583 页。

[2] 《苏轼文集》卷五十三《与潘彦明十首（二）》，第 1583 页。

事奉闻，吴待制谪居于彼，想不免牢落，望诸君一往见之，诸事与照管。某向者流落，非诸君相伴，何以度日。雪堂如要偃息，且与打擪相伴，使忘迁谪之意，亦诸君风义也。不罪！不罪！"[1]

之所以说这是一件有意思的事，是因为我们可以把东坡所托之事，看作东坡在黄州的一个镜像：他从朋友的现在，看到那个过去的自己。因此，他也希望朋友有了那些故人同样的帮助，也能像自己一样能很快走出困境。

东坡此后开挂般，一直不停升职。回到京师不到十五天，又被任命为起居舍人，接着又相继被提升为中书舍人、翰林学士等。

但朝廷人事永远是暗流潜涌，和黄州悠闲散淡的日子相比，东坡也许会暗问自己："回朝廷真是正确的选择吗？"但也只能想想，身如提线木偶，一切终是身不由己。

这种心事，也只能和黄州的这些局外人讲讲："辱书，喜承起居佳胜，眷聚各佳。某老病还朝，不为久计，已乞郡矣。何时扁舟还乡，一过旧栖，溷乱故人，旬日而去，言之怅然。"[2]

什么时候能扁舟还乡，经过故地，打扰潘丙这帮老友，待上十天再离去，想想都怅然不已。

元祐二年（1087）下半年，东坡突然收到潘丙来信，告知他的父亲去世了。东坡前不久还在东京和潘二丈见过面，听闻此噩耗，接连给潘丙写了两封信，劝慰他。

在第一封信里，他先是表达自己的哀伤："久不闻问，方增渴仰。忽领手字，方知丈丈倾逝，闻之，悲怛不可言。比日追慕之余，孝履且支持否？"

由潘丙的悲伤，他又联想到自己的烦忧："某衰病怀归，梦想江上，又闻耆旧凋丧，可胜凄惋。未由往慰，惟冀节哀自重，以毕后事。"[3]

总是怀想归去，梦想黄州江上。

---

[1]　《苏轼文集》卷五十三《与潘彦明十首（三）》，第 1584 页。

[2]　《苏轼文集》卷五十三《与潘彦明十首（四）》，第 1584 页。

[3]　以上引文皆见《苏轼文集》卷五十三《与潘彦明十首（五）》，第 1584 页。

没过多久，黄州一位旧识登门来访，又勾起了东坡对黄州的种种想念："近附黄兵书必达。比日孝履何如？刘全父来，颇闻动止，殊慰想念。京尘衮衮无佳想，缅怀昔游，怅惘而已。昌言及诸故人皆未及书，必察其少暇，伸意！伸意！乍暄，千万节哀自重。"[1]

在此信中，他还专门提及潘丙的哥哥、也即大观和大临的父亲昌言，因为昌言此时也在热孝中，所以也特别对他加以问候。

元祐四年（1089）四月，东坡终于离开令人窒息的京师，前往杭州任知州。东坡一直喜欢西湖，重来旧地，又没有京师的各种暗战，他的心情大为好转。

到杭州不久，东坡收到毛滂送给他的诗和礼物。两人曾黄州初见，东坡不觉也把毛滂当作黄州故人。他在《次韵毛滂法曹感雨》诗中，有些感伤地感叹："我昔在东坡，秋菊为夕餐。永愧坡间人，布褐为我完。"

想到马上就要过年，好久没给潘丙写信的东坡，终于给他去信："久不奉书，切惟起居佳胜。老拙凡百如旧。出守旧治，颇得湖山之乐。但岁灾伤，拯救劳弊，无复齐安放怀自得之娱也。彦明与故人诸公颇见念否？何时会合，临纸惘惘。新春，万万自重。"[2]

苏迨和苏过两兄弟，可能都是在元祐六年（1091）成婚。年底，东坡有一件大事，求潘丙帮忙："两儿子新归，各为老乳母任氏作烧化衣服几件，敢烦长者丁嘱一干人，令剩买纸钱数束，仍厚铺薪刍于坟前，一酹而烧之，勿触动为佳。恃眷念之深，必不罪。"[3]

尽管乳母的坟茔在千里之外，但是需要祭拜的重要节气，总有这帮人，能帮东坡一了心愿，上坟尽孝。

过完年，东坡又给潘丙写去感谢信。他如同聊家常一般，询问诸位朋友近况，念想邻里间的种种日常，关爱之情，溢于言表："东坡甚烦葺治，

---

[1] 《苏轼文集》卷五十三《与潘彦明十首（七）》，第 1585 页。

[2] 《苏轼文集》卷五十三《与潘彦明十首（八）》，第 1585 页。

[3] 《苏轼文集》卷五十三《与潘彦明十首（九）》，第 1585 页。

乳媪坟亦蒙留意，感戴不可言。令子各计安，宝儿想见顾然矣。郭兴宗旧疾，必全平愈，酒坊果如意否？韩氏园亭，曾与葺乎？若果有亭榭佳者，可以小图示及，当为作名写牌，然非华事者，则不足名也。张医博计安胜。一场灾患，且喜无事。风颠不少减否？何亲必安，竹园复增葺否？以上诸人，各为再三申意。仆暂出苟禄耳，终不久客尘间，东坡不可令荒芜，终当作主，与诸君游，如昔日也。愿遍致此意。"[1]

如此之多的问句，事关故人的健康、营生、庭院的变化等，形成了一种紧迫急切的力量，催促着潘丙早日回复。那种牵挂的温情，充溢于与每个故人关联性极强的生活细微处。

而信的结尾处，又叮嘱潘丙，东坡不可荒芜，自己最终还是要回到此地，像往日般，与诸位好友同游。并请潘丙将此意，转达各位故人。

现存与潘丙的最后一封信，是在他迁守颍州（今安徽阜阳）第二年给潘丙的回信。在信中，他似乎隐隐有些不安："别来不觉九年，衰病有加，归休何日？往来纷纷，徒有愧叹。知东坡甚葺治，故人仍复往还其间否？会合无期，临纸怅惘。"[2]

"会合无期"，真给说中了。

而一年后，一场比乌台诗案更大的风暴，将要降临年近五十八岁的东坡头上。因为奔波于流徙的路途，那些黄州故城里的老朋友们，与东坡就此失联，消失于历史深处不可知的尘埃之中。

梦中相对说黄州

元丰八年（1085）五月，东坡收到了自己可以常居常州的答复后，于二十二这天回到了常州。此时，朝廷另一纸公文正在路上，常州其实也不能常居。这段时间应该是他六年来最安心的一段时间了。他终于结束了漂泊生涯，买田宜兴这个江南繁庶之地已成，养老终于没有后顾之忧了。

---

[1] 《苏轼文集》卷五十三《与潘彦明十首（六）》，第 1584 页。

[2] 《苏轼文集》卷五十三《与潘彦明十首（十）》，第 1585 页。

没想到几天后，他竟然遇到了一位黄州故人。这位故人，就是东平君子孟震。一年半不见，回首黄州旧事，东坡与孟震都恍如梦中。

东坡同他一起去常州感慈报恩寺，游玩了一天。尽管寺院院长老一直在旁陪同，但聊着聊着，两人就会聊起黄州那些人、那些事，流连其间，感慨不已。告别时，东坡一口气写了三首诗，题为《与孟震同游常州僧舍三首》，与孟震作别。

第一首诗为："年来转觉此生浮，又作三吴浪漫游。忽见东平孟君子，梦中相对说黄州。"诗的诗眼为梦，浮生如梦，相见如梦，黄州如梦。第二首写所游之处的景致。第三首，写孟震去官归耕，东坡为他祈福送行，所谓"待向三茅乞灵雨，半篙流水送君行"。

因为享之在常州周边任职，加上他们一直保持着联系，所以，得知东坡在常州，孟震便特意过来一见。别后再逢君，两个人可以一起重温那个远方的黄州。那里的人与事，如一个梦，轻盈可人，总可传与后人说。

下一年四月，滕达道调任郓州知州，东坡专门给他去信，请他照应一位故人："孟震亨之朝散，与之黄州故人，相得极欢。今致仕在部下，且乞照管，其人真君子也。"[1]

看来，回到老家郓州的孟震，并没有真的归耕。

为向东坡传语

元祐元年（1086）年底，黄州知州杨君素收到了来自翰林院的一封信，打开一看，原来是已为翰林学士、知制诰的苏东坡，给他写来的新年展庆书，随信还附有他新填的两首《如梦令》。

为向东坡传语，人在玉堂深处。别后有谁来？雪压小桥无路。归去，归去。江上一犁春雨。[2]

---

[1] 《苏轼文集》卷五十一《与滕达道六十八首（十三）》，第 1479 页。

[2] 《东坡乐府雅集》卷三《如梦令·为向东坡传语》，第 388 页。

手种堂前桃李，无限绿阴青子。帘外百舌儿，惊起五更春睡。居士，居士，莫忘小桥流水。[1]

离开黄州快两年的东坡，在年底，必定想起了临皋亭的无敌雪景，想起了雪堂的种种景致。所以，尽管人在玉堂深处，却想要杨太守向东坡传话。这里的"玉堂深处"，没有庙堂森严、位居高位的自傲，而是一种隔绝中的孤寂无助。传的话，异常的亲切："我离开后，有谁来过东坡和雪堂啊？"

东坡在时，那里整天欢歌笑语，宾朋满座，而主人离开后，还有谁来呢？这是一种想象中的对比。好奇的背后，有人去楼空的无奈。然后，东坡又在回忆的想象中，实描此时的雪堂，严冬时节，大雪压着亲手筑造的小桥，归路掩没。这是实描，却也有寓意，实际上是指自己寻找出路的迷茫。于是，"归去，归去"，急促重复的音节，表现出重回黄州东坡的急切。归去，便可于春雨时节，再次扶犁东坡。

第二首词，先是回忆雪堂春天的景色：堂前手植的桃李，翠绿深浅中，缀着青色果子。窗帘外百舌鸟的叫声，把五更时分温暖的春梦叫醒。也就雪堂常景，春日常事，但清新自然，表现出最朴实的幸福。但在现实世界里，似已无法回去。所以，结句是对自己说心里话："居士，居士，莫忘小桥流水。"

当下政治生活的压抑和无趣，总会让东坡通过回想黄州，来摆脱人事缠绕带来的种种焦虑。黄州不觉中，已经成为东坡获得内心宁静的新的隐秘通道。

人生浮脆何可恃

元祐二年（1087）五月，天气热得有些不正常。有一个人，专门从蕲州过来，给东坡送来一封信和一札手稿。最近因馆职策考出题问题，被一

---

[1] 《东坡乐府雅集》卷三《如梦令·手种堂前桃李》，第389页。

帮人搞得焦头烂额的东坡，见到来信，不由得想起远方的那个朋友。

离开黄州的前一年，东坡曾专门派人去蕲州，给这个人送过一个中药秘方，即巢榖秘传给他的圣散子秘方。传秘方时，巢榖曾要东坡指着江水发誓，秘方不得外传。但东坡认为巢榖有些藏之深山的狭隘，把这个秘方送给名医庞安常，不是一个最好的选择吗？因为"安时以善医闻于世，又善著书，欲以传后，故以授之，亦使巢君之名，与此方同不朽也"[1]。

安常通过自己私传的秘方，应该也救活过不少人吧？想到此，东坡心中不由浮起一些暖意，随后打开了老友的信札。

那部厚厚的手札，是安常刚写就的新著《伤寒论》。此前在黄州会晤，他们两人曾对此议题多有交流，现在，这部大作终于完稿。

安常此次来信，主要是求东坡为本书写篇序，方便以后刻印传播。

东坡给安常回信道："久不为问，思企日深。过辱存记，远枉书教。具闻起居佳胜，感慰兼集。惠示《伤寒论》，真得古圣贤救人之意，岂独为传世不朽之资，盖已义贯幽明矣。谨当为作题首一篇寄去。方苦多事，故未能便付去人，然亦不久作也。老倦甚矣，秋初决当求去，未知何日会见。临书惘惘，惟万万以时自爱。"[2]

在回信中，东坡对安常的这本大作称赞不已，但没有提笔写序，是因为苦于朝中人事浮泛，心力交瘁。想要回到黄州那种无事的自在，唯有离京去地方做官，才是最好的出路。

在任翰林学士期间，东坡也曾给安常去过一封长信，就自己对医理思考所得，向他求教："安常博极群书，又善穷物理，当为仆思之。"[3]

东坡真是善于学习的人，他一有机会，便向各个方面的顶尖人物取经以受益。结尾的"是否？一报"，电报式的简洁，却显示出求知若渴的决心。

元祐四年（1089），东坡达成其离京的愿望，回到心仪已久的杭州。此时，

---

[1] 《苏轼文集》卷十《圣散子叙》，第 331 页。

[2] 《苏轼文集》卷五十三《答庞安常三首（一）》，第 1586 页。

[3] 《苏轼文集》卷五十三《答庞安常三首（三）》，第 1587 页。

安常又来信，催促东坡写序。他给安常回信说："人生浮脆，何者为可恃，如君能著书传后有几。念此，便当为作数百字，仍欲送杭州开板也。知之。"[1]

但不知其间出了什么问题，安常的这本书，一直到元符三年（1100），他去世后一年，才开板印刷。

这本书首印的书名改为《伤寒总病论》，书的跋后，为黄庭坚所写，但前序空缺。

为什么空缺呢？黄庭坚在他的跋中很有点认真地写道："前序，海上道人诺为之，故虚右以待。"[2]

海上道人即是东坡居士，这一年，东坡流放儋州（今海南儋州）中，近乎与世隔绝。所以黄庭坚坚决让前序"虚右以待"。于是此书初版，那封东坡在京师给安常的回信，暂代为此书序言。

据《宋史·艺文志》记载，庞安常还曾著有《难经解义》，《难经解》各一卷，今已失传，但这本《伤寒总病论》，则是我国所存重要的中医理论名著。

也不知为什么，东坡最终还是没能兑现自己对安常的承诺。只能推测，此书出版的那一年，他正隔绝于海岛之中，消息不太畅通。而且年岁已高，精力也大不如前。

还好，这本伟大名著里那封代为前序的东坡信简，还是讲述了宋代文宗和药王，在黄州曾有过的一段惺惺相惜、彼此无间的人间传奇。

饮食梦寐　未尝忘之

东坡在武昌游西山时，曾在石壁上，看到过一篇名为《元次山洼樽铭》的石刻，墨迹犹新，明显是今人作品。王文甫刚好也在一起，就告知东坡，这是嘉祐年间，任武昌令的邓润甫（字圣求）所写，说起来，也是二十多年前的旧事。

---

[1]　《苏轼文集》卷五十三《答庞安常三首（二）》，第 1586 页。
[2]　《豫章黄先生文集》卷十六《庞安常伤寒论后序》，第 164 页。

元祐元年（1086）的十一月二十九这天，已升为翰林学士的东坡，因为主持馆职考试，住在玉堂。没想到，翰林学士承旨邓圣求，同样也是这次考试的主考官，两人同住在翰林院。

晚间，二人一起在堂间围炉饮酒，话题自然就离不开寒溪西山。谈及圣求在西山所为石刻，东坡突然冒出一个主意：不如，自己写一首诗，并请邓圣求同赋一首，然后把它们寄给文甫兄弟，让他们把这两首诗刻在铭侧，以成佳话。[1]

次日，东坡就把这首《武昌西山》的长诗交给了邓圣求。

东坡此诗，先是回忆自己在黄州游西山时的情景："春江渌涨蒲萄醅，武昌官柳知谁栽。忆从樊口载春酒，步上西山寻野梅。西山一上十五里，风驾两腋飞崔嵬。同游困卧九曲岭，褰衣独到吴王台。中原北望在何许，但见落日低黄埃。归来解剑亭前路，苍崖半入云涛堆。"春江春酒、官柳野梅，是佳时美景；一上十五里、风驾两腋、困卧、独到，是游中行为；而或佳朋同游、或一人怀古，是生动活泼的人。中原北望、落日黄埃，是立高山所见，也有心系朝廷的赤子之心。亭前解剑、崖入云涛，是当日的迷茫。

第二部分写石刻："浪翁醉处今尚在，石臼杯饮无樽罍。尔来古意谁复嗣，公有妙语留山隈。至今好事除草棘，常恐野火烧苍苔。"邓公妙语留石刻，当地好事者，常用野火除野草荆棘，东坡不由得担心苍苔被烧，坏了雅意。

第三部分写现在的相遇："当时相望不可见，玉堂正对金銮开。岂知白首同夜直，卧看椽烛高花摧。"真是奇妙的缘分，当时看到石刻，哪想到现在都白头了，竟然会和石刻主人在翰林院一起夜间值守。时间的流逝与空间的巨大反差，带出人生的苍茫感。

最后一部分写自己的惊梦，然后向邓圣求提要求："请公作诗寄父老，

---

[1] 参见《苏轼诗集》卷二十七《武昌西山并叙》，第 1458 页。

往和万壑松风哀。"

一想到要和东坡的诗，同刻在西山的旧铭边，圣求也开心不已。他马上也和了一首《次子瞻〈武昌西山〉韵》。可惜的是，这首诗现在只剩残句："武昌山水诚佳哉，当年五柳亲培栽。家家开门枕江水，春风照耀桃与梅。"

两大翰林学士的《武昌西山》诗一传出，就在京城引起轰动，随之，就是大宋朝在京的文章妙手，纷纷和诗。

子由此时也回到了京师，和哥哥同在中书省。毕竟亲自游过西山，他当仁不让地写了首《次韵子瞻与邓圣求承旨同直翰苑怀武昌西山旧游》，然后接龙开始：刘攽、孔武仲、孙觉、孔文仲、张舜民、黄庭坚、晁补之、张耒、秦观、陈师道、毕仲游、孔平仲、李昭玘等，总计人数超过三十。

这次北宋文坛闻所未闻的三十多人的诗歌大接龙，也反映出东坡作为文坛领袖地位的真正确立，以及其巨大影响力。毕竟，王安石和司马光，都在这一年去世了。

这大接龙的后果，就是东坡把这次所作的诗合为一集，名为《武昌西山诗册》。在集子的最后，东坡又作《〈西山〉诗和者三十余人，再用前韵为谢》，为这次无意开启的自发性盛大诗会，落下帷幕。

东坡在诗的叙中曾说："当以遗邑人，使刻之铭侧。"这个邑人，当然就是老乡王文甫。

元祐二年（1087）六月，天气非常炎热。潘丙的父亲潘革因事到京城，顺便看望东坡。见到黄州宿老，东坡开心不已。然后，他托潘二丈把这本《武昌西山诗册》带回，转交给武昌车湖的王文甫。

在给文甫的信中，东坡写道："多时不奉书，思仰不去心。比日履兹酷暑，体中佳胜。数日，以伏暑下府，初安乏力，而潘二丈速行，略奉此数字，殊不尽意。《西山》诗一册，当今能文之士，多在其间。并拙诗亲写与邓圣求诗同纳上。或能为入石安溪，亦佳，不然，写放壁中可也。"[1]

---

[1] 《苏轼文集》卷五十三《与王文甫二首（二）》，第 1588 页。

文甫最终有没有按东坡的要求，把两首诗刻在西山之上呢？南宋楼钥曾在《武昌西山诗帖》自己所和诗的序中写道："西山诗碑，止有坡、谷、张右史三篇。"[1]

我们只能推测，王文甫并没有把东坡和邓圣求的诗刻上西山。但因为张耒后来曾贬到过黄州，黄庭坚也在武昌任过职，所以他们便满足了老师的部分愿望。

东坡与文甫所见最后文字，见于他送给文甫一幅书法作品后面的跋。这幅作品写于元祐四年（1089）三月初十，他即将赴杭州上任前夕。这天，东坡写了首《和王晋卿送梅花次韵》诗，然后也抄送了一份给文甫。在跋中，他又倾诉了自己对黄州的念念不忘："仆去黄州五周岁矣，饮食梦寐，未尝忘之。方请江湖一郡。书此一诗寄王文父、子辩兄弟。"[2]

那个远方的黄州，总难忘怀。

为君唤起黄州梦

东坡与其他黄州故人间，同样也一直保持着联系。目前能保留下来的书信文字，较为有限，所以只能以管窥豹，略知其一。

他写给黄州故人何圣可的文字，目前存有一封信和一幅书法作品。在收到一封何圣可随信寄来的一位朱先生的诗文后，他回信道："辱示朱先生所著书诗，词义深矣，浅学曾不足以窥其万一。结发求道，笃老不衰，世间有几人！而匏系于此，不得一望其履幕，慨叹不已。久废笔砚，无以报此嘉贶，益增愧赧。"[3]

这封信对何圣可所言朱先生"结发求道，笃老不衰"的"匏系于此"，感慨叹息不已。再从信中所言"久废笔砚"推测，这封信可能是他流放岭南后所写。

---

[1]　《攻媿集》卷七十八《东坡西山诗》，第 1058 页。

[2]　《苏轼文集·苏轼佚文汇编》卷五《书次韵王晋卿送梅花一首后》，第 2552 页。

[3]　《苏轼文集》卷五十九《与何圣可一首》，第 1798 页。

他还有一幅写给何圣可的书法作品，跋中嬉戏不已，心情似乎很好。这幅作品的内容为："岁云暮矣，风雨凄然，纸窗竹室，灯火青荧，辄于此间得少佳趣。今分一半，寄与黄冈何圣可。若欲同享，须择佳客，若非其人，当立遣人去追索也。"[1]

这幅作品的正文部分，东坡还曾写赠子由贬放筠州时的太守毛维瞻。东坡的损友刘攽（字贡父）看过此文，嘲笑说："前数句是夜行迷路，误入田螺精家中来。"仔细一想，还真有些鬼片的感觉。

后半部分，纯属玩笑。但也只有关系好到一定程度，东坡才会开这种无伤大雅的玩笑。

还有一封写给黄州故人的信，不知为谁。信的内容为："某宠禄过分，忧责至重，颜衰鬓秃，不复江上形容也。屡乞郡未得，但怀想曩游，发于梦想也。洗眼、揩牙药，得之甚幸。切望挂意。覆盆子必已采得，望多寄也。都下有干，示及。十二、十三两先辈，各致区区。忙甚，未及书。艾清臣亦然。京师冗迫，殊不款曲也。"[2]

只要是给黄州故人去信，永远是怀念那个梦中的黄州，也永远会抱怨那个忙碌庸常的京师。而从信中所谈及的药物和中草药来推测，收信人很有可能是郭遘。因为他是开药店的，采药卖药，不正是他的本分吗？

而关于覆盆子，台北故宫博物院还藏有东坡如下手札（见图《覆盆子帖》）：

> 覆盆子甚烦采寄，感怍之至。令子一相访，值出未见，当令人呼见之也。季常先生一书，并信物一小角。请送达。轼白。

关于这封信的收件人，有学者认为是杜道源，原因是信中提到"令子

[1] 《苏轼文集》卷七十一《书何圣可》，第 2258 页。

[2] 《苏轼文集》卷六十《与黄州故人一首》，第 1848 页。

"一相访"这件事。但非常明显的是，覆盆子这个药材明显出自黄州，而且，杜道源并非行医之人，不可能采寄此药材给苏轼，此外也无法确定杜道源是否和季常有交往。

这封信的收件人，应该和上封信的收件人为同一人，写信时间也相差不太远。这位黄州故人的儿子去京师拜见东坡，东坡因值守外出，没能和他见面，但还是会派人喊他过来一见。同时东坡也一并给季常写了一封信，并送了一件小礼品，委托这位朋友转交给季常。

而那个武艺高强、于日常事务无所不通的全能巢毂，自从离开黄州后，就一直没再出现在东坡的生活中。等他再次露面时，东坡已经被贬往儋州。

这个有侠气的眉山老乡，在东坡兄弟位居高位时，只是隐居乡间为农。元符元年（1098）下半年某日，巢毂突然生出强烈想去看望苏家两兄弟的念头。

子由后来曾为这个眉山农家子，专门写了篇《巢谷传》。

他在传中，如亲见般娓娓描写巢谷此时的慨然大义："绍圣初，予以罪谪居筠州，自筠徙雷，自雷徙循。予兄子瞻亦自惠再徙昌化。士大夫皆讳与予兄弟游，平生亲友无复相闻者。谷独慨然自眉山诵言，欲徒步访吾兄弟。闻者皆笑其狂。"

那真是情深处的不可遏制，也是孤勇者的决绝独行。

第二年正月，子由在循州（今广东龙川）意外地收到了巢毂从梅州（今广东梅州）送来的书信，巢毂告之子由："我万里步行见公，不自意全，今至梅矣。不旬日必见，死无恨矣。"

子由惊喜不已："此非今世人，古之人也！"

两人见面后，"握手相泣，已而道平生，逾月不厌"。

但有一天，巢谷（巢毂在循州时改名为巢谷）对子由说，他必须要去海南看子瞻。这时的巢谷，"年七十有三矣，瘦瘠多病，非复昔日元修也"。

子由哀怜他年老体弱，阻止他说："君意则善，然自此至儋数千里，复当渡海，非老人事也。"[1]

巢谷坚定地回答说："我自视未即死也，公无止我！"

子由留不住他，看他旅资不够，尽管自己也贫困，还是尽可能资助他出行。没想到，船到新会，他雇用的一个当地人，把他的钱偷走了。这人跑到新州（今广东新兴）被抓获，巢谷也追到了新州，没想到在这病死了。

因为意想不到的变故，巢谷至死也没能与东坡见上一面。也不知东坡在儋州听闻此事，会怎样悲从中来，哀伤不止。想到一个异乡人客死他乡，遗体必须要运回故土，东坡当仁不让地出面，来解决这头等大事。

刚好，他的朋友程怀立时为广南东路转运使，并代广州经略使，下辖新州，东坡写信向他求助："眉山人有巢谷者，字元修。名毂，后改名谷。曾举进士武举，皆无成。笃有风义。年七十余矣，闻某谪海南，徒步万里相劳问，至新州病亡。官为槁葬，录其遗物于官库。元修有子蒙，在里中，某已使人呼蒙来迎丧，颇助其路费，仍约过永而南，当更资之。但未到间，其旅殡无人照管，或毁坏暴露，愿公愍其不幸。因巡检至新，特为一言于彼守令，得稍为修治其殡，常戒主者谨护之，以须其子之至，则恩及存没矣。公若不往新，则告一言于进叔，尤幸。亦曾恳此，恐忘之尔。死罪！死罪！"[2]

所以，巢谷的后事，东坡当仁不让地担起了所有责任。他尽其所能，出钱、找关系，最终得以让老朋友的遗骨，能安返故乡。

从巢谷在临终前与苏家两兄弟的交往情况，可以想见他们在各自的困境下，如何执守最质朴的情感，或抱死以赴，或竭力施以援手，双方都是一往无前，风义卓荦。

而每当我们这些后世人读至此，想见其人其事，也必会在感慨唏嘘中，

---

[1] 以上引文皆见《苏辙集·栾城后集》卷二十四《巢谷传》，第 1139 页。

[2] 《苏轼文集》卷五十六《与程怀立六首（五）》，第 1678 页。

羡其不朽之兄弟情谊，赞其不折之任侠风骨，叹其同声相应、同气相求的君子同道。

谁能想到，十六年前，东坡和巢谷那段在黄州，淡如水亦甘若醴的日子，竟让两个阶层和地位如此悬殊之人，江湖万里，死生契阔。也真如黄庭坚所言："为君唤起黄州梦，独载扁舟向五湖。"

那个唤梦人，正是巢谷。

老去犹作少年游[1]

黄州期间，东坡所赠诗、词、文最多的人，就是陈季常。但离开黄州后，两人之间现在所留存信简，只有两封。

元祐元年（1086）二月，重返京师三个月的东坡，连升几级，已任中书舍人、礼部郎中。正月，弟弟子由回到了京师。而那个诗写得很好的黄庭坚，也终于见到了真人。

东坡此时和黄庭坚都住在蒲池寺，两人走动非常频繁。月底，有个人敲响了东坡家的大门，打开门一看，却是岐亭故人派过来的送信人。

初回京城的东坡，一点也不兴奋，他给季常的回信，很有些无奈和无力感："某局事虽清简，而京辇之下，岂有闲人，不觉劫劫过日，劳而无补，颜发苍然，见必笑也。子由同省，日夕相对，此为厚幸。"

在介绍了自己的最新动态后，他开始关心起季常来："公小疾虽平，不可忽。'善言不离口，善药不离手。'此乃古人之要言，可书之座右也。药物有彼中难得须此干置者，千万不外。如闻公有意入京，不知几时可来，如得一会，何幸如之。"

对那个远方故人如何用药，交代叮嘱，不厌其烦。然后，如同初抵黄州那般，他又邀约季常来京一聚。

接着，他又絮絮叨叨地讲述自己的近况，以及朝中两人都熟悉的朋友

---

[1] 少年游为词牌名，借其名而叙旧日交游之酣畅。

的新闻："柳一已在此，一访，值出，未见也。僦居在蒲池寺，去此稍远。数日颇有新事。左揆已出陈州，君实代之，蹇老知和州，授之庐签，余不能尽报去。刘莘老中丞旦夕授也，黄安中龙直知越州。"

朝中最近确有些风起云涌，临了，东坡很有些羡慕地对季常讲道："静庵不管闲事，最妙！最妙！"[1]

和季常可以无话不说。在信中，两人还如在黄州那样，絮叨不止，无话不说，如面对面一般。而对于万人仰慕的一入宫门，东坡却有些淡淡的哀伤。对不管闲事的季常，他是真心羡慕不已。

东坡在黄州时，曾经戏作佛语文章数十篇，而今渐已忘却。但"元祐三年（1088）八月廿九日，同僚早出，独坐玉堂，忽忆此二首，聊复录之"[2]。

在其手书《石恪画维摩赞》和《鱼枕冠颂》的跋后，他记录了那个独坐玉堂的安静午后，自己对黄州某件往事的追忆。

《鱼枕冠颂》这篇颂，正是东坡在黄州和季常斗嘴时写的。斗嘴的场景则是东坡为兵部尚书时亲口告诉晁说之的。

这个说之，即是北宋文学家晁说之。宣和七年（1125）乙巳二月十六，晁说之受《鱼枕冠颂帖》收藏人之请，在帖后题写了一篇文章，活灵活现地描述了当时两人斗嘴的情状。

季常太了解东坡的脾气了。有一次喝完酒，季常戏弄东坡说："只不能作佛经。"

东坡马上就上了当："何以知我不能？"

季常说："佛经是三昧流出，公未免虑出耳。"

东坡很有些不服："君不知予不出思虑者，胡不以一物试之？"

哈哈，中计了！季常继续步步为营，装着不肯："公何物不曾作题目，今何可相烦者？"

---

[1] 《苏轼文集》卷五十三《与陈季常十六首（十五）》，第 1569 页。

[2] 《苏轼文集·苏轼佚文汇编》卷五《自跋石恪画维摩赞鱼枕冠颂》，第 2547 页。

东坡坚持要季常出题。季常指着自己头上戴的鱼枕冠说:"颂之。"

东坡这时估计酒醒了,就向季常提要求:"假君之手,为予书焉可也。"

季常那个暗喜,马上提笔研墨。写完,东坡得胜一般地笑道:"便作佛经语邪!"[1]

说来也巧,这年十二月,又是雨雪天气,季常终于到了京师。

季常被东坡安排住在浴室院。这里有个四川僧人令宗,因为东坡的宣传之力,现在成为京师画佛像的大师。季常在这住了一段时间,东坡和范子功经常来看他,黄庭坚也必定陪在一起。[2]

两人之间目前所存的最后一封信,写于绍圣二年(1095)。三月初四那天,东坡收到了季常的来信。此时,他应该会想起十五年前,刚到黄州的那个时刻吧?人事相同,心境近似,只是两人都步入晚年。

和黄州那个时候的自己不太一样,东坡对贬放惠州之事,非常淡然。季常的来信,让他非常开心。于是,东坡给他回了一封极长的信。

先是一番问候,然后,东坡很坦然地谈及自己被贬后的心态:"择、括等三凤毛皆安,为学日益,喜慰无量。轼罪大责薄,圣恩不赀,知幸念咎之外,了无丝发挂心,置之不足复道也。"

真是进入老年了,所以,开篇即是和老朋友开心地谈孙辈们的学习和进步。而对于自己的流放,淡然以对,更未自怨自艾。

然后,他轻描淡写地讲述自己流放惠州的经过:"自当涂闻命,便遣骨肉还阳羡,独与幼子过及老云并二老婢共吾过岭。到惠将半年,风土食物不恶,吏民相待甚厚。孔子云:'虽蛮貊之邦行矣。'岂欺我哉!"

然后,如同当年在黄州,开始和季常谈论炼丹养生:"自数年来,颇知内外丹要处。冒昧厚禄,负荷重寄,决无成理。自失官后,便觉三山跬

---

[1] 以上引文皆见《嵩山文集(九)》卷十八《题东坡鱼枕冠颂》,第22页。

[2] 参见《苏轼文集》卷七十一《书鲁直浴室题名后并鲁直题》,第2262页。

步，云汉咫尺，此未易遽言也。所以云云者，欲季常安心家居，勿轻出入，老劣不烦过虑，决须幅巾草履相从于林下也。亦莫遣人来，彼此须髯如戟，莫作儿女态也。"

这真是黄州那段日子的重演，只是两个人年龄和心境，导致谈话的重点是第三代人了，大家开始更多地考虑儿孙辈的出路了："在定日作《松醪赋》一首，今写寄择等，庶以发后生妙思，着鞭一跃，当撞破烟楼也。长子迈作吏，颇有父风。二子作诗骚殊胜，咄咄皆有跨灶之兴，想季常读此，捧腹绝倒也。"

然后，他又向季常描述白天游白水佛迹山的所见："山上布水悬三十仞，雷轰电散，未易名状，大略如项羽破章邯时也。"

在观看了大瀑布的喧闹阵势后，东坡接着娓娓写来："自山中归，得来书，灯下裁答，信笔而书，纸尽乃已。托郡中作皮筒送去。想黄人见轼书，必不沉坠也。子由在筼，极安。处此者，与轼无异也。书云，老躯极健，度去死远在。读之三复，喜可知也。吾侪但断却少年时无状一事，诚是。然他未及。子由近见人说，颜状如四十岁人，信此事不辜负人也。"[1]

山中归来，灯下写信，纸尽乃已。而黄州故人，不会看到这封长信，把它沉坠江中吧？那个灯下写信的老者，通过文字，把自己置入到诗歌的场景中，遥想黄州故人，语言简淡，真力弥漫。

这封信包含的信息量也很大。东坡在信中谈及自己大半年来种种的辗转飘零，坦然如说他人。而我们却能在这种淡淡的语言流淌中，看到这两个在莆州的莫逆之交，依然英拔而不屈的身影。

岁月老去，但东坡一如既往地举重若轻，愈发洒脱；而季常则一如既往地率性任侠，更为慷慨。

从现存的第一封信算起，他们之间的通信时间长达十五年。在车马都

---

[1] 以上引文皆见《苏轼文集》卷五十三《与陈季常十六首（十六）》，第1570—1571页。

很慢的年代，有些信件在路上辗转，甚至需要一两个月的时间。但等待中的期盼与想象，展信后的愉悦与欢畅，正应了这慢的时间，让彼此的快乐，绵长而没有尽头。

那如同少年游般的黄州往昔，总在眼前，怎能忘怀？

2024 年 5 月 30 日定稿。

参考书目

孔平仲纂：《孔氏谈苑》，北京：中华书局，1985 年。

孔凡礼点校：《苏轼文集》，北京：中华书局，1986 年。

脱脱等撰：《宋史》，北京：中华书局，1977 年。

马永卿辑，王崇庆解：《元城语录解》，上海：商务印书馆，1939 年。

陈宏天、高秀芳校点：《苏辙集》，北京：中华书局，1990 年。

李焘撰：《续资治通鉴长编》，北京：中华书局，1995 年。

周紫芝著：《太仓稊米集》，《钦定四库全书》本。

王文诰辑注，孔凡礼点校：《苏轼诗集》，北京：中华书局，1982 年。

孔凡礼撰：《苏轼年谱》，北京：中华书局，1998 年。

杜佑撰：《通典》，北京：中华书局，1984 年。

胡仔纂集，廖德明校点：《苕溪渔隐丛话前集》，北京：人民文学出版社，1962 年。

秦观撰，徐培均笺注：《淮海集笺注》，上海：上海古籍出版社，1994 年。

周勋初主编：《宋人轶事汇编》，上海：上海古籍出版社，2015 年。

王国维著：《人间词话》，北京：人民文学出版社，1960 年。

洪迈著：《容斋随笔》，上海：上海古籍出版社，1978 年。

米芾撰：《画史》，上海：商务印书馆，1936 年。

张丑撰，徐德明点校：《清河书画舫》，上海：上海古籍出版社，2011 年。

苏轼著，朱孝臧辑校：《东坡乐府雅集》，成都：四川文艺出版社，2021 年。

沈辽撰：《云巢编》，《钦定四库全书》本。

朱易安、傅璇琮等主编：《全宋笔记》，郑州：大象出版社，2003 年。

俞文豹撰，张宗祥校订：《吹剑录全编》，上海：中华书局上海编辑所，1959 年。

苏轼著，李之亮笺注：《苏轼文集编年笺注》，成都：巴蜀书社，2011 年。

王辟之撰，吕友仁点校：《渑水燕谈录》，北京：中华书局，1981 年。

林洪著：《山家清供》，北京：中华书局，1985 年。

何薳撰，张明华点校：《春渚纪闻》，北京：中华书局，1983 年。

叶梦得撰：《避暑录话》，上海：商务印书馆，1936 年。

何文焕辑：《历代诗话》，北京：中华书局，1981 年。

陈鹄撰：《西堂集耆旧续闻》，北京：中华书局，1985 年。

楼玥撰：《攻媿集》，北京：中华书局，1985 年。

黄庭坚撰：《豫章黄先生文集》，上海：商务印书馆，1936 年。

晁说之撰：《嵩山文集》，《四部丛刊续编》本。

后　记

　　和市面上所有具有东坡传记性质的作品不同，本书只是讲述了东坡在黄州的那段日子。由于有了孔凡礼先生详实的《苏轼年谱》为基础，这既为传记的写作提供了考据上的保证，却又似乎使得传记的写作失去了一定的必要性。

　　所以，本书希望寻找一种新的写作方式，以便让东坡在黄州的那段生活具体可感，从而让这个人物鲜活而立体起来。

　　我对布罗代尔所代表的"年鉴学派"一向青睐有加。所以，我决定要把主人公放入到他所处的政治、地理、经济以及个人的危机和生活习惯等因素的"结构"中，进行问题导向的全景式叙述。

　　本书的叙事，充分利用了苏轼及其弟弟和友人的文集、书信以及同时代人的相关记录，并依托这些史料，在一种合乎生活逻辑的推理中，试图建立东坡在黄州的日常生活场景，并寻找彼时彼刻如许经典作品的生成机缘。

　　为了能让读者更好地回到当时的现场，如东坡一般感物、观象、体候，我在本书中使用的是农历时间，这样，读者可以更好地实现阅读的代入感。

　　本书最终得以出版，得到了许多人的帮助和支持。我曾先后就读于厦门大学、武汉大学和中国传媒大学。这本书从写作到出版，三所母校的校友，都无私而慷慨地给予了我各种帮助。

　　在去年武汉酷热难耐的夏天，在贵阳的厦门大学师弟赵浣淳，邀请我去爽爽的贵阳写作，并无偿地为我和内子提供了一套四居室的房子。那真是一段爽爽而充满创造激情的日子。我周一到周五心无旁骛地在东坡的世界里狂飙猛进，而一到周末，就分别有各路校友设宴欢娱。我当时曾戏作了一副对联："吹风吹牛打掼蛋，喝茶喝酒写东坡。"人生之乐，良有以也。

在写作期间，厦门大学师兄高龙特别邀请我去云南大理，在他创办的祥华教育集团所属巍山祥华中学，为初一的全体师生，做了一场《如何走出人生的黄州》的讲座。那些孩子们专注聆听的清澈眼神，竟然和东坡游完蕲水返回黄州的那个美妙春夜，如此相得益彰。当我描述东坡在那个春夜的诗意行为，并提及其随后所作《西江月》一词时，几百个孩子突然自发地集体朗诵起此词："照野弥弥浅浪，横空暧暧微霄。障泥未解玉骢骄。我欲醉眠芳草。　可惜一溪明月，莫教踏破琼瑶。解鞍欹枕绿杨桥。杜宇一声春晓。"这犹带童音的自发集体大朗诵，天籁般地呼啸而来，竟让我热泪盈眶，为这意想不到爆发出来的大美而感动。

在完成初稿的写作后，厦门大学师兄袁飞和我一起前往黄冈，进行东坡行迹的地理空间考察。这次带有考证意味的黄冈行，同样也得到了厦门大学师弟童军尽善尽美的安排。他带领我们穿行在黄冈的大街小巷，全程担负起向导的工作。尽管东坡宋代的遗迹已无处可觅，连长江也已改道，但赤壁巍然屹立不改，在山顶的栖霞楼，可遥见对岸青葱西山。登临高楼，我们可一如当年东坡，登赤壁、揽大江、望西山。

也要感谢本书的全体编校人员，他们对本书中官职、历史地理等史料进行严谨认真的把关。其对书名的确定、封面设计以及版式的调整，都体现出高水平的专业水准。而我中国传媒大学博士同学罗振宇，则为本书写了推荐序。

还有许多人也在这本书的出版中，给予了各种帮助和支持，虽然没能一一点名，但我永远会铭记在心。

最后，也要感谢我的家人。可以说，一次写作，就是一次精神的返乡之旅。家人，不管身在何方，却永远代表着故乡。

林凤云

2024 年 11 月 6 日